『夷堅志』訳注　乙志下

齋藤　茂・田渕　欣也
福田知可志・安田　真穂
山口　博子
訳注

汲古書院

凡例

本書は『夷堅志』乙志巻一一から巻二〇までの訳注である。体裁は本文、校勘、訳、注、収録、分類の六項目から成る。『夷堅志』のテキストは、何卓《かたく》点校本『夷堅志一八〇巻、補二五巻、再補一巻、三補一巻、附録一巻』（中華書局一九八一年刊）が現在では一般的であるが、本書ではこれを基礎に諸本と校勘し、最適と判断される本文の再構成を試みた。用いたテキストとその略称は以下の通りである。

○南宋、葉祖榮《ようそえい》編『新編分類夷堅志』五十巻。嘉靖二十五年（一五四六）洪楩《こうべん》清平山堂刊本、京都大学附属図書館近衛文庫所蔵。（葉本）

○明、鍾惺《しょうせい》増評・鍾人傑《しょうじんけつ》教訂『新訂增補夷堅志』五十巻。明、武林讀書坊刊本、寛永十二年（一六三五）買本、名古屋蓬左文庫所蔵。（増補本）

○清、周信傳《しゅうしんでん》耕煙草堂刊刻『夷堅志』二十巻。乾隆四十三年（一七七八）刊本。国立国会図書館所蔵。支志・三志を収載。（周本）

○清、阮元《げんげん》編『夷堅甲志二十巻・乙志二十巻・丙志殘十九巻・丁志二十巻』。『宛委別藏』収載。（別藏本）

○清、黄丕烈《こうひれつ》校並跋『夷堅甲志二十巻・乙志二十巻・丙志二十巻・丁志二十巻・支甲十巻・支乙十巻・支丙十巻・支丁十巻・支戊十巻・支庚十巻・支癸十巻・三志己十巻・三志辛十巻・三志壬十巻』。清影宋抄本。『續修四庫全書』一二六四―一二六六冊収載。（黄校本）

○清、陸心源《りくしんげん》刊刻『夷堅甲志・乙志・丙志・丁志』八十巻。『百部叢書集成』七六『十萬巻樓叢書』収載。（陸本）

○清、景繆荃孫《びゅうせんそん》手校本『夷堅志補遺』五十巻。『筆記小說大觀』四十編収載。台湾新興書局、一九八五年。（補遺）

○『夷堅志』一巻。清、呉曾祺《ごそうき》『舊小說』丁集収載、上海商務印書館涵芬楼刊、宣統二年（一九一〇）序。一九五七年上海商務印書館排印本。国立国会図書館関西館所蔵。節本。底本にどのテキストを使用したか不明。（舊小說本）

○民国、張元濟《ちょうげんさい》校『新校輯補夷堅志一百八十巻・志補二十五巻・再補一巻・拊校勘記一巻』。民国十六年（一九二七）上海商務印書館涵芬楼刊。一九七五年中文出版社景印本。（張校本）

なお、張元濟の校記に示される明鈔本（旧商務印書館涵芬樓所蔵）と清、嚴元照《げんげんしょう》校本『夷堅志』（旧袁伯夔《えんはくき》所蔵）については、確認できないのでそのまま引用した。

○『夷堅志』一巻。民国、江畬經《こうよけい》『歴代小説筆記選』収載。上海商務印書館、民国二十三年（一九三四）初版・民国二十四年再版。国立国会図書館所蔵。（江本）

○『夷堅志』五十巻。『筆記小説大觀』、上海進歩書局、石印本。京都産業大学図書館小川文庫所蔵。支志・三志を収載。（小説大觀本）

○何卓点校『夷堅志』。（何校本）

本文の表記は旧字体を使用した。また本文中および末尾に付けられた注記は〔　〕を施して表示してある。なお、本文の傍らに１、２などの数字を付してあるのは文字の異同がある箇所であり、校勘の項目にその詳細を記した。

訳文は、引用されている詩詞などは、本文を再掲して訓読を施したが、その部分を含めてすべて現代語訳した。但し物の名称や術語など、現代語訳が難しいものはそのまま用いたところもある。基本的に常用字体としたが、引用箇所や固有名詞などは旧字体を使用した。地名、年号は（　）内に現在の地名と西暦年を補った。現在の地名は『中華人民共和國行政區劃簡冊　２０１１』（中華人民共和国民政部編、中国社会出版社、二〇一一年四月）に拠り、また年号は陰暦との誤差を敢えて考慮せず、単純に西暦年に比定してある。

注は、本文の傍らに（１）、（２）の形で番号を付し、対応関係を示した。注の見出し語は、本文のまま旧字体を用いている。人名、地名（特に建物）などは、資料によって裏付けられるもののみ注を付けた。官職名については、元豊の新制以降の情況に即して職掌、官位などを記した。また重複する注については、上冊を含めて最初に立項した箇所に送り、参照頁を付した。引用する書籍には時代や著者名を附記したが、正史、地方誌、類書および『宋會要輯稿《そうかいようしゅうこう》』、『建炎以來繫年要錄《けんえんいらいけいねんようろく》』などの基本書籍の場合はこれを省略した。

収録は、完本でないテキストの収録の有無、および明代の李濂《りれん》『汴京勼異記《べんけいきゅういき》』、徐𤊹《じょぼつ》『榕陰新檢《よういんしんけん》』など、一部の作品を収めている書物に関して、その巻数などを記している。

分類は、『太平廣記』のテーマ分類に倣って、該当する項目を挙げたものである。但し、一部内容に則して新たに加えた項目もある。

本書は五名が分担して下稿を作り、それを持ち寄って全員で討議、修整したものである。担当箇所は巻一一、一二が福田知可志、巻一三、一四が田渕欣也、巻一五、一六が山口博子、巻一七、一八が安田真穂、巻一九、二〇については本文、校勘が田渕、訳と注が齋藤茂である。なお、全体的な訳語の調整は甲志に引き続いて齋藤が行った。また巻末の人名、地名、分類の索引は全員で分担した。それぞれの凡例は冒頭に記したので参照されたい。

さらに本書では、『夷堅志』の話が『建炎以來繫年要録』においてどのように利用されているかを論じた「『夷堅志』と『建炎以來繫年要録』」を解説として加えた。これは田渕が担当した。

（田渕　欣也）

『夷堅志』訳注　乙志下　目次

『夷堅志』訳注　乙志下

乙志卷一一

玉華侍郎[1]

莆田人[2]方朝散(1)、失其名[3]、政和初爲歙州婺源宰。病熱困臥[4]、覺耳中鏘鏘(2)天樂聲[5]。少焉有女童二十四輩、各執旌纛(3)幢幡[6]至前。俄采[7]雲從足起[8]、掩[9]苒(4)飛騰、瞬息間到一城。城中大樓明奐(5)高潔、金書其門曰[10]、太[11]華之宮。正中設榻使就坐、侍女列立。長[12]髯道士乘雲至、碧冠霞衣[13](6)、執玉簡[14]、直前再拜。方驚起欲致[15]答。道士拱手言、某於[16]先生役隷也、願端坐[17]受敬。拜畢、跽白[18]曰、碧落洞玉華宮莫眞君[19](7)敬問先生。瑤臺(8)一別、人間甲子周矣。嗣見有日、欽遲(9)好音。方懵然(10)不知所答。道士曰、下土溷濁、能移人肺腸(11)、先生應已忘前事、今當縷陳(12)之。先生唐武后(13)時人也。生於冀州、能屬文、而嗜酒不檢[20]、浮沈里中。時河北大疫、死者如亂麻(14)。先生書所得藥方、揭于通衢間[21]、病者如方治之、卽愈。由此相傳益廣、所活不可計[22]。夢中有人告曰、子[23]陰德上通于天、上[24]帝嘉其[25]功、當以仙班相召[26]。先生素落魄(15)、且自恃將爲天人、愈益放誕、竟以狂醉墮井死。死後[27]久之、乃用前功得召[28]見于白玉樓(16)、蓋李長吉(17)所[29]作記[30]處也。時有四人同召、當試文一首、帝自書大道無爲(18)賦爲題。先生有警句曰、帝鑿竅而喪魄(19)、蛇畫足而失杯(20)。帝覽之大喜、擢列[31]第一、拜爲[32]脩[33]文郎(21)、專以文字[34]爲職。繼有玉[35]華侍郎之命、同寮十八人、皆上淸[36](22)仙伯也。每侍帝左右、出則陪從金輿(23)。嘗曉幸紫霞[37]宮、宮人不知輦至、或晩[38]起、纔畫一[39]眉、卽趨出迎謁。帝顧之笑、命諸侍郎賦詩。先生卒章[40]云、曉粧不覺星輿至、只畫人間一壁(24)眉。帝吟諷激賞。卒以恃才怙寵、爲衆所嫉、下遷群玉(25)外監。旣陛辭、帝曰、群玉殿乃[41]吾圖書之府、非卿文學出倫、未易居此。是後宴[42]見(26)稍疎。一日、帝與諸仙游[43]瑤圃(27)、思先生之材[44]、遣使來召。先生辭以疾、獨與[45]侍女宋道華(28)泛舟池上、執手眷眷、有人間夫婦之想[46]。爲使者所劾、帝批其奏曰、男爲東家男、女爲西家女(29)、皆謫墮人[47]世。道華生於蜀中、而先生乃爲閩人。先生旣登第、爲邵武[48]判官(30)日、帝命召還。有不相樂[49]者、奏云、邵武分野[50](31)、災[51]氣方重、須此人仙骨以鎭之。乃止。近已[52]有詔更[53]一紀復故處[54]。莫眞君乃代先生爲侍郎者。懼塵世易流、又有他過、則仙梯愈不可攀(32)、故遣弟子來、鄭重達意。宋道華者[55]、先已[56]得歸[57]正[58](33)、持寶幢(34)立[59]於側、拜而言曰、人世紛綸[60](35)眞可厭苦。若得再入碧落洞中、望見金毛獅[61]子(36)。千秋萬歲、永無閑(37)思念也[62]。方君聞兩人語、始瞿然(38)如[63]有所省。道士及衆女皆謝去。遍體汗流、遂寤、蓋已三日。卽召會丞尉及子孫、歷道所見、遂申郡[64]乞致仕。時[65]年六十有二、後不知所終云[66]。先君頃於鄕人胡霖卿(39)〔涓[67]〕處得此事、亦有人作記甚詳、久而失[68]去。詢諸胡氏子及婺源人、皆莫知、但能道其梗槩如是、今追書之、復有遺忘處矣。

1 葉本、增補本は「玉」を「王」に作る。
2 葉本、增補本は「人」を欠く。
3 葉本は「失其名」を「名某」に作る。增補本は「失其名」の三字を欠く。
4 葉本、增補本は「臥」を「呼」に作る。
5 葉本、增補本は「鏘鏘天樂聲」を「聞天樂鏘鏘」に作る。
6 葉本、增補本は「幢旛」を「旛幢」に作る。舊小說本は「幢幢」に作る。
7 葉本、增補本は「俄采」を「有彩」に作る。
8 葉本、增補本は「起」を「下生」に作る。
9 葉本、增補本は「掩」を「荏」に作る。
10 葉本、增補本は「書其門曰」を「匾」に作る。
11 增補本は「太」を「大」に作る。明鈔本は「玉」に作る。
12 葉本、增補本は「長」の上に「有」を付す。
13 葉本、增補本は「衣」を「服」に作る。
14 葉本、增補本は「玉簡」を「王圭」に作る。
15 黃校本は「致」を「攻」に作る。
16 葉本、增補本は「於」を「乃」に作る。
17 葉本、增補本は「端坐」を「尊重」に作る。
18 葉本、增補本は「白」を欠く。
19 葉本、增補本は「君」を「官」に作る。
20 『永樂大典』（以下『大典』と略称する）は「檢」を「撿」に作る。
21 葉本、增補本は「閒」を欠く。
22 葉本、增補本は「計」の上に「數」を付す。
23 陸本は「子」を「予」に作る。
24 葉本、增補本は「上」を欠く。
25 葉本、增補本は「其」を「厥」に作る。
26 張校本、何校本は「召」を「告」に作る。
27 葉本、增補本は「後」を欠く。
28 『大典』は「召」を欠く。
29 葉本、增補本は「所」を欠く。
30 增補本は「記」を「紀」に作る。
31 葉本、增補本は「列」を「居」に作る。
32 葉本、增補本は「爲」を欠く。
33 增補本、張校本、何校本は「脩」を「修」に作る。
34 葉本、增補本は「字」を「章」に作る。
35 葉本、增補本は「玉」を「王」に作る。
36 增補本は「淸」を「品」に作る。
37 葉本は「紫霞」を「紫華」に作る。增補本は「太華」に作る。
38 『大典』は「晚」を「曉」に作る。
39 葉本、增補本は「一」を欠く。
40 葉本は「章」を「童」に作る。
41 葉本、增補本は「乃」を「是」に作る。
42 葉本、增補本は「是後宴」を「自是接」に作る。
43 葉本、增補本は「游」を「遊」に作る。
44 葉本、增補本は「材」を「才」に作る。
45 葉本、增補本は「與」を「以」に作る。
46 葉本、增補本は「想」を「念」に作る。
47 葉本、增補本は「人」を「凡」に作る。
48 黃校本は「武」を欠く。
49 葉本、增補本は「樂」を「悅」に作る。
50 黃校本は「野」を欠く。
51 黃校本は「災」を「火」に作る。陸本、舊小說本、『大典』は「炎」に作る。
52 葉本、增補本は「已」を欠く。
53 葉本、增補本は「更」の上に「云」を付す。黃校本は「更」を欠く。
54 葉本、增補本は「處」を「職」に作る。
55 葉本、增補本は「者」を欠く。
56 葉本、增補本は「先已」を「已仙」に作る。
57 葉本、增補本は「歸」の下に「時」を付す。

58　黄校本は「正」を欠く。
59　葉本、增補本は「立」を欠く。
60　葉本、增補本は「綸」を「紜」に作る。
61　別藏本、黄校本、陸本、舊小說本、張校本、何校本、『大典』は「獅」を「師」に作る。
62　葉本は「無閑思念也」を「息閑念」に作る。增補本は「息閒念」に作る。

63　葉本、增補本は「瞿然如」を「矍然若」に作る。
64　葉本、增補本は「申郡」の二字を欠く。
65　增補本は以降の記述を欠く。
66　葉本は以降の記述を欠く。
67　舊小說本は「涓」を欠く。
68　黄校本は「失」を「夫」に作る。

5　玉華侍郎

「玉華侍郎」

莆田県（福建省莆田市）の人である朝散大夫の方は、その名は伝わらないが、政和年間（一一一一―一一一八）の初めに歙州婺源県（江西省上饒市婺源県）の知県となった。熱病になり疲れて眠っていると、耳に高く澄んだ天上の音楽が聞こえてきた。しばらくすると二十四人の若い侍女たちが現れ、それぞれが様々な旗を持って（方の）前にやって来た。突然五色の雲が足下から生じて体を包むと飛び上がり、瞬く間にある街にやって来た。街の大きな楼閣は色鮮やかで気高く、その門には金で「太華之宮」と書かれてあった。（楼閣の）中央に長椅子が設けてあって座るよう促されると、侍女たちは並んで立った。長い髯の道士が雲に乗ってやって来て、青い冠にあかね色の衣を身につけ、玉の札を手に持ち、まっすぐ（方のところまで）進んで来て何度も拝礼した。方は驚いて立ち上がり答礼をしようとした。道士は拱手の礼をして、「私は先生にとっては従者の身分ですから、どうか座ったままで礼をお受けください」と言い、拝礼し終わると、跪いて、「碧落洞玉華宮の莫真君が先生に謹んでご挨拶申し上げます。瑤台でお別れした後、人間界では六十年が過ぎました。再びお会いする日が近いということで、良き知らせをお待ちしております」と告げたが、方は呆然としてどう返事をしてよいかわからなかった。すると道士は次のように言った。

下界の汚れは、人の内面を変えることがありますので、先生はきっともう以前の事は忘れておいででしょうから、今からそのことを詳しくお話いたします。先生は唐の武后の時代の人でした。冀州（河北省冀州市）に生まれ、文章に優れていましたが、酒を好んで行いを慎まないため、巷に埋没していました。当時河北では疫病が大流行しており、大勢の死者が出ていました。先生はご存知だった薬の処方を書いて、街道に掲示し、病人がその処方通りに治療すると、たちまち平癒しました。これによって（処方は）次々と口伝てに広まり、救った人は数えきれないほどでした。夢の中である人がやって来て、「あなたの陰徳が天の知るところとなり、天帝はあなたの功績を称えて、仙人として召喚することになりました」と告げました。先生は平素から奔放な方でしたが、その上もうすぐ天界の人になれると自負して、ますます放蕩三昧となり、とうとう泥酔したあげく井戸に落ちて死んでしまいました。死後しばらくして、なんと生前の功績によって白玉楼に召喚されましたが、（そこは）李長吉が記を書いた所でした。その時同様に召喚された者が四人おり、文章を書く試験をすることになって、天帝は自ら「大道無為の賦」と書いて出題としました。先生は「帝は竅《あな》を鑿たれて魄を喪い、蛇は足を画いて杯を失う（混沌帝は七つの穴を穿たれて命を失い、蛇は足を描いたために酒杯を受けそこねた）」という警抜な句を作られ、天帝はこれを見て大いに喜ばれて第一等に抜擢し、（先生を）拝して脩文郎となし、専ら文章を起草することを職務とされました。ついで玉華侍郎を拝命しましたが、同僚の十八人は全員上清の仙人でした。常に天帝の側に控え、外出にはその輿に付き従いました。ある日の朝に（天帝が）紫霞宮に行幸されたおり、宮女たちは輿が来ることを知らされておらず、ある者は寝坊をして、片方の眉を描いただけで、すぐに走って出迎えて拝謁しました。天帝はこの者を振り返って笑いながら、侍郎の方々に詩を賦すようお命じになりました。先生の結びの章に「暁粧覚えず　星輿の至るを、只だ人間一壁の眉を画くのみ（明け方に化粧をしていて天帝のご降臨に気がつかず、人間界での片眉を描いただけだった）」とあり、天帝は口ずさんで激賞されました。（しかし先生は）才能やご寵愛を鼻にかけたため、ついには人々に嫉まれ、群玉外監に左遷されました。（先生が）昇殿して別れの挨拶をされると、天帝は「群玉殿は私の蔵書を収めた役所ゆえ、貴君のように文学が人並み優れた者でなければ、ここに勤めることは容易ではない」と仰いました。その後は（天帝に）謁見する機会は間遠になりました。ある日、天帝が仙人たちとともに瑤圃へ出かけた時、先生の文才を思い出し、使者を送って（先生を）呼び出されました。（しかし）先生は病気と断って、侍女の宋道華だけを伴って池に船を出し、手を取り合って恋い慕い、この世の夫婦の情を抱きました。（先生は）使者に弾劾され、天帝はその上奏に「男子は東の家の男子となし、女子は西の家の女子となせ」と勅裁されて、二人は罰としてこの世に生まれ変わりました。道華は蜀（四川省）に生まれ、先生は閩（福建省）の人になったのです。先生が進士に合格して、邵武軍（福建省邵武市）判官を拝命した日に、天帝は（仙界に）召喚するようお命じになりました。（しかし）先生を嫌う者がおり、「邵武の分野は、災いの気がちょうど盛んになっており、この人の仙骨でなければ鎮めることができません」と上奏したので、（天帝は召還を）取りやめました。近ごろ詔が発せられて（先生は）十二年後に元の地位に復職することになりました。莫真君こそは先生に代わって（玉華）侍郎を拝命された方なのです。（莫真君は）浮き世というものは流されやすく、この上他の過ちを犯せば、仙界に帰ることがますます叶わなくなることを心配され、それで私を（先生のもとへ）使いに出して、丁重に思いをお伝えになりました、と。

宋道華は、先に（仙界への）帰還を果たして、宝珠で飾られた旗を持って（方の）側に立っており、（方に）拝礼して、「人の世はごたごたとして本当に厭わしいものです。（あなたは）もしも再び碧落洞に入ることができましたら、どうぞ金毛の獅子を見つめて下さい。千年も万年も、永遠に絶えることなく（金毛の獅子のことを）思い続けてください」と言った。方君は二人の話を聞いて、ようやくはっと記憶が蘇ったようであった。道士と侍女たちはみな別れの礼をして去って行った。（方は）全身に汗をかいて、そのまま目が覚めたが、すでに三日が過ぎていた。（方は）すぐに（婺源県の）丞、尉、（自分の）子や孫を一堂に呼び出し、見たことを逐一話すと、（歙）州に致仕を申し出た。当時年齢は六十二であったが、その後どうなったのか誰も知らないという。私の父が先日同郷人の胡霖卿〔諱は涓〕のところでこの話を聞き、また詳細な記録を書いた人もいたのだが、時が経って失われてしまった。（私は）この話を胡家の子弟や婺源県の人に尋ねたところ、知る者はおらず、ただそのあらましをこのように話すことはできたので、今それを追記した次第だが、他にも忘れてしまった箇所がある。

（1）方朝散については、ここに見える以外のことは不明。朝散は、朝散大夫の略称。従六品。

（2）鏘鏘は、將將にも作る。玉が触れあう音の形容。ここでは金や石などの楽器を打って出る高音の形容。『詩經』國風・有女同車に「將翺將翔、佩玉將將」とあり、毛氏の注は「將將鳴玉、而後行」と説明する。

（3）旌纛は、旗のこと。楽隊で用いられた。『宋史』巻一三〇・樂志五に「按大禮用樂、凡三十有四色。（中略）旌纛二十七」とある。後出の幢幡も同じく旗の意。『元始天尊說變化空洞妙經』（『正統道藏』洞眞部・本文類）に「仙童玉女、十億萬人、手把幢幡、散華燒香、浮空而行」とある。

（4）掩苒は、雲が纏わりつくさま。元、釋念常『佛祖歷代通載』（『大正藏』第四九冊）巻一三に「所見唯雲物掩苒、嵓洞崎嶇」とある。

（5）奐は、色彩が鮮やかなさま。『廣韻』去聲・換に「奐、文彩明貌」とある。

（6）霞衣は、あかね色の衣服。道士や仙人の服装を指していう。『太平廣記』巻二七・神仙二七「司命君」（前蜀、杜光庭『仙傳拾遺』を引く）に「元壤見其容狀偉爍、可年二十許、雲冠霞衣」とある。

（7）莫眞君については未詳。

（8）瑤臺は、玉のうてな。神仙の住む所をいう。李白「清平調詞三首」其一（『李太白文集』巻五）に楊貴妃の美しさを仙女に喩えて「若非群玉山頭見、會向瑤臺月下逢」と詠う。

（9）欽遲は、敬意を持って相手の来訪を待つこと。『晉書』巻九四・陶潛伝に「刺史王弘以元熙中臨州、甚欽遲之、後自造焉」とある。

(10) 懵然は、呆然とするさま。『舊唐書』巻一四八・裴垍伝に「宰相之職、宜選擢賢俊、今則懵然莫知能否」とある。

(11) 肺腸は、内面、内心の意。『詩經』大雅・桑柔に「自有肺腸、俾民卒狂」とあり、鄭玄の箋は「自有肺腸、行其心中之所欲」と説明する。

(12) 縷陳は、詳細に述べる意。『三國志』巻三三・後主伝に「請命告誡、敬輸忠款、存亡敕賜、惟所裁之。輿櫬在近、不復縷陳」とある。

(13) 武后は、則天武后（六二三—七〇五）のこと。唐の第三代皇帝高宗の后。姓は武氏、諱は曌《しょう》。後に唐に代わり周朝を建てた（在位六九〇—七〇五）。『舊唐書』巻六、『新唐書』巻四に伝がある。

(14) 「死者如亂麻」は、大量の死者が出たことの形容。『史記』巻二七・天官書に「其後秦遂以兵滅六王、幷中國、外攘四夷、死人如亂麻」とある。

(15) 落魄は、ものに拘らず、奔放自在なこと。落拓に同じ。『魏書』巻七五・朱仲遠伝に「請人爲官、大得財貨、以資酒色、落魄無行」とある。

(16) 白玉樓は、天界にある楼閣の名。唐の詩人李賀（注17参照）が死の間際に、天帝から落成した白玉楼の記を書くよう命じられた話は有名。唐、李商隱『李義山文集』巻一〇・李賀小傳に「長吉將死時、忽晝見一緋衣人。（中略）欻下榻、叩頭言、阿稱老且病、賀不願去。緋衣人笑曰、帝成白玉樓、立召君爲記。天上差樂不苦也。長吉獨泣、邊人盡見之。少之長吉氣絶」とある。

(17) 李長吉は、李賀（七九一—八一七）、長吉は字。中唐の詩人。独特の幻想怪奇な詩風で知られる。『舊唐書』巻一三七、『新唐書』巻二〇三に伝がある。

(18) 「大道無爲」は、老子、荘子が提唱する、大いなる道の体現者である聖人が行う無為をいう。『道德經』第二章に「是以聖人、處無爲之事」とある。

(19) 「帝鑿竅而喪魄」については、『莊子』應帝王に「南海之帝爲儵、北海之帝爲忽、中央之帝爲渾沌。儵與忽時相與遇於渾沌之地、渾沌待之甚善。儵與忽謀報渾沌之德、曰、人皆有七竅以視聽食息、此獨無有、嘗試鑿之。日鑿一竅、七日而渾沌死」とあるのを踏まえる。『夷堅乙志』巻三「混沌燈」注1参照（乙志上冊九六頁）。

(20) 「蛇畫足而失杯」は蛇足の故事をいう。『戰國策』齊策に「楚有祠者、賜其舍人卮酒。舍人相謂曰、數人飲之不足、一人飲之有餘。請畫地爲蛇、先成者飲酒。一人蛇先成、引酒且飲之、乃左手持卮、右手畫蛇、曰、吾能爲之足。未成、一人之蛇成、奪其卮曰、蛇固無足、子安能爲之足。遂飲其酒、爲蛇足者、終亡其酒」とある。

（21）脩文郎は、天界の官職の名。伝承では顔淵と卜商が死後就いた官とされる。『太平廣記』巻三一九・鬼四「蘇韶」（晉、王隱『晉書』を引く）に「顏淵卜商今見在爲修文郎。修文郎凡有八人、鬼之聖者」とある。

（22）上清は、道教でいう神域である三清（玉清、上清、太清）の一つ。真人が住むとされる。北宋、陳景元『元始无量度人妙經四注』（『正統道藏』洞眞部・玉訣類）に「次有三清。太淸十二天、九仙所居。次上淸十二天、九眞所居。玉淸十二天、九聖所居。今三十六天竝不壞之境」とある。

（23）金輿は、天子が乗る輿のこと。後出の星輿も同じ意。『梁書』巻三三・張率伝に「無逸御於玉軫、不泛駕於金輿」とある。

（24）一壁は、一辺に同じく、場所を指す語。ここでは一方、片方の意。『朱子語類』巻一一四・朱子十一・訓門人二に「比見浙間朋友、或自謂能通左傳、或自謂能通史記、將孔子置在一壁」とある。ここに言う「一壁眉」の故事は不明。

（25）群玉は、古代の帝王の蔵書を収めるとされる山の名。『穆天子傳』巻二に「癸巳、至于群玉之山。阿平無險、四徹中繩、先王之謂策府」とあり、郭璞の注は「言往古帝王以爲藏書册之府、所謂藏之名山者也」と説明する。注8に引いた李白の詩も参照。

（26）宴見は、公務以外で皇帝に謁見すること。『漢書』巻七五・京房伝に「房嘗宴見」とあり、顔師古の注は「以閒宴時而入見天子」と説明する。

（27）瑤圃は、玉を産出するという畑。『楚辭』九章・渉江に「駕靑虬兮驂白螭、吾與重華游兮瑤之圃」とある。

（28）宋道華については未詳。

（29）「男爲東家男、女爲西家女」については、類似の表現が唐、于濆「古別離」詩（北宋、郭茂倩『樂府詩集』巻七一）其二の第一、二句に「郎本東家兒、妾本西家女」と見える。

（30）判官は、ここでは軍判官のこと。知軍の属官で、幕職官の一つ。従八品。

（31）分野は、天の二十八宿に対応する地上の地域のこと。邵武軍は須女（女宿）の分野に相当する。

（32）「仙梯愈不可攀」は、登仙（俗世から仙人になること）の難しさを例えた表現。韓愈「華山女」詩（『昌黎先生文集』巻六）の第二十九、三十句に「仙梯難攀俗緣重、浪憑靑鳥通丁寧」とある。

（33）歸正は、正しい場所に帰る意で、宋代には周辺国に捕らわれた人が宋に帰ってくることを言った。南宋、趙昇『朝野類要』巻三・入仕・歸附等の条に「歸正、謂原係本朝州郡人、因陷蕃後來歸本朝」とある。ここは天上界に復帰したことに用いる。

（34）寶幢は、宝珠で飾られた旗。北宋、文同「和張兆田雪中朝拜天慶觀」詩（『丹淵集』巻六）其二の第一、二句に「寶幢珠節共玲瓏、九虎嚴關有路通」とある。

(35) 紛綸は、ごたごたと多いさま。南齊、孔稚珪「北山移文」（『文選』巻四三）に「常綢繆於結課、毎紛綸於折獄」とあり、呂延濟の注は「紛綸、衆多之貌」と説明する。

(36) 「見金毛獅子」については、金毛獅子は、不老長寿の霊薬である金丹の比喩で、仙人らしく金丹の練成に努めよとの意か。元、何道全述、賈道玄編『隨機應化錄』（『正統道藏』太玄部）巻下「修眞養命歌」に「惺惺漢、聽我說、和合一處無令缺。煉就金丹千日功、生死輪廻皆透徹。脫凡軀、換仙骨、金毛獅子迸出窟。一道威光火薬太虛、不與狐狸同出波」とある。

(37) 無閑は、無間にも作る。絶え間が無い意。『舊五代史』巻一〇八・任延皓伝に「高祖鎭太原、延皓多言外事、出入無閒、高祖左右皆憚之」とある。

(38) 瞿然は、はっと気が付くさま。『史記』巻一二七・日者列伝に「宋忠、賈誼瞿然而悟」とある。

(39) 胡霖卿は、胡涓、霖卿は字。樂平県（江西省楽平市）の人。政和五年（一一一五）の進士。洪邁の父洪皓と同郷で、同年の進士であった。官は司勲員外郎や新監進奏院を歴任した。

〔収録〕『新編分類夷堅志』戊集・巻四・冥婚嗣息門・記前身類、『新訂增補夷堅志』巻二四・記前身類、舊小說本『夷堅志』。『永樂大典』巻七三二八「玉華侍郎」。南宋、李昌齡『樂善錄』（十巻本）巻七。

〔分類〕神仙・報応（陰徳）・夢・悟前生

永平樓

饒州永平監樓[1]、南臨番江[2]。紹興三十二年、會稽陸瀛[3]、毘陵張抑[4]、居官舍。晩飲微醉、同登樓凭欄立。傍無侍史、方縱談呼笑、有婦人不知所從來、立於兩人中間、亦凭欄笑曰、爾兩人在此說甚事。未及答、已無所睹。皆大驚悸、急下樓、後不敢復往。〔郭[1][5]絜己說。〕

1　別藏本は「絜」を「潔」に作る。黄校本、陸本は「絜」を欠く。

「永平監の楼閣」

饒州（江西省上饒市鄱陽県）永平監の楼閣は、南側が鄱江に面していた。紹興三十二年（一一六二）、會稽県（浙江省紹興市）出身の陸瀛と、毘陵（常州。江蘇省常州市）出身の張抑は、（永平監の）官舎に住んでいた。晩酌で微酔いとなり、一緒に楼閣に登り欄干に寄りかかって立った。側に従者もおらず、ちょうど談笑していると、どこからともなく女性が現れ、二人の間に立ち、同様に欄干に寄りかかって笑いながら、「あなたたちお二人はここで何を話していらっしゃるの」と言った。（二人が）返事をしないうちに、すでに女性の姿は消えていた。二人は非常に驚いて、急ぎ楼閣を降り、その後二度と行こうとはしなかった。〔郭絜己が話した。〕

（1）永平監は、唐代饒州に置かれた貨幣の鋳造所。宋代もこれを承けて都大提點坑冶司が置かれた。『輿地紀勝』巻二三・江南東路・饒州・監司沿革・都大提點坑冶司の条に「唐制永平監置在饒州郭下、（中略）開寶平江南之後、因其舊置錢監于鄱陽」とある。

（2）番江は、鄱江に同じ。饒州鄱陽県の城下を流れて鄱陽湖に注ぐ川。

（3）陸瀛については、『琴川志』巻三によれば、通直郎の身分で淳熙三年（一一七六）七月から淳熙五年（一一七八）九月まで常熟県の知県であった。

（4）張抑は、字は子儀。常州晉陵県（江蘇省常州市）の人。隆興元年（一一六三）の進士。官は寶文閣學士に至る。

（5）郭絜己は、郭洺のこと。『夷堅乙志』巻五「樹中盜物」注3参照（乙志上冊一四九頁）。

〔分類〕鬼

唐氏蛇

唐信道(1)於會稽所居治松棚(2)畢、俯見短枝出地二寸許、以爲松也。將拾棄之、其物蠢蠢有動態。拔之不出、呼童發土取之、則漸大[1]、凡深數尺、蓋一異蛇也。尾細如箸、其身乃麤[2]大與人臂等。至頭復甚小、與尾相稱。越人皆所不識。予前志有融州蛇事[(3)]、與此相反云。〔唐說。〕

1　黃校本は「大」を「太」に作る。　2　何校本は「麤」を「粗」に作る。

「唐家にいた蛇」

唐信道が會稽県（浙江省紹興市）の住居で松の枝を使った小屋を修理し終えた時、下を見ると短い枝が地面から二寸ほど出ていたので、松（の枝）だと思った。拾って捨てようとすると、それはもぞもぞと動くしぐさを見せた。（唐は）抜こうとしたが出てこないので、子供の従者を呼んで土を掘って取り出させたところ、（それは）次第に大きくなって、およそ数尺の深さにまで達している、一匹の不思議な蛇であった。尾は細く箸のようであったが、体は太くて人の腕と同じくらいあった。頭になるとまた非常に小さくなり、尾と同じ太さであった。會稽県の住民は誰もこの蛇のことを知らなかった。私の前の『夷堅志』に融州（広西チワン族自治区融水ミャオ族自治県）の蛇の話が有るが、この蛇とは対照的であったという。〔唐が話した。〕

（1）唐信道は、唐閎のこと。『夷堅甲志』巻一三「婦人三重齒」注6参照（甲志下冊九〇頁）。
（2）松棚は、松の枝を掛け渡して上を覆った簡素な小屋。『遼史』巻四一・地理志五・西京道・歸化州・雄武軍の条に「炭山、又謂之陘頭、有涼殿、承天皇后納涼於此、山東北三十里有新涼殿、景宗納涼於此、唯松棚數陘而已」とある。
（3）「融州蛇事」については、『夷堅甲志』巻二〇「融州異蛇」参照（甲志下冊三一三頁）。それは頭だけ大きくて体は糸のように細い蛇であった。

〔分類〕蛇

鞏固[(1)]治生

13　鞏固治生

方城人鞏固者、以機數治生(2)。其鄰周氏素富、一旦男子相繼死、但餘一老媼幷十歲孫。固置酒延媼、以善言誘誂(3)之、開以利害曰、媼[1]與孫介處、而挾田宅貨財自衞、是開門揖盜(4)之説也。曷若及身强健時、盡貨於我。我當資給媼終老、育而孫使成人、若何。媼大喜、以賤價求售、其直不能什二。固纔得之[2]、卽逐使離業、而盡室徙居之。徙之日、命數僧具道場(5)慶謝。至夜半、大[3]聲從井中出、旋繞滿宅[4]、到曉乃止。固竟居之。甫[5]一歲、虜人犯[6]唐州(6)、鞏氏數十口、皆死其處、無一得免者。

1　葉本は「媼」の上に「老」を付す。
2　葉本は「之」を「知」に作る。
3　葉本は「大」を「犬」に作る。
4　葉本は「宅」を「室」に作る。
5　葉本は「甫」を「再」に作る。
6　別藏本は「虜人犯」を「北兵入」に作る。

「鞏固の世渡り」

方城県（河南省南陽市方城県）の人である鞏固は、人を騙して世を渡っていた。隣人の周家は元々裕福であったが、ある日男子が相次いで死に、一人の老婆と十歳の孫を残すだけになってしまった。固は酒を用意して老婆を招くと、言葉巧みにそそのかし、利害を説き聞かせて、「あなたとお孫さんだけが住み、田畑、住宅、財産を守っていこうとするのは、門を開けて盗賊を招き入れるようなものです。体が丈夫なうちに、すべて私に売るのが一番です。私は必ずあなたが死ぬまで面倒を見て、あなたのお孫さんを養育して成人させますが、いかがですか」と言った。老婆は大変喜んだが、（固は）安い値段で（土地や財産を）売るよう求め、売値は（原価の）十分の二にもならなかった。固は土地や屋敷を手に入れると、すぐに（二人を）追い出して家業から手を引かせ、一家全員が隣家に引っ越した。引っ越しの日に、（固は）数人の僧に命じて水陸道場を設けて（周家の霊に）感謝した。夜中になり、大きな音が井戸から出てきて家中を巡り、明け方になってようやく止んだ。（しかし）固は結局そこに住んだ。そのわずか一年後、金人が唐州（治所は泌陽県。河南省唐河県）を侵犯し、鞏家の数十人は、全員その家で死に、一人も免れることはできなかった。

（1）鞏固については未詳。
（2）機数は、謀略、人を騙すこと。『魏書』巻七二・朱元旭伝に「既無風操、俛仰隨俗、性多機數、自容而已」とある。
（3）誂は、怵に同じ。誘惑する意。『漢書』巻六・武帝本紀・元狩元年（前一二二）四月丁卯の条に「日者淮南、衡山修文學、流貨賂、兩國接壤、怵於邪說」とあり、顏師古の注は「怵或體訹字耳。訹者、誘也」と説明する。

（4）開門揖盜は、門を開いて盗賊を招き入れる意。「揖」は両手を体の前に組んで、丁寧に挨拶すること。『三國志』巻四七・呉主伝に「況今姦宄競逐、豺狼滿道、乃欲哀親戚、顧禮制、是猶開門而揖盜、未可以爲仁也」とある。

（5）道場（梵語 *Bodhimandala*）は、仏が悟りを得た場所を指していう。ここでは鞏固が周家の祖霊に対する供養としての、水陸道場の意にとった。『夷堅乙志』巻一「更生佛」注10参照（乙志上冊九頁）。

（6）「虜人犯唐州」については、『宋史』巻二五・高宗本紀・建炎二年（一一二八）二月戊午の条に「金人陷唐州」とある。

〔収録〕『新編分類夷堅志』丁集・巻一・貪謀門・貪謀報應類。『永樂大典』巻八五六九「治生」。

〔分類〕報応・治生・井

劉氏葬

劉延慶(1)少保(2)少孤、後喪其祖、卜葬(3)於保安軍。有告之曰、君家所卜宅兆(4)、山甚美而不値正穴。蓋墓師以爲不利己、故隱而不言。若啓壙時、但取其所立處、則世世富貴矣。如其言、墓師汪然出涕曰、誰爲君言之。業已爾、無可奈何。葬後不百日、吾當死。君善視我家、當更爲君擇吉日良時以爲報。某日可舁柩至此、俟見一驢騎人、卽下窆、無問何時也。劉氏聞其說亦惻然、但疑驢騎人之說。及葬日、遷延至午。乃山下小民家驢生駒、毛色甚異、民負於背、將以示其主。遂以此時葬焉。越三月、墓師果死。延慶位至節度使、子光世(5)至太傅(6)楊[1]國公。〔劉堯仁山甫(7)[2]說。山甫、楊公子也[3]。〕

1　諸本は「楊」を「揚」に作る。『宋史』に従って改める。以下同じ。
2　別藏本は「甫」を欠く。
3　別藏本は「也」を欠く。

「劉家の埋葬」

少保の劉延慶は幼い頃に父親を亡くし、その後祖父も亡くなり、保安軍（陝西省延安市志丹県）で墓や埋葬について占った。ある人が「あなたの家が占って決めた墓地は、山は大変美しいが正しい墓穴とはいえない。恐らく墓の占い師が自分に不利と判断して、隠して話さなかったのだろう。もし墓穴を掘る時に、ただ彼が立った場所を選んだなら、代々富貴となるだろう」と忠告してくれたので、その言葉通りにしたところ、墓の占い師がおいおい泣きながら、「誰があなたにそのことを話したのですか。すでにこうなってしまった上は、どうすることもできません。埋葬した後百日のうちに、私は必ず死ぬでしょう。あなたがよく私の家の世話をしてくれるのであれば、（私は）さらにあなたのために吉日と良き時を選んで報いましょう。某日に棺を担いでここまで来たら、人に乗った一頭の驢馬が現れるのを待って、すぐに埋葬してください。時間はいつでも構いません」と言った。劉は彼の話を聞いてやはり哀れに思ったが、人に乗った驢馬の話は疑問に思った。埋葬の日、ぐずぐずして昼になった。すると山のふもとの住民の家で驢馬が子を産んだが、毛がとても不思議な色をしていたので、民はこれを背負い、主人（の劉延慶）に見せようとした。そこでこの（住民が見せに来た）時間に埋葬した。三カ月後、墓の占い師は果たして死んだ。延慶は官位が節度使に至り、息子の光世も（官位は）太傅楊國公に至った。〔劉堯仁（字は）山甫が話した。山甫は、楊國公の息子である。〕

（1）劉延慶（一〇六八―一一二六）は、保安軍の人。北宋末の武将。官は鎮海軍節度使に至る。靖康の変の際、汴京を守備して戦死した。『宋史』巻三五七に伝がある。『夷堅支丁』巻四「楊九巡」にも名が見える。

（2）少保は、寄禄官の名。北宋の徽宗朝で新たに設けられた三少（少師、少傅、少保）の一つ。正一品。

（3）卜葬は、死者を埋葬する際、先に吉日や吉祥の墓地を占うこと。

（4）宅兆は、墓地の意。『孝經』喪宗に「卜其宅兆而安措之」とあり、唐の玄宗の注は「宅、墓穴也。兆、塋城也」と説明する。

（5）劉光世は、字は平叔。保安軍の人。南宋初期、韓世忠や張浚らとともに反乱軍の鎮圧に活躍した武将。楊國公に封ぜられ、死後太師を贈られた。『宋史』巻三六九に伝がある。

（6）太傅は、寄禄官の名。三師（太師、太傅、太保）の一つ。正一品。

（7）劉堯仁、字は山甫については、『建炎以來繫年要錄』巻一四七・紹興十二年（一一四二）十月辛未の条に「右承事郎、監潭州南嶽廟、賜緋魚袋劉堯佐、堯仁、正平竝直祕閣、主管台州崇觀道。三人、光世子若孫也」とある。

〔分類〕卜筮・塚墓

米(1)張家

京師修[1]內司(2)兵士闞喜(3)、以年老解軍籍、爲販夫、賣果實[2]自給。其妻湯氏、舊給事掖廷[3](4)、晚乃嫁喜。宣和二年六月、喜賣瓜於[4]東水門(5)外汴堤叢柳閒、所坐處去人居百許步[5]、柳陰尤密[6]。午暑方盛、行人不至。聞[7]木杪呼[8]小鬼[9]、繼有應之[10]者。呼者曰、物在否。應者曰、在。如是再[11]三。仰頭周視、無所睹、懼不自安。欲歸[12]而妻饋食適至、具以事[13]語之。妻曰、老人腹虛耳瞶[14]、妄聞之。無懼也[15]。明日復如前[16]、又以語妻。妻曰、然則[17]翼[18]日我於[19]此代汝[20]、汝當[21]爲我饋[22]。湯氏[23]、慧人也。伺其時[24]至、聞[25]應答聲畢、遽[26]曰、旣[27]在、何不出示。卽[28]於樹閒擲金數十顆、銀十餘鋌[29]、黃白爛然。妻四顧無人、亟收[30]寘[31]瓜籃中。未畢而喜至、驚笑曰、吾不暇食矣。喜見黃物形製甚[32]異、疑不曉[33]。妻曰、此裹蹏[34]金(6)也[35]。盡[36]拾[37]、瓜皮與[38]所坐敗簟覆籃[39]、共舁以[40]歸。僅能[41]行百步、重不能勝、暫寄於[42]張家茶肆中[43]、出募有力者[44]挈取。張氏訝其蒼黃[45]如許[46]、發蔀[47]見物、悉以瓦礫易之。喜夫婦不復閱[48]視、及家始覺。妻曰、姑忍勿[49]言。明[50]當復用前策、尚可得也。洎坐樹下、過時[51]無所聞、乃效其呼小鬼[52]、亦應曰、諾。妻曰、再以昨日之物來。曰、亡[53]矣。問何故、曰、已煩賣瓜人送與張氏竟[54]。喜將訟[55]于官、妻曰、鬼神不我與[56]、雖訴何益。不若謀諸張氏[57]。張曰、物已歸我[58]、又無證驗[59]、安得取。且爾夫婦皆老而無子、多貲亦奚爲。幸[60]館于吾門[61]。隨所用錢相[62]給、畢此一世可也。喜乃止。張氏由此益[63]富、徙居城北。俗呼爲[64]米張家云[65]。

〔魯時(7)說[66]。〕

1　別藏本、黃校本、陸本、舊小說本、『汴京勼異記』（以下『汴』と略称する）は「修」を「脩」に作る。
2　『汴』は「果實」を「瓜果」に作る。
3　葉本、增補本、『汴』は「廷」を「庭」に作る。
4　『汴』は「於」の下に「京城」の二字を付す。
5　『汴』は「許步」を「步許」に作る。
6　葉本、增補本は「尤密」を「尤茂」に作る。『汴』は「繁茂」に作る。
7　葉本、增補本は「聞」の上に「若」を付す。『汴』は「忽」を付す。

8　『汴』は「呼」の上に「若」を付す。
9　葉本、增補本は「鬼」を「兒」に作る。『汴』は「兒聲」に作る。
10　葉本、增補本は「之」を欠く。
11　『汴』は「再」を「者」に作る。
12　『汴』は「欲歸」の二字を欠く。
13　葉本、增補本、『汴』は「事」を欠く。
14　葉本、增補本、『汴』は「瞶」を「鳴」に作る。
15　葉本、增補本、『汴』は「之無懼也」を「耳」に作る。

16 『汴』は「如前」を「然」に作る。
17 『汴』は「然則」の二字を欠く。
18 葉本、增補本、『汴』は「翼」を「翌」に作る。
19 葉本、增補本は「於」を「坐」に作る。『汴』は「代」に作る。
20 『汴』は「此代汝」を「汝在此」に作る。
21 『汴』は「當」を欠く。
22 葉本、增補本、『汴』は「饋」の下に「食」を付す。
23 葉本、增補本、『汴』は「湯氏」を「妻」に作る。
24 『汴』は「時」を欠く。
25 葉本、增補本、『汴』は「聞」を欠く。
26 『汴』は「遽」を「卽」に作る。
27 『汴』は「既」の上に「物」を付す。
28 『汴』は「卽」を「隨」に作る。
29 舊小說本は「鋋」を「錠」に作る。
30 葉本、增補本は「收」を「食」に作る。『汴』は「拾」に作る。
31 葉本、增補本、何校本は「寘」を「置」に作る。
32 『汴』は「甚」を「特」に作る。
33 『汴』は「疑不曉」を「素弗識」に作る。
34 葉本、增補本、『汴』は「裹蹏」を「馬蹄」に作る。
35 葉本、增補本は「也」を欠く。
36 『汴』は「盡」を「乃」に作る。
37 葉本、增補本は「拾」を「食」に作る。
38 葉本、增補本は「與」を「以」に作る。『汴』は「及」に作る。
39 葉本、增補本、『汴』は「籃」の上に「蓋瓜」の二字を付す。
40 葉本、增補本は「以」を「而」に作る。
41 葉本、增補本、『汴』は「能」を欠く。
42 葉本、增補本、『汴』は「於」を欠く。
43 葉本、增補本、『汴』は「中」を欠く。
44 葉本、增補本は「有力者」を「擔脚」に作る。『汴』は「擔夫」に作る。
45 葉本、增補本、『汴』は「蒼黃」を「倉皇」に作る。
46 『汴』は「如許」の二字を欠く。
47 葉本、增補本、『汴』は「蔀」を「籃」に作る。
48 增補本、明鈔本は「閱」を「開」に作る。
49 『汴』は「勿」を「弗」に作る。
50 『汴』は「明」の下に「日」を付す。
51 『汴』は「過時」を「久之」に作る。
52 增補本は「鬼」を「兒」に作る。『汴』は「兒聲」に作る。
53 『汴』は「亡」を「無」に作る。
54 葉本、增補本、『汴』は「竟」を「矣」に作る。
55 『汴』は「將訟」を「欲訴」に作る。
56 葉本、增補本、『汴』は「我與」を「與我」に作る。
57 『汴』は「氏」の下に「必有以處我」の五字を付す。
58 『汴』は「我」を「予」に作る。
59 『汴』は「驗」を「佐」に作る。
60 『汴』は「幸」を「請」に作る。
61 『汴』は「門」を「家」に作る。
62 『汴』は「相」を「資」に作る。
63 『汴』は「益」を「大」に作る。
64 葉本、增補本は「爲」を欠く。
65 葉本、增補本、『汴』は「云」を欠く。
66 葉本、增補本、舊小說本、『汴』は「魯時說」の三字を欠く。

「中抜きの張家」

都（汴京）の修内司の兵士であった闞喜《かんき》は、老年のため軍籍を解かれると、行商人となり、果実を売って生計を立てていた。彼の妻の湯氏は、以前後宮に仕えて、晩年になって喜に嫁いだ。宣和二年（一一二〇）六月、喜は東水門の外、汴河の堤の柳が茂る場所で瓜を売っていたが、腰を下ろした場所は人家から百歩余り離れており、柳の枝がとりわけ密に茂っていた。昼の暑さがちょうど厳しい時で、通行人もやって来なかった。（すると喜は柳の）梢から「小鬼よ」と呼びかけるのが聞こえ、続いてそれに返事をする者がいた。呼びかけた者が「物はちゃんとあるか」と尋ねると、答える者は「あります」と返事をし、このようなやりとりを何度も繰り返した。（喜は）頭を上げて見回してみたが、何も見えず、恐ろしくなり落ち着いていられなかった。（家に）帰ろうとした時ちょうど妻が食事を持ってやって来たので、見聞きしたことを詳しく話した。妻は「年寄りはお腹がすくと耳も遠くなるので、空耳だったのでしょう。心配はいりません」と言った。次の日もまた同じことが起きたので、再度妻にそのことを話した。妻は「それならば明日私がここであなたの代わりをしますから、あなたは私に食事を持ってきてください」と言った。湯氏は、知恵のある人であった。その時が来るのを待って、応答の声を聞き終わるやいなや、すぐに「あるのなら、どうして出して見せないのか」と言った。即座に（柳の）木から金数十個、銀十鋌あまりが投げられ、（それぞれ）黄色と白に輝いていた。妻は周囲に人がいないのを確認すると、急いで（金と銀を）拾い上げて瓜の籠の中に入れた。（妻が）入れ終わらないうちに喜がやって来て、驚き笑いながら「私は食事する暇が無いな」と言った。喜は金の形状がとても変わっているのを見て、不思議に思ったが（何なのかは）わからなかった。妻は「これは馬蹄金です」と言った。（二人は）すべて拾い終わると、瓜の皮と座っていた破れたござで籠を覆い、一緒に担いで帰った。（しかし）ようやく百歩ほど歩けただけで、重くて堪えられず、一旦張家の茶店に立ち寄ると、運ぶ力のある者を募りに出て行った。張は二人が慌てている様子を不審に思い、（籠の）覆いを開けて金と銀を見つけると、すべて瓦礫にすり替えておいた。喜夫婦は（籠の中を）調べてみようとはせず、家に着いてようやく気がついた。妻は「しばらく我慢して黙っていましょう。明日もう一度同じ手を使えば、また得られるかもしれません」と言った。（妻は）柳の木の下に座ったが、時刻を過ぎても何も聞こえないので、そこで呼びかけを真似て小鬼に声をかけると、やはり「はい」と返事をした。妻が「もう一度昨日の物をください」と言うと、「ありません」と答えた。（妻が）どうしてかと尋ねると、「もう瓜売りに張家へ送り届けてもらいました」と答えた。喜が役所に（張を）訴えようとすると、妻は「鬼神が私たちにくれなかったのですから、訴えても何の得にもなりません。張に掛け合うのが一番です」と言った。張は「金銀はすでに私の物だし、証拠も無いから、どうして（あなたたちが）受け取れようか。その上あなたたち夫婦は二人とも老いて子供もないのだから、財貨をたくさん手にしたところでどうしようもないだろう。良かったら私の家で暮らさないか。必要なお金は与えるし、ここで一生を終えたらよいだろう」と言った。喜はそこで（訴えるのを）止めた。張家はこれ以後ますます裕福になり、都城の北側に引っ越した。世間では「中抜きの張家」と呼んだという。〔魯時が話した。〕

（1）米は、穀物あるいは海産物の皮や殻を剝いた中身をいう。張が瓜籠の中身である金銀を手に入れたことからこう呼ばれたのだろう。
（2）修内司は、土木工事を監督する将作監に属する役所の一つで、皇城の宮殿や太廟の修理を司った。『宋史』巻一六五・職官志五・将作監の条に「所隷官屬十。修内司、掌宮城、太廟繕修之事」とある。
（3）闞喜については、ここに見える以外のことは不明。
（4）掖廷は、掖庭にも作る。後宮のこと。『漢書』巻一一・哀帝本紀・綏和二年（前七）六月の条に「掖庭宮人年三十以下、出嫁之」とある。
（5）東水門は、汴京の中心から東南を流れる汴河に沿って、内城と外城にそれぞれ設けられていた。喜が城外で商売していたとは考えにくいので、ここでは内城のものを指すと思われる。
（6）褭蹏金は、馬蹄の形をした金のこと。『漢書』巻六・武帝本紀・太始二年（前九五）三月の条に「今更黃金爲麟趾褭蹏以協瑞焉」とあり、顔師古の注は「又曰更黃金爲麟趾褭蹏、是則舊金雖以斤兩爲名、而官有常形制、亦由今時吉字金挺之類矣。武帝欲表祥瑞、故普改鑄爲麟足馬蹏之形以易舊法耳」と説明する。
（7）魯時は、次の「湧金門白鼠」にも登場し、それによれば汴京の人。

〔収録〕『新編分類夷堅志』戊集・巻三・前定門・資財前定類、『新訂增補夷堅志』巻二三・資財前定類、舊小説本『夷堅志』。明、李濂『汴京匃異記』巻三・鬼怪。

〔分類〕定数・婦人（賢婦）・鬼・宝（金・銀）・草木

湧金門[1]白鼠[2]

京師人魯時[3]、紹興十一年在臨安。送所親于北闈下、忘攜錢行、解衣質于庫。見主人如舊熟識者、思之而未得。退訪北關稅官朱子文[4]、言及之、蓋數年前所常見丐者也。其人本豪民、遭亂家破、與妻行乞于市、使三子拾楊梅(5)核、椎取其實以賣。少子嘗見一白鼠在聚核下、歸語父。父戒曰、明日往捕之。得而貨于禽戲(6)者、必直數百錢[1]、勿失也。迨旦、母與偕至故處、果見鼠、逐[2]之、及湧金門牆下、入穴中而滅。母立不去、遣子歸取鍤斸地、深可二尺、望鼠尾猶可見。俄得一靑石、揭[3]去之、下有大甕、白金滿中、遽奔告其父。父至不敢啓、亟詣府自列(7)、願以半與官、而乞廂[4](8)吏護取。府主從其言、得銀凡五千兩。持所得、卽日鬻之、買屋以居、而用其錢爲子本。遂成富家、卽質庫[5]主人也。〔時說。〕

1　黄校本は「錢」を「步」に作る。陸本は「錢」を欠く。
2　黄校本は「逐」を「遂」に作る。
3　陸本は「揭」を「獨」に作る。
4　黄校本は「廂」を欠く。
5　別藏本は「質庫」を「庫中」に作る。黄校本は「質庫」の二字を欠く。

「湧金門の白い鼠」

都（汴京）の人である魯畤は、紹興十一年（一一四一）に臨安府（浙江省杭州市）にいた。北の水門のところで知人を見送る時、はなむけの銭を持って行くのを忘れたので、上着を脱いで質入れした。（質屋の）主人を見ると昔よく知っていた者のようで、思い返してみたがわからなかった。店を出て北の関所の徴税官である朱子文を訪ね、話の中でそのことを言うと、（主人は）数年前にいつも見かけた物乞いであ（るとわか）った。その人は元々富豪であったが、兵乱によって家を壊され、妻とともに市で物乞いをし、三人の息子には楊梅の種を拾わせ、叩いて中の仁を取り出して売っていた。ある時幼い息子が集めた種の下に一匹の白い鼠がいるのを見て、帰って父親に話した。父親は「明日その鼠を捕まえに行け。捕まえて動物の芸で商売をする者に売れば、必ず数百銭の値が付くから、逃がしてはならんぞ」と言いつけた。朝になり、母親が（息子と）ともにその場所に行くと、果たして鼠を見つけ、追いかけたが、湧金門の壁の下まで行って、穴の中に入り見えなくなった。母親は立ったまま動かず、息子に鍬を取りに帰らせて（それで）地面を掘り、深さ二尺ほどで、鼠を捜すと尻尾がまだ見えていた。（さらに掘り進めると）突然一個の青い石があり、持ち上げてそれを除けると、下に大きな甕があって、中に銀が詰まっていたので、急ぎ走って父親に告げた。父親はやって来ると（甕を）開こうとはせず、すぐに臨安府の役所に行って自ら報告し、（銀の）半分をお上に収めることを願い出て、廂官に受け取りを求めた。知府はその言葉に従い、（父親は）全部で銀五千両を手に入れた。得た銀を持ってその日のうちに売り、家を買って住むと、（銀を）売った銭を（質の）元手にした。かくして富豪になったが、それが質屋の主人だったのである。〔（魯）畤が話した。〕

（1）湧金門は、臨安の都城の西にあった門。『咸淳臨安志』巻一八・彊域三・城郭・城西・豊豫門の条に「舊名、湧金門」とある。

（2）白鼠については、『太平廣記』巻四四〇・畜獸七「鼠」（前蜀、杜光庭『錄異記』を引く）に「白鼠、身毛皎白、耳足紅色、眼眶赤。赤者乃金玉之精。伺其所出掘之、當獲金玉」とある。

（3）魯時については、ここに見える以外のことは不明。前の「米張家」の提供者でもある。

（4）朱子文については、ここに見える以外のことは不明。

（5）楊梅は、ヤマモモ（学名 *Morella rubra*）。ヤマモモ科の常緑樹。果実は食用。その仁は『本草綱目』巻三〇・果部・楊梅・核仁の条に脚気の治療薬として記述が見える。物乞いは薬材として楊梅の仁を換金していたか。『夷堅乙志』巻一「仙弈」注2参照（乙志上冊一四頁）。

（6）禽戲については、元、陶宗儀『南村輟耕錄』巻二二「禽戲」の条に、杭州で亀や蝦蟇の芸を売る商人の記述が見える。

（7）自列は、自ら述べること。列は、陳述の意。『資治通鑑』巻一〇三・咸安元年（三七一）十一月の条に「逼新蔡王晃詣西堂叩頭自列」とあり、胡三省の注は「自列、自陳列其事」と説明する。

（8）廂吏は、廂官に同じ。都城に設けられた各廂を管理する行政官。民事訴訟や盗賊の捕縛などを司った。『夷堅甲志』巻一八「黄氏少子」注2参照（甲志下冊二五六頁）。

〔分類〕宝（銀）・草木（果）・畜獣（鼠）

金尼生鬚

平江傳法尼寺[1]（1）何大師[2]（2）、本章子厚（3）家青衣也。其徒曰金師[3]（4）、亦故章妾。嘗[4]晝臥室中、道人叩門入乞食。金師[5]曰、院中冷落、殊乏好供。曰[6]、隨緣足矣。吾適到妙湛院（5）、欲少留、而屍氣觸人不可入、故捨而至此。乃設飯延之。食畢將去、金師夙苦瘵疾（6）、常奄奄短氣、漫言曰、我久抱病、先生還有藥見療乎。曰、適有一粒、正可服。卽同往佛殿、命汲水東向吞之。詢其鄉里、曰、我河東人、骨肉甚多。不肯言姓名。臨去時囑曰、既服我藥、用兩事爲戒。切不可臨喪及送葬。更十二年、吾當復來。遂出。金師歸舍、便聞食氣逆鼻、兩日不食。何師怒罵之曰、汝從野道人喫毒草藥、損汚腸胃、當即死矣。强之使食、纔下咽、即嘔、自是竟不食。久之髭髯皆生、黳黑[(7)]光潤如男子。後因赴親戚家喪齋、遂思食、距服藥時正十二年、道人亦絶不至。金師遭虜寇[7]之難[(8)]、死於兵間。〔何德獻[(9)]說。何及見金師生髯時。〕

1　黄校本は「尼」を欠く。
2　別藏本、黄校本は「大」を欠く。
3　黄校本は「金」を欠く。
4　黄校本は「嘗」を欠く。

5　黄校本は「金」を「今」に作る。
6　黄校本は「曰」を「乚」に作る。
7　別藏本は「虜寇」を「北兵」に作る。

「尼の金師に鬚が生える」

平江府（江蘇省蘇州市）の傳法尼寺の何大師は、元々は章子厚の家の下女だった。その弟子は金師といい、やはり元は章の妾だった。（金師が）ある時部屋で昼寝をしていると、道士が（寺の）門を叩いて入り食事を求めた。金師は「寺は寂れており、良い食事はまったくできませんが」と言うと、（道士は）「あるがままで十分です。私は先ほど妙湛院に行き、しばらくお世話になろうと思ったのですが、死者の気に当てられて入ることができず、それであきらめてこちらに伺ったのです」と答えた。そこで食事を用意して道士を迎えた。（道士が）食事を終えて行こうとした時、金師は昔から結核に苦しみ、いつも息も絶え絶えに咳き込んでいたので、ふと「私は長い間この病気を抱えているのですが、先生はもしや私を治す薬はお持ちではないでしょうか」と言うと、（道士は）「ちょうど一粒ありますので、どうぞお呑みください」と答え、すぐに一緒に仏殿に行き、（金師に）水を汲んで東を向いてその薬を飲ませた。（金師が）道士の郷里を尋ねると、「私は河東（黄河以東の流域）の人間で、一族は非常に多いのです」と答えたが、（自分の）姓名は言おうとはしなかった。（道士は）寺を去る時に（金師に）忠告して「私の薬を飲んだ以上は、二つのことを守ってください。決して葬式や野辺送りに立ち会ってはいけません。十二年後に、私は必ずまた伺います」と言い、そのまま出て行った。金師は部屋に帰ったが、食事の匂いを嗅ぐと鼻を突くので、二日も食事をしなかった。何大師は怒って金師を罵り、「お前は田舎道士の言う通りに毒の薬を飲んで、胃腸を傷つけたから、きっとすぐに死んでしまうだろう」と言い、金師に無理矢理食事をさせたが、呑み込んだ途端、たちまち吐きだしてしまい、以後ついに食事をしなくなった。（金師は）しばらくすると顎や頬に鬚が生え、黒々と光沢があってまるで男子のようだった。その後親戚の家の葬儀に出向いて、そこで食事をしたくなったが、それは薬を飲んでからちょうど十二年目で、道士も消息を絶ったまま来ることはなかった。金師は金の侵攻によ

る災難に遭い、（金の）兵に殺された。〔何徳獻が話した。何は金師に鬚が生えた時を見ていた。〕

（1）傳法尼寺については、『吳郡志』巻三一・府郭寺・傳法尼寺の条に「在長洲縣西。舊禪興寺也」とある。
（2）何大師については未詳。
（3）章子厚は、章惇（一〇三五―一一〇五）、子厚は字。浦城県（福建省南平市浦城県）の人。嘉祐四年（一〇五九）の進士。王安石の知遇を得て、後に哲宗朝で尚書左僕射兼門下侍郎を拝命する。蔡京らとともに旧法党を弾圧したことで知られる。『宋史』巻四七一に伝がある。『夷堅支乙』巻五「張小娘子」、『夷堅志補』巻一三「鄭明之」にも名が見える。
（4）金師については未詳。
（5）妙湛院については、『吳郡志』巻三一・府郭寺・妙湛尼寺の条に「在提擧常平司之東」とある。
（6）瘵疾は、結核のこと。『夷堅甲志』巻二「崔祖武」注2参照（甲志上冊七六頁）。
（7）鬒黑は、鬚が濃いさま。『宋史』巻二七四・劉審瓊伝に「年八十餘、筋力不衰、髭髮鬒黑」とある。
（8）「虜寇之難」は、金によって北宋が滅亡した靖康の変（一一二六）を指す。
（9）何德獻は、何佾《かいつ》のこと。『夷堅乙志』巻八「長人國」注2参照（乙志上冊二二八頁）。

〔分類〕道術・医・薬

陽山(1)龍

平江府二十里間陽山龍母祠(2)、相傳其子每歲四月必一至祠下、皆取道野外、吳中人多見之。唯紹興二十年、獨入城。章幾道(3)〔僅〕宅後有廨院、曹雲(4)借居之。是日雷電旋繞其室、曹在堂上、有物擁之向壁、揭庭下松棚、從空起。室中箱篋、皆挈徙它處。幾道與其甥何德輔(5)〔俌〕仰望、見雲中火光、巨鱗赫然。或僧、或道士、或尼、或倡女、雜遝(6)其前、履空躡雲、爲捧迎狀、越城一角而去。〔何德獻說(7)。〕

「陽山の龍」

平江府（江蘇省蘇州市）から二十里のところにある陽山の龍母祠は、言い伝えによれば龍の子供が毎年四月に必ず祠を訪れるのだが、いつも郊外を通って来て、平江府の住民の多くがそれを目撃していた。ただ紹興二十年（一一五〇）に、一度だけ城内に入って来たことがあった。章幾道〔諱は僅〕の家の後ろに官舎があり、曹雲はここを借りて住んでいた。その日は雷電が官舎を巡りながら落ち、曹は表座敷にいたのだが、何者かが現れて曹を抱えて壁を向かせ、庭先の簡素な小屋を持ち上げると、空へと登っていった。家の中の箱も、すべて他の場所に移動された。幾道が甥の何德輔〔諱は倘〕とともに仰ぎ見ると、雲の中に火の光が見え、巨大な鱗が赤々と輝いていた。僧や道士、尼や妓女などがその前に群がり、空に浮かび雲を踏んで、出迎える仕草をすると、城壁の一角を越えて行ってしまった。〔何德獻が話した。〕

（1）陽山は、現在の江蘇省蘇州市の北に位置する山。秦餘杭山ともいう。『吳郡志』巻一五・山・秦餘杭山の条に「卽陽山也」とある。

（2）龍母祠は、『吳郡志』巻一三・祠廟下・陽山靈濟廟の条によれば、長洲県（吳県。江蘇省蘇州市）の西にある北陽山のふもとの澄照寺の傍にあり、伝承では晉の隆安年間（三九七―四〇一）に、白龍を産んだ繆氏を祀った廟という。毎年三月十八日が白龍の誕生日で、その日になると白龍が陽山に帰り、必ず風雨が起こったという。

（3）章幾道は、章僅、幾道は字。章惇（前話「金尼生鬚」注3参照）の孫。『建炎以來繫年要錄』巻五一・紹興二年（一一三二）二月甲戌の条に「浙西江東廣東提擧茶鹽黃昌衡、陳鑄、王鈇、章僅（中略）竝罷。（中略）僅、惇孫。曾除光祿寺丞」とある。

（4）曹雲については、『建炎以來繫年要錄』巻一七二・紹興二十六年（一一五六）三月己卯の条に「先是平江士居右朝散郎曹雲、召（謝）邦彥、（司馬）倬於其家、與之蔬食待。御史湯鵬擧論、雲、平江大儈、以賣卜爲業、交結士大夫、遂得一官」とあるが、同一人物か否かは不明。

（5）何德輔は、何倘、德輔は字。紹興十二年（一一四二）の進士。洪适『盤洲文集』巻二一・外制三に「何倘除權工部侍郎制」がある。

（6）雜遝は、雜沓にも作る。群がり集まるさま。『史記』巻九二・淮陰侯列伝に「天下之士雲合霧集、魚鱗雜遝、熛至風起」とある。

（7）何德獻は、何佾のこと。『夷堅乙志』巻八「長人國」注2参照（乙志上冊二一八頁）。

〔分類〕雷・龍

遇仙樓

信州弋陽人呉滂、字潤甫(1)、所居曰結竹村。幼子大同(2)、生而不能言、手亦攣縮。紹興十七年、年十一歳、方秋時、與里中兒戲山下。有道人過、問呉潤甫[1]家所在。旁兒指曰、在彼。曰、此子何不答我。曰、不能言。道人曰、然則我先爲治此疾而後往。乃摘茅一莖、取其葴(3)、鍼大同兩耳下、應時呼號。又連鍼其肘、遽伸手執道人衣曰、何爲刺我。群兒皆驚異、與俱還滂家。道人入門曰、君家又有一人廢疾、可舁至縣中、尋吾治之。且約以某日。蓋滂兄濬(4)長子不能行、四十五歳矣。過期數日、乃入邑訪之、無所見。後滂與大同至縣、見丐者鬅鬙藍縷、大同指曰、此是也。滂以錢遺之、不受曰、沽酒飲我足矣。至酒肆、方具杯、擲去之曰、此不足一醉。自入庫中取巨甕、兩人不能勝者、獨挈之出。其直千錢、擧甕盡飲之、乃去。又曰、君家麻車源木甚多、可伐之、爲我建一樓於所居竹間。麻源者、去結竹七里、產大木。滂如其言立樓、命曰遇[2]仙、常烹羊釃酒爲慶會、自此道人不復至。大同獨時有所適、或經日乃返、不告家人以其處。始時身絶短小、今形容偉然、氣韻(5)落落(6)。又數年、復來告曰、俟爾父母捐館、妻子亦謝世、當訪我於貴溪紫竹巖。今滂夫婦皆死、大同妻子[3]

1　黄校本は「甫」を「角」に作る。陸本は「甫」を「勇」に作る。
2　黄校本は「樓」を欠く。
3　別藏本は「大同妻子」の四字を欠く。張元濟校注に「此下宋本闕一葉」と注記する。

「遇仙樓」

信州弋陽県（江西省上饒市弋陽県）の人である呉滂、字は潤甫の、住んでいる所を結竹村と言った。幼い息子の大同は、生まれながらに口がきけず、手も縮こまったままだった。紹興十七年（一一四七）、（大同が）十一歳の時、秋のある日に、郷里の子供たちと山のふもとで遊んでいた。一人の道士が通りかかり、（大同に）呉潤甫の家の場所を尋ねた。側にいた子供が指さして「あそこだよ」と答えた。「この子はどうして私に返事をしないのだ」と聞くので、「口がきけないんだよ」と答えた。道士は「それなら私は先にこの子の病気を治してから行くことにしよう」と言い、茅の茎を一本摘むと、その鍼のような先端を取って、大同の両耳の下を刺すと、そのたびに叫び声を挙げた。続けて大同の肘に刺すと、急に手を伸ばして道士の上着を摑み、「どうして僕を刺すのさ」と言った。子供たちはみな驚いて、全員で滂の家に帰った。道士は門を入ると（滂に）「あなたの家にはもう一人障害を持つ人がいるから、担いで県城に来て、私のところに治しに来なさい」と言い、某日に（道士を）訪ねる約束をした。滂の兄である濬の長男は歩くことができず、四十五歳だったのである。約束の日を数日過ぎて、ようやく県城に入り道士を訪ねたが、姿が見つからなかった。その後滂が大同と県城に行った時、頭がぼさぼさで服もぼろぼろの物乞いを見かけたが、大同は指さして、「この人があの道士です」と言った。滂が銭を道士に贈ると、（道士は）受け取らず、「酒を買って私に飲ませてくれたら十分です」と言った。居酒屋に行き、（道士に）杯を与えたところ、（道士は）それを投げ捨てて、「これでは一酔いするにも足りません」と言い、自ら酒蔵に大きな甕を取りに入り、二人がかりでも持つことができないものを、一人で持って出てきた。その値段は一千銭もしたが、甕を持ち上げて飲み干してから、（酒屋を）去った。（道士は）また（滂に）「あなたの家が持っている麻車源の木はたくさんあるので、それを伐って、私のために竹林の中に楼閣を建ててください」と言った。麻（車）源は、結竹村から七里のところにあり、大木を産出した。滂は道士の言葉通りにして楼閣を建てて、「遇仙」と名付け、いつも羊を料理し酒を用意して宴会を開いたが、これ以後道士は二度と来なかった。ただ大同は時折独りでどこかへ出かけ、一日経ってようやく帰ることもあったが、家の者にはその場所を話さなかった。（大同は）以前は体が非常に小さかったが、今では立派な体格になり、性格も大らかになった。さらに数年後、（道士は）再び（大同のところに）やって来て、「お前の両親が亡くなり、妻子も死んだら、必ず貴溪県（江西省貴渓市）の紫竹巖に私を訪ねて来なさい」と告げた。現在滂夫婦はともに死に、大同の妻子は……（以下欠文）。

（1）　呉滂、字は潤甫については未詳。
（2）　呉大同（一一三七—？）については未詳。
（3）　蔵は、箴、鍼に同じ。針の意。茅箴、茅針は生えたばかりの茅の若い芽を指すが、ここでは茅の茎の尖った先端の意にとった。
（4）　呉濬については未詳。
（5）　氣韻は、気質、性格の意。『太平廣記』巻二二四・相四「殷九霞」（唐、康軿『劇談錄』を引く）に「（張）支使神骨淸爽、氣韻高邁」とある。
（6）　落落は、大らかでこせこせしないさま。『晉書』巻一〇五・石勒伝に「大丈夫行事當礌礌落落、如日月皎然」とある。

〔分類〕方士・医

牛道人[1](1)

華宮瑤館游畢、却返絳節(2)回鸞翼。荷殷勤三斝(3)香醪(4)、供養我上眞(5)仙客。赤靄浮空、祥雲遠布、是我來仙跡。且頻脩、同[2]泛舸上雲秋碧(6)。書畢、人問曰、先生降臨、何以爲驗。曰、赤雲滿空、則吾至矣。異日復至、果然。故詞中及之。

1 別蔵本はこの話を欠く。黄校本、陸本、張校本、何校本は目録で「遇仙樓」の次に「牛道人」を挙げる。

2 黄校本は「同」を欠く。

「牛道人」

（欠文）

華宮瑤館游畢　　華宮瑤館に游び畢えて

却返絳節回鸞翼　　却《まさ》に絳節を返し鸞翼を回らす

荷殷勤三斝香醪　　殷勤たる三斝《か》の香醪を荷《う》けて

供養我上眞仙客　　我が上真の仙客を供養せん

赤靄浮空　　赤靄空に浮かび

祥雲遠布　　祥雲遠く布かば

是我來仙跡　　是れ我の来たる仙跡なり

且頻脩　　且らく頻りに脩めよ

同泛舸上雲秋碧　　同に舸を上雲の秋碧に泛べん

華やかな玉殿での一時滞在が終わり、今まさに赤い旗を手に鸞の羽の服を身に纏い仙界に帰る時が来た。真心を込めて三つの玉杯に注がれた美酒を承けて、真の仙人である私の客人を祀ろう。赤い靄が空に浮かび、瑞雲が彼方にたなびいたら、それが私のやって来た時だ。とりあえず修行に励みたまえ。いつかともに船を高い雲のある秋空が碧《あお》く輝く辺りに浮かべようではないか。」書き終わり、ある人が「先生がご降臨の時は、何をその証とするのでしょうか」と尋ねると、「赤い雲が空一杯に広がったら、私はやって来る」と答えた。後日再びやって来たが、果たして言葉通りとなった。だから詞の中でそのことに触れていたのである。

（1）牛道人については、『夷堅甲志』巻二「崔祖武」注3参照（甲志上冊七六頁）。
（2）絳節は、赤色の旗。儀仗の一種。杜甫「玉臺觀」詩（『杜工部集』巻一〇）其一の第一、二句に「中天積翠玉臺遙、上帝高居絳節朝」とある。
（3）斝は、三足の玉杯。『說文解字』巻一四上・斗部に「斝、玉爵也。夏曰琖、殷曰斝、周曰爵」とある。
（4）香醪は、美酒のこと。唐、李適「奉和聖製九日侍宴應制得高字」詩（『全唐詩』巻七〇）の第三、四句に「萸房頒綵笥、菊蕊薦香醪」とある。
（5）上眞は、最高位の仙人を指していう。梁、陶弘景『眞誥』（『正統道藏』太玄部）巻九・協昌期第一に「陰祝曰、（中略）身升玉宮、列爲上眞」とある。
（6）この詞は、『全宋詞』にも無名氏「失調名」として引かれている。

〔分類〕方士・文章

白獮猴（1）

朝請郎（2）劉公佐（3）罷衡州守、舟行歸京師、道中得疾。其妻趙氏、毎夕必至所寢處、視診藥餌。時方盛夏、馬門（4）不關。一夕趙至牀側、公佐睡未覺、一物如猴、色正白、直從寢閤衝人而出、徑歷外戸、跳登岸。趙氏畏驚病者、不敢言、獨呼子總（5）出視之、物猶在岸上、睢盱（6）回顧、久之始去。劉生於丙申屬猴、人以謂精爽逝矣、至泗州而卒。

1　張校本、何校本は「始」を欠く。

「白い猿」

朝請郎の劉公佐は知衡州（湖南省衡陽市）を退官すると、船に乗って都（汴京）に帰ったが、道中で病気になった。妻の趙氏は、毎晩必ず寝室に行って、看護をし薬を与えていた。ちょうど盛夏のころで、船室の扉は閉めていなかった。ある晩に趙が寝台の傍まで来ると、公佐は眠っていて気付いていなかったが、猿のような、真っ白な何かが、まっすぐ寝室から人にぶつかって出て行き、船室の扉を通って、跳んで岸へと登った。趙氏は病人を驚かせるのを心配し、（そのことを劉に）告げようとはせず、ただ息子の總を呼んで外に出て見に行かせたが、それはまだ岸におり、目を見開いて振り返ると、しばらくしてようやく行ってしまった。劉は丙申（治平三年、一〇六六）の申年生まれで、人々は（劉の）魂が（体を離れて）行ってしまったのだと思ったが、（果たして）泗州（江蘇省淮安市盱眙県）に着いたところで亡くなった。

（１）獼猴は、アカゲザル（学名 *Macaca mulatta*）。オナガザル科マカク属に分類される。ここは広く小型の猿の意で用いる。

（２）朝請郎は、寄禄官三十階のうちの第二十階。正七品上。

（３）劉公佐（一〇六六―一一一六）については、李之亮『宋兩湖大郡守臣易替考』（二八九頁、巴蜀書社、二〇〇一年）では『衡州志』を引いて、政和四年（一一一四）七月に知衡州の任にあったと記し、後任の鄭中立が政和六年三月に着任したと記す。ただし『衡州府志』嘉靖本（九巻本）、萬曆本（十五巻本）、康熙本（二十三巻本）、乾隆本（三十三巻本）のいずれの刊本にも該当の記述は見当たらない。ここは取りあえず李氏の記述に従う。ちなみに政和六年も丙申であった。

（４）馬門は、船室の扉のこと。南宋、朱翌『猗覺寮雜記』巻下に「船門曰馬門、蓋闔字之分也。引首而觀曰闔」とある。

（５）劉總については、『夷堅乙志』巻一三「劉子文」（六二頁）にも名が見えるが、同一人物か否かは不明。

（６）睢盱は、目を開き仰ぎ見るさま。後漢、張衡「西京賦」（『文選』巻二）に「迾卒清候、武士赫怒、緹衣韎韐、睢盱拔扈」とあり、李善の注は晉、呂忱の『字林』を引いて「睢、仰目也。盱、張目也」と説明する。

〔分類〕畜獸（獼猴）

天衣山(1)

李處度平仲居會稽(2)。紹興十八年、被疾未甚篤。州監倉(3)方釋之(4)與數客往省之、李方燕語往來、且道醫之謬、忽顧曰、近被旨買絲數萬兩(5)、不知其價幾何。客訝語不倫。俄呼虞候(6)、令傳語唐運使(7)、且喜同官。今先行相待、可便治裝也。又語客曰、得一廨舍在天衣山中、極明潔。客不敢答、卽引去。是夜遂卒。唐君名閎(8)、其室與李相近、時病廢家居、聞之甚懼、次日亦卒。李之葬乃在天衣山云。〔方子張說。〕

「天衣山」

李處度（字は）平仲は會稽県（浙江省紹興市）に住んでいた。紹興十八年（一一四八）、病気になったがそれほど重くはなかった。（越）州（紹興府。浙江省紹興市）の監倉であった方釋之が数名の客とともに李の見舞いに行くと、李は過去や将来のことについて、また医療の過りについて雑談している時に、突然（方らを）振り返ると、「近ごろ絹数万両を買う勅命を受けたが、その値段はいくらになるのだろうか」と言った。客らは（李の）話が普通でないのをいぶかしんだ。（李は）にわかに従者を呼んで、唐運使に「まずは同じ官に就かれることをお慶び申し上げます。（私は）今から先に行ってあなたをお待ちしておりますので、直ちに支度を整えてください」と伝えるよう命じた。さらに客に「一軒の官舎が天衣山の中で手に入ったが、極めて明るくて清潔だ」と告げたが、客らは敢えて返事をせず、すぐに帰った。（李は）その夜にそのまま亡くなった。唐君は名を閎といい、家は李の近所で、当時は病気で官を辞めて家に居り、この話を聞いてとても懼れたが、次の日にやはり亡くなった。李が埋葬された場所はなんと天衣山であったという。〔方子張が話した。〕

（1）天衣山は、現在の浙江省紹興市の南に位置する秦望山の異称。法華山ともいう。境内に東晉の僧曇翼の創建と伝わる天衣寺がある。『嘉泰會稽志』巻九・山・山陰縣・法華山の条に「在縣西南二十五里。舊經云、義熙十三年僧曇翼誦法華經、感普賢應現、因置寺。今爲天衣禪院」とある。
（2）李處度（？―一一四八）、字は平仲については、『建炎以來繫年要錄』巻五一・紹興二年（一一三二）二月甲申の条に「大理寺丞李處度、監都奏院蘇簡竝送吏部」とある。
（3）監倉は、監当官（諸税の監督官）の一つ。納められた米などの貯蔵庫の管理を司った。
（4）方釋之は、字は子張。『夷堅支乙』巻五「南陵蜂王」、『夷堅支景』巻二「會稽獨脚鬼」にも名が見える。「會稽獨脚鬼」によれば、

「方子張爲會稽倉官」とある。『夷堅乙志』巻一二「江東漕屬舍」（四四頁）にも湖州通判として名が見える。
（5）一兩は、三七・三グラム。
（6）虞候は、官僚が雇う従者のこと。『夷堅乙志』巻四「趙子藻」注4参照（乙志上冊一二三頁）。
（7）運使は、轉運使の略称。『夷堅乙志』巻六「齊先生」注10参照（乙志上冊一六七頁）。
（8）唐閎（?―一一四八）については、『景定建康志』巻二六・官守志三・轉運司・唐閎の条に「右朝請大夫運判、紹興八年八月一日到任。九年二月七日滿罷」とある。

〔分類〕定数

〔附記〕

巻一一の巻末に嚴元照の以下のような校記が附されている。

此卷中第十第十一兩葉不接、而中閒又無補葉、中縫葉數又不誤舛。乃以目證之、則尚有牛道人一則。此是元人脩板時無從補入此葉、又不能取它志羼入、故中縫葉數稍爲改削。卷首獨無十三事三字、亦脩板者之所爲也。

この巻の第十葉と第十一葉は話がつながっておらず、その間も補った葉は無いが、版心に記された葉数も誤ってはいない。そこで目録で確かめると、さらに「牛道人」の一則がある。これは元人が版木を整理した時にその（欠けた）葉のものを補って入れることができず、また他の『夷堅志』から取ってきて差し込むこともできなかったので、版心の葉数のみ少し改めたのである。巻頭にこの巻だけ「十三話」の三文字が無いのも、版木を整理した者の仕業である。

乙志巻一二

眞州異僧

金華范茂載[(1)]〔渭[1]〕、建炎二年以秀州通判權江淮發運司[(2)]幹官[(3)]、官舍在儀眞。方劇賊張遇[(4)]寇淮甸、民間正喧然[2]。范泊家舟中[3]、而日詣曹治事。其妻張夫人、平生耽信佛教、每游[4]僧及門、目所見物[5]、悉與之、不少吝[6]。郡有僧鳴[7]鐃鈸[(5)]行乞于岸、呼曰、泗州有箇[8]張和尚、緣化[9][(6)]錢修[10]外羅城[(7)]。張邀至舟所、僧於袖間[11]出雕刻[12]木人十許枚、指之曰、此爲僧伽[(8)]大聖、此爲木叉[13][(9)]、此爲善財[14][(10)]、此爲土地。命之笑、則木人欣然啓[15]齒、面[16]有喜色。取一兒枕鼓而[17]寢者以[18]與張、曰、此僧伽初生時像也。又以藥一粒授張、戒使吞之。張施以紫紗皁絹各一匹[19]、僧甫去。范君適從外來、次子以告、問何在[20]。曰、未遠。遣人追及、將折困[21]之、僧殊不動容[22]、索紙書十字者三[23]、又書九字及徐字于下、以付范、卽去。張氏取藥欲服、而其大如彈丸、不可吞。乃命婢磨碎、調以湯而飮之。明日僧復至、問曰、曾餌吾[24]藥否。以實對。僧歎咤[25]曰、何不竟吞之而碎吾藥。然亦無害也。後兩日、賊船數百渡江而南、將犯京口、最後十餘船、獨回泊眞州、殺人肆掠。是時岸下舟多不可計、舳艫相銜、跬步不得動。范氏之人[26]無長少[27]皆登津散走。張以積病不能行、與一女并妾宜奴[(11)]者三人不去、但默誦[28]救苦觀世音菩薩。時正月十四日也。一賊登舟[29]、從篷[30]背揕矛入、當張坐處、所覆綿衾四重皆穿透、刃自腋下過、無所損。賊跳[31]入中[32]、又擧矛[33]刺之、出兩股之間[34]、亦無傷焉[35]。賊驚異、釋仗[36]問曰、汝有何術至是。曰、我以產後得病、故待死於此[37]、但誦[38]佛耳。安得術哉[39]。家藏金銀一小篋、持以相贈、幸捨我。賊取之而留[40]其衣服、曰[41]、以爲買粥費。去未久、又一賊[42]來、持火藥罐[43]發之、欲焚其舟、未及發而器[44]墜水中、亦捨去。俄頃兩岸火大起[45]、延及水中。范氏[46]舟纜已爇斷、如有牽挽者、由[47]千萬艘間、無人自行、出大江。范[48]不知東西、唯宜奴扶柁[49]、夷猶[50]任所向[51]、及天明則[52]在揚[53]州矣。范之弟茂直[(12)]爲司農丞[(13)]、從車駕行在[(14)]、卽挈取之。是日一家十四口、數處奔迸、竝集于揚、不失一人、方悟[54]碎藥無害之說。使如僧言吞之、當無驚散之苦矣。范[55]歸鄉、因溺水被疾而殂[56]、正年三十九。葬于婺、買山于[57]徐家、盡[58]與紙上字合。僧不復見、而所留木兒[59]亦不能動[60]。其[61]後張夫人沈痾去體、壽七十乃終[62]。其子元卿端臣[(15)]說。

---

1 葉本、增補本は「渭」を「謂」に作る。
2 別藏本、黃校本、陸本、張校本、何校本は「喧然」を「驩」に作る。
3 黃校本は「中」を「牛」に作る。
4 葉本、增補本は「游」を「遊」に作る。
5 葉本、增補本は「物」の下に「求」を付す。
6 葉本、增補本は「少吝」を「靳」に作る。

7 葉本、增補本は「鳴」を「振」に作る。
8 葉本、增補本は「有箇」の二字を欠く。
9 葉本、增補本は「緣化」を「化緣」に作る。
10 葉本、增補本は「修」を「脩」に作る。
11 增補本は「閒」を「中」に作る。
12 葉本、增補本は「雕刻」の二字を欠く。
13 黃校本は「叉」を「入」に作る。
14 葉本、增補本は「財」を「才」に作る。
15 葉本、增補本は「啓」を「露」に作る。
16 葉本、增補本は「面」を欠く。
17 葉本、增補本は「而」を欠く。
18 葉本、增補本は「以」を欠く。
19 葉本、增補本は「匹」を「疋」に作る。
20 增補本は「在」を「往」に作る。
21 葉本、增補本は「折困」を「困辱」に作る。
22 葉本、增補本は「動容」を「爲動」に作る。
23 別藏本、黃校本、陸本、張校本、何校本は「三」を「二」に作る。
24 葉本、增補本は「吾」を欠く。
25 葉本、增補本は「咤」を「詫」に作る。
26 葉本、增補本は「人」を「家」に作る。
27 增補本は「少」を「幼」に作る。
28 葉本、增補本は「誦」を「念」に作る。
29 葉本は「登舟」の二字を欠く。
30 葉本、別藏本、黃校本、陸本、張校本、何校本は「篷」を「蓬」に作る。
31 葉本、增補本は「跳」を「躍」に作る。
32 葉本、增補本は「中」の上に「舟」を付す。
33 葉本、增補本は「又擧矛」を「擧矛又」に作る。
34 葉本、增補本は「之」を欠く。
35 葉本、增補本は「焉」を欠く。

---

36 葉本、增補本は「釋仗」を「捨之」に作る。明鈔本は「仗」を「之」に作る。
37 葉本、增補本は「故待死於此」を「將死」に作る。
38 葉本、增補本は「誦」を「念」に作る。
39 葉本、增補本は「術哉」を「有術」に作る。明鈔本は「有術哉」に作る。
40 葉本、增補本は「留」を「還」に作る。
31 葉本、增補本は「以」を「留」に作る。
42 增補本は「又一賊」を「一賊又」に作る。
43 葉本、增補本は「罐」を欠く。
44 葉本、增補本は「器」を「藥」に作る。
45 葉本、增補本は「火大起」を「大火」に作る。
46 葉本、增補本は「氏」を欠く。
47 葉本、增補本は「由」を「於」に作る。
48 葉本、增補本は「茫」を「茫茫」に作る。
49 葉本、增補本は「柁」を「舵」に作る。
50 葉本、增補本は「猶」の下に「江中」の二字を付す。
51 葉本、增補本は「向」を「之」に作る。
52 葉本、增補本は「則」を「却」に作る。
53 葉本、別藏本、黃校本は「揚」を「楊」に作る。
54 增補本は「悟」を「解」に作る。
55 增補本は「范」を「及」に作る。
56 葉本、增補本は「殂」を「死」に作る。
57 增補本は「于」を「下」に作る。
58 葉本、增補本は「盡」を「悉」に作る。
59 葉本、增補本は「皃」を「人」に作る。
60 葉本は「亦不能」を「不復能」に作る。增補本は「不復起」に作る。
61 葉本は「其」を欠く。增補本は以降の記述を欠く。
62 葉本は「乃終」を「而卒」に作る。

「眞州の不思議な僧」

金華県（浙江省金華市）の人である范茂載〔諱は渭〕は、建炎二年（一一二八）に秀州（浙江省嘉興市）通判の身分で臨時に江淮發運司の幹官を兼任し、官舎は儀眞（眞州。江蘇省儀徴市）にあった。ちょうど猛威をふるった逆賊の張遇が淮河流域に侵攻している時で、世間は騒然としていた。范は家の船に寝泊まりし、毎日（船から）役所に行って業務をこなしていた。范の妻の張夫人は、日頃から仏教を篤く信じており、遊行僧が家を訪れるたびに、眼につく物は、すべて僧に与えて、少しも惜しむことがなかった。眞州に鐃鈸《にょうはち》を鳴らして岸辺で托鉢をする僧がおり、「泗州（江蘇省淮安市盱眙県）に張和尚という者がおり、喜捨の銭で泗州の外羅城を修理した」と叫んでいた。張は（僧を）迎えて船まで来させると、僧は袖の中から十体余りの木彫りの人形を取り出し、それを指さしながら、「これが僧伽《そうぎゃ》大聖、これが木叉《もくしゃ》、これが善財童子、これが土地神です」と言い、人形に笑えと命じると、人形はにっこりと歯を見せて、喜びの表情を浮かべた。そして太鼓を枕にして寝ている一体の子供の人形を取って張に与え、「これは僧伽が生まれた時の像です」と言った。また一粒の薬を張に与え、それを呑むよう言い聞かせた。張が紫の薄絹と黒の絹をそれぞれ一疋ずつ施すと、僧はようやく立ち去った。范君がちょうど（船の）外から帰ってきたので、次男が（僧の来訪を）告げ、（范が）「どこにいるのだ」と尋ねると、（次男は）「まだ遠くではありません」と答えた。（范が）人を遣って（僧に）追いつき、やり込めようとすると、僧はまったく表情を変えず、紙を求めて「十」の文字を三つ書き、さらに「九」と「徐」の字をその下に書いて、范に渡すと、すぐに行ってしまった。張氏は薬を手に取って飲もうとしたが、その大きさは弾き弓の玉ほどもあり、飲み込むことができなかった。そこで下女に命じて細かく砕かせ、薬湯にして飲んだ。次の日に僧が再びやって来て、「私の薬はもう飲みましたか」と尋ねたので、（張は）正直に答えた。僧は嘆息して、「どうして私の薬を丸飲みせず砕いてしまったのですか。それでも大事はありませんが」と言った。二日後、数百隻の賊の船が長江を渡って南下し、京口（鎮江府。江蘇省鎮江市）に侵攻しようとしたが、最後尾の十数隻の船は、独自に引き返して眞州に停泊し、人々を殺害して大いに掠奪を行った。この時岸辺の船は数え切れないほどあり、船同士が舳先と艫を接していたので、少しも動くことができなかった。范家の人々は老いも若きもみな渡し場に上がって散り散りに逃げた。張は長患いのために行くことができず、娘一人と宜奴という妾と三人で（船から）出て行かずに、ただ「救救《くく》観世音菩薩（観世音菩薩さまお助けください）」と黙唱するばかりであった。時に正月十四日のことである。一人の賊が船に入って、篷《とま》の後ろから矛を突き入れると、ちょうど張の座っている場所で、被っていた四重の錦の掛け布団をすべて貫いたが、刃は脇の下を通り抜け、まったく傷つかなかった。賊は中に飛び込んで来て、再び矛を挙げて張を突き刺したが、（張の）股間に逸れて、やはり傷つくことはなかった。賊は驚いて、矛を手放し、（張に）「お前はどんな術を使ってこれができるのだ」と尋ねたので、（張は）答えて、「私は産後に病気になったので、ここで死を待つことにし、ひたすら仏の御名を唱えていたのです。どうして術など持っておりましょうか。家には金銀の入った小箱を一つ隠していますので、それをあなたにあげますから、どうか私を見逃してください」と言った。賊はそれを受け取ると張の衣服は残してやり、「それで粥を買う金にしろ」と言った。（その賊が）行って間もなく、また別の賊がやって来て、火薬の入った缶を持ってそれを開き、張の乗る船を焼こうとしたが、開く前に缶が水中に落ちたので、やはり構わずに行ってしまった。しばらくすると両岸に火が激しく起こり、川の中まで広がった。范家の船はともづなが焼き切れると、まるで引く者がいるかのように、誰も漕いでいないのにひとりでに進み、幾千の船の間から長江へと出てきた。（張は）茫然として西も東もわからなかったが、ただ宜奴が舵を取り、ゆらゆらと船が進むのに任せて、夜明けになると揚州（江蘇省揚州市）に着いた。范の弟の茂直は司農寺丞であり、行在（揚州）で皇帝に随行していたので、すぐに張らを引き取った。この日一家十四名は、あちこちに逃走したが、全員揚州に集まり、一人も欠けることがなかったので、初めて「薬を砕いても大事ない」の意味を悟ったのである。もし僧の言葉通りに飲み込んでいれば、離散の苦労は無かったはずである。范は郷里に帰ると、水に溺れたことから病気になって死んだが、ちょうど年齢は三十九であった。婺州（浙江省金華市）に葬られ、山を徐家から買ったので、すべて紙に書かれた文字と符合したのだった。僧はもう姿を見せず、（張に）残した木彫りの子供も動くことはなかった。その後張夫人は宿痾が体から消え、齢七十で亡くなったのである。張の息子の元卿（諱は）端臣が話した。

（1）　范渭、字は茂載については、『雍正浙江通志』巻一二五・選擧三・宋・進士・建炎二年の条に「范渭、蘭溪人。通判秀州」とある。
（2）　發運司は、路の監督機関である監司の一つ。長官は發運使。各路の財政を監督し、水陸の物資の運送を管轄した。『夷堅甲志』巻三「邵南神術」注5参照（甲志上冊九八頁）。
（3）　幹官は、監司の属官。ここでは發運使の属官である發運司幹辦公事のこと。文書の点検などを掌った。『夷堅乙志』巻三「賀州道人」注7参照（乙志上冊九〇頁）。
（4）　張遇は、眞定府（河北省石家荘市正定県）の馬軍（騎兵隊の指揮使）であったが、仲間を募り盜賊となって一窩蜂と自称した。『建炎以來繫年要錄』巻一〇・建炎二年正月庚子の条に「是日張遇陷鎭江府。初遇自黃州引軍東下、遂犯江寧。江淮制置使劉光世追擊之。遇乃以舟數百絕江、而南將犯京口、既而回泊眞州、士民皆潰」とある。『夷堅丙志』巻九「沈先生」、『夷堅志補』巻一「蕪湖孝女」にも名が見える。
（5）　鐃鈸は、仏教で法事の際に鳴らす楽器。元、德輝重編『敕修百丈淸規』（『大正藏』第四八冊）巻一・聖節に「待大殿排香燭茶湯鐃鈸手爐倶辨」とある。

（6）縁化《えんけ》は、勸化《かんけ》ともいう。縁ある者に勧めて喜捨させること。

（7）外羅城は、都城の外側にある大型の城壁。『新安志』巻一・州郡沿革・城社の条に「其外羅城、周四里二歩、高一丈二尺。子城、周四十二歩、高一丈八尺、廣一丈三尺五寸」とある。

（8）僧伽（六二八―七一〇）は、唐の高僧。西域何国の人。龍朔元年（六六一）に初めて西涼（甘州。甘粛省張掖市）を訪れた後、各地で様々な奇跡を顕し、泗州臨淮県（江蘇省淮安市盱眙県）に寺を建立すると、景龍二年（七〇八）に中宗から招かれ、国師として尊崇され、普光王寺の名を賜る。死後観世音菩薩の化身と見なされた。『太平廣記』巻九六・異僧一〇「僧伽大師」（『本傳』、唐、牛粛『紀聞録』を引く）参照。また北宋、賛寧『宋高僧傳』（『大正藏』第五〇冊）巻一八、北宋、道原『景德傳燈録』（『大正藏』第五一冊）巻二七にも伝がある。

（9）木叉は、僧伽の弟子。前掲『宋高僧傳』、『景德傳燈録』の僧伽の伝に名が見える。

（10）善財は、善財童子のこと。釈迦の左に控えて智慧を掌る文殊師利菩薩の弟子。

（11）宜奴については未詳。

（12）范茂直は、范浩（?―一一二九）のことか。婺州蘭溪県（浙江省蘭渓市）の人。重和元年（一一一八）の進士。官は司農丞に至る。

（13）司農丞は、司農寺丞の略称。都に貯蔵された兵糧の出納、京朝官の禄米などの管理を掌った。正七品。

（14）「車駕行在」については、『宋史』巻二五・高宗本紀・建炎二年正月丙戌の条に「帝在揚州」とある。

（15）范端臣、字は元卿は、蘭溪県の人。紹興二十四年（一一五四）の進士。官は中書舎人に至る。詩や書に巧みで蒙齋先生と称された。明、應廷育『金華先民傳』巻七・文學伝に伝がある。『夷堅丙志』巻六「李秀才」の提供者であり、『夷堅三志己』巻五「衛靈公本」、同書巻七「范元卿題扇」、『夷堅三志辛』巻一「范端智棋戰」に名が見える。

〔収録〕『新編分類夷堅志』己集・巻五・釋教門・異僧類、『新訂增補夷堅志』巻三〇・異僧類。

〔分類〕異僧・釈証（観音）・報応・薬

章惠仲(1)告虎[1](2)

成都人章惠仲、與其妹壻[2]丘[3]生、紹興二十六年[4]以四川[5]類試(3)中選、同赴廷[6]試(4)。未出峽、舟覆于江、丘生死焉、章僅得免。既賜第、調井研縣主簿。還至峽州、得家書報其弟病死[7]。章茹哀(5)在道、兼程而西、跨羸馬、倩一川兵挈囊(6)以隨。過萬州、日勢[8]薄晩[9]、猶前[10]行不已、遂墜[11]崖下。去岸十餘[12]丈、遍體皆傷、不可起。俄有虎至、奮而前、銜其髻欲[13]食。章窘怖、呼而言曰、汝虎有靈、幸聽我語。吾母年八十矣。生子二人、女一人。往年妹壻死於水、今年[14]弟死[15]於家。獨吾一身存、將以微祿充養。今汝食我、亦命也、無足惜、奈吾老母何。虎自[16]聞其言、已[17]釋髻、低[18]首爲[19]傾聽狀。語畢、卽捨[20]去、盤旋其傍[21]、若有所扞禦。夜過半、章痛稍定、睡石上。夢人告曰、天欲曉、可行矣。覺而已[22]明、攀危木寸步而上。及登岸、馬猶立不動、遂乘以行。告敕(7)皆在身[23]、但囊橐爲兵攜去。章赴官滿秩[24]而母亡、未幾章亦卒[25]。乃知一念起孝、脫於死地、專爲[26]母故也[27]。異類知[28]義如此、與夫落陷穽不引[29]手而擠之下[30]石者(8)遠矣。可以人而不如虎乎。

1 別藏本、黃校本、張校本、何校本は目録で「告虎」の二字を欠く。
2 江本は「壻」を欠く。
3 別藏本は「丘」を邱に作る。以下同じ。
4 増補本は「紹興二十六年」の六字を欠く。
5 増補本は「四川」の二字を欠く。
6 江本は「廷」を「殿」に作る。
7 葉本、増補本は「死」を欠く。
8 葉本、増補本は「勢」を欠く。
9 葉本、増補本は「晩」を「暮」に作る。
10 葉本、増補本は「前」を欠く。
11 葉本、増補本は「墜」を「墮」に作る。
12 葉本、増補本は「餘」を「許」に作る。
13 葉本、増補本、明鈔本は「欲」の上に「且」を付す。
14 江本は「年」を欠く。
15 増補本は「死」を「病」に作る。
16 葉本、増補本は「自」を欠く。
17 葉本、増補本は「已」を欠く。
18 葉本、増補本は「低」を「垂」に作る。
19 葉本、増補本は「爲」を「若」に作る。
20 葉本、増補本は「捨」を「舍」に作る。
21 葉本、増補本は「傍」を「旁」に作る。
22 葉本、増補本は「已」を「天」に作る。
23 葉本は「敕皆在身」を「勑固在」に作る。
24 葉本は「滿秩」を「秩滿」に作る。
25 増補本は「告敕皆在身但囊橐爲兵攜去章赴官滿秩而母亡未幾章亦卒」の二十五字を欠く。
26 増補本は「一念起孝脫於死地專爲」を「脫於死地專爲一念之孝耳」に作り、以降の記述を欠く。

27　葉本は「也」を欠く。
28　葉本は「知」の上に「猶」を付す。
29　葉本は「引」の上に「能」を付す。
30　葉本は「而擠之下」を「擧乃擠而下之」に作る。

「章惠仲が虎に訴える」

成都府（四川省成都市）の人である章惠仲は、妹婿の丘さんとともに、紹興二十六年（一一五六）に四川の類試に合格し、一緒に殿試に赴いた。三峡を抜ける前に、船が長江で転覆し、丘さんはそこで死に、章だけが免れることができた。（殿試に）合格すると、井研県（四川省楽山市井研県）の主簿に任命された。峡州（湖北省宜昌市）まで帰ってきたところで、実家から弟の病死を知らせる手紙が届いた。章は旅路にあって深く悲しみ、（そこで一日の）旅程を倍にして西に向かい、痩せ馬に乗って、四川の兵を一人雇って荷物を担いで随行させた。萬州（四川省重慶市万州区）を通った時には、日は暮れかけていたが、なおも足を止めることなく先に進んだので、（暗さから）崖下に転落してしまった。（落ちた場所は）崖から十丈余りのところで、満身創痍となり、起き上がることができなかった。突然虎がやって来て、勢いよく前進してくると、章の髻を銜えて食べようとした。章は恐ろしくて進退窮まったが、（虎に）呼びかけて、「お前たち虎には霊妙な力があるので、どうか私の話を聞いて欲しい。私の母は年齢が八十である。二人の息子と、一人の娘を産んだ。昨年妹婿が川で死に、今年は弟が家で亡くなった。私一人だけが生き残り、微禄で（母を）養おうとしている。今お前が私を食べるのは、それも運命なので、惜しむほどのことはないが、我が老母をどうしたらよかろうか」と言った。虎は章の話を聞くと、髻から口を離し、頭を垂れて耳を傾けている様子であった。話が終わると、すぐに章から離れたが、近くを歩き回って、彼を守っているかのようだった。夜半を過ぎ、章は痛みが少し治まったので、石の上で眠った。夢で何者かに「夜が明けようとしているので、行くがよい」と告げられ、目が覚めるともう空が明るくなっていたので、高い木につかまりながらそろそろと登っていった。崖の上にあがると、馬はまだ立ったまま動いていなかったので、そこで乗って行った。任命書はすべて身に着けていたが、ただ荷物は兵に持ち去られた。章が（井研県に）赴任して、任期満了になると母が亡くなり、間もなく章も死んだ。それで（章が）孝行の気持ちによって、死地を脱したのは、ひたすら母のためだったとわかるのである。異類がこのように節義を弁えているのは、あの「人が落とし穴に落ちてもその手を引かず、逆に突き落として石を投げ込むような」輩とは到底比べものにならない。人として虎に及ばないことがあってよいだろうか。

（1）　章惠仲については、ここで見える以外のことは不明。

（2）類話として、北宋、彭乘『墨客揮犀』巻三に武康県（浙江省湖州市徳清県）の人である朱泰が虎に母親がいることを訴えて、命が助かる話が見える。

（3）類試は、類省試の略称。諸路の轉運司で実施された、省試に準じる試験。『夷堅乙志』巻五「梓潼夢」注7参照（乙志上冊一三六頁）。

（4）廷試は、殿試に同じ。皇帝が実施する科挙の最終試験。

（5）茹哀は、深く悲しむこと。『梁書』巻五・元帝本紀・大寶三年（五五二）三月己丑の条に「伏惟陛下咀痛茹哀、嬰憤忍酷」とある。

（6）囊は、荷物の意。後出の囊橐も同じ。唐、白行簡「李娃傳」（『太平廣記』巻四八四・雜傳記一）に「及旦、盡徙其囊橐、因家于李之第」とある。

（7）告敕は、告命に同じ。任命書のこと。『夷堅甲志』巻三「邵南神術」注39参照（甲志上冊一〇一頁）。

（8）「落陷穽不引手而擠之下石者」は、韓愈「柳子厚墓誌銘」（『昌黎先生文集』巻三二）に、信義にもとる人の例として「落陷穽不一引手救、反擠之又下石焉者」と言うのを踏まえる。

〔収録〕『新編分類夷堅志』甲集・巻二・孝子門・孝子類、『新訂增補夷堅志』巻二・孝子類、江本『夷堅志』。

〔分類〕夢・虎

大散關老人（1）

政和末、張魏公（2）自漢州與鄉人吳鼎（3）同入京省試。徒歩出大散關、遇暴雨、而傘爲僕先持去、無以障。共趨入粉壁屋内避之、敗宇穿漏、殆不容立。望道左新屋數間、急往造焉。老父出迎客、意色甚謹、縱觀客容貌舉止、目不暫置。二人同辭而問曰、老父豈能相乎。應曰、唯唯。魏公先指吳生扣之、笑曰、大好大好。而不肯明言。吳生指魏公曰、張秀才前程如何。起而答曰、此公骨法、貴無與比。異日中原有變、是其奮發之秋。出將入相、爲國柱石、非吾子可擬也。二人皆不以爲然、會雨止、即捨之去。明年、魏公登科、吳下第。公送之出西郊、臨別謂曰、君過散關時、幸復訪道傍老父。吳雖不樂父言、然亦欲再謁休咎。及至昨處、唯粉壁故在、無所謂新居者。詢關下往來人、皆莫知。魏公旣貴、爲川陝宣撫處置使[4]、吳猶布衣、以公恩得一官、竟不顯。〔二事皆黃仲秉說[5]。〕

1　別蔵本は「變」を「事」に作る。

「大散關の老人」

政和年間（一一一一―一一一八）の末に、張魏公は漢州（四川省徳陽市）から同郷人の呉鼎とともに都（汴京）に行って省試を受けた。徒歩で大散關から出ると、にわかに大雨となったが、傘は下男に先に持って行かせていたので、遮る物が無かった。一緒に走って白壁の家の中に入り雨を避けたが、屋根が破れて雨漏りしており、立っていることも難しかった。道の傍に数間の新築の家が見えたので、急ぎそちらに行った。老人が二人を出迎えたが、非常に恐縮した面持ちで、顔や動作を舐めるように見て、片時も眼を離すことがなかった。二人とも挨拶をして、「ご老人は人相を見ることができるのですか」と尋ねると、「はい、はい」と答えた。魏公は先に呉さんを指差して老人に尋ねると、笑いながら「大変結構です」と言ったが、明言しようとはしなかった。呉さんが魏公を指差して、「張秀才の将来はどうですか」と尋ねると、（老人は）立ち上がって「この方の骨相は、高貴なこと比類なしです。後日中原に変事が起きますが、それがこの方の出世の時です。（朝廷から）出ては将軍戻っては宰相として、国の柱石となられますので、私などが推し量れる方ではありません」と答えた。二人ともそんなことはあるまいと思ったが、ちょうど雨が止んだので、（老人に）構わずにすぐに出て行った。翌年、魏公は合格し、呉は落第した。魏公は呉を送って（汴京の）西の郊外に出ると、別れ際に呉に向かって、「君が大散關を通る時、どうか再び道傍の（家の）老人を訪ねてくれないか」と言った。呉は老人の話が不快だったが、それでも再度吉凶を尋ねてみようと思った。以前来た場所に着くと、白壁の家が元のままあるだけで、例の新築の家は無くなっていた。大散關を通行する人に尋ねたが、誰も知らなかった。魏公は高位に昇り、川陝宣撫處置使に就いたが、（その時）呉はまだ無官で、魏公の縁故で一つの官職を得たが、結局出世はしなかった。〔二話は黄仲秉が話した。〕

（1）　大散關は、散關ともいう。陝西省宝鶏市の南西にある隘路。四川と陝西を結ぶ要害の地。

（2）　張魏公は、張浚のこと。高宗、孝宗朝で宰相を務め、魏國公に封ぜられた。『建炎以來繫年要錄』巻二三・建炎三年（一一二九）五

月戊寅の条に「上次常州、詔知樞密院事兼御營副使張浚爲宣撫處置使、以川陝京西湖南北路爲所部」とある。『夷堅甲志』巻一五「晁安宅妻」注7参照（甲志下冊一四二頁）。

（3）呉鼎については、ここに見える以外のことは不明。

（4）宣撫處置使は、武官の一つ。職掌は宣撫使と同じで、敵との最前線に配備された軍の総司令官。『夷堅甲志』巻一五「晁安宅妻」注8参照（甲志下冊一四二頁）。

（5）黄仲秉は、黄鈞、仲秉は字。綿竹県（四川省綿竹市）の人。紹興二十四年（一一五四）の進士。乾道二年（一一六六）に太常少卿兼國史院編修官及實錄院檢討官となり、同年に洪邁も起居舍人兼同修國史兼實錄院同修撰を拝命しており、同僚であった。『夷堅丙志』巻一「貢院鬼」、同書巻二「趙縮手」、同書巻一七「王鐵面」、『夷堅志補』巻一五「鎭江都務土地」にも名が見える。また『夷堅乙志』巻一八「嘉陵江邊寺」（二二二頁）、同書巻二〇「蜀州女子」（二八五頁）、『夷堅丙志』巻二「聶從志」、同書巻四「小溪縣令妾」、「郢人捕鼈」、同書巻二〇「荊南妖巫」などの提供者でもある。

〔分類〕相

肇慶土偶

鄭安恭(1)爲肇慶守、有直更卒、毎夜半、見城上亭中火光、往視之、乃十餘人及小兒數輩聚博。卒有膽不懼、戲伸手乞錢、諸人爭與之、幾得三千以還。明日驗之、眞銅錢也、不以語人。次夕又如是、遂賂掌宿節級(2)、求專直三更、所獲益富。逾兩月矣、會軍資庫(3)失錢千餘緡、幷銀數百兩、揭牓[1]根捕(4)。或告云、此卒近多妄費、又衣服鮮明、可疑也。試擒之、詰其爲盜之端、不能隱、具以[2]實言。鄭意必土偶爲姦、乃繫卒使人部往、遍索諸廟。至城隍廟中、有土偶、狀貌類所見者。碎之、腹中得銀一笏(5)、盡[3]剖之皆然。因發地、凡偶人下、各得數十千、合[4]此卒用[5]過之數、更無少差。卽盡毀偶像、其怪遂絕。〔安恭說[6]。〕

1　葉本、增補本、補遺は「牓」を「榜」に作る。

2　葉本、增補本、補遺は「以」を欠く。

3　補遺は「盡」を「書」に作る。

4　黄校本は「合」を「令」に作る。

5　別藏本、黄校本は「用」を「周」に作る。

6　葉本、増補本、補遺、舊小説本は「安恭説」の三字を欠く。

「肇慶府の土人形」

鄭安恭が肇慶府（広東省高要市）の知府であった時、ある宿直の兵が、夜半になるたびに、城壁の上にある亭に火の光が見えたので、調べに行くと、十数人の大人と数人の子供が賭博をしていた。兵は胆力があったので恐れず、ふざけて手を伸ばして銭を求めてみると、その者らは争って兵に銭を与え、およそ三千銭を手に入れて帰った。翌日銭を調べたところ、本物の銅銭だったので、人にはこのことを話さなかった。次の夜も同様であり、そこで宿直を掌る節級に賄賂を渡して、もっぱら三更の宿直とするよう頼んだので、手に入れた銭はますます増えた。二ヵ月を過ぎたころ、軍資庫から百万余りの銭と、数百両の銀が無くなったとして、立て札を掲げての捜査が行われた。ある者が「この兵は最近無駄遣いが多く、また服も派手になっていて、怪しいですよ」と（鄭に）告げたので、試しにこの兵を捕らえ、銭を盗んだ理由を詰問してみると、（兵は）隠すことができず、詳しく真実を述べた。鄭はきっと（廟の）土人形が悪さをしたのだろうと思い、兵を繋いだまま配下の者に同行させ、城中の廟をすべて捜させた。城隍廟に行くと、土人形があり、姿形が兵の目撃した者と似ていた。それを砕くと、腹の中から一本の銀塊が見つかり、すべての土人形を砕いてみるとどれも同様であった。そこで地面を掘ると、すべての土人形の下から、それぞれ数万の銭が見つかり、この兵が使った銭の数と合わせると、少しの違いも無かった。すぐにすべての土人形を破壊すると、この怪異はそれで絶えた。〔（鄭）安恭が話した。〕

（1）鄭安恭（一〇九九—一一七一）は、字は子禮。後に思恭に改名した。襄邑県（河南省商丘市睢県）の人。廣西路轉運判官や湖南路提擧點刑獄などを歴任した。『雍正廣東通志』巻二六・職官志に知肇慶府事として名が見える。

（2）節級は、廂軍（地方に置かれた軍隊）における指揮使以下の武官の総称。『夷堅乙志』巻一「人化犬」注1参照（乙志上冊五〇頁）。

（3）軍資庫は、軍の物資を収蔵する倉庫。陸游『老學庵筆記』巻四に「予在嚴州時、得陸海軍節度使印、藏軍資庫」とある。

（4）根捕は、罪人を捜して捕らえること。『建炎以來繫年要錄』巻九・建炎元年（一一二七）九月甲寅の条に「詔行在及東京百司官如擅離任所、竝停官根捕、就本處付獄根勘」とある。

（5）一笏は、一錠に同じ。五十両（一八七・五グラム）相当の銀塊のこと。

〔収録〕『新編分類夷堅志』壬集・巻四・精怪門（目録は「精怖門」に作る）・土偶爲怪類、『新訂增補夷堅志』巻四四・土偶爲怪類、『夷堅志補遺』壬集・巻四・精怪門・土偶爲妖類、舊小說本『夷堅志』。明、王圻『稗史彙編』巻一七四・志異門・邪魅類「土偶聚博」。

〔分類〕博戯・精怪（偶像）・宝（銭・銀）・廟

韓信[1]首級[2]

席中丞[3]晉仲[4]〔旦〕、政和中爲長安帥[5]。因公使庫[6]頽圮、命工改築、於地中得石函一。其狀類玉、蓋上刻韓信首級四字、乃篆文也、其中空無一物。卽徙于高原、祭而掩之。朝奉郎[7]鄭師孟[8]說。鄭與席爲姻家。

「韓信の首」

中丞の席晉仲〔諱は旦〕は、政和年間（一一一一―一一一八）に永興軍路（陝西省西安市）安撫使となった。軍の倉庫が壊れたので、職人に改築を命じたところ、地中から石の箱が一つ見つかった。その形状は玉に似ていて、蓋の上には「韓信首級」の四文字が刻まれており、（字体は）なんと篆文であったが、中は空っぽで何も入っていなかった。すぐに（箱を）小高い丘に移し、祀ったあと埋めた。朝奉郎の鄭師孟が話した。鄭は席の姻戚である。

（1）韓信（?―前一九六）は、前漢の名将。淮陰県（江蘇省淮安市）の人。高祖劉邦とともに前漢を建国した三傑（張良、蕭何、韓信）の一人。呂后の謀略によって斬首刑に処せられた。『史記』巻九二・淮陰侯列伝、『漢書』巻三四に伝がある。

（2）首級は、斬られた首のこと。秦の時代、戦争の功績として、斬首した数によって昇級したことに因んだ呼称。

（3）中丞は、御史中丞の略称。『夷堅甲志』巻三「邵南神術」注13参照（甲志上冊九九頁）。

（4）席晉仲は、席旦のこと。『夷堅甲志』巻五「皮場大王」注1参照（甲志上冊一四四頁）。北宋、翟汝文『忠惠集』巻二に、政和三年

（一一一三）に記された「顯謨閣學士席旦知永興軍制」が見える。

（5）長安帥については、長安は、永興軍路のこと。帥は、經略安撫使の異称。『夷堅甲志』巻一「天台取經」注7参照（甲志上冊二一頁）。

（6）公使庫は、公用の倉庫の意。ここでは永興軍の物資を収蔵する倉庫の意味にとった。

（7）朝奉郎は、寄禄官三十階のうちの第二十二階。正七品。『夷堅甲志』巻一四「王刊試卷」注3参照（甲志下冊一〇四頁）。

（8）鄭師孟については、ここに見える以外のことは不明。

〔分類〕銘記

江東漕（1）屬舍

江東轉運司在建康府、三屬官廨舍處其中。其最[1]北者[2]、相傳有怪、前後居者多不寧。隆興二年、陳阜卿（2）爲守、湖州通判方釋之（3）送女嫁其子、館是舍。見東窗壁閒人影雜沓[3]（4）、謂牆外行人往來、不以爲異。如是者終日、試往就視、則人物長不滿尺、騎從甚盛、如世之方伯（5）威儀（6）、馳走不絕。方君懼、卽他徙。趙善仁（7）獨不信、故往宿焉。中夜聞呼其姓名、晨起求巾幘衣服、皆不見、乃盡懸于梁上、皇恐而出。郡人言、此地昔嘗爲廟云。〔釋之說。〕

1　黄校本は「最」を「縣」に作る。
2　別藏本、黄校本は「者」を「有」に作る。
3　陸本、何校本は「沓」を「沓」に作る。何卓校注に「沓當作沓」と注記する。

「江南東路轉運司の官僚宿舍」

江南東路轉運司は建康府（江蘇省南京市）にあり、官僚の宿舍三棟は敷地内にあった。そのうち最も北の官舎は、物の怪が出ると言い伝えられ、前後してここに住んだ者の多くが悩まされた。隆興二年（一一六四）、陳阜卿が知府となり、湖州（浙江省湖州市）の通判であった方釋之が娘を陳の息子に嫁がせて、この官舎に住んだ。東の窓辺の壁に人影が沢山現れたのを見て、垣根の外で通行人が行き来しているのだと思い、不思議に思わなかった。（だが）このような状態が一日中続いたので、近づいて見てみると、人物は身長が一尺に満たず、馬も従者も大変立派で、まるで世間に見る地方長官の出で立ちで、絶えず走り回っていた。方君は恐れて、すぐに他の場所に引っ越した。趙善仁だけは（噂を）信じず、わざわざこの官舎に行って泊まった。夜中に自分の姓名を呼ぶ声が聞こえ、朝起きて頭巾と衣服を捜したが、どれも見つからず、なんと全部が梁の上に懸かっていたので、恐れ慌ててそこを出た。府の住民の話では、この場所は昔廟であったという。

〔（方）釋之が話した。〕

（1）漕は、轉運使、轉運副使の異称。各路の租税を管轄する。『方輿勝覽』巻一四・江東路・建康府に「淮東總領、江東轉運置司」とある。『夷堅甲志』巻二「陸氏負約」注2参照（甲志上冊六一頁）。

（2）陳皁卿は、陳之茂のこと。『夷堅乙志』巻三「混沌燈」注5参照（乙志上冊九七頁）。『宋會要輯稿』選擧三四之一二・隆興元年（一一六三）四月二十四日の条に「詔直祕閣、權平江府陳之茂改除直徽猷閣、知建康府」とある。

（3）方釋之については、『夷堅乙志』巻一一「天衣山」注4参照（三〇頁）。

（4）雜沓は、群がり集まるさま。『夷堅乙志』巻一一「陽山龍」注6参照（二四頁）。

（5）方伯は、各地方の長官を広く指していう。『禮記』王制に「千里之外設方伯」とある。

（6）威儀は、威徳があり儀礼に則った振る舞いの意。『夷堅甲志』巻一一「張端愨亡友」注6参照（甲志下冊二四頁）。

（7）趙善仁は、宗室の一人で、漢王房の六世の孫。『景定建康志』巻二五・官守志二・諸司寓治・安撫司に淳熙年間（一一七四―一一八九）の參議として名が見える。

〔分類〕妖怪

王昫悪讖(1)

王昫神道在京師時、從妙應大師(2)問相、得兩句偈曰、姓名不過程家渡、出郭猶行十里村(3)。紹興丙子歳、罷當塗守、在宜興縣、又從達眞黃元道(4)求詩、其末句曰、巽嶺直下梅家店、福祿難過丑年春(5)。會江東提擧官(6)呂忱中(7)發其在宣城時事(8)、置獄廣德軍、所按[1]無實狀、獄不成、移鞫徽州。出廣德南門、過一嶺。問其名、曰巽嶺。固已不樂。至渡頭客舍小憩、則梅家店也。矍然惡之、不覺墮涙[2]。同行士人衞博(9)寬釋之、少解、命僕具酒。老兵就戶限椎鹿脯、昫責其不潔。兵恚曰、此與建康府不同。何足校。昫忿其不遜、盛怒、酒杯落地、卽得疾不起。時丁丑年正月九日也。渡曰程家渡、去廣德恰十里。〔孫琿(10)說。〕

1　別藏本は「按」を「案」に作る。黃校本は「校」に作る。

2　黃校本は「涙」を「渡」に作る。

「王昫《おうしょう》の悪い予言」

王昫（字は）神道が都（汴京）にいた時、妙應大師に吉凶を尋ねたところ、二句の偈を受けたが、「姓名は過ぎず程家の渡、郭を出でて猶お行く十里の村（この名前の者は程家の渡しを通れない、城郭から出て十里先の村までは進む）」というものであった。紹興丙子（二十六年、一一五六）の年に、當塗県（安徽省馬鞍山市当塗県）の知県を退官し、宜興県（江蘇省宜興市）に滞在していた時、達眞先生の黃元道にも（将来を占う）詩を求めたところ、その最後の句に「巽嶺より直ちに下る梅家店、福禄は過ぎ難し丑年の春（巽嶺からまっすぐ梅家店まで下り、福運は丑年の春を越すことが難しい）」とあった。ちょうどその時江南東路提擧官の呂忱中が、王昫が宣城県（安徽省宣城市）にいた時の事件を告発し、廣德軍（安徽省宣城市広徳県）で裁判に掛けたが、取り調べでも実証が得られず、結審に至らなかったので、身柄を徽州（安徽省黄山市徽州区）に移して尋問することになった。廣德軍の南門から出て、ある嶺を通り過ぎた。（王が）その名を尋ねると、巽嶺だと答えたので、（それだけで）不機嫌になった。渡し場の旅籠に着いて小休止したところ、（そこが）梅家店であった。（王は）はっとして気味が悪くなり、思わず涙を流した。同行していた士人の衞博が王を慰めたので、少し落ち着いて、下男に酒を用意するよう命じた。老兵が扉の敷居で鹿の乾し肉を叩いたので、昫がその肉は不潔だと責めた。老兵は怒って、「ここは建康府（江蘇省南京市）とは違います。（やり方を）比べて何になるのです」と言った。昫は老兵が不遜であるのに腹を立て、激昂の余りに、酒杯を地面に落としたが、そこで病気になり死んでしまった。時に丁丑の年（紹興二十七年。一一五七）正月九日のことであった。渡し場は程家渡といい、廣德

軍からちょうど十里の距離であった。〔孫琎が話した。〕

（1）王晌（?—一一五七）は、字は神道、または伸道。王㬇（『夷堅乙志』巻二「莫小孺人」注5参照。乙志上冊六二頁）の弟。『建炎以來繫年要錄』巻一七六・紹興二十七年正月丙子の条に「右中奉大夫王晌卒。晌自太平州罷歸、會提擧江東常平茶鹽公事呂忱中發其在宣城盜常平米買銀事、置獄廣德軍、所按無狀、移徽州。晌行至梅家店而卒」とある。『夷堅丁志』巻五「句容人」にも名が見える。

（2）妙應大師は、伯華のこと。妙應は号。北宋末から南宋初にかけて生存した僧。六合県（江蘇省南京市六合区）の人。俗姓は李。宣和年間（一一一九—一一二五）に汴京に出没して他人の吉凶を予言し、狂人を装って飲酒肉食を憚らなかったので、風和尚と称された。また観相術にも精通し、蔡京の人相が虎に似ていることから、詩の中で人民に災厄をもたらすこととその年月を予言し、的中させた。『咸淳臨安志』巻九一・紀遺三・紀事に伝がある。

（3）この句は、『全宋詩』巻一三六九・釋妙應の条にも収録されている。

（4）黄元道（一一〇七—?）は、成都府（四川省成都市）の人。『夷堅丙志』巻一五「魚肉道人」は黄元道の伝であり、それによれば他人の秘事を言い当てることに長じ、後に羅浮山の黄野人に従事して道士となる。紹興二十八年（一一五八）に高宗より元道の名と達眞先生の号を下賜された。本巻「秦昌時」、「武夷道人」、「成都鑷工」、「龍泉張氏子」の提供者であり、『夷堅丁志』巻六「茅山道人」、『夷堅支甲』巻七「黄達眞詩」にも名が見える。

（5）この句は、『全宋詩』巻一八四八・黄元道の条にも収録されている。

（6）江東提擧官は、ここでは提擧江東常平茶鹽公事のこと。注1参照。常平（米価の調整などの財政管理）、茶、塩の売買を管轄する役職。提擧常平については、『夷堅甲志』巻三「邵南神術」注21参照（甲志上冊一〇〇頁）。提擧茶鹽については、『夷堅甲志』巻三「李尚仁」注3参照（甲志上冊八四頁）。

（7）呂忱中については、『建炎以來繫年要錄』巻一六八・紹興二十五年（一一五五）四月庚子の条に「右通直郎添差通判信州呂忱中提擧江南東路常平茶鹽公事、忱中稽中族兄弟也」とある。また注1参照。

（8）この事件は、王晌が宣城県の知県であった時、常平倉の米を盗みそれで銀を買ったという汚職事件。注1参照。

（9）衞博については、『紹熙雲間志』巻中・進士題名によれば、紹興三十年（一一六〇）の進士で、字は師文、秀州華亭県（上海市松江区）の人で、樞密院編修官を務めた衞博の記事が見えるが、同一人物か否かは不明。

（10）孫琠については未詳。

〔分類〕讖応・文章（詩）・相

秦昌時(1)

秦昌時、昌齢(2)、皆太師檜(3)従子。紹興二十三年、昌齢宮観満(4)、将赴調、見達眞黄元道(5)、戒曰、君壽命不甚永、然最忌爲宣州官。若得之、切不可受。受[1]必死。既而添差(6)寧國軍簽[2]判(7)、不欲往、具以事白其叔父[3]。叔父[4]誚責(8)之、遂受命。以九月十八日至家、五日而死、竟不及赴官。昌時自浙東提刑(9)來會葬、聞達眞在溧陽、往見之。達眞曰、今年葬簽判、明年葬提刑。吾將往會稽奉送。昌時怒且懼。明年十二月十二日、果訪之于會稽、取紙寫詩、有二五相逢路再迷(10)之語。昌時曰、壽止二年或五年邪[5]。曰、否。二月或五月邪。曰、否。然則但二[6]日五[7]日乎。曰、恐如是。時[8]會稽守趙士彩[9](11)、提擧常平(12)高百之(13)皆在坐[10]、密問曰、提刑方四十五歳、精爽如此、何[11]爲有是言。曰、去歳見之於溧陽、神已去幹[12]、曾[13]與約送葬。壽夭、定數也。何足訝。今不過七日耳。是月十八日、昌時具飯、召百之及其壻馮某、達眞在焉。昌時坐間取永嘉黄柑(14)、手自銓擇。達眞隨輒食之[14]、食數顆、又擘其餘擲之地。昌時以情白曰、叔父生朝[15]不遠、欲持以[16]爲壽、願先生勿相苦。達眞嘻笑曰、自家死日不管、却管他人生日。左右見其語切、皆伸舌縮頸。昌時不樂、顧[17]百之及馮壻、招之出、自掩關作書、囑[18]虞候(15)曰、若黄先生尋我、但以睡告。虞候立戶外[19]、忽聞筆墜地[20]、入視之、已仆於胡床[21](16)、涎[22]塞咽中革革[23]然。其家呼醫巫[24]絡繹、妻詹氏泣拜[25]達眞求救、笑[26]曰、吾曩[27]歳固言之、今日專來送葬[28]。命止於此[29]、雖扁鵲(17)何益。善[30]視之。三更當[31]去矣。至時[32]果死。

1　葉本は「受」の下に「則」を付す。
2　葉本は「簽」を「僉」に作る。以下同じ。
3　葉本は「其叔父」を「檜」に作る。
4　葉本は「叔父」を「檜」に作る。
5　葉本は「邪」を「耶」に作る。
6　葉本は「二」の上に「在」を付す。
7　葉本は「五」の上に「或」を付す。
8　葉本は「時」を欠く。
9　葉本は「彩」を「琛」に作る。
10　葉本は「坐」を欠く。
11　葉本は「何」を欠く。
12　葉本は「幹」を「體」に作る。

13 葉本は「與」を欠く。
14 葉本は「食之」の二字を欠く。
15 葉本は「朝」を「辰」に作る。
16 葉本は「以」を欠く。
17 葉本は「顧」を「令」に作る。
18 葉本は「囑」を「戒」に作る。
19 葉本は「戸外」を「門戸」に作る。
20 葉本は「筆墜地」を「墜筆聲」に作る。
21 別藏本、黄校本、陸本、張校本、何校本は「床」を「牀」に作る。
22 葉本は「涎」を「痰」に作る。
23 葉本は「革革」を「隔」に作る。
24 明鈔本は「巫」を欠く。
25 舊小說本は「拜」を欠く。
26 葉本は「笑」を欠く。
27 陸本は「曩」を「襄」に作る。
28 葉本は「葬」の下に「豈有生理」の四字を付す。
29 葉本は「止於此」を「已定」に作る。
30 葉本は「善」の上に「可」を付す。
31 葉本は「當」を欠く。
32 葉本は「時」を「期」に作る。

「秦昌時」

秦昌時と（秦）昌齡は、どちらも太師の秦檜の甥である。紹興二十三年（一一五三）に、昌齡は宮觀の任期が満ち、京朝官を得るために都（臨安）に赴こうとして、達眞先生の黄元道に会うと、「あなたの寿命はそれほど長くなく、しかも最も避けなければならないのは宣州（寧國府。安徽省宣城市）の官となることです。任命されたとしても、決して受けてはいけません。受ければ必ず死にます」と忠告された。（都で）定員外の寧國軍簽判に任命されたが、赴任したくなかったので、事情を詳しく叔父に告げた。叔父は昌齡を叱りつけ、そのまま拝命させた。（昌齡は）九月十八日に家に着き、五日後には亡くなり、結局赴任するには至らなかった。昌時は浙東提刑として葬式に来たが、達眞が溧陽県（江蘇省溧陽市）に滞在していると聞くと、会いに行った。達眞が「今年は簽判を葬り、来年は提刑を葬ります。私は會稽県（浙江省紹興市）に行って野辺送りをさせていただきます」と言うので、昌時は怒りかつ恐れた。翌年の十二月十二日に、（達眞は）言葉通り會稽県に昌時を訪ね、紙を取って詩を書き付けたが、（その中に）「二五相い逢わば路再び迷う」の句があった。昌時が「寿命は二年もしくは五年止まりということか」と尋ねると、（達眞は）「いいえ」と答えた。「二ヵ月か五ヵ月ということか」と尋ねると、「いいえ」と答えた。「それではたった二日か五日ということなのか」と尋ねると、「恐らくそうなります」と答えた。この時會稽県の知県である趙士彩と、提擧常平の高百之がともに同席していて、秘かに（達眞に）「提刑は今四十五歳で、この通り元気なのに、どうしてそのようなことを仰るのですか」と問うと、（達眞は）「去年あの方に溧陽県でお会いした時には、魂がすでに体から離れていたので、野辺送りの約束を致しました。寿命が短いのは、運命なのです。どうして訝しむに足りましょうか。今から七日以内です」と答えた。この月の十八日に、昌時は食事を用意し、百之とその婿の馮某を招き、達眞も同席した。昌時はその席で永嘉県（浙江省温州市永嘉県）の黄柑を取り、手ずから選り分けていた。達眞は手当たり次第に黄柑を食べ、数個食べると、さらにその他の黄柑を裂いて地面に放り投げた。昌時は心のうちを明かして、「叔父の誕生日が近く、（黄柑を）持参して祝いの品としようと思っているので、先生はどうか私を苦しめないでください」と言ったが、達眞はせせら笑って、「ご自分の死ぬ日には構わずに、他人の誕生日を気に掛けるとは」と言った。周囲の者は達眞の言葉がきついので、皆舌を出し首を竦めた。昌時は不機嫌になり、百之と婿の馮某を振り返ると、招いて（その場から）出させ、自分は扉を閉めて書き物をし、従者に「もしも黄先生が私に会いに来ても、ただ睡眠中だと告げよ」と言い付けた。従者が扉の外に立っていると、突然筆がゆかに落ちる音が聞こえたので、入って昌時を見ると、すでに胡床で倒れており、よだれが喉の中で詰まってごろごろと音を立てていた。家人は引っ切りなしに医者や巫を呼び、妻の詹氏は泣きながら達眞に拝礼して助けを求めたが、（達眞は）笑いながら、「私は昨年すでにあの方に申し上げたように、今日は野辺送りのためだけに来たのです。寿命はこれで終わるのですから、たとえ扁鵲でも何の役にも立ちません。よくお世話してあげてください。真夜中には必ず亡くなられます」と言った。その時になると果たして死んだ。

（1）　秦昌時（?—一一五四）は、『景定建康志』巻三二・儒學志五・貢士によれば、建康府（江蘇省南京市）の人。紹興十二年（一一四二）の進士。『建炎以來繫年要錄』巻一六〇・紹興十九年（一一四九）九月壬辰の条に「左朝奉郎提擧兩浙東路常平茶鹽公事秦昌時直祕閣提點本路刑獄公事」とあり、注に「昌時、檜兄子」と説明する。また同書巻一六七・紹興二十四年十二月壬寅の条に「直祕閣兩浙東路提點刑獄公事秦昌時卒」とある。

（2）　秦昌齡（?—一一五三）は、建康府の人。注1の『景定建康志』によれば秦昌時と同年の進士。

（3）　秦檜については、『夷堅乙志』巻一「俠婦人」注17参照（乙志上冊二六頁）。『建炎以來繫年要錄』巻一四六・紹興十二年（一一四二）九月乙巳の条に「少保尚書左僕射同中書門下平章事兼樞密使冀國公秦檜爲太師封魏國公」とある。

（4）　宮觀は、提擧宮觀の略称。祠禄官の一つ。各地の宮観、岳廟に置かれた。

（5）　黄元道については、本巻「王晌惡識」注4参照（四七頁）。

（6）　添差は、定員外の任命を指していう。『夷堅乙志』巻一「俠婦人」注16参照（乙志上冊二六頁）。

（7）　簽判は、簽書判官廳公事の略称。『夷堅甲志』巻五「蔣通判女」注2参照（甲志上冊一四六頁）

（8）　誚責は、叱りつけること。『晉書』巻一〇六・石季龍伝に「時有所不聞、復怒曰、何以不呈。誚責杖捶、月至再三」とある。

(9) 浙東提刑は、兩浙東路提點刑獄司の略称。路提點刑獄司については、『夷堅甲志』巻四「鄭鄰再生」注2参照（甲志上冊一〇五頁）。
(10) この句は、『全宋詩』巻一八四八・黄元道の条にも収録されている。
(11) 趙士彩（一〇九五―一一六〇）は、諱は士𤩽にも作る。字は端質。官は直龍圖閣に至る。『嘉泰會稽志』巻二・刺史・皇朝によれば、紹興二十三年十月から紹興二十五年十二月まで知紹興府の任を務めた。
(12) 提擧常平は、各路の財政を司る官。『夷堅甲志』巻三「邵南神術」注21参照（甲志上冊一〇〇頁）。
(13) 高百之は、蒙城県（安徽省亳州市蒙城県）の人。『建炎以來繫年要錄』巻一六三・紹興二十二年（一一五二）正月丁未の条に「右通直郎直祕閣高百之提擧兩浙東路常平茶鹽公事」とある。
(14) 黄柑（学名 *Citrus suavissima*）は、甌柑、海紅柑ともいう。ミカン属の一種。溫州永嘉県の特産品として古来より有名で、皇帝への献上品として珍重された。蘇軾「次韻曾仲錫元日見寄」詩（『蘇軾詩集』巻三七）の第七、八句に「燕南異事眞堪紀、三寸黄柑擘永嘉」とある。
(15) 虞候は、官僚が雇う従者をいう。『夷堅乙志』巻四「趙士藻」注4参照（乙志上冊一二三頁）。
(16) 胡床は、折り畳むことができる腰掛け椅子。『夷堅甲志』巻五「閻丞廳柱」注2参照（甲志上冊一四三頁）。
(17) 扁鵲は、春秋時代の名医。脈診に優れ、名医の代名詞とされた。『史記』巻一〇五に伝がある。

〔収録〕『新編分類夷堅志』戊集・巻二・前定門・死生前定類、舊小說本『夷堅志』。

〔分類〕定数・讖応

成都鑷工(1)

政和初、成都有鑷工、出行廛閈。妻獨居、一鬅鬙(2)道人來[1]、求摘髭毛[2](3)、先與錢二百。妻謝曰、工夫(4)不多、只十金[3]足矣。曰、但取之、爲我耐煩[4]可也。遂就坐。先剃其左、次及右、既畢、回面則左方毛已茁然(5)。又去之、右邊復爾、如是至[5]再三。日過[6]午、妻不勝倦厭、還[7]其錢、罷遣之。

夫歸、具以告、夫慍曰、此必鍾離[(6)]先生也。何爲拒之。正使盡今日至明日[8]爲摘鬍[9][(7)]、亦何所懼。吾之不遇、命也。卽狂走于市、呼曰、先生捨我何處去。夜以繼日、飢[10]渴寒暑皆[11]不顧。如是三四年、遍歷外邑、以至山間。逢[12]樵人弛擔、樵[13]詰之曰、汝何爲者。告以故。樵者曰、此神仙中人[14]。彼來尋君[15]則可、君[16]今僕僕[(8)]一生[17]亦何益。吾雖至愚、然聞[18]得道[(9)]者、非積陰功至行[(10)]、不可僥[19]冀[(11)]。吾有祕術授君、君假此輔道。摩[(12)]以歲月、儻[20]遂如願。戲[21]拔茅一莖噓之、則[22]成金釵、謂工曰、試用我法爲之、當有濟。工曰、此皆幻術不足學。我所願則[23]見先生耳[24]。樵者曰、君未[25]見其人[26]。正[27]遇之、何以[28]識。曰、詢于吾妻得其[29]貌、已[30]圖而置[31]諸袖中矣。樵者曰、然則君三拜我。我能令君見[32]。工設拜、拜起。樵問[33]曰、視吾面何如。曰、猶適所睹耳。再拜、又問。至于三、視之無復樵容、儼然與所圖[34]無少[35]異。曰、汝直[36]至誠求道者。汝哀號數年、聲徹雲漢間[37]。上帝亦深憐汝志[38]、故令吾[39]委曲喚汝。汝從我去。遂與俱入山中。後二年還鄉、別其所知[40]而去、至[41]今不再出[42]。

1　別藏本、黄校本は「人」を「入」に作る。
2　葉本、增補本は「摘鬍」を「鑷髯」に作る。
3　葉本、增補本は「金」を「錢」に作る。
4　葉本、增補本は「煩」の下に「鑷」を付す。
5　葉本、增補本は「至」を欠く。
6　葉本、增補本は「過」を「適」に作る。
7　葉本、增補本は「還」の上に「擲」を付す。
8　明鈔本は「至」を欠く。
9　葉本、增補本は「鬍」を「髯」に作る。
10　葉本、增補本は「飢」を「饑」に作る。
11　葉本、增補本は「皆」を欠く。
12　葉本、增補本は「逢」の上に「忽」を付す。
13　葉本、增補本は「樵」を欠く。
14　葉本、增補本は「中人」を「也」に作る。
15　葉本、增補本は「君」を「爾」に作る。
16　葉本、增補本は「君」を「爾」に作る。
17　葉本、增補本は「一生」を「自苦」に作る。
18　葉本、增補本は「聞」の上に「嘗」を付す。
19　葉本、增補本は「僥」を「倖」に作る。
20　葉本、增補本は「儻」を「倘」に作る。

21　葉本、增補本は「戲」を「遂」に作る。
22　葉本、增補本は「則」を「卽」に作る。
23　葉本、增補本は「則」を「必欲」に作る。
24　葉本、增補本は「耳」を「也」に作る。
25　葉本、增補本は「未」の下に「曾」を付す。
26　葉本、增補本は「其人」の二字を欠く。
27　葉本、增補本は「正」の下に「使」を付す。
28　葉本、增補本は「何以」を「亦豈能」に作る。
29　葉本、增補本は「得其」を「已知其狀」に作る。
30　葉本、增補本は「已」を欠く。
31　葉本、增補本は「置」を「寘」に作る。
32　葉本、增補本は「見」の下に「之」を付す。
33　葉本、增補本は「問」を「者」に作る。
34　葉本、增補本は「圖」を「啚」に作る。
35　葉本、增補本は「少」を欠く。
36　葉本、增補本、別藏本、黄校本は「直」を「眞」に作る。
37　葉本、增補本は「閒」を欠く。
38　葉本、增補本は「志」を欠く。
39　葉本、增補本は「吾」を「我」に作る。
40　葉本、增補本は「知」を「親」に作る。

41　黄校本は「至」を欠く。

42　葉本、増補本は「至今不再出」の五字を欠く。

「成都府の理髪師」

政和年間（一一一一―一一一八）の初めに、成都府（四川省成都市）に理髪師がおり、市場に（商売に）出かけた。妻が一人で家にいると、髻を結った一人の道士がやって来て、頬髭を剃ってくれと注文し、先に二百銭を払った。妻が「大した手間でもないので、十銭もいただければ結構です」と断ると、（道士は）「ただこの金を受け取って、私のために辛抱してくれればよい」と言って、そのまま座に就いた。先に左側を剃り、次に右側を剃って、終わってから、顔の向きを戻すと左側には髭がもう伸びていた。再びこれを剃ったが、右側もまた伸びていて、このようなことが何度も繰り返された。昼を過ぎたころ、妻はほとほとうんざりして、受け取った銭を返すと、（剃るのを）止めて帰ってもらった。夫が帰ってきて、（妻が）詳しくそのことを話すと、夫は怒り、「その方はきっと鍾離先生だぞ。どうして頼みを断ったのだ。たとえ今日が終わり明日まで剃ったとしても、何を憚ることがあろうか。私が会えなかったのは、運命なのだろうか」と言った。すぐに狂ったように市場へと走りながら、「先生は私をお見捨てになってどこに行かれたのですか」と叫んだ。夜に日を継いで、飢えや渇き、寒さ暑さもすべて気に留めなかった。かくして三、四年が過ぎ、郊外の村々をくまなく訪ねると、ある山中へとやって来た。木こりが荷を下ろして（休んで）いるのに逢い、木こりが「お前は何をしているのか」と尋ねたので、事情を話した。木こりは「それは神仙世界の人だ。その人が君を訪ねて来ればよいが、君が今から一生を費やして（捜して）も何の役にも立たない。私は至って愚かだが、道を体得しようとする者は、陰功や至行を積んでいなければ、僥倖を望んでもだめだと聞いている。私に秘術があるから君に授けよう、君はこれによって道を体得する助けとしたまえ。何年も切磋琢磨すれば、ひょっとして願いが叶うかもしれない」と言い、戯れに一茎の茅を抜いて息を吹きかけると、金のかんざしに変わり、理髪師に「私の方法を試してご覧、必ず成功するよ」と言った。理髪師は「これはすべて幻術で学ぶほどのものではありません。私の願いは先生に逢うことなのです」と言った。木こりが「君はまだその人に逢っていないのだろう。逢ったとしても、どうやって見分けるのか」と尋ねると、（理髪師は）「私の妻に聞いて先生の顔を知り、絵に描いて袖の中にしまっております」と答えた。木こりは「それでは君は私を三度拝礼しなさい。私は君に（その人と）逢わせることができる」と言った。理髪師が拝礼し、立ち上がると、木こりは「私の顔はどうなったか」と尋ね、（理髪師は）「先ほど見たのと同じです」と答えた。再び拝礼し、（木こりは）また尋ねた。三度目の拝礼で、木こりを見るともう木こりの顔ではなく、絵に描いた顔とまったく違いがなかった。（木こりは）「お前は至誠を尽くして道を求める者である。数年間哀号していたが、その声は天界に届いていた。天帝もお前の志を深く憐れまれ、それで私に命じて遠回しにお前を召喚されたのである。お前は私についてくるがよい」と言い、そこで一緒に山中に入っていった。（理髪師は）二年後に郷里に帰ってきたが、知人に別れを告げて去り、それから今まで再び（山中から）出ていない。

（1）鑷工は、理髪師のこと。南宋、張端義『貴耳集』巻中に「忽一日秦會之、呼一鑷工櫛髮、以五千當二錢犒之」とある。
（2）髽髻は、髷を結った髪型。『新唐書』巻二二一・兩爨蠻に「士多牛馬、無布帛、男子髽髻、女人被髮、皆衣牛羊皮」とある。
（3）耏は、頬髭のこと。『漢書』巻一・高祖本紀・八年（前一九九）春の条に「令郎中有罪耐以上、請之」とあり、應劭の注は「輕罪不至于髡、完其耏鬢、故曰耏。古耐字從彡、髮膚之意也」と説明し、顏師古の注は「謂頬旁毛也」と解説する。
（4）工夫は、功夫ともいう。時間や労力をつかうこと。唐、韓常侍「寄織錦篇與薛郎中」詩（『全唐詩』巻七八三）の第三、四句に「並他時世新花樣、虛費工夫不直錢」とある。
（5）茁然は、草が生え始めるさま。『詩經』召南・騶虞に「彼茁者葭」とあり、孔穎達の正義は「言彼茁茁然出而始生者」と説明する。ここでは髭が生えるさまに例える。
（6）鍾離は、鍾離權のこと。字は寂道。号は和谷子、正陽子、雲房先生。燕臺（北京市）の人。一説に咸陽（陝西省咸陽市）の人。伝承では漢、魏、西晉に仕えた後、昇仙の志を抱いて得道し、唐になって呂洞賓（『夷堅甲志』巻一「石氏女」注1参照。甲志上冊三一頁）に道を授けたとされる。また全真教では、呂洞賓とともに創始者王重陽に道を授けた仙人とされ、特に尊崇される。八仙の一人。『歷世眞仙體道通鑑』巻三一に伝がある。『夷堅支丁』巻一〇「鍾離翁詩」、「張聖者」、『夷堅志補』巻一二「新鄉酒務道人」に名が見える。
（7）鬄は、剃る意。唐、慧琳『一切經音義』（『大正藏』第五十四冊）巻一〇〇・惠超往五天竺國傳上巻・鬄鬚の条に「鬄、或從刀作剃」とある。
（8）僕僕は、徒労に終わるさま。陸游「山居疊韻」詩（『劍南詩稿』巻二一）の第三、四句に「嗚呼我徒愚、僕僕逐肉粟」とある。
（9）得道は、道教では宇宙の真理である道と合一すること。またその結果仙人になることを指す。『夷堅甲志』巻一一「梅先遇人」注9参照（甲志下冊六頁）。
（10）至行は、最高の品行。仙人としてふさわしい行い。北宋、張君房『雲笈七籤』（『正統道藏』太玄部）巻六〇・諸家氣法・中山玉櫃服氣經・胎息羽化功第三に「此中山玉櫃服神氣經、非至人至行、不可妄傳」とある。

（11）僥冀は、僥倖を願うこと。『資治通鑑』巻一一九・永初元年（四二〇）七月の条に「豈得輕爲擧動、僥冀非望」とある。

（12）摩は、切磋琢磨すること。『禮記』學記篇に「相觀而善之謂摩」とあり、鄭玄の注は「摩、相切磋也」と説明する。

〔収録〕『新編分類夷堅志』己集・巻二・神仙門・遇仙類、『新訂増補夷堅志』巻二七・遇仙類。

〔分類〕神仙

武夷道人(1)

建[1]州崇安縣武夷山、境像[2]幽絕、中臨清溪、盤折九曲(2)。游者泛舟其下、仰望極目、道流但指言、古跡所在、云莫有登之者。紹興初、有道人至沖佑觀(3)、獨欲深[3]入訪洞天(4)。經數月、尋歷殆遍、無所遇。忽於山崦(5)閒得草庵、有道姑屛處(6)、長眉紅頰、旁[4]無侍女。問其來故、謂曰、洞天有名無形(7)、相傳如是。吾處此久矣、不見也。道人曰、業欲一往、要當盡此身尋之。時天色陰翳、日已暮。姑邀宿庵中、道人謝曰、子婦人獨居、於義不可。曰、非有他也。茲地多虎狼、恐或傷君耳。竟不肯入、危坐於戶外。夜未久、果有虎咆哮來前。姑急開門呼之、答曰、寧死於虎、決不入。少焉、又增一虎、嘷嘯愈甚。姑又語之[5]曰、此兩黑虎性慈仁、餘皆搏人不遺力、君將爲虀粉(8)矣。道人守前說不爲動。俄而五虎同集、銜其頭足以往、纔十數步、擲於坡下而去。體無少損、遂堅坐達明。姑延入坐、嘉歎曰、子有志如此、非我所及。洞天蓋去此不遠、然尚隔深淵。淵闊十餘丈、驚湍怒流、但一竿竹橫其上、非身生羽翼不可過、亦時時有雙髻樵人往來。子試往、幸而相遇、當拜而問塗。不然、無策也。既至、溪流洶湧(9)崩騰、木石皆振、弱竹裊裊、不可著脚。適逢樵者出、乃前再拜。樵者矍然退避曰、山中野人、采薪以供家、安敢當此。具以所欲拱白之。樵始祕不言、既而曰、誰爲君道此。曰、聞諸菴中[6]女。樵怒曰、多口老婆、妄泄吾事。令道人閉目、挽其衣以行。覺如騰虛空、雲龍出沒、澒洞(10)兩耳閒[7]。既履地、乃在平岡上、宮殿崔嵬、金鋪玉戶(11)。一人碧冠朱履、顧左右曰、安得有凡氣(12)。道人趨出稽首、碧冠叱曰、誰引汝來。以樵者告。卽遣追至前、袒其背、以鐵拄杖鞭之三百六十、血肉分離、骨破髓出、道人亦戰懼。碧冠曰、洞天乃高仙所聚(13)。汝何人、乃得輒至。貰(14)汝罪、宜速回。積行累功、他時或可來。命取水一杓飲之、中有胡麻飯(15)一顆。飲水畢嚼飯、咀嚥移時、僅能食三之一、腹已大飽。碧冠笑曰、汝食吾飯一粒、尚不能盡、豈得居此。遂還。至崖下、見被杖者呻痛草閒、曰、坐汝至此、吾方被謫墮[8]。不知經幾百劫(16)乃得釋。汝去矣。歸塗[9]不復見溪、安步[17]長林、而足常去地寸許。回望高山深谷、窅[18]非昨境、道姑與庵亦失其處。遂棲于巖石中、至今猶在。黃元道[19]七八年前曾見之、云山東人也。

1　別藏本、黃校本は「建」を「韶」に作る。
2　舊小說本は「像」を「象」に作る。
3　別藏本、黃校本、陸本は「深」を「冞」に作る。
4　舊小說本は「旁」を「傍」に作る。
5　舊小說本は「之」を欠く。
6　別藏本、黃校本、陸本、舊小說本は「菴」を「庵」に作る。
7　黃校本は「閒」を「聞」に作る。
8　舊小說本は「墮」を「墜」に作る。
9　舊小說本は「塗」を「途」に作る。

「武夷山の道士」

建州崇安県（福建省武夷山市）の武夷山は、景観が幽邃卓絶で、山間には清らかな谷川が流れ、九度も屈曲している。訪れた者は船に乗って武夷山の下までくると、はるか遠くまで仰ぎ見るのだが、道士はただ指差して、古跡があると言うものの、誰もそこに登ったことはないという。紹興年間（一一三一―一一六二）の初めに、ある道士が沖佑観にやって来て、一人で深く分け入って洞天を訪ねようとした。数カ月経ち、ほぼくまなく探し回ったが、（その場所に）出逢えなかった。突然山の窪みに粗末な庵が見つかり、女道士が隠れ住んでいたが、長い眉と赤い頬を持ち、側に侍女もいなかった。（女道士は）道士にここへ来た理由を尋ねて、「洞天は『名は有れども形は無し』、そう言い伝えられています。私はここに久しく住んでいますが、見ていません」と言った。道士は「一度行こうとしたからには、必ずこの身を賭けて捜します」と言った。その時空は陰り、日はすでに暮れていた。女道士は庵の中に泊まるよう勧めたが、道士は「あなたは婦人の身で一人住まい、道義上許されないことです」と断った。（女道士は）「他意はありません。この場所は虎や狼が多いので、あなたを傷つけることが心配なのです」と言ったが、（道士は）結局入るのを断り、門の外で正座していた。夜になって間もないころ、果たして虎が吼えながら（道士の）前にやって来た。女道士は急いで門を開けて道士に呼びかけたが、「たとえ虎に殺されても、断じて中には入りません」と答えた。しばらくして、さらに虎が一頭増え、咆哮は益々激しくなった。女道士は再び道士に、「この二頭の黒い虎は性格が慈悲深いのですが、他の虎は全力で人を襲いますから、あなたは八つ裂きになってしまうでしょう」と告げたが、道士は前に言ったことを曲げず動こうとしなかった。時を置かず五頭の虎が集まると、道士の頭と足を銜えて行ったが、わずか数十歩のところで、坂の下に投げ捨てて行ってしまった。体は少しも傷つかず、そのまま（門の外で）正座して夜が明けた。女道士は（道士を）庵の中に招き入れて座らせると、賞嘆して

「あなたがこれほどの志をお持ちとは、私はとても及びません。実は洞天はここから遠くないところにあるのですが、まだ深い淵に隔てられています。淵の広さは十丈余り、流れは激しく逆巻いて、一本の竹がその上に渡してあるだけで、体に羽が生えるのでなければ渡れませんが、それでも時折髷を結った木こりが行き来しています。あなたは試しにそこに行って、幸い木こりに出逢えたなら、必ず拝礼して道を尋ねてごらんなさい。そうでなければ、方法はありません」と言った。（道士が淵に）やって来ると、谷川の水が跳ね上がり怒濤となって、木や石はみな振動し、竹は脆弱でゆらゆら揺れており、足を載せることはできなかった。ちょうど木こりが出てくるのに逢い、進み出て再拝した。木こりははっと気付いて後ずさりすると、「山中の野人が、薪を採取して家族を養っているだけで、どうして拝礼されることがありましょう」と言った。（道士は）望みを詳しく述べて恭しく礼をした。木こりは最初は隠して言わなかったが、しばらくすると「誰がそれをあなたに話したのですか」と尋ねたので、（道士は）「庵の女性から聞きました」と答えた。木こりは怒って、「おしゃべりの老婆め、私の事を勝手に洩らしおって」と言い、道士に眼を閉じさせ、その上着を引っ張って行った。（道士は）まるで中空に登ったように感じ、雲龍が出没するとその音が両耳に鳴り響いた。地面に着くと、なんと平坦な丘の上で、宮殿がそびえ立ち、金のノッカーが付いた玉の門扉があった。青い冠と朱色の靴を身に着けた人がいて、周囲を振り返りながら、「どうして俗世の気があるのか」と言った。道士が小走りに進み出て叩頭の礼をすると、青い冠の人は叱りつけて、「誰がお前を連れて来たのだ」と尋ねたので、木こりですと答えた。（青い冠の人は）すぐに木こりを捕らえて前に来させると、背中を肌脱ぎにさせて、鉄の杖で三百六十回打ったので、血と肉が飛び散り、骨は砕けて髄が現れ、道士も恐れおののいた。青い冠の人は「洞天は高仙の集う場所である。お前のような者が、なんとすぐに来ることができたとはな。お前の罪を許してやるから、速やかに帰るのだ。陰功と至行を積めば、いつか来ることができるかもしれぬ」と言い、ひしゃくで一杯の水を取って飲ませると、中には一粒の胡麻飯が入っていた。（道士は）水を飲み終わり飯を食べ、しばらく咀嚼していたが、たった三分の一しか食べることができず、もう満腹になっていた。青い冠の人は笑いながら、「お前は私の飯粒でも、食べきることができないのに、どうしてここに居られようか」と言うので、そこで帰った。崖の下までやって来ると、杖で打たれた木こりが草むらで呻いているのに逢い、「お前のせいでこうなってしまい、私は今から（罰として）下界に落とされるところだ。何百劫を経れば許されるのかはわからない。お前は帰れ」と言われた。帰路にはもう谷川を見ることはなく、背の高い林の中をゆっくりと歩いたが、足は常に地面から一寸ほど浮いていた。振り返って高い山や深い谷を見たが、遠望しても昨日の姿ではなく、女道士と庵もどこにあるのかわからなかった。（道士は）そのまま洞窟に住み着いて、今でも健在である。黄元道は七、八年前に道士に会ったことがあり、（道士は）山東の人だということである。

（１）武夷は、福建省武夷山市の北西に位置し、江西省との境界にある山。風光明媚で知られる中国有数の景勝地。『太平寰宇記』巻一〇一・江南東道十三・建州・武夷山の条に「在縣北一百二十八里」とある。また『歴世眞仙體道通鑑』巻四「武夷君」に「武夷山有神人。自稱武夷君曰、吾居此山、因而爲名焉」とある。

（２）九曲は、九度屈曲することを指すが、現在九曲渓と呼ばれる、武夷山の名勝の呼称でもある。明、徐宏祖『徐霞客遊記』巻一上「遊武夷山日記」に「沖祐宮傍峰臨溪、予欲光抵九曲」とある。

（３）沖佑観は、沖祐観ともいう。武夷山にあった道観。『續資治通鑑長編』巻五〇三・哲宗・元符元年（一〇九八）十月癸卯の条に「詔賜建州武夷山沖祐觀良田十頃」とある。注２も参照のこと。

（４）洞天は、道教において神仙が棲むとされたユートピアの呼称。北宋、張君房『雲笈七籤』（『正統道藏』太玄部）巻二七・洞天福地・天地宮府圖・三十六小洞天・第十六武夷山洞の条に「周廻一百二十里。名曰眞昇化玄天。在建州建陽縣、眞人劉少公治之」とある。

（５）山崦は、山の窪地を指す。唐、姚合「題山寺」詩（『全唐詩』巻四九九）の第一、二句に「千重山崦裏、樓閣影參差」とある。

（６）屏處は、隠居すること。『後漢書』巻三六・鄭興伝に「興、從俗者也。不敢深居屏處」とある。

（７）有名無形は、実体が無いことの例え。後漢、支婁迦讖訳『道行般若經』（『大正藏』第八冊）巻九・隨品に「幻化及野馬、但有名無形」とある。

（８）虀粉は、粉々になること、殺されること。『梁書』巻四七・吉翂伝に「凡鯤鮞螻蟻、尚惜其生。況在人斯、豈願虀粉」とある。

（９）洶湧は、水が勢いよく跳ね上がるさま。前漢、司馬相如「上林賦」（『文選』巻八）に「洶湧滂濞」とあり、司馬彪の注は「洶湧、跳起也」と説明する。

（10）澒洞は、音が鳴り響くさま。唐、皮日休「太湖詩」第三首「入林屋洞」詩（『全唐詩』巻六一〇）の第二十七、二十八句に「人語散澒洞、石響高玲玎」とある。

（11）金舗玉戸は、豪華絢爛な宮殿の形容。『舊唐書』巻五三・李密伝に「而不遵古典、不念前章、廣立池臺、多營宮觀、金舖玉戶、青瑣丹墀、蔽虧日月、隔閡寒暑」とある。

（12）凡氣は、塵凡氣ともいう。俗世の気。金、王嚞『重陽教化集』（『正統道藏』太平部）・金、師尹の序に「況此冷淡生活、本是道人風味、兼其閒無一字塵凡氣」とある。

（13）高仙は、高位の仙人のこと。元、陳致虚『太上洞玄靈寶無量度人上品妙經注』（『正統道藏』洞眞部・玉訣類）巻下・北方八天の注に「積行累功、以證高仙上聖之位也」とある。

(14) 貰は、赦す意。『漢書』巻七六・張敞伝に「敞皆召見責問、因貰其罪」とあり、顔師古の注は「貰、緩也」と説明する。

(15) 胡麻飯については、胡麻は、道教では巨勝とも呼ばれ、不老をもたらす仙薬とされる。晉、葛洪『抱朴子』内篇・巻一一・仙藥に「巨勝一名胡麻、餌服之不老」とある。また道士や仙人の食事として文献に見られる。唐、釋道世『法苑珠林』(『大正藏』第五三冊)巻三一・潛通篇第二十三に、南朝宋、劉義慶『幽明錄』を引いて、「漢明帝永平五年、剡縣劉晨阮肇共入天台山、迷不得返。(中略)復下山持杯取水、欲盥漱、見蕪菁葉從山腹流出、甚鮮新。復一杯流出、有胡麻飯糝」とある。

(16) 劫(梵語 *kalpa* カルパ)は、通常とは異なる遠大な時間の単位。後秦、鳩摩羅什訳『大智度論』(『大正藏』第二十五冊)巻三八・釋往生品第四之上に「時中最小者、六十念中之一念。大時、名劫」とある。

(17) 安步は、ゆっくり歩くこと。『史記』巻九二・淮陰侯列伝に「騏驥之跼躅、不如駑馬之安步」とある。

(18) 窅は、遠望すること。南齊、謝朓「敬亭山」詩(『文選』巻二七)の第十五、十六句に「緣源殊未極、歸徑窅如迷」とあり、李善の注は「窅、遠望也」と説明する。

(19) 黃元道については、本巻「王昫惡讖」注4参照(四七頁)。

〔收録〕舊小說本『夷堅志』。

〔分類〕神仙・方士

龍泉張氏子[1]

處州龍泉縣米舖張氏之子、十五歲。嘗攜鮮魚一籃、就溪邊破之。魚撥刺[2](1)不已、刀[3]誤傷指[4]。痛殊甚[5]、停[6]刀少憩。忽念曰、我傷一指、痛如是。而[7]群魚刮鱗剔腮、剖腹斷尾[8]、其痛可知、特不能言耳。盡棄於溪[9]。卽[10]日入深山中、依石竇以居、絕不飮食。父母怪兒不歸、意[11]其墮水死。明年寒食(2)、鄉人游[12]山者始見之、身如枯腊[13](3)、胸瘠[14]見骨、然面目猶[15]可認、急報其父母來。欲呼以歸、掉頭[16]不顧、曰、我非汝家人、無急[17]我。父母泣而去。後十年、復往視、則[18]肌體已[19]復故、顏色悅澤、[20]（4）人不知所以然。[21]今居山二十餘歲[22]矣。〔四事皆黄達眞說。〕（5）[23]

1　葉本、補遺は「子」を欠く。
2　張校本、何校本は「刺」を「剌」に作る。何卓校注に「剌當作刺」と注記する。
3　別藏本は「刀」を「乃」に作る。
4　葉本、補遺は「指」を「手」に作る。
5　葉本、補遺は「殊」を欠く。
6　葉本、補遺は「停」を「捐」に作る。
7　張元濟校注に「葉本作鮮」と注記するが、近衛文庫本、内閣文庫本、東洋文化研究所本には見えない。
8　葉本、補遺は「剖腹斷尾」の四字を欠く。
9　葉本、補遺は「棄」を「數放之」に作る。
10　葉本、補遺は「日」を欠く。
11　葉本、補遺は「意」を「疑」に作る。
12　葉本、補遺は「游」を「遊」に作る。
13　何校本は「腊」を「臘」に作る。
14　葉本、補遺は「朐脊」を「胸脊」に作る。
15　葉本、補遺は「猶」を「尚」に作る。
16　葉本、補遺は「掉頭」を「棹首」に作る。
17　明鈔本は「急」を「念」に作る。
18　葉本、補遺は「則」を「之」に作る。
19　葉本、補遺は「已」を欠く。
20　葉本、補遺は「澤」を「懌」に作る。
21　葉本、補遺は「然」を欠く。
22　葉本、補遺は「歲」を「年」に作る。
23　葉本、補遺は「四事皆黄達眞說」の七字を欠く。

「龍泉県の張家の息子」

処州龍泉県（浙江省龍泉市）の米屋である張家の息子は、十五歳であった。ある日獲れたての魚を入れた籠を持って、谷川の側に行って捌こうとした。魚はずっとピチピチと跳ねていたので、（息子は）刀で誤って指を傷つけた。あまりにも痛かったので、刀を置いてしばらく休憩した。突然「私は一本の指を傷つけて、これほど痛いのだ。だが魚たちは鱗を取られ鰓を削がれ、腹を割かれ尾を切られるのだから、その痛みは推して知るべきで、ただ口にできないだけなのだ」と思うと、（魚を）すべて谷川に棄ててしまった。その日のうちに深い山の中に入り、洞窟に住み着いて、決して飲食をしなかった。両親は息子が帰ってこないのを怪しみ、川に落ちて死んだものと思っていた。翌年の寒食節に、山を訪れた同郷の者がようやく息子を見つけたが、体はまるで木乃伊のようで、胸は瘠せてあばら骨が浮いていたものの、顔はまだ識別できたので、急いで両親に来るように知らせた。（両親は息子に）帰るよう呼びかけたが、（息子は）頭を振って構おうとせず、「私はあなたの家の人間ではありません、私に（帰るよう）迫るのはやめてください」と言った。両親は泣きながら帰っていった。十年後、再び行って見ると、（息子の）体はもう元通りになっており、顔にも艶があったが、誰もその理由がわからなかった。現在（息子

が）山に住み着いて二十年余りになる。〔四話はすべて黄達眞が話した。〕

（1）撥刺は、魚が水の中で跳ねる音。杜甫「漫成」詩（『杜工部集』巻一四）の第三、四句に「沙頭宿鷺聯拳静、船尾跳魚撥刺鳴」とある。

（2）寒食は、節日の一つ。冬至の後、一百五日目の日にあたり、前後三日間は火を用いることを禁ずる。『夷堅甲志』巻一六「晏氏媼」注2参照（甲志下冊一八五頁）。

（3）枯腊は、干からびた死体、木乃伊を指していう。『漢書』巻六七・楊王孫伝に「裹以幣帛、鬲以棺槨、支體絡束、口含玉石、欲化不得、鬱爲枯腊、千載之後、棺槨朽腐、乃得歸土、就其眞宅」とある。

（4）悦澤は、艶があるさま。『太平廣記』巻一一八・報應一七「東方朔」（南朝宋、劉義慶『幽明錄』を引く）に「朔曰、是蛟龍髓。以傅面、令人好顏色。又女子在孕、產之必易。會後宮產難者、試之、殊有神效。帝以脂塗面、便悦澤」とある。

（5）黃達眞は、黃元道のこと。本巻「王晌惡讖」注4参照（四七頁）。

〔収録〕『新編分類夷堅志』乙集・巻二一・禽獸門・殺生悔過類「龍泉張氏」、『夷堅志補遺』乙集・巻二一・禽獸門・殺生悔過類「龍泉張氏」。

〔分類〕神仙

乙志巻一三

劉子文(1)

劉總字子文、紹興初爲忠州臨江令、秩滿、寓居鄰邑墊江縣。有子曰侍老(2)、六歳矣。子文忽見其乳嫗旁有小兒、長短與侍老相似、意其與外僕(3)私通所生者、以咎其妻。妻李氏、癡懦不能治家、然知爲妄也、應曰、無是事。子文怒、時已苦股痛、常策木瓜杖(4)、即抶(5)妻背使出、往白其母。母曰、兒誤聞之、安得有是言。子文嗟恚曰、吾母尚如此、復何望。歸舍、以果誘侍老曰、爾乳母夜與何人寢。其兒爲誰。侍老愕然不能對。子文遽前執其手、攫拏不置、左右急救之、猶敗面流血。遂呼嫗逐去之、曰、汝來我家數年、兒亦長矣、乃以奸穢自敗。以吾兒故、不忍治汝。汝好去。嫗泣拜出、子文目送之、笑語侍人曰、渠兒已相隨出門。醜跡俱露、而家人共蔽匿之何也。衆知其將病、不旬時、果被疾死。病中時自言、我數與太守爭辯不得、汝非不知、何爲相守不去。後其弟綷(6)云、子文爲夔州士曹日(7)、獄有一囚在生死之間。郡守欲殺之、子文不强爭、囚竟死。則病中所見、疑其祟云。子文、予[1]外姑之兄也。

1　黄校本は「予」を「子」に作る。

「劉子文」

劉總は字を子文といい、紹興年間（一一三一—一一六二）の初めに忠州臨江県（重慶市忠県）の知県となり、任期を終えると、隣の墊江《てんこう》県（重慶市墊江県）に仮住まいした。侍老という息子がおり、六歳であった。子文は突然その乳母の側に幼子がいるのを見、背丈が侍老とよく似ていたので、乳母が下男と私通して産んだ子だと思い、そのことで妻を責めた。妻の李氏は、愚かで気が弱く家を切り盛りすることはできなかったが、（子文の言うことが）根も葉もないことだとわかっていたので、「そのようなことはありません」と答えた。子文は怒り、その時には太腿の痛みに悩み、いつも木瓜の杖をついていたのだが、それで妻の背を打って追い出し、母に話しに行った。母は「お前の聞き違いだよ、そんな話があるものかね」と言った。子文は嘆きかつ怒り、「母上までそう言うのでしたら、もう何も望みません」と言い、宿舎に帰ると、果物で侍老を呼び寄せ、「お前の乳母は夜に誰と寝ているのか。あの子は誰だ」と言った。侍老は呆気に取られて答えることができなかった。子文が突然進み出てその手を取り、しっかり捕まえて離さなかったので、側仕えの者が急いで侍老を助けたが、それでも顔が傷つき血が流れた。そして乳母を呼ぶと、「お前が我が家に来て数年、息子も大きくなったが、なんと淫らなことをして自ら身を滅ぼすとは。だが我が子のことを思えば、お前を処罰するのは忍びない。お前は出て行くがよい」と言って追い出した。乳母が泣きながら拝礼して出て行くと、子文はそれを見送り、笑いながら従者に「あやつの子はもう後について門を出た。醜聞はすっかり明白なのに、家人がみなそれを隠すのはどうしてだ」と言った。人々は彼がおかしくなりかけているとわかり、十日も経たないうちに、果たして病にかかって死んだ。病にかかっている間に時折、「私がしばしば知州に反論できなかったことを、お前は知らぬわけではあるまいに、どうしてつきまとって離れないのか」と独り言を言った。後に弟の綷《さい》は「子文が夔州（重慶市奉節県）の士曹であった時、獄中の囚人の一人が生死の瀬戸際にいた。知州は彼を殺そうとし、子文も敢えて反対しなかったので、囚人は結局死んでしまった。つまり（子文が）病中に見ていたのは、恐らくその囚人が祟っていたのだろう」と言った。子文は、私の妻の母の兄である。

（1）劉子文は、劉總、子文は字。洪邁の妻の母、劉氏の兄であること以外は不明。『夷堅乙志』巻一一「白獮猴」（二八頁）にも名が見えた。

（2）劉侍老については未詳。

（3）外僕は、主人の旅行時などに付き従い世話をする下男。『春秋左氏傳』襄公二十八年の条に「外僕言曰、昔先大夫相先君適四國、未嘗不爲壇」とあり、杜預の注は「外僕、掌次舍者」と説明する。

（4）木瓜杖は、木瓜の枝を乾燥させて作った杖。木瓜（学名 *Chaenomeles speciosa*）は、落葉灌木、ぼけ。黄庭堅「走筆謝王朴居士拄杖」詩（『山谷詩集注』巻一四）の第一、二句に「投我木瓜霜雪枝、六年流落放歸時」とあり、任淵の注は「陶隱居云、俗人拄木瓜杖、云利筋脛」と説明する。

（5）抶《ちつ》は、打つこと。『春秋左氏傳』文公十八年の条に「公游于申池、二人浴于池、歜以扑抶職」とあり、杜預の注は「抶、擊也」と説明する。

（6）劉綷は、『夷堅乙志』巻一九「秦奴花精」（二四七頁）にも名が見える。それによれば字は穆仲。道士に従い術を学んだという。

（7）士曹は、各州に置かれた事務官である六曹の一つ。公文書の決裁や訴訟などを司る。『夷堅甲志』巻三「邵南神術」注25参照（甲志上冊一〇〇頁）。

九華天仙

〔収録〕南宋、李昌齢『樂善録』（十巻本）巻七。
〔分類〕報応（殺生）・婦人・鬼

紹興九年、張淵道[1]侍郎家居無錫縣南禪寺[2]。其女請大仙[3]、忽書曰、九華天仙降。問爲誰、曰、世人所謂巫山神女[4]者是也。賦惜奴嬌[5]大曲[6]一篇、凡九闋。〔其一曰〕[1]瑤闕瓊宮、高枕巫山十二[7]。睹瞿塘[8]、千載灩灩[9]雲濤[10]沸。異景無窮好閑吟、滿酌金卮。憶前時、楚襄王、曾來夢中相會。吾正鬢亂釵横、斂霞衣[11]雲縷[12]。向前低揖、問我仙職。桃杏遍開、綠草萋萋[13]鋪地。燕子來時、向巫山、朝朝行雨暮行雲[14]。有閑時、只恁畫堂高枕。〔瑤臺[15]景第二〕繞繞雲梯[16]、上徹青霄霞外。與諸仙同飲、鎭長春醉。虎嘯猿吟、碧桃香異風飄細、希奇。想人間難識、這般滋味。姮娥[17]奏樂簫韶[18]、有仙音異品、自然清脆[19]。遏住行雲不敢飛、空凝滯。好是波瀾澄湛、一溪香水。〔蓬萊[20]景第三〕山染青螺[21]縹渺[22]、人間難陟。有珠珍光照、晝夜無休息、仙景無極。欲言時、汝等何知。且修心[2]、要觀游、亦非大段[23]難易。下俯浮生、尚自爭名逐利。豈不省、來歲擾擾兵戈起。天慘雲愁、念時衰如何是。使我輩、終日蓬宮下淚。〔勸人第四〕再啓諸公、百歲還如電急。高名顯位瞬息爾。泛水輕漚、霎那[24]間、難久立。晝燭當風裏、安能久之。速往茅峰[25]割愛、休名[26]避世。等功成、須有上眞[27]相引指。放死求生、施良藥、功無比。千萬記、此箇奇方第一。〔王母宮食蟠桃第五〕[3]方結實累累、翠枝交映。蟠桃顆顆、仙味眞香美。遂命雙成[28]、持靈刀割來耳[4]。服一粒、令我延年萬歲。堪笑東方[29]、便起私心盜餌。使宮中仙伴、遞互相尤殢[30]。無奈雙成、向王母高陳之。遂指方、偸了蟠桃是你。〔玉清[31]宮第六〕紫雲絳靄、高擁瑤砌。曉[5]光中、無限剖[6]列、肅整天仙隊。又有殊音欲擧、聲還止。朝罷時、亦有清香飄世。玉駕纔興、高上眞仙盡退。有瓊花如雪、散漫飛空裏。玉女金童[32]、捧丹文、傳仙誨。撫諸仙早起、勞卿過耳。〔扶桑[33]宮第七〕光陰奇、扶桑宮裏。日月常晝、風物鮮明可愛、無陰晦。大帝頻鑑於瑤池[34]、朱欄外、乘鳳飛。敎主[35]開顏命醉。寶樂齊吹、盡是瓊姿天妓。每三杯、須用聖母親來揖。異果名花幾千般、香盈袂。意欲歸、却乘鸞車鳳翼。〔太清宮第八〕顯煥明霞、萬丈祥雲高布。望仙官衣帶、曳曳[36]臨香砌。玉獸齊焚、滿高穹、盤龍勢。大帝起、玉女金童遍侍。奉[7]勑宣言、甚荷諸仙厚意。復回奏、感恩頓首皆躬袂。奏畢還宮、尚依然雲霞密。奇更異、非我君何聞耳。〔歸第九〕吾歸矣。仙宮久離、洞戸無人管之、專俟吾歸。欲要開金燧[37]、千萬頻修己。言訖無忘之、哩囉哩[38]。此去無由再至。事亢難言、爾輩須能自會。汝之言、還便是如吾意。大抵方寸平平、無憂耳。雖改易之、愁何畏。詞成、文不加點、又大書曰、吾且歸。遂去。明日、別有一人、自稱歌曲仙曰、昨夕巫山神女見招、云在君家作詞、慮有不協律處、令吾潤色之。及閲視、但改數字而已。其第三篇所云來歲擾擾兵戈起、時虜人[8]方歸河南(39)、人以此說爲不然。明年、淵道自祠官起提擧秦司茶馬(40)、度淮而北、至鄜陽(41)、虜[9]兵大至、蒼黄奔歸、盡室幾不免、河南復陷(42)。考詞中之句、神其知之矣。

1　黄校本は「曰」を「目」に作る。
2　別藏本、黄校本は「修」を「脩」に作る。
3　黄校本は「方」を「勹」に作る。
4　別藏本は「耳」を「凹」に作る。黄校本は「Ⅱ」に作る。何校本は「耳」を欠く。
5　別藏本、黄校本、何校本は「曉」を欠く。
6　別藏本、黄校本は「剖」を「部」に作る。
7　別藏本、黄校本は「勑」を「敕」に作る。
8　別藏本は「虜人」を「北朝」に作る。
9　別藏本は「虜」を「北」に作る。

「九華天仙」

紹興九年（一一三九）、兵部侍郎であった張淵道は（祠祿を得て）無錫県（江蘇省無錫市）の南禪寺に住んでいた。彼の娘が扶乩《ふけい》の法で仙人を呼び出したところ、突然「九華天仙が降臨した」と書き、何者かと尋ねると、「世間の人々が巫山の神女と呼ぶ者である」と答えた。そして『惜奴嬌』の大曲一篇を詠み、全部で九闋あった。

〔其一〕
瑤闕瓊宮
高枕巫山十二
睹瞿塘
千載灎灎雲濤沸
異景無窮好閑吟
滿酌金卮
憶前時
楚襄王
曾來夢中相會

〔其の一〕
瑤闕　瓊宮
高枕す　巫山十二
瞿塘を睹《み》れば
千載　灎灎《えんえん》として　雲濤　沸く
異景窮まり無く　閑吟するに好《よ》し
滿酌の金卮
前時を憶う
楚の襄王
曾て夢中に来たりて相い会う

吾正鬢亂釵横　　吾《われ》 正に鬢は乱れ釵は横ざまに
斂霞衣雲縷　　霞衣と雲縷とを斂《おさ》む
向前低揖　　前に向《お》いて低く揖し
問我仙職　　我に仙職を問う
桃杏遍開　　桃杏 遍く開き
緑草萋萋舗地　　緑草 萋萋《せいせい》として地に舗《し》く
燕子來時　　燕子 来たりし時
向巫山　　巫山に向《お》いて
朝朝行雨暮行雲　　朝朝に行雨 暮に行雲
有閑時　　閑時有れば
只恁畫堂高枕　　只だ恁《か》く画堂にて高枕す

〔其の一〕玉の門珠の宮殿は、巫山の十二峰に高くそびえ立つ。瞿塘峡を眺めれば、千年にわたり水は満ち溢れて雲のような大波が湧き立つ。珍しい景色は尽きることなくのんびりと詩を口ずさむのに良い、酒を満たした金の杯。昔を思えば、楚の襄王は、夢の中で私に会いに来た。

私はそのとき髪は乱れ釵も傾いて、あかね色の衣と白い雲の服を急ぎ整えた。王は進み出ると頭を下げて会釈し、私に仙人としての仕事を尋ねた。ここは桃や杏があちこちに花開き、緑の草が繁って地をおおう。燕が飛んで来る時、巫山で、朝に雨を降らせ暮れに雲を動かす。仕事がない時は、ただこうして美しい部屋で枕を高くして眠っている、と答えた。

〔瑤臺景第二〕　　〔瑤臺の景　第二〕
繞繞雲梯　　繞繞たる雲梯
上徹靑霄霞外　　上は青霄霞外に徹す
與諸仙同飲　　諸仙と同《とも》に飲み
鎮長春醉　　鎮長《つね》に春酔す
虎嘯猿吟　　虎嘯　猿吟

碧桃香異風飄細　碧桃の香は異なり　風は飄細たり
希奇　希にして奇なり
想人間難識　想う　人間は識り難し
這般滋味　這般《かよう》な滋味を

姮娥奏樂簫韶　姮娥《こうが》の楽を奏でるは簫韶
有仙音異品　仙音　異品有りて
自然清脆　自然《おのず》から清脆たり
遏住行雲不敢飛　行雲を遏住《とど》めて　敢えて飛ばさず
空凝滞　空しく凝滞せしむ
好是波瀾澄湛　好《よ》し是れ　波瀾は澄湛たり
一渓香水　一渓の香水

〔瑤臺の景色　第二〕ぐるぐると続く雲の梯子、青い空あかね雲の彼方まで達する。仙人たちと一緒に酒を飲み、ずっと春に酔う。虎が吠え猿は鳴き、碧桃のめずらかな香りがして風はさやかに吹く、その不思議さ。思うに俗世ではこの風情を知ることは難しい。姮娥の奏でるのは舜帝の音楽、仙界の音色には高い品格があり、自ずから耳に清らか。行く雲を留めて飛ばさず、ただ滞らせる。好ましいのは波が清らかに澄んだ、一筋の芳しい川。

〔蓬萊景第三〕　〔蓬萊の景　第三〕
山染青螺縹渺　山は青螺に染まりて縹渺たり
人間難陟　人間より陟《のぼ》り難し
有珠珍光照　珠珍有りて光り照り
晝夜無休息　昼夜　休息する無く
仙景無極　仙景　極まり無し
欲言時　言わんと欲する時

汝等何知　　汝等　何ぞ知らんや
且修心　　且に心を修むべし
要観游　　観游するを要《もと》むるも
亦非大段難易　　亦た大段《おお》いに難易なるに非ざらん
下俯浮生　　下に浮生を俯せば
尚自争名逐利　　尚自《なお》　名を争い利を逐う
豈不省　　豈に省みざるや
來歳擾擾兵戈起　　来歳　擾擾として兵戈起こらん
天慘雲愁　　天は惨《いた》み雲は愁い
念時衰如何是　　時の衰うるを念《おも》うも如何ぞ是《ぜ》なる
使我輩　　我輩をして
終日蓬宮下涙　　終日　蓬宮に涙を下せしむ

〔蓬萊山の景色　第三〕蓬萊山は青く染まって遙か彼方に遙か彼方にあり、俗世からは登ることが難しい。珍しい宝玉が光り輝き、昼も夜も消えることなく、仙界の景色はどこまでも広がっている。そのことを話そうとしても、お前たちにどうして理解できよう。まずは修養をしなさい、（そうすれば）仙界に遊ぶことも、それほど難しくはないのだから。俗世を見下ろせば、相変わらず名利を競い追いかけている。どうして反省しないのか、来年にはまた乱れて戦争が起きるだろうに。天は悲しみ雲も憂え、時運の衰えを思ってもどうしたらよいのか。そのことで私たちは、一日中蓬萊山の宮殿で涙を流している。

〔勸人第四〕　　〔人に勧む　第四〕

再啓諸公　　再び諸公に啓す
百歳還如電急　　百歳も還《な》お電の急なるが如し
高名顯位瞬息爾　　高名　顕位も　瞬息なるのみ
泛水輕漚　　水に泛《う》かぶ軽漚は

霎那間　　霎那の間にして
難久立　　久しく立ち難し
畫燭當風裏　　画燭　風裏に当たれば
安能久之　　安んぞ能く之を久しくせん

速往茅峰割愛　　速やかに茅峰に往きて割愛し
休名避世　　休名もて世を避けよ
等功成　　功成るを等《ま》てば
須有上眞相引指　　須らく上真の相い引指する有るべし
放死求生　　死を放《のが》れ生を求むるに
施良藥　　良薬を施すは
功無比　　功の比ぶる無し
千萬記　　千万　記《き》せよ
此箇奇方第一　　此箇《これ》　奇方の第一なりと

〔人に勧める　第四〕再び皆さんに申す、百年の歳月も稲妻の速さと同じであること。高い名声や官位も一瞬にすぎない。水に浮かぶ軽い泡は、刹那の間のこと、久しく存在するのは難しい。絵付けの蠟燭も風に当たれば、どうして長く消えずにいられよう。速やかに茅山へ行って未練を断ち切り、善き名を保って俗世から逃れなさい。陰功が成就すれば、仙人のお導きがあるはず。死を逃れて永遠の命を得るなら、良薬を用いることが、陰功において比類なきもの。よく覚えておきなさい。これが妙法の第一であると。

〔王母宮食蟠桃第五〕　　〔王母宮にて蟠桃を食らう　第五〕
方結實累累　　方に実を結ぶこと累累たり
翠枝交映　　翠枝　交《こも》ごも映ず
蟠桃顆顆　　蟠桃は顆顆
仙味眞香美　　仙味　真に香美なり

遂命雙成　　遂に雙成に命じ
持靈刀割來耳　　霊刀を持ちて割り来たらしむのみ
服一粒　　一粒を服せば
令我延年萬歳　　我をして延年せしむること万歳
堪笑東方　　笑うに堪うるは東方
便起私心盜餌　　便ち私心を起こして盗み餌《く》らう
使宮中仙伴　　宮中の仙伴をして
遞互相尤殢　　遞互《たがい》に相い尤殢《ゆうてい》せしむ
無奈雙成　　奈《すべ》も無し　雙成
向王母高陳之　　王母に向かい之を高らかに陳《の》ぶ
遂指方　　遂に方を指さし
偸了蟠桃是你　　蟠桃を偸了《ぬす》みしは是れ你《なんじ》なりと

〔王母宮で仙桃を食べる　第五〕ちょうど桃の実が重なり合って生っており、緑の枝は互いに照り映えている。仙桃は一つ一つが、どれも仙界の味でまことに芳しく美味しい。そこで侍女の雙成に命じ、神聖な刀で桃を切って持って来させる。一つ食べると、私の寿命を延ばすこと一万年。笑うべきは東方朔、勝手な考えを起こして盗み食いした。宮中の仙女にも、互いに離れ難い思いをさせた。（しかし）どうにもならないことに雙成が、西王母に向かってはっきりと述べた。東方朔を指さして、仙桃を盗んだのはお前だと。

〔玉清宮第六〕　　〔玉清宮　第六〕
紫雲絳靄　　紫雲　絳靄
高擁瑤砌　　高く瑤砌を擁す
曉光中　　暁光の中
無限剖列　　無限に剖列す

肅整天仙隊
又有殊音欲擧
聲還止
朝罷時
亦有清香飄世

玉駕纔興
高上眞仙盡退
有瓊花如雪
散漫飛空裏
玉女金童
捧丹文
傳仙誨
撫諸仙早起
勞卿過耳

肅整たる天仙の隊
又た殊音の挙げんと欲する有るも
声は還た止む
朝《ちょう》の罷《や》む時
亦た清香の世に飄《ただよ》う有り

玉駕　纔《いま》しも興こり
高上の真仙は尽く退く
瓊花の雪の如き有りて
散漫として空裏に飛ぶ
玉女と金童は
丹文を捧げ
仙誨を伝う
諸仙の早起を撫し
卿の過るを労とすと

〔玉清宮　第六〕紫の雲と深紅のもやが、高々と玉の階段を取り巻いている。明け方の光が差す中、どこまでも並ぶ、整然とした天界の仙人の隊列。さらに素晴らしい音楽が鳴り響こうとして、その音はまた止んだ。朝会が終わる時、清々しい香りが世界に漂う。天帝の乗り物が出発するや、高位の仙人たちはみな退朝する。雪のように白い玉の花があり、分散して空中に飛ぶ。玉女と金童は、朱書を捧げ持ち、天帝のお言葉を伝える。仙人たちが早起きしたのをねぎらい、諸卿らの来訪に感謝する、と。

〔扶桑宮第七〕
光陰奇
扶桑宮裏
日月常晝

〔扶桑宮　第七〕
光陰は奇なり
扶桑の宮裏
日月は常に昼

風物鮮明可愛
風物は鮮明にして愛すべく
無陰晦
陰晦無し
大帝頻鑑於瑤池
大帝は頻りに瑤池に鑑み
朱欄外
朱欄の外より
乗鳳飛
鳳に乗りて飛ぶ
教主開顔命酔
教主は開顔して酔うを命ず

寶樂齊吹
宝楽の斉しく吹くは
盡是瓊姿天妓
尽く是れ瓊姿の天妓
毎三杯
三杯毎に
須用聖母親來揖
須らく用《もっ》て聖母の親《みずか》ら来りて揖すべし
異果名花幾千般
異果と名花は幾千般
香盈袂
香　袂に盈つ
意欲歸
意に帰らんと欲して
却乗鸞車鳳翼
却《まさ》に鸞車鳳翼に乗らんとす

〔扶桑宮　第七〕時間の流れが不可思議な、扶桑の宮殿。太陽も月も関わりなくいつも昼、景色は鮮やかで愛おしく、暗くなることはない。天帝はしきりに瑤池を気にかけて、赤い欄干の外から、鳳に乗って飛んで来る。教主は顔をほころばせて（天帝に）酒を勧める。

素晴らしい音楽が一斉に鳴り響くのは、すべて美しい玉のような姿の天女（の演奏）。三杯ごとに、西王母が自ら来て拱手の礼をすることになっている。珍しい果物や美しい花は幾千もあり、香りが着物の袖に満ちる。天帝は帰ろうと思って、鳳の車に乗るところ。

〔太清宮第八〕
〔太清宮　第八〕
顯煥明霞
顕煥たる明霞
萬丈祥雲高布
万丈の祥雲　高く布す

望仙官衣帯　　仙官の衣帯を望めば
曳曳臨香砌　　曳曳として香砌に臨む
玉獣齊焚満高穹　　玉獣　斉しく焚かれて高穹に満ち
盤龍勢　　盤龍の勢あり
大帝起　　大帝　起《た》ち
玉女金童遍侍　　玉女　金童　遍く侍る

奉勅宣言　　勅を奉じて宣言す
甚荷諸仙厚意　　甚だ諸仙の厚意を荷《こうむ》ると
復回奏　　復た回奏す
感恩頓首皆躬袂　　恩に感じ　頓首して皆な袂を躬《かが》む
奏畢還宮　　奏し畢えて宮に還れば
尚依然雲霞密　　尚お依然として　雲霞密なり
奇更異　　奇にして更に異なるは
非我君何聞耳　　我が君に非ざれば何ぞ聞こえんや

〔太清宮　第八〕光鮮やかな朝焼け、万丈の瑞雲が高く広がる。仙官の衣服を眺めると、たなびきながら美しい階段に並んでいる。獣の形をした玉の香炉が一斉に焚かれて煙が高い空に満ち、とぐろを巻いた龍のような様子。天帝が立ち上がると、玉女と金童がみなお側に控える。

勅命を奉じてお言葉を伝える、仙人の方々にご厚意を頂いた、と。（これに対して）お返事を奏上し、恩に感謝し叩頭の礼をして全員が身をかがめる。奏上し終えて宮殿へ戻っても、まだ依然として雲も朝焼けも濃いまま。素晴らしくまた不思議な仙界の様子は、あなた（張淵道）でなければどうして申し上げようか。

〔歸第九〕　　〔帰る　第九〕
吾歸矣　　吾　歸らん

仙宮久離　　仙宮　久しく離れ
洞戸無人管之　　洞戸　人の之を管する無ければ
専俟吾歸　　専ら吾の帰るを俟たん
欲要開金燧　　金燧を開くを要めんと欲すれば
千萬頻修己　　千万　頻りに己を修めよ
言訖無忘之　　言い訖《お》わるも　之を忘るる無かれ
哩囉哩　　哩囉哩
此去無由再至　　此より去れば再び至るに由無し

事冗難言　　事は冗にして言い難し
爾輩須能自會　　爾輩　須く能く自ら会すべし
汝之言　　汝の言
還便是如吾意　　還た便ち是れ　吾が意の如し
大抵方寸平平　　大抵の方寸は平平として
無憂耳　　憂い無きのみ
雖改易之　　之を改易すると雖も
愁何畏　　愁いて何ぞ畏れんや

〔帰る　第九〕私は帰ろう。仙宮から長い間離れ、私の住まいを管理する者がいないので、私が帰るのをひたすら待っているだろう。丹を煉ることを求めるなら、くれぐれもよく修養すること。話を終えてもこのことを忘れてはならない、リーラーリー。行ってしまえばもうこちらに来るすべはない。
仙界のことは煩瑣で言葉にするのが難しいから、お前たちで自ら会得しなければならない。お前の言葉は、やはり私の考えと同じでもある。日頃の心は淡々として、憂いも無い。行いを改めるけれども、（それを）愁いて恐れることがあろうか。

詞が完成したが、句読点は打たれておらず、もう一度「私は帰ることにしよう」と大書すると、そのまま去ってしまった。翌日、別にもう一人、歌曲仙と名乗る者が現れ、「昨夜巫山の神女に招かれ、あなたの家で詞を作ったが、音律にかなっていない箇所があるのが気がかりなので、私に潤色するよう言われました」と言い、（詞を）見ていたが、数文字を改めただけであった。その第三篇に「来歳　擾擾として兵戈起こらん」とあるが、当時は金がちょうど河南から（北へ）帰ろうとしていたので、人々はその句は間違っていると思っていた。翌年、淵道は祠禄官から提擧秦司茶馬となり、淮河を渡って北上した。鄮陽《さんよう》鎮に着くと、金の兵が大勢でやって来たので、慌てふためいて逃げ帰り、一家は辛うじて難を逃れたが、河南は再び陥落した。詞中の句を考えるに、神は恐らくこのことを知っていたのだろう。

（1）張淵道は、洪邁の妻の父である張宗元のこと。『夷堅甲志』巻六「福州兩院燈」注2参照（甲志上冊一七〇頁）。『建炎以來繫年要録』巻一一〇・紹興七年（一一三七）四月壬寅の条に「中書門下省檢正諸房公事兼都督府諮議軍事張宗元權兵部侍郎、陸都督府參議軍事」とある。

（2）南禪寺は、江蘇省無錫市にある寺。『夷堅乙志』巻二「陳氏女」注2参照（乙志上冊四六頁）。

（3）請大仙については、請仙は、扶乩によって神を降ろし、吉凶を尋ねる占法。扶乩は、我が国の狐狗狸《こっくり》に似た占い方法。

（4）巫山神女は、戰國楚、宋玉「高唐賦」及び「神女賦」（『文選』巻一九）に登場する神女。『夷堅甲志』巻一八「黄氏少子」注3参照（甲志下冊二五六頁）。「高唐賦」では楚の懐王、「神女賦」では襄王が神女を夢見たとされるが、後者に関しては北宋、沈括『補筆談』巻一・辯證などが論じるように、夢を見たのは宋玉で、「王」と「玉」の字に混乱があるとされる。

（5）惜奴嬌は、詞牌の一つ。双調で、仄声韻。ただしこの話の詞は、『欽定詞譜』とは異なる格律である。『全宋詞』宋人依託神仙鬼怪詞の項の巫山神女の条に引用する。ここは『全宋詞』と何本の句読を参考とした。

（6）大曲は、組曲形式の楽曲。『宋書』巻二一・樂志三・大曲に十五曲を収める。宋代には、故事を組曲形式の詞に詠んだ歌舞曲が多くなる。

（7）巫山十二は、巫山の十二峰で、具体的には望霞、翠屏、朝雲、松巒、集仙、聚鶴、淨壇、上昇、起雲、棲鳳、登龍、望聖の諸峰を指す。

（8）瞿塘は、瞿塘峡。三峡の一つである夔峡の別称。『夷堅甲志』巻一一「梅先遇人」注5参照（甲志下冊六頁）。

（9）灩灩は、水が満ち溢れる様子。唐、張若虚「春江花月夜」詩（『全唐詩』巻一一七）の第三、四句に「灩灩隨波千萬里、何處春江無月明」とある。

（10）雲濤は、雲のような大波。波頭が白く雲のようであることからいう。白居易「海漫漫」（『白氏長慶集』巻三）の第三、四句に「雲濤煙浪最深處、人傳中有三神山」とある。
（11）霞衣は、あかね色の衣服。道士や仙人の服装。『夷堅乙志』巻一一「玉華侍郎」注6参照（七頁）。
（12）雲縷は、雲のように軽く風に翻る織物。ここでは仙人の衣服を言うと解した。北宋、王安石「與微之同賦梅花得香字三首」（『臨川文集』巻二〇）其二の第五、六句に「不御鉛華知國色、祇裁雲縷想仙裝」とある。
（13）萋萋は、草木の生い茂る様子。『詩經』周南・葛覃に「葛之覃兮、施于中谷、維葉萋萋」とあり、毛伝は「萋萋、茂盛貌」と説明する。
（14）朝朝行雨暮行雲は、「高唐賦」の序に「旦爲朝雲、暮爲行雲。朝朝暮暮、陽臺之下」とあるのを踏まえる。
（15）瑤臺は、玉のうてな。仙界をいう。『夷堅乙志』巻一一「玉華侍郎」注8参照（七頁）。
（16）雲梯は、仙界に登る時に用いる雲をいう。晉、郭璞「遊仙詩七首」（『文選』巻二一）其一の第七、八句に「靈谿可潛盤、安事登雲梯」とあり、李善の注は「雲梯、言仙人昇天因雲而上、故曰雲梯」と説明する。
（17）姮娥は、月に住む仙女の名。羿という弓の名人の妻だったが、夫が西王母から授かった不死の薬を盗んで飲み、月の精となったとされる。
（18）簫韶は、舜が作った音楽。『書經』益稷に「簫韶九成、鳳皇來儀」とあり、孔安國の伝は「韶、舜樂名」と説明する。
（19）清脆は、声や音が透き通っていること、また聞いて快いこと。白居易「和皇甫郎中秋曉同登天宮閣言懐六韻」詩（『白氏長慶集』巻二九）の第三、四句に「玲瓏曉樓閣、清脆秋絲管」とある。
（20）蓬萊は、渤海の彼方にある五仙山の一つ。『列子』湯問に「其上臺觀皆金玉、其上禽獸皆純縞。珠玕之樹皆叢生、華實皆有滋味、食之皆不老不死。所居之人皆仙聖之種、一日一夕飛相往來者、不可數焉」とある。
（21）青螺は、青い山のこと。劉禹錫「望洞庭」詩（『劉賓客外集』巻八）の第三、四句に「遙望洞庭山水翠、白雲盤裏一青螺」とある。
（22）縹渺は、縹緲にも作る。遙か彼方に見えること。白居易「長恨歌」（『白氏長慶集』巻一二）の第八十三、八十四句に「忽聞海上有仙山、山在虛無縹緲閒」とある。
（23）大段は、非常に、十分にの意。『朱子語類』巻一〇・學四・讀書法上に「看文字、須大段着精彩看」とある。
（24）霎那は、霎時に同じ。瞬息、たちまちの意。

(25) 茅は、茅山のこと。江蘇省句容市の東南にある名山。茅山派道教の拠点で、葛洪や劉混康らが修行した地として知られる。『夷堅甲志』巻一一「梅先遇人」注12及び注17参照（甲志下冊六、七頁）。

(26) 休名は、立派な名声、良い評判。魏、劉卲『人物志』巻中・八觀に「是故骨直氣清、則休名生焉」とあり、劉昞の注は「骨氣相應、名是以美」と説明する。

(27) 上眞は、最高位の仙人のこと。『夷堅乙志』巻一一「牛道人」注5参照（二八頁）。

(28) 雙成は、董雙成のこと。西王母の侍女。『漢武帝內傳』に「王母乃命諸侍女王子登彈八琅之璈、又命侍女董雙成吹雲和之笙」とある。

(29) 東方は、東方朔（前一五四？―前九二？）のこと。字は曼倩《まんせん》。平原郡厭次県（山東省浜州市恵民県）の人。『漢書』巻六五に伝がある。西王母の桃を盗んだとされることについては、『漢武故事』に「上疑其精、召東方朔、至、朔呼短人曰、巨靈阿母還來否。短人不對、因指謂上、王母種桃三千年一結子、此兒不良、已三過偸之、失王母意、故被謫來此」とある。また『太平廣記』巻五九・女仙四「梁玉清」（唐、李伉『獨異志』を引く）に、織女のもとから侍女の梁玉清と衞承莊を連れ帰った話がある。

(30) 尤殢は、尤雲殢雨の略。男女が寄り添い睦み合うこと。北宋、柳永「促拍滿路花」（『樂章集』）に「長是嬌癡處、尤殢檀郎、未敎拆了鞦韆」とある。

(31) 玉清は、後出の太清とともに、道教の神域である三清（玉清、上清、太清）の一つ。『夷堅乙志』巻一一「玉華侍郎」注22参照（九頁）。

(32) 玉女金童は、仙人に仕える童女と童男。唐、徐彥伯「幸白鹿觀應制」詩（『全唐詩』巻七六）の第五、六句に「金童擎紫藥、玉女獻青蓮」とある。

(33) 扶桑は、中国の東方にある伝説上の神木であるが、後に国名ともされた。『梁書』巻五四・東夷伝に「扶桑在大漢國東二萬餘里、地在中國之東、其土多扶桑木、故以爲名。（中略）有桑梨、經年不壞、多蒲桃」とある。

(34) 瑤池は、崑崙山にある池。西王母が住むという。

(35) 教主は、宗教などの開祖。ここでは老子のこと。五斗米道を起こした張陵が老子を教主としたことによる。

(36) 曳曳は、たなびく様子。唐、孟浩然「行至汝墳寄盧徵君」詩（『孟浩然集』巻三）の第五、六句に「曳曳半空裏、溶溶五色分」とある。

(37) 金燧は、日光から火を取るための器具。『禮記』内則に「左佩紛、帨、刀、礪、小觿、金燧」とあり、鄭玄の注は「金燧、可取火於日」と説明する。ここでは煉丹を指していると思われる。

（38）哩囉哩は、合いの手。仏曲に由来するとされ、諸宮調や戯文にもしばしば用いられる他、全真教の開祖、王嚞（重陽）による「搗練子」（『重陽全眞集』巻一三）では「囉哩唆、哩囉唆」の形で見える。

（39）「時虜人方歸河南」については、紹興九年に金との講和が成立し、河南地域が再び宋の領域となったことを指す。『宋史』巻二九・高宗本紀六・紹興九年正月丙戌の条に「以金國通和、大赦。河南新復州軍官吏並不易置、蠲其民租税三年、徭役五年。以王倫同簽書樞密院事、充奉護梓宮、迎請皇太后、交割地界使」と見える。

（40）提擧秦司茶馬は、都大提擧茶馬司の異称。『夷堅甲志』巻一七「解三娘」注7参照（甲志下冊二〇五頁）。『建炎以來繫年要錄』巻一三四・紹興十年（一一四〇）三月己卯の条に「祕閣修撰、提擧江州太平觀張宗元復徽猷閣待制、都大提擧川陝茶馬公事、主管秦司」とある。

（41）鄜陽は、亳州永城県（河南省永城市）の北西にあった鎮。『建炎以來繫年要錄』巻一三六・紹興十年六月己未の条に「徽猷閣待制、新都大提擧川陝茶馬公事張宗元提擧醴泉觀、兼詳定一司敕令。宗元之官至鄜陽、遇敵而歸、故改命」とある。

（42）「河南復陷」については、『宋史』巻二九・高宗本紀六・紹興十年の条に「五月己卯、金人叛盟、兀朮等分四道來攻。（中略）乙酉、兀朮入東京、留守孟庾以城降、知興仁府李師雄、知淮寧府李正民及河南諸州繼降」とある。

〔分類〕讖応・文章

法慧燃目（1）

紹興五年夏大旱、朝廷遍禱山川祠廟、不應。遣臨安守（2）往上天竺（3）迎靈感觀音（4）於法[1]惠寺（5）、建道場（6）、滿三七日、又弗應。時六月過半矣。苦行頭陀（7）潘法慧[2]者、默禱于佛、乞[3]焚[4]右目以施。卽取鐵彈投諸火、煆令通紅、置眼中、然[5]香其上。香焰纔起、行雲滿空、大雨傾注、闔境霑（8）足。法慧[6]眼卽枯、深中洞赤、望之可畏、然所願既諧、殊自喜也。後三日、夢白衣女子（9）來、欲借一隔珠。拒不許、二僧在傍[7]曰、與伊不妨。伊自令六六送還。既覺、不曉所謂。至七月二十一日、又夢二僧來、請赴六通齋（10）。白衣女亦至、在前引導。法慧[8]問何人、僧曰、我等[9]施主也。慧曰、女人恐不識路。師何不相引同行。僧曰[10]、他路自熟。稍前進、則山林[11]蔚然、百果[12]皆熟、紛紛而墜。慧[13]就地拾[14]果食之、覺心地淸涼、非常日比。又俯首欲拾間、女子忽回面擲一彈、正中所燃目、失聲大呼而寤。枯眶内已有物若鵝眼、瞻視如初、漸大復舊。數其再明之時、恰三十六日。始悟六六送還之兆。

1　補遺は「法」の下に「專」を付す。
2　葉本、補遺は「慧」を「惠」に作る。
3　補遺は「乞」の下に「楚」を付す。
4　黄校本は「右」を「石」に作る。
5　葉本、増補本、補遺は「然」を「燃」に作る。
6　葉本、補遺は「慧」を「惠」に作る。
7　増補本は「傍」を「旁」に作る。
8　葉本は「慧」を「惠」に作る。補遺は「專惠」に作る。

9　『大典』は「等」を「第」に作る。
10　葉本、増補本、補遺は「我等施主也慧曰女人恐不識路師何不相引同行僧曰」の二十二字を欠く。
11　葉本、増補本、補遺は「林」を「川」に作る。
12　葉本、補遺は「果」を「菓」に作る。
13　葉本、補遺は「慧」を「惠」に作る。
14　『大典』は「拾」を「捨」に作る。

「法慧が目を燃やす」

紹興五年（一一三五）の夏に大干魃となり、朝廷は全国にある山や川の神を祀る廟に祈りを捧げさせたが、効果はなかった。（そのため）臨安府（浙江省杭州市）の知府を上天竺寺に遣わして霊感観音を法恵寺に迎えさせ、道場を設け、二十一日間の供養を行ったが、やはり効果がなかった。時に六月も半ばを過ぎた頃のことである。苦行僧の潘法慧という者が、仏に黙禱し、右目を焼いて捧げることを願い出た。すぐに弾弓の鉄球を火の中に入れ、真っ赤に焼くと、目の中に入れ、その上で香を焚いた。香の炎が点った途端、雲が空一面に広がり、大雨が降り注ぎ、国中が十分に潤った。法慧の目はただちに失われ、（眼窩は）深くて赤い空洞になって、（その様子は）見るからに恐ろしかったが、（法慧は）願いがかなったので、非常に喜んだ。三日後、夢に白衣の女がやって来て、隔てられた一つの珠を借りたいと求めた。（法慧が）断って許さずにいると、二人の僧が側にいて、「彼女に与えても構わないでしょう。彼女は六六に返還します」と言った。目を覚ましたが、言葉の意味はわからなかった。七月二十一日になると、再び夢に二人の僧がやって来て、六通斎に来るよう求めた。白衣の女も来ており、前に立って導いた。法慧が誰（による斎）なのかを聞くと、僧は「我らの施主です」と答えた。法慧が「女の人は道を知らないのではないでしょうか。師はどうして（彼女を）導いて一緒に行かないのですか」と尋ねると、僧は「彼女は道をよく知っています」と答えた。しばらく進んで行くと、山林が繁り、様々な果物がすべて熟しており、あちこちに落ちていた。法慧がその場で果物を拾って食べると、心中はすっきりして、（気持ちよさは）日頃と比べものにならなかった。再び俯いて拾おうとしたところ、女が突然振り返って弾弓の球を一つ投げ、ちょうど燃やした方の目に当たったので、思わず大きな叫び声を上げて目覚めた。眼球を失った眼窩には鵝鳥の眼のようなものがあって、以前のように見ることができ、次第に大きくなって元通りになった。再び見えるようになった日を数えてみると、（最初の夢から）ちょうど三十六日目だった。そこで初めて「六六に返還す」という予言の意味がわかったのだった。

（1）法慧は、潘法慧のこと。潘法慧については未詳。
（2）臨安守は、知臨安府。当時は梁汝嘉（一〇九六―一一五四）、字は仲謨であった。麗水県（浙江省麗水市）の人で、官は戸部尚書に至る。『宋史』巻三九四に伝がある。『建炎以來繫年要錄』巻六六及び巻一〇四によれば、紹興三年（一一三三）六月から紹興六年（一一三六）八月までその任にあった。
（3）上天竺は、上天竺寺のこと。靈隱山の麓にある名刹。天福四年（九三九）の創建。『咸淳臨安志』巻八〇・寺觀六・寺院に上竺天靈感觀音寺の条がある。『夷堅甲志』巻一「韓郡王薦士」注9参照（甲志上冊三八頁）。
（4）靈感觀音は、上天竺寺の本尊。宋代に広く信仰され、水害、旱害に際して祈ると霊験があったという。『宋會要輯稿』禮一八之一九・紹興七年（一一三七）七月十七日の条に「宰臣張浚奏、祈雨已多日、而未有感應。（中略）六月二十日詔已迎請上天竺觀音就法慧寺祈求雨澤」とある。
（5）法惠寺は、法慧寺ともいう。臨安府の寺で、秘書省が置かれた。『咸淳臨安志』巻七・行在所錄・祕書省に「紹興初、權寓法惠寺」とあり、『建炎以來繫年要錄』巻七二・紹興四年（一一三四）正月戊午の条に「以法慧寺爲祕書省」とある。
（6）道場は、仏が悟りを得た場所。また仏を供養する場のこと。『夷堅乙志』巻一「更生佛」注10参照（乙志上冊九頁）。
（7）苦行頭陀は、托鉢修行を行う僧をいう。頭陀は、衣食住の汚れを清める修行のこと。『夷堅乙志』巻二「承天寺」注3参照（乙志上冊五五頁）。
（8）閫境は、全国のこと。晉、劉琨「勸進表」（『文選』巻三七）に「外以絶敵人之志、内以固閫境之情」とある。
（9）白衣女子は、白衣《びゃくえ》観音の化身か。白衣観音は、半拏囉嚩悉寧《はんだらばしねい》（梵語 *Pandara-vasini*）の訳で、大白衣、白処などともいう。白い衣服を着て、常に白蓮の中にいるとされる。唐、一行記『大毘盧遮那成佛經疏』（『大正藏』第五二冊）巻五・入漫荼羅具緣品之餘に「多羅之右置半拏囉嚩悉寧、譯云白處。以此尊常在白蓮花中、故以爲名。亦戴天髮髻冠、襲純素衣」とある。

（10）六通齋については、六通は、仏や菩薩が持つとされる六つの神通力。その力を与える食事の意か。

〔収録〕『新編分類夷堅志』癸集・巻三・善惡門・爲善報應類、『新訂增補夷堅志』巻四八・爲善報應類、『夷堅志補遺』癸集・巻三・善惡門・爲善報應類。『永樂大典』巻一九六三七「燃目」。

〔分類〕異僧・釈証・夢・観音

蚌中觀音

溧水人兪集（1）、宣和中、赴泰州興化尉、挈家舟行。淮上多蚌蛤、舟人日買以食、集見必輟[1]買、放諸江。他日、得一籃、甚重。衆欲烹食、倍價償之、堅不可、遂寘[2]諸釜中。忽大聲從釜起、光焰相屬、舟人大恐。熟視之、一大蚌裂開[3]、現觀世音像于殼間[4]、傍[5]有竹兩竿、挺挺[6]如生。菩薩相好（2）端嚴、冠衣瓔珞[7]、及竹葉枝幹、皆細眞珠綴成者。集令舟中人[8]皆誦佛悔罪、而取其殼以歸。傳燈錄（3）載、唐文宗（4）嗜[9]蛤蜊、亦睹[10]佛像之異、但此又有雙竹爲奇耳。〔宋貺益謙說（5）[11]。〕

1　葉本、增補本、周本、小說大觀本は「輟」を「輒」に作る。
2　何校本は「寘」を「置」に作る。
3　小說大觀本は「開」を「門」に作る。
4　小說大觀本は「間」を「中」に作る。
5　增補本、周本、小說大觀本は「傍」を「旁」に作る。
6　葉本、增補本、周本、小說大觀本は「挺」を欠く。
7　別藏本は「珞」を「略」に作る。
8　葉本、增補本、周本、小說大觀本は「人」を欠く。
9　葉本、增補本、周本は「嗜」の下に「之」を付す。
10　葉本、增補本、周本、小說大觀本は「睹」を「觀」に作る。
11　葉本、增補本、周本、小說大觀本は「宋貺益謙說」の五字を欠く。

「ハマグリの中の観音」

溧水県（江蘇省南京市溧水県）の人である兪集は、宣和年間（一一一九―一一二五）に、泰州興化県（江蘇省興化市）の尉として赴任することとなり、家族を連れて船で出発した。淮河にはハマグリが多く、船頭たちは毎日買って食べていたが、集はそれを見かけるたびに買い取り、川へ放生していた。ある日、籠いっぱいに（ハマグリを）手に入れ、非常に重かった。人々は煮て食べようと思い、（集が）倍の値で買おうとしても、決して承知せず、そのままこれを釜に入れてしまった。すると突然大きな音が釜の中からして、光と炎が続けて起こったので、船頭たちは非常に恐れた。よく見ると、一個の大きなハマグリがはじけて口を開け、観世音の像が殻の中から現れ、側には二本の竹があり、生きているかのようにまっすぐ伸びていた。菩薩の姿は厳かで、衣冠や首飾り、また竹の枝葉や幹は、すべて小さい真珠を連ねてできていた。集は船中の者全員に念仏を唱えて懺悔させ、その殻を持って帰った。『傳燈錄』は、唐の文宗がハマグリを好んで食べていたところ、やはり仏像を見つけたという怪異を載せているが、この話では二本の竹もあったというのが珍しい。〔宋旼《そうきょう》（字は）益謙が話した。〕

（1）兪集については、ここに見える以外のことは不明。

（2）相好は、仏の姿や顔つきをいう。後漢、牟子『牟子理惑論』（梁、僧祐撰『弘明集』巻一。『大正藏』第五二冊）に「堯舜周孔且猶學之、況佛身相好、變化神力無方」とある。

（3）傳燈錄は、『景德傳燈錄』。北宋の道原により編纂された禅宗史書。三十巻。『大正藏』第五一冊にも収められる。

（4）文宗（八〇九―八四〇）は、唐第十七代皇帝（在位八二七―八四〇）で、諱は初め涵、後に昂に改めた。文宗がハマグリの中から仏像を得た話は、『景德傳燈錄』巻四・終南山惟政禪師の条や、『太平廣記』巻九九・釋證一「蛤像」の後半（唐、蘇鶚『杜陽雜編』を引く）に見える。

（5）宋旼、字は益謙は、當塗県（安徽省馬鞍山市当塗県）の人。戶部侍郎、吏部尚書、知臨安府などを歴任した。明、程敏政『新安文獻志』巻九三に伝がある。『夷堅志補』巻一四「梅州異僧」にも名が見える。

〔収録〕『新編分類夷堅志』癸集・巻三・善惡門・爲善報應類、『新訂增補夷堅志』巻四八・爲善報應類、周本『夷堅志』戊集下、小說大觀本『夷堅志』巻二五。『夷堅志補遺』癸集・巻三・善惡門・爲善報應類は題のみで本文を欠く。

〔分類〕報応・水族・草木（竹）・観音

盱眙道人

紹興三十年、楊抑之[1]〔抗〕爲盱眙守、有道人不知所從來。能大言、談人禍福或中、楊敬之如神、館于郡治之東齋。每招寮屬與共飲、道人時時擧目旁視、類有所睹。春夜過半、楊之子恂[2]婦將就蓐。恂出外喚人呼乳醫、過東齋、聞道人在室内與客語。及還、又見其送客出、隱隱有黒影自南去、固已怪之。忽前揖曰、尊公已出廳、吾將往謁。恂曰、方熟睡未起也。咄曰、燈燭羅陳、賓客滿坐、君何以戲我。恂止之不可、遂還舍。明日、白其父、父猶謂其與異人相過、戒勿輕言。後半月、宿直者早起、齋門已開、而道人不見。急尋之、乃在齋北叢竹間、以帶自絞死矣。始知前所見皆鬼祟也。蔣德誠[3]〔天佑〕時爲通判、親見之。

「盱眙《くい》軍の道士」

紹興三十年（一一六〇）、楊抑之〔諱は抗〕が盱眙軍（江蘇省淮安市盱眙県）の知軍であった時、どこから来たかもわからぬ道士がいた。大きなことを言うのがうまく、他人の禍福について話せば当たることもあるので、楊は道士を神のように敬い、軍の役所の東にある宿舎に住まわせた。下役を呼んで一緒に酒を飲む度に、道士は時々目を上げて傍らを見たが、何かをじっと見つめているようだった。ある春の日の夜半過ぎに、楊の息子である恂の妻が出産の床に就いた。恂は外に出て産科医を呼ぶよう声をかけたが、（その時）東の宿舎を通りかかると、道士が室内で客と話している声が聞こえた。戻って来ると、今度は道士が客を送り出すのが見え、かすかに黒い影が南から出て行ったので、やはりおかしいと思った。（すると道士が）突然進み出て拱手の礼をし、「父君はもう役所へ行かれたでしょうから、私はお会いしに行ってきます」と言った。恂が「ちょうど熟睡していてまだ起きません」と言うと、舌打ちして「灯火が連なって並び、賓客で席が埋まっているのに、あなたはどうして私をからかうのか」と言い、恂がだめだと止めたので、（道士は）そこで宿舎に戻った。翌日、父に（このことを）話すと、父はそれでも道士が異人と会っていたのだろうと思って、軽はずみなことは言わないように戒めた。半月後、宿直の者が早起きすると、宿舎の門がすでに開いており、道士の姿は見えなくなっていた。急いで探したところ、宿舎の北にある竹林の中で、帯で首を吊って死んでいた。そこでようやく以前見たものはすべて幽鬼の祟りだったとわかったのである。蔣德誠〔諱は天佑〕は当時通判であり、自らこのことを見た。

（1）楊抑之は、楊抗、抑之は字。上饒県（江西省上饒市信州区）の人。『建炎以來繫年要錄』巻一七五・紹興二十六年（一一五六）十月丙申の条に「右朝請大夫知盱眙軍楊抗直祕閣」とあり、同書巻一八四・紹興三十年三月戊子の条に「直徽猷閣知盱眙軍楊抗落職放罷。御史中丞朱倬論抗私遣監渡官郭貫之等、夜渡淮爲商、所得金錢、動以萬計、故黜之」とある。

（2）楊恂（?—一一七六）は、字は信伯。上饒県の人。紹興三十年の進士。著作郎、浙東提擧などを歴任した。南宋、周必大に「宮僚祭楊信伯恂工部文」（『文忠集』巻三八）がある。

（3）蔣德誠は、蔣天佑、德誠は字。『嘉靖江陰縣志』巻一二・官師表上によれば、乾道元年（一一六五）に右朝奉大夫の身分で知江陰軍（江蘇省江陰市）を務めた。また南宋、周必大『泛舟遊山錄』（『文忠集』巻一六八）乾道丁亥（三年。一一六七）八月辛亥の条によれば、知饒州（江西省上饒市鄱陽県）であった。

〔分類〕方士・鬼

牛觸倡

桂林之北二十里曰甘棠舖。紹興十六年、方務德（1）〔滋〕爲廣西漕（2）、桂府官[1]吏皆出迎候。營妓亦集於舖前、散詣民家憩息、一黃犢逸出欄、群倡奔避。牛徑於衆中觸一人、以角抵其腹於壁、腸胃皆出卽死。牛發狂掣（3）走入山、里正（4）與士兵數十人執弓弩槍杖逐之、凡兩日、乃射死。倡之姓名曰甘美。自後風雨陰晦之夕、人皆聞其冤哭聲、歷數年方止。

1　別藏本は「官」を「宮」に作る。

「牛が妓女を突く」

桂林（静江府。江西チワン族自治区桂林市）の北二十里を甘棠舗という。紹興十六年（一一四六）、方務徳〔諱は滋〕が廣南西路轉運判官になると、桂林の役人はみな出迎えた。（桂林所属の）妓女も甘棠舗の前に集まり、それぞれ民家へ行って休息していると、一頭の黄色い子牛が柵から逃げ出して来たので、妓女たちは走って逃げた。牛は大勢の中へまっすぐに進んで一人を突き、壁際で角をその腹に突き立てると、（妓女は）胃腸がすべて飛び出して即死した。牛は狂ったように疾走して山へ逃げ込んだので、里正と数十人の地元の兵士は弓、大弓、槍、鞭を持って牛を追い、丸二日をかけて、ようやく射殺した。妓女の名は甘美といった。それ以後風雨が暗くおおう夜には、人々はみな甘美の恨み悲しんで泣く声を聞くようになり、数年経ってようやく止んだ。

（1）方務徳は、方滋（一一〇二―一一七二）、務徳は字。嚴州桐廬県（浙江省杭州市桐廬県）の人。知静江府、知明州、知建康府などを歴任した。『夷堅丙志』巻一七「王鐵面」、『夷堅丁志』巻二「白沙驛鬼」、『夷堅支志甲』巻四「共相公」、『夷堅支志乙』巻五「楊戩館客」にも名が見え、また『夷堅乙志』巻二〇「城隍門客」（二七七頁）、『夷堅丙志』巻一「閻羅王」では話の提供者となっている。

（2）漕は、轉運使、轉運副使、轉運判官の異称。各路の租税を管轄する。『夷堅甲志』巻二「陸氏負約」注2参照（甲志上冊六一頁）。ここでは轉運判官を指す。『建炎以來繫年要錄』巻一五七・紹興十八年（一一四八）五月甲申の条に「右朝請郎廣南西路轉運判官方滋直祕閣知静江府」とある。

（3）掣走は、疾走すること。南宋、范公偁『過庭錄』朱敦の条に「平生王侯士庶有敬問、怒罵掣走」とある。

（4）里正は、郷村の長。『夷堅甲志』巻三「萬歲丹」注4参照（甲志上冊七九頁）。

〔分類〕畜獸（牛傷人）

嚴州乞兒

嚴州東門外有丐者、坐大樹下、身形垢汚、便穢滿前、行人過之皆掩鼻。李次仲[1]〔季〕獨疑爲異人、具衣冠往拜。丐者大罵極口、次仲拱立不敢去。忽笑曰、吾有一詩贈君。卽唱曰、緣木求魚[2]世所希、誰知木杪有魚飛。乗流遇坎[3]衆人事[4]。纔三句、復云、你却不。次仲懇求末句、又大罵、竟不成章。明年、紹興甲子歲、嚴州大水。郡人連坊漂溺、死者甚衆、而次仲家居最高、獨免其禍。始悟詩意及你却不之語。〔次仲說。〕

「嚴州の乞食」

嚴州（浙江省建徳市）の（州城の）東門の外れに乞食がおり、大木の下に座り、体は垢じみて、便の汚れが前に満ちていたので、ここを通る人々はみな鼻を覆っていた。ただ李次仲〔諱は季〕だけは異人ではないかと思い、衣服を整えて拝礼しに行った。乞食は口を極めて激しく罵ったが、次仲は拱手の礼をしたまま去ろうとしなかった。（すると乞食は）突然笑いだして「私はあなたに詩を一首贈ろう」と言うや次のように詠んだ。

緣木求魚世所希　木に縁りて魚を求むるは世に希《まれ》なる所
誰知木杪有魚飛　誰か知らん　木杪に魚の飛ぶこと有るを
乗流遇坎衆人事　流れに乗りて坎《かん》に遇うは衆人の事

木に登って魚を求めるなど世にも稀なことだが、まさか木の梢に魚が飛んでくることがあろうとは誰も思わない。水難に遭うのは数多の人々のこと……

わずか三句で、さらに「あなたは違う」と言った。次仲は末の句を懇願したが、再び激しく罵るので、結局一首の詩とならなかった。翌年、紹興甲子（十四年、一一四四）の年に、嚴州で水害が起きた。州の人々は街ごと流されて溺れ、死者が非常に多かったが、次仲の家は最も高いところにあったので、一軒だけその災いを免れた。そこでようやく詩の意味と「あなたは違う」という言葉のわけを理解したのだった。

〔（李）次仲が話した。〕

（1）李次仲は、李季のこと。『夷堅乙志』巻一「小郗先生」注2参照（乙志上冊三九頁）。
（2）縁木求魚は、方法を誤ると目的が達成できないことの喩え。『孟子』梁惠王上に「以若所爲、求若所欲、猶緣木而求魚也」とある。
（3）坎は、易では水を指していう。『周易』習坎卦に「象曰、水洊至習坎」とある。
（4）この詩は、『宋詩紀事補正』巻九六に嚴州丐「贈李次仲」として収められている。

〔分類〕異人・文章（詩）

食牛詩

秀州人盛肇(1)、居靑龍鎭(2)超果寺(3)、好食牛肉、與陳氏子友善。陳嘗遣僕來約旦日會食、視其簡、無有是言、獨於勻碧箋紙一幅内大書曰、萬物皆心化、唯牛最苦辛。君看横死者、盡是食牛人(4)。肇驚嗟久之、呼其僕、已不見。旦而詢諸陳氏、元未嘗遣也。肇懼、自此不食牛。〔趙綱[1]立振甫(5)說。〕

1　黄校本は「綱」を「細」に作る。

「牛を食うことの詩」

秀州（浙江省嘉興市）の人である盛肇は、靑龍鎮の超果寺に住んでおり、牛肉を食うことを好み、陳家の息子と仲が良かった。陳がある時下男を遣わして翌日に食事をしようと約束しに来たが、その書簡を見ても、そのような文言は無く、ただ全体が緑色の一枚の紙に次のように大書してあった。

萬物皆心化　　万物　皆な心に化す
唯牛最苦辛　　唯だ牛のみ最も苦辛す
君看横死者　　君看よ　横死する者は
盡是食牛人　　尽く是れ牛を食らいし人なるを

万物はみな心で感化を受けるのに、牛だけが最も苦しむ。ご覧、不幸の死を遂げた者は、みな牛を食った人間なのだ。

肇はしばらく呆気にとられていたが、その下男を呼ぶと、すでに姿が見えなくなっていた。翌朝このことを陳家に尋ねたところ、そもそも使いを送ってはいなかった。肇は恐れ、それ以後牛を食わなかった。〔趙綱立（字は）振甫が話した。〕

（1）盛肇については未詳。
（2）青龍鎮については、『輿地紀勝』巻三・兩浙西路・嘉興府・景物下・青龍鎮の条に「去華亭縣五十里、居松江之陰、海商輻湊之所」とある。
（3）超果寺については、『至元嘉禾志』巻一〇・寺院・松江府・超果寺の条に「在府西南三里」とあり、考證によれば元の名は長壽寺で、咸通十五年（八七四）の創建という。
（4）この詩は、『宋詩紀事補正』巻九六に陳氏僕「戒食牛」として収められている。
（5）趙綱立、字は振甫については、『弘治撫州府志』巻一一によれば淳熙二年（一一七五）に提擧常平茶鹽公事となっている。次の「海島大竹」にも名が見え、『夷堅乙志』巻二〇「神霄宮商人」（二七四頁）では話の提供者となっている。

〔収録〕『新訂增補夷堅志』巻八・不食牛報類にも収めるが、『夷堅志』とは異なるテキストから引用している。

〔分類〕文章（詩）・畜獸（牛）

海島大竹

明[1]州有道人、行乞於市。持大竹一節、徑三尺[2]許、血痕涴其中。自云[3]、本山東商人、曾泛海遇風、漂墮島[4]上。登岸、縱目望、巨竹參天、翠色欲滴。歎訝其異、方徘徊賞翫、俄有皁衣兩人來云、尋汝正急、乃在此耶。答曰、適從舟中來、尚不知此爲[5]何處、何爲覓我[6]。皁衣不應、夾捽以前、滿路嶄峭[7]、如棘針而甚大、刺足底絕痛[8]、不可行。問其人曰、牛角也。益怪之。復前行、至一處、主者責曰、汝好食牛、當受苦報。始大恐、拜乞命曰、請[9]後不敢。主者曰、汝既悔過、今釋汝。可歸語世人、視此爲戒。曰、有如不信、以[10]何物爲驗。主者顧左右、令截竹使持歸。便見兩人攜大鋸趨入林中、少頃而竹至、鮮[11]血盈管、下流污衣。云、方鋸解囚[12]、未了聞呼卽至、不暇滌鋸也。遂持竹回舟。既還家、卽棄妻子、辭鄉里他適、而溷跡（1）丐中。趙振甫（2）屢見之[13]。

1　葉本、增補本は「明」を「衡」に作る。
2　葉本、增補本は「尺」を「寸」に作る。
3　葉本、增補本は「云」を「言」に作る。
4　葉本、增補本は「島」の下に「山邊」の二字を付す。
5　葉本、增補本は「爲」を「是」に作る。
6　葉本、增補本は「覓我」を「尋覓」に作る。
7　葉本、增補本は「嶄峭」を「刺稍」に作る。
8　葉本、增補本は「底絶痛」を「應絶」に作る。
9　明鈔本は「請」の下に「今」を付す。
10　葉本、增補本は「以」を「有」に作る。
11　增補本は「鮮」を「解」に作る。
12　葉本、增補本は「囚」を「因」に作る。
13　增補本は「趙振甫屢見之」の六字を欠く。

「島の大きな竹」

明州（浙江省寧波市）にある道士がいて、市場で物乞いをしていた。大きな竹の一節を持っており、直径は三尺ほどで、血痕でその中が汚れていた。（それについて）自ら次のように話した。

元は山東の商人でしたが、あるとき航海中に嵐に遭い、島に漂着しました。岸に登り、遠くを眺めると、巨大な竹が天高くそびえ、その緑はしたたらんばかりに艶やかでした。その珍しさに感歎して、辺りを行ったり来たりして鑑賞していたところ、突然黒い服を着た二人がやって来て、「緊急にお前を探していたが、なんとここにいたのか」と言いました。私が「今しがた船から来たところで、ここがどこなのかも知りませんのに、どうして私を探されるのですか」と答えると、黒い服の人は返事もせず、私を両側から摑んで進みましたが、道はごつごつしていて、イバラの針に似てとても大きなものが、足の裏に刺さって極めて痛く、進むことができませんでした。その人に尋ねると、「牛の角である」と言うので、ますます不思議なことだと思いました。さらに進んで行き、ある場所に着くと、長官が責めて「お前は牛を食うのが好きだったので、その責め苦を受けなければならない」と言いました。そこで大変恐ろしくなり、拝礼して命乞いをし、「今後はもう致しません」と言いました。長官は「お前が過ちを悔いたからには、今は許してやろう。帰ったら世の人々に話すのだ、ここで見たことを戒めとするように」と言いました。「もし信じない者がいましたら、何を証拠としましょうか」と言うと、長官は側仕えの者を振り返り、竹を伐って持ち帰らせるように命じました。するとすぐに二人が現れて大きなのこぎりを持ち走って林の中に入り、しばらくして竹が到着しましたが、鮮血が竹の節に満ち溢れ、下に流れて衣服を汚していました。その人は「ちょうどのこぎりで囚人を切っており、それが終わらないうちにお召しの声が聞こえてすぐにやって来ましたので、のこぎりを洗う暇がありませんでした」と言いました。（私は）そこで竹を持って船に戻りました。家に帰ると、すぐに妻子を捨て、郷里を離れてよそへ行き、乞食をして暮らしているのです、と。

趙振甫は何度も彼に会ったことがある。

（1）溷跡は、転々とその日暮らしをすること。南宋、韓元吉『南澗甲乙稿』巻一八・文「祭龐祐甫文」に「學佛而自誓幾溷跡于樵漁」とある。

（2）趙振甫は、趙綱立のこと。本巻「食牛詩」注5参照（八八頁）。

〔収録〕『新編分類夷堅志』乙集・巻三・禽獸門・殺生報應類、『新訂增補夷堅志』巻八・殺生報應類。

〔分類〕報応（殺生）・草木（竹）・畜獣（牛）

嵩山(1)三異

劉居中(2)、京師人、少時隱於嵩山、居山巓最深處、曰控鶴庵。初與兩人同處、率一兩月、輒下山覓糧、登陟極艱苦、往往躋攀葛藟、窮日力乃至。兩人不堪其憂、皆舍去。獨劉居之自若、凡[1]二十年、遭亂南來。紹興閒、嘗召入宮、賜沖靜處士。今廬於豫章之東湖(3)、每爲人言昔日事。云嵩山峻極處、有平地可爲田者百畝。別有小山巖岫之屬、常時雲雨。只在半山閒、大蜥蜴數百、皆長三四尺。人以食就手飼之、拊摩其體、膩如脂。一日、聚繞水盎邊、各就取水、纔入口卽吐出、已圓結如彈丸。積之于側、俄頃閒累累滿地。忽震雷一聲起、彈丸皆失去。明日、山下人來言、昨正午雨雹大作。乃知蜥蜴所爲者此也(4)。又聞石壁閒老人讀書、逼而聽之寂然、既退復爾。其後石壁摧、得異書甚多、陰陽、方技、修眞、黃白(5)之學無所不有。既下山、獨取其首尾全者數十篇、餘悉焚之。又嘗聞異香滿室、經日乃散、不知所從來也。劉生於元豐七年甲子歲。

1　黄校本は「凡」を「几」に作る。

「嵩山の三つの怪異」

劉居中は、都（汴京）の人であるが、若い頃に嵩山に隠れ、山頂の最も奥深いところに住み、控鶴庵と名付けていた。以前二人の者と同居していたが、大体一、二カ月毎に、山を下りて食糧を求めたが、登るのは非常に苦しく、しばしばつる草にすがり、一日中力を尽くしてようやくたどり着くのだった。二人はその苦しみに耐えられず、去ってしまった。劉だけは平然と住んでいたが、二十年経ち、戦乱に遭って南にやって来た。紹興年間（一一三一―一一六二）には、宮廷に招かれて、沖靜處士の名を賜ったことがある。今は豫章（洪州。江西省南昌市）の東湖に庵を構え、いつも人々に（次のような）昔話をしている。

嵩山は極めて険しいところだが、田にすることができる平地が百畝ある。また小山や岩山などもあり、いつも曇りや雨だった。ただ山の中腹には、数百の大トカゲがおり、みな体長が三、四尺あった。人々は手ずから食事を与えて飼い、その体をなでると、脂のようになめらかだった。ある日、（トカゲは）水桶の辺りに集まり、それぞれ水を飲んでいたが、口に含んですぐに吐き出すと、もう弾丸のように丸くなっていた。それを側に積むと、たちまち地面いっぱいに積み重なった。すると突然雷鳴が一度起こり、弾丸はすべて消えてしまった。翌日、山の麓の人々がやって来て、昨日の正午に激しく雹が降ったと言った。そこでトカゲが作っていたのは雹だったのだとわかった。またあるとき石壁から老人が読書する声が聞こえてきて、近付いて聴こうとすると静かになり、離れると再び聞こえた。その後石壁が崩れると、たくさんの珍しい書物が見つかり、陰陽、方技、修真、黄白の学のすべてがあった。（私は）山を下りることになったので、全体が揃っている数十篇だけを取り、残りはすべて焼いてしまった。また不思議な香りが部屋に充満したことがあったが、一日経つと消え去り、どこから来たのかわからなかった、と。

劉は元豊七年（一〇八四）甲子の年の生まれである。

（1）嵩山は、河南省登封市の北西にある山。五岳の一つ。『夷堅乙志』巻九「八段錦」注7参照（乙志上冊二五四頁）。
（2）劉居中（一〇八四―？）については、ここに見える以外のことは不明。
（3）東湖については、『新唐書』巻四一・地理志五・江南西道・洪州豫章郡・南昌縣の条に「縣南有東湖、元和三年、刺史韋丹開南塘斗門以節江水、開坡塘以溉田」とある。
（4）トカゲと雹にまつわるエピソードは、『朱子語類』など多数の書に引かれている。また朱熹『二程遺書』巻一〇・洛陽議論に「正叔言、蜥蜴含水、隨雨雹起。子厚言、未必然。雹儘有大者、豈盡蜥蜴所致也」という程頤と張載の問答が見え、トカゲが雹を作るという説が当時あったことがわかる。

（5）黄白は、丹薬を煉って金銀とする道家の術。『後漢書』巻二八上・桓譚伝に「臣譚伏聞陛下窮折方士黄白之術、甚爲明矣」とあり、李賢の注は「黄白謂以藥化成金銀也」と説明する。

〔収録〕南宋、朱熹『朱子語類』巻二・理氣下・天地下、同書巻三・鬼神。南宋、祝穆『古今事文類聚』前集・巻四・雹「蜥蜴吐雹」。南宋、潘自牧『記纂淵海』巻五・災異部・雨雹。明、李時珍『本草綱目』巻四三・鱗部一・石龍子・集解。明、周祈『名義考』巻一〇・物部「蜥蜴蝘蜓」。明、陳耀文『天中記』巻三・雹。

〔分類〕方士・雷・雨・昆虫

黄檗龍(1)

黄檗寺在福州南六十里。山上有龍潭、從崖石開成一穴、直下無底、潭口闊可五尺。寺僧曰、此福德龍也。常時行雨歸、多聞音樂迎導之聲、或於雲霧中隱隱見盤花(2)對引其前者。泉州僧慶老(3)聞而悅之、與輩流數人至潭畔、焚香默禱、且誦白傘蓋眞言(4)、願睹其狀。先取楮鏹(5)投水中、卽有物自下引之、倏然而沒、固已駭之矣。時方白晝、黑雲如扇起、頃之滿空、對面不相識。徐徐稍開、一物起潭中、類蓮華而莖柄皆赤色。繼有兩眼如日、輝采射人、突起其上。諸僧怖懼、急奔走下山、雷霆已隨其後、移時乃止。

「黄檗《こうげつ》寺の龍」

黄檗寺は福州（福建省福州市）から六十里南にある。山の上に龍潭があって、崖の石の間から一つの穴になっており、真下に向かって底がなく、潭の入り口は五尺ほどの広さだった。寺の僧は「これは福徳の龍です。いつも雨を降らせて帰り、たいてい音楽や迎え導く声が聞こえて、時には濃霧の中に向き合って盤花を持って（龍を）先導する人たちがぼんやりと見えます」と言った。泉州（福建省泉州市）の僧の慶老はこれを聞いて喜び、数人の同輩とともに潭の畔へ行き、香を焚いて黙禱し、また白傘蓋仏頂《びゃくさんがいぶっちょう》の真言を唱え、その姿を見たいと願った。まず紙銭を水中に投げると、すぐにそれを下に引くものがいて、たちまち沈んだので、それだけでもう驚いた。その時はちょうど昼間だったが、黒い雲が扇のように広がると、しばらくして空いっぱいになり、向かい合った相手の顔もわからないほどだった。（雲が）徐々に開けてくると、あるものが潭の中から出ており、蓮華のようだが茎がすべて赤かった。さらに太陽のような両目が、人を射貫くほどに輝いて、その上に突き出ていた。僧たちは恐れおののき、急いで山を下りて逃げると、雷が後ろからついて来たが、しばらくしてようやく止んだ。

（1）黄檗寺については、『輿地紀勝』巻一二八・福建路・福州・景物下・黄檗寺の条に「在福清縣西南黄檗山。又有瀑布數十丈」とある。

（2）盤花は、色糸を巻くように編み上げて花の形にしたもの。『宋史』巻一五三・輿服志五・諸臣服下・士庶人服・時服・雍熙四年（九八七）の条に「侍衞步軍都虞候以上給皁地金線盤花鴐鴦」とある。

（3）慶老については、次の「慶老詩」注1を参照。

（4）白傘蓋は、白傘蓋仏頂のこと。如来の頭頂に宿る智恵や慈悲を神格化した仏頂尊の一つ。その真言（陀羅尼）を唱えることで様々な障害が除かれるとされる。訳者不明『白傘蓋大佛頂王最勝無比大威德金剛無礙大道場陀羅尼念誦法要』（『大正藏』第一九冊）がある。

（5）楮鏹は、紙銭のこと。鏹は、銭を紐で通したものをいう。『夷堅甲志』巻二〇「曹氏入冥」注4参照（甲志下冊三〇六頁）。

〔分類〕龍

慶老詩(1)

慶老字龜年、能爲詩。初見李漢老(2)參政、投贄(3)、有共看棲樹鴉之句(4)、大奇之、以爲得韋蘇州(5)風味。所居北山下、山頂有横石如舟、自稱舟峰(6)。漢老更之曰石帆庵、爲賦詩曰、鶉作衣裳鐵作肝、老將身事付寒巖。諸天香積(7)猶多供、百鳥山花已罷啣。定起水沈和月冷、詩成氷彩敵雲緘(8)。山頭畫舸誰安楫、我欲看公使石帆(9)。又嘗訪之、不値、留詩曰、惠遠(10)過溪應送陸(11)、玉川(12)入寺不逢曦(13)。夕陽半嶺鴉棲樹、拄杖尋山步步遲(14)。其後慶老死、漢老作文(15)祭之曰、今洪覺範(16)、古湯惠休(17)。亦嘗從佛日宗杲(18)參禪、杲不印可、曰、正如水滴石、一點入不得。蓋以言語爲之祟云。泉州報恩寺慶書記(19)亦能詩、漢老稱賞其一聯云、人從曉月殘邊去、路入雲山瘦處行(20)。以爲可入圖畫。

1　別藏本は「喩」を「銜」に作る。
2　黄校本は「陸」を「陵」に作る。

「慶老にまつわる詩」

慶老は字を龜年といい、詩に巧みであった。以前參知政事の李漢老に会った時に、詩を進呈したが、「共に看る　棲樹の鴉（一緒にねぐらに帰った鳥を見ている）」の句があり、（漢老は）これを非常に優れていると褒め、韋蘇州の風格を会得していると見なした。（慶老の）住居は北山の麓にあり、山頂に舟のように横たわった石があったことから、舟峰と自称した。漢老は慶老の住居を石帆庵と改名し、そのことで次のような詩を詠んだ。

鶉作衣裳鐵作肝　　鶉もて衣裳と作《な》し鉄もて肝と作す
老將身事付寒巖　　老いて身事を将《もっ》て寒巌に付す
諸天香積猶多供　　諸天の香積《こうしゃく》　猶お多く供うれば
百鳥山花已罷喩　　百鳥も　山花　已に喩《ついば》むを罷む
定起水沈和月冷　　定《じょう》は水沈を起こして月の冷やかなるに和し
詩成氷彩敵雲緘　　詩は氷彩を成して雲の緘《とざ》すに敵す
山頭畫舸誰安楫　　山頭の画舸　誰か楫を安《お》く
我欲看公使石帆　　我は公の石帆を使うを看んと欲す

みすぼらしい衣服でも心は鉄のように剛毅で、年老いてなお寒々とした山中に身を寄せる。天上界の斎飯（甘露）がなおも多く供えられるので、多くの鳥も山の花を啄むことを止めている。夜の禅定は沈香の香りを漂わせて月の冷たい光と調和し、詩は氷の清新さを作り上げて雲が空をとざすのに対抗する。山の頂上にある遊覧船は誰が舵をとるのか、私はあなたが石の帆を使うところを見たい。

またある時（漢老が）慶老を訪ねたことがあったが、会えなかったので、詩を残しておいた。

惠遠過溪應送陸　　惠遠は渓を過ぎて応に陸を送るべし
玉川入寺不逢曦　　玉川は寺に入るも曦に逢えず
夕陽半嶺鴉棲樹　　夕陽は嶺に半ばして鴉は樹に棲み
拄杖尋山歩歩遲　　杖を拄《つ》いて山を尋ぬるも歩歩遅し

惠遠は虎渓を越えて陸修靜を送ったのだろう、玉川子は寺を訪れたが含曦に会えなかった。夕陽は嶺に半ば隠れて烏はねぐらに帰った、杖をついて山（に君）を訪ねたが（会えずに帰る）足取りは重い。

その後慶老が死ぬと、漢老は祭文を作り、（その中に）「今の洪覺範、昔の湯惠休（に匹敵する）」とあった。また（慶老は）佛日大師の宗《そう》杲《こう》に従って禅を学んだことがあったが、杲は印可を与えず、「正に水の石に滴るが如く、一点も入るを得ず（まさしく水が石に滴り落ちるように、少しも参入することができない）」と言った。恐らく詩が慶老の災いになると思ったのであろう。

泉州（福建省泉州市）報恩寺の慶書記も詩に巧みであり、漢老は慶書記の「人は暁月の残《つ》きし辺り従《よ》り去り、路は雲山の痩せし処へ入りて行く（人は明け方の月が沈みかけている辺りへと帰って行き、その道は雲のかかる山の険しいところへと分け入って行く）」という一聯を賞賛し、絵の中に入って行くようだと言った。

（1）慶老（？—一一四三）は、字は龜年。南宋、曉瑩『雲臥紀譚』（『卍續藏』第八六冊）巻上に伝があり、泉州の北山に庵を構えて舟峰庵主と号したこと、李邴や宗杲と交流があったことなどが見える。本巻「黃檗龍」（九二頁）にも名が見えた。

（2）李漢老は、李邴（一〇八五—一一四六）、漢老は字。濟州任城県（山東省済寧市）の人。崇寧五年（一一〇六）の進士。高宗朝に參知政事（副宰相）となるも、呂頤浩と対立して辞職。紹興十六年（一一四六）に泉州で没した。『宋史』巻三七五に伝がある。『建炎以來繫年要録』巻二二・建炎三年（一一二九）四月庚申の条に「尚書右丞李邴改參知政事」とある。

（3）投贄は、詩文を贈って面会を求めること。『舊五代史』巻一三一・沈遘伝に「遘爲人謙和、勤於接下、毎文士投贄、必擇其賢者而譽之」とある。

（4）この句は、『全宋詩』巻一五七三、『宋詩紀事補正』巻九二にも収められる。

（5）韋蘇州は、韋應物（七三五？—七九〇？）のこと。長安県（陝西省西安市）の人。蘇州（江蘇省蘇州市）刺史などを歴任した。その詩は自然描写に優れ、王維、孟浩然、柳宗元と並称される。『夷堅乙志』巻一八「呂少霞」（二一八頁）にも名が見える。

（6）舟峰については、『輿地紀勝』巻一三〇・福建路・泉州・景物上・舟峰の条に「泉山之脊有横石、如巨舟」とある。

（7）香積は、寺の厨房、ひいては僧の食事を指す。『夷堅甲志』巻五「蛇報犬」注6参照（甲志上冊一五三頁）。ここでは甘露のことか。

（8）水沈は、沈香のこと。『夷堅甲志』巻四「方客遇盜」注2参照（甲志上冊一一六頁）。

（9）この詩は、『全宋詩』巻一六四六では「慶老石帆庵」、『宋詩紀事補正』巻三六では「慶老龜年石帆庵」と題して収める。

（10）　惠遠（三三四―四一六）は、東晉の高僧。慧遠ともいう。雁門郡樓煩県（山西省忻州市寧武県）の人。廬山の東林寺に住み、念仏結社の白蓮社を組織した。梁、慧皎『高僧傳』（『大正藏』第五〇冊）巻六に伝がある。

（11）　陸は、陸修靜（四〇六―四七七）のこと。南朝宋の道士。字は元德。号は簡寂先生。吳興郡東遷県（浙江省湖州市）の人。明帝に召され、道教経典の整理を行った。この句は、虎溪三笑の故事を踏まえる。北宋、陳舜兪『廬山記』巻三・敍山北に「流泉帀寺、下入虎溪、昔遠師送客過此、虎輒號鳴、故名焉。陶元亮居栗里山南、陸修靜亦有道之士、遠師嘗送此二人、與語合道、不覺過之、因相與大笑。今世傳三笑圖、蓋起于此」とある。

（12）　玉川は、盧仝（七九五？―八三五）のこと。号は玉川子。范陽郡（河北省涿州市）の人。出仕しなかったが、韓愈からその詩や学問を高く評価された。『新唐書』巻一七六に伝がある。

（13）　曦は、含曦のこと。元和年間（八〇六―八二〇）から太和年間（八二七―八三五）に長壽寺（後の超果寺。本巻「食牛詩」注３参照。八八頁）にいた僧。盧仝と詩のやり取りがあった。この句は、盧仝「訪含曦上人」詩（『全唐詩』巻三八七）の第一、二句に「三入寺、曦未來」とあるのを踏まえる。

（14）　この詩は、『全宋詩』巻一六四六では「訪慶老不値」、『宋詩紀事補正』巻三六では「訪慶老龜年不値」と題して収める。

（15）　李邴が書いた祭文は、注１の『雲臥紀譚』に見える。

（16）　洪覺範は、惠洪（一〇七一―一一二八）のこと。慧洪ともいい、後に德洪と改めた。号は覺範。筠州新昌県（江西省宜春市宜豊県）の人。黄庭堅らと交流があり、梅や竹の書画に巧みで七言古詩に優れた。その詩風は、自然を尊び雄渾かつ清新とされる。著書に『石門文字禪』、『冷齋夜話』などがある。『五燈會元』巻一七に伝がある。

（17）　湯惠休は、字は茂遠。南朝宋の詩僧。世祖の命で還俗し、官は揚州從事に至る。自然を尊び虚飾を嫌う詩風で、代表作に「怨詩行」がある。

（18）　佛日宗杲は、宗杲（一〇八九―一一六三）のこと。字は曇晦。号は佛日大師、大慧禪師など。宣州寧國県（安徽省寧国市）の人。臨安府（浙江省杭州市）の徑山に住んだが、張九成と懇意であったことから秦檜に憎まれ、各地を転々とした。『咸淳臨安志』巻七〇・人物一一・方外・僧、『五燈會元』巻一九に伝がある。

（19）　慶書記については未詳。書記は、書狀ともいい、寺で書狀の管理を行う役職。北宋、宗賾『禪苑淸規』（『卍續藏』第六三冊）巻三・書狀の条に「書狀之職、主執山門書疏、應須字體眞楷言語整齊、封角如法」とある。

(20) この句は、『全宋詩』巻二〇五三、『宋詩紀事補正』巻九三にも収められる。

〔分類〕文章（詩）

蔣山(1)蛇

泉州都監(2)王貴(3)說。紹興初、張循王(4)駐軍建康、裨校(5)苗團練(6)至蔣山下踏營地、中塗無故馬驚、怪之。見大蛇在桑間、以身繞樹、樹爲之傾、伸首入井中飲水。苗不敢復進、策馬欲還。循王之子十四機宜(7)者、適領五十騎在後。苗呼曰、前有異物驚人、宜速還。機宜年少壯勇、且恃衆、加鞭獨前。問知其故、卽引弓射之不中、又射之正中桑本。蛇回首著樹杪[1]、張口向人、吐氣如黑霧、人馬皆辟易(8)百餘步、面目無色。不三月間、苗張及從騎盡死。〔右四事王嘉叟(9)說。〕

1 黄校本は「杪」を「校」に作る。

「蔣山の蛇」

泉州（福建省泉州市）都監の王貴が次のように話した。紹興年間（一一三一―一一六二）の初め、張循王が建康府（江蘇省南京市）に軍を駐屯させた時、副将の苗團練使が蔣山の麓へ宿営地を調査しに行くと、途中で何もないのに馬が驚いたので、おかしいと思った。見ると大蛇が桑の木におり、体を木に巻きつけているので、木が傾き、首を井戸の中に伸ばして水を飲んでいたのだった。苗はそれ以上進もうとせず、馬に鞭打って引き返そうとした。循王の息子である（張）十四機宜は、たまたま五十騎を率いて後ろにいた。苗が「前に人を驚かせる怪しいものがいますので、急いで引き返しましょう」と呼び掛けたが、機宜は若く勇壮で、また従騎を頼みにし、（馬に）鞭を当てて独り進んできた。（苗に）尋ねてその訳を知ると、すぐに弓を引いて射たが当たらず、再び射ると今度は桑の木に当たった。蛇は首を戻して木の梢に置き、人々に向かって口を開き、黒い霧のような息を吐いたので、人も馬もみな百歩余りも退避したが、顔色は真っ青であった。三カ月も経たぬ間に、苗と張及び騎馬の従者らは残らず死んでしまった、と。〔右の四話は王嘉叟が話した。〕

（1）蔣山は、南京市の東北にある山。『夷堅乙志』巻四「張津夢」注8参照（乙志上冊一一八頁）。
（2）都監は、兵馬都監の略称。城内に駐屯する軍を管轄し、武器の管理や兵の訓練を担当した。『夷堅甲志』巻一五「雷震二蠻」注1参照（甲志下冊一三一頁）。
（3）王貴については未詳。
（4）張循王は、張俊のこと。死後、循王に追封された。『夷堅甲志』巻一二「縉雲鬼仙」注5参照（甲志下冊四四頁）。
（5）裨校は、指揮官を補佐する副将。『新五代史』巻四八・王周伝に「少以勇力從軍、事唐莊宗、明宗、爲裨校、以力戰有功拜刺史」とある。
（6）團練は、團練使のこと。従五品。『夷堅乙志』巻一〇「張銳醫」注2参照（乙志上冊二六八頁）。
（7）十四機宜については、機宜は、宣撫使司主管機宜文字の略称。宣撫使の幕僚で機密文書を扱う。『夷堅甲志』巻一四「芭蕉上鬼」注4参照（甲志下冊一〇八頁）。張俊の息子とされるこの人物については未詳。なお南宋、周麟之『海陵集』巻二三・碑銘「張循王神道碑」に「五男。子琦、武義大夫。子厚、左武大夫、康州刺史、帶御器械。皆早世」とあり、張子琦と張子厚のいずれかが該当するかもしれない。
（8）辟易は、相手の勢いに押されて退くこと。『史記』巻七・項羽本紀に「項王瞋目而叱之、赤泉侯人馬俱驚、辟易數里」とある。
（9）王嘉叟は、王秬のこと。『夷堅甲志』巻一四「建德妖鬼」注5参照（甲志下冊一二八頁）。

〔分類〕蛇

筍　毒

郷人聶邦用(1)、嘗游薦福寺(2)、就竹林燒筍兩根食之。歸而腹中憒悶、遇痛作時、殆不可忍。如是五年、瘦悴骨立、但誦觀世音名以祈助。其弟惠璉(3)爲僧、在永寧寺(4)。邦用所居曰麗池、去郡三十里[1]、每入城、必宿于璉公房。夢人告曰、君明日出寺門、遇貨偏僻(5)藥者、往問之、當能療君疾。疾若愈、明年當及第、然須彌勒下世乃可。邦用覺、以夢語璉、歎異之。晝出寺門外、果遇賣藥者。見之卽曰、君病甚異、當因食筍所致。蓋蛇方交合、遺精入筍中。君不察而食之、蛇胎入腹、今已孕矣。幸其未開目、可以取。儻更旬日、蛇目開、必食盡五藏乃出、雖我不能救也。乃取藥二錢匕(6)、使以酒服之。藥入未幾、洞瀉穢惡斗餘、一蛇如指大、蟠結糞中、雙目尙閉不啓。邦用以疾平爲喜、獨疑及第之說。時郡中以永寧爲試闈、逮秋試(7)、邦用列坐、正在彌勒院牌下、果登科。

1　黄校本、陸本は「十里」の二字を欠く。張校本、何校本は「十里」を「里」に作る。

「筍の毒」

同郷（饒州。江西省上饒市鄱陽県）の者である聶邦用は、以前薦福寺へ行き、竹林で筍を二本焼いて食べたことがあった。帰ると腹の中に違和感があり、痛みが起こる時には、耐えきれないほどであった。このようにして五年経つと、骨が浮くほど痩せ衰え、ただ観世音菩薩の御名を唱えて助けを祈っていた。邦用の弟の惠璉は僧となり、永寧寺にいた。邦用が住んでいたところは麗池といい、州から三十里離れていたので、州城へ行くたびに、必ず璉師の部屋に泊まっていた。（ある日）夢で人から「あなたは明日寺の門を出ると、房中薬を売る者に出会いますから、行ってその者に尋ねれば、あなたの病を治すことができるはずです。病が治ったならば、来年に及第するはずですが、弥勒様がご降臨されなければなりません」と告げられた。邦用は目覚めると、夢のことを璉に話し、不思議なことだと感嘆した。昼に寺の門の外へ出てみると、果たして薬を売る者に出会った。邦用を見るなりすぐに「あなたの病は非常に珍しいものですが、筍を食べたせいに違いありません。思うに蛇が交わったばかりで、こぼれた精が筍の中に入ったのでしょう。あなたは気付かずにそれを食べたので、蛇の受精卵が腹に入り、今やもう胎児となってしまいました。幸いに蛇の目はまだ開いておりませんので、取り除くことができます。もしさらに十日経っていましたら、蛇の目が開き、必ず五臓を食らい尽くして出て来るので、私でも救えませんでした」と言うと、二すくい分の薬を取り出し、酒でそれを服用させた。薬を飲んでしばらくすると、汚物を一斗余り下したが、指ほどの大きさの蛇が一匹、便の中でとぐろを巻いていて、両目はまだ閉じたままだった。邦用は病が治ったことを喜んだが、ただ及第するという話は疑っていた。当時饒州では永寧寺を試験会場としていたが、解試が行われると、邦用が受験した席は、ちょうど彌勒院の額の下で、果たして及第したのだった。

（1）聶邦用は、聶俊乂、邦用は字。南宋、魏齊賢・葉棻『五百家播芳大全文粹』姓氏・聶邦用の条に「俊乂」と注記がある。『正徳饒州府志』巻二・鄱陽縣學・進士・宋によれば、鄱陽県（江西省上饒市鄱陽県）の人で、宣和六年（一一二四）の進士。

（2）薦福寺については、明、李賢等奉敕『明一統志』巻五〇・饒州府・山川・薦福山の条に「在府城東三里、上有薦福寺、魯公亭」とある。『夷堅支甲』巻一〇「薦福如本」にも「饒州城下六禪刹、東湖薦福寺最大」とある。

（3）惠璉については、『全宋詩』巻三七四七・釋惠璉の条に南宋、陳起『增廣聖宋高僧詩選』などから引いた詩を九首載せるが、同一人物か否かは不明。

（4）永寧寺は、江西省上饒市鄱陽県にある永福寺の旧名。元、葉蘭「永福禪寺重修塔記」（清、史簡『鄱陽五家集』巻一〇・元葉蘭寓庵詩集二・記）によれば、天監元年（五〇二）に顯明寺として創建され、宋代に永寧、元代に永福と改名した。天聖二年（一〇四二）に建てられた塔があることで知られ、『夷堅三志辛』巻九「焦氏見胡一姉」にも「饒民妻焦氏、（中略）曰、候至中元節永寧寺塔院建水陸大齋」とある。

（5）偏僻は、房中術のこと。南宋、周密『癸辛雜識』續集・巻上「偏僻無子」に「士大夫至晩年、多事偏僻之術。非惟致疾然不能有子、蓋交感之道、必精與氣接、然後可以生育。而偏僻之術、必加縶縛之法、氣不能過、是以不能有子也」とある。

（6）錢匕は、前漢から隋まで通用した貨幣である五銖銭を用いて粉薬をすくった分の量をいう。唐、孫思邈『備急千金要方』巻一・論合和の条に「錢匕者、以大錢上全抄之。若云半錢匕者、則是一錢抄取一邊爾。竝用五銖錢也」とある。

（7）秋試は、解試のこと。『夷堅乙志』巻二「承天寺」注6参照（乙志上冊五五頁）。

〔分類〕釈証（観音）・貢挙・医（異疾）・夢・草木（竹）・蛇

劉蓑衣(1)

何子應(2)〔麒〕爲江東提刑(3)、隆興二年十月、行部(4)至建康、入茅山(5)、謁張達道(6)先生。聞劉蓑衣者亦隱山中、常時不與士大夫接、望導從且至、則急上山椒(7)避之。子應盡屛吏卒、但以虞候(8)一人自隨、杖策訪焉。劉問爲誰、以閑人對。劉呼與連坐、指[1]其額曰、太平宰相張天覺(9)、四海閑人呂洞賓(10)。子應乃天覺外孫、驚其言、起曰、張丞相、麒外祖也。先生何以知之。劉曰、以君骨法頗類、偶言之耳。吾與丞相甚熟。君還至觀中、視向年留題可知也。子應請其術、笑曰、本無所解、然亦有甚難理會處。君也只曉此。又從扣養生之要、復曰、有甚[2]難理會處。竟不肯明言。子應辭去、且問所需、曰、此中一物不闕、吾乃陝西人、好食麪、能爲致[3]此足矣。明年若無事時、幸再過我。子應去數步回顧、則已登山、其行如飛。迨反[4]觀中、求張公題字(11)、蓋紹聖間到山所書也。乃買麪數斗、遣道僕送與之。子應還鄱陽爲予[5]言。次年春、復往建康、欲再訪之、及當塗而卒。所謂明年若無事者、豈非知其死乎。

1 別藏本は「指」を「捫」に作る。黃校本は「扌」に作る。
2 別藏本は「甚」を「其」に作る。
3 黃校本は「致」を「至」に作る。
4 黃校本は「反」を「及」に作る。
5 黃校本は「予」を「子」に作る。

「劉蓑衣」

何子應〔諱は麒〕が江南東路の提點刑獄公事であった時、隆興二年（一一六四）十月に、建康府（江蘇省南京市）へ視察に出かけ、茅山に入り、張達道先生に会った。聞くところでは劉蓑衣という者も茅山に隠棲しており、日頃は士大夫と接することはなく、その従者がやって来るのを見ると、急いで山の頂上へ登って逃げるということだった。子應は役人らをみな遠ざけ、一人の従者だけを連れ、杖をついて劉を訪ねた。劉が誰かと尋ねると、閑人だと答えた。劉は呼び寄せて並んで座り、子應の額を指差して、「太平宰相の張天覺、天下の閑人の呂洞賓」と言った。子應は天覺の外孫だったので、その言葉に驚き、立ち上がって「張丞相は、私の母方の祖父です。先生はどうしてそれをご存知なのですか」と言った。劉は「あなたの骨格がよく似ていたので、たまたま口にしました。私は丞相と非常に親しくしていました。あなたが戻ってから道観へ行き、昔（その壁に）書き残されたものを見ればわかります」と言った。子應がその術を教えてもらおうとすると、笑いながら「そもそも説明するすべもありませんが、説明したところでやはり非常に理解し難いところがあります。あなたも難しいと悟るだけのことです」と言った。さらに養生の要訣を尋ねたが、再び「非常に理解し難いところがあります」と言い、結局はっきりと言おうとはしなかった。子應が別れを告げ、（劉に）ほしいものを尋ねると、「ここには一つも欠けたものはありませんが、私は陝西の者で、麺を食べるのが好きですから、それを届けて頂ければ十分です。来年もし何事もなければ、また私を訪ねて下さい」と言った。子應が数歩行ってから振り返ると、（劉は）もう山に登っており、その歩みは飛んでいるかのようだった。道観に帰り、張公の題字を探したところ、紹聖年間（一〇九四―一〇九八）に茅山へ来て書いたものだった。そこで数斗の麺を買い、道観の従者を遣わして劉に贈った。子應は鄱陽（饒州。江西省上饒市鄱陽県）に戻ってから私に話してくれた。翌年の春、再び建康府へ行き、また劉を訪ねようと思っていたが、當塗県（安徽省馬鞍山市当塗県）まで来たところで死んだ。「来年もし何事もなければ」と言ったのは、子應の死を知っていたのではないだろうか。

（1）劉蓑衣は、劉道懷のこと。元、劉大彬『茅山志』（『正統道藏』洞眞部・記傳類）巻一六・師四・采眞游・劉道懷伝に「恩州人、時稱蓑衣先生。齊雲庵是其居也。高宗御筆召先生留守」とあり、続く陶源靜伝に「居山之南、同蓑衣先生被召、上表力辭還山。紹興十八年也」とある。南宋、周必大『泛舟遊山錄』（『文忠集』巻一六八）乾道丁亥（三年。一一六七）九月丁卯の条にも「次入黒虎谷、訪劉蓑衣庵、坐小峰、對中峰。蓑衣、恩州人。與語、正而不夸。太上嘗召對賜賚、皆不受」とある。ただ出身はいずれも恩州（河北省邢台市清河県）の人とあり、文中で「吾乃陝西人」と言うのとは合わない。『夷堅丁志』巻六「茅山道人」、『夷堅三志壬』巻二「楚州陳道人」にも名が見える。

（2）何子應は、何麒（?―一一六五）、子應は字。永康軍青城県（四川省都江堰市）の人。紹興十一年（一一四一）に進士出身を賜り、太常少卿や荊湖南路提點刑獄公事、虁州路提點刑獄公事などを歴任した。王十朋に「哭何子應三首」（『梅溪後集』巻九）があり、「何以正月二十二日行部、方議刊楚東酬唱集、途中亡」と注記する。『楚東酬唱集』は、王十朋、洪邁、何麒らが唱和した詩を収録したものであったが、散逸している。

（3）提刑は、路提點刑獄公事の略称。各路の刑事や訴訟を司る路提點刑獄司の長官。『夷堅甲志』巻一一「梅先遇人」注3参照（甲志下冊五頁）。江南東路の提點刑獄司は饒州に置かれた。

（4）行部は、所轄の都城に出向いて視察すること。『夷堅甲志』巻一三「魚顧子」注3参照（甲志下冊九六頁）。

（5）茅山は、江蘇省句容市の東南にある山。『夷堅甲志』巻一一「梅先遇人」注12参照（甲志下冊六頁）。

（6）張達道は、張椿齡（?―一一七四）、達道は字。『茅山志』巻二六・火二・錄金石・宋碑「茅山疑神庵記」に「紹興癸亥、祠宇宮道士張椿齡、與其徒相攸於中峰之下、誅茅結菴。（中略）先生、常州晉陵人。少爲人也、名行義、字達道、度爲道士改今名、而世先以其字行。既歿之九年」とあり、淳熙十年（一一八三）九月の日付がある。注1に引いた『泛舟遊山錄』の同箇所には「又入山一二里、入張椿齡凝神庵。（中略）椿齡、字達道、太上數召見、賜御書、衣服、白羽扇」とある。

（7）山椒は、山の頂のこと。南朝宋、謝莊「月賦」（『文選』巻一三）に「菊散芳於山椒、雁流哀於江瀨」とあり、李善の注は「山椒、山頂也」と説明する。

（8）虞候は、官僚が雇う従者のこと。『夷堅乙志』巻四「趙士藻」注4参照（乙志上冊一二三頁）。

（9）張天覺は、張商英（一〇四三―一一二一）、天覺は字。号は無盡居士。蜀州新津県（四川省成都市新津県）の人。治平二年（一〇六五）の進士で、徽宗朝に宰相を務めた。『宋史』巻三五一に伝がある。『夷堅丁志』巻三「陸仲擧」、同書巻一〇「張臺卿詞」、『夷堅支甲』巻六「兜率寺經」にも名が見える。

（10）呂洞賓は、唐末宋初の伝説的道士。『夷堅甲志』巻一「石氏女」注1参照（甲志上冊三一頁）。

（11）「張公題字」については、『茅山志』巻二五・火一・錄金石に張商英による「江寧府茅山崇禧觀碑銘」が収められており、紹聖三年（一〇九六）十月八日の日付がある。

〔分類〕方士・相

浙東憲司雷(1)

浙東提刑公廨堂屋之南、隔舍五閒。謝誠甫(2)〔祖信〕居官時、其弟充甫(3)處之。夏日暴雨、震霆洊至、如在窗几閒。充甫正衣危坐、靜以觀之、聞梁木砉(4)然有聲、未及趨避已折矣。籠篋之屬、元在東壁下、暨雷雨止、則已徙于西邊、位置高下一無所改。方震時、蓋未嘗見室中有人也。

〔何德獻(5)說。〕

「浙東憲司の落雷」

両浙東路提點刑獄司の役所の南に、宿舎が五間（約九メートル）離れたところにあった。謝誠甫〔諱は祖信〕が官に就いていた時、弟の充甫がそこに住んでいた。ある夏の日に大雨が降り、稲光が次々と光り、窓と机の辺りに落ちているようだった。充甫は衣服を整えて正座し、じっとして様子を窺っていたが、垂木がばりばりと音を立てるのが聞こえると、避ける間もなく折れてしまった。籠や箱の類いは、元々東の壁際にあったのだが、雷雨が止むと、西側に移動しており、配置は一切変わっていなかった。落雷の時、確かに室内には人の姿を見なかった。〔何德獻が話した。〕

（1）浙東憲司については、浙東は、兩浙東路。憲司は、路提點刑獄司の異称で、後出の提刑もその略称。長官は路提點刑獄公事。『夷堅甲志』巻四「鄭鄰再生」注2参照（甲志上冊一〇五頁）。

（2）謝誠甫は、謝祖信（?―一一四〇）、誠甫は字。邵武軍（福建省邵武市）の人。宣和六年（一一二四）の進士。官は吏部侍郎に至る。『建炎以來繫年要錄』巻一〇八・紹興七年（一一三七）正月乙亥の条に「直祕閣新知吉州謝祖信提點兩浙東路刑獄公事」とあり、同書巻一二六・紹興九年（一一三九）二月癸丑の条に「直祕閣兩浙東路提點刑獄公事謝祖信試太常少卿」とある。

（3）謝充甫については、ここに見える以外のことは不明。

（4）砉《けき》は、骨と皮とが離れる音。ばりばりと音を立てる様子。『莊子』養生主に「庖丁爲文惠君解牛。手之所觸、肩之所倚、足之所履、膝之所踦、砉然嚮然」とある。

（5）何德獻は、何佾のこと。『夷堅乙志』巻八「長人國」注2参照（乙志上冊一二八頁）。

〔分類〕雷

常州解元

紹興十年、常州秋試(1)、有術士言、今歲解元姓名、字中須帶草木口。聞者皆謂、人名姓犯此三者固多、豈不或中。及牓出、乃李薦(2)爲首。薦字信可、姓中有木、名中有草、字中有口、餘人皆不盡然。

「常州の状元」

紹興十年（一一四〇）、常州（江蘇省常州市）での解試の折に、ある方術士が「今年の状元の姓名は、字の中に必ず草と木と口がある」と言った。それを聞いた者はみな「人の姓名でこの三つを持っているものは多いので、当たることもあるだろう」と思っていた。合格者名簿が掲示されると、なんと李薦が状元であった。薦は字を信可といい、姓には木があり、名には草があり、字には口があったが、他の受験生はみな三つ揃ってはいなかった。

（1）秋試は、解試のこと。『夷堅乙志』巻二「承天寺」注6参照（乙志上冊五五頁）。

（2）李薦、字は信可については、『建炎以來繫年要錄』巻一七七・紹興二十七年（一一五七）六月戊申の条に「左從政郎、南康軍都昌縣丞李薦入對、（中略）以薦行太學正。薦、周麟之所擧也」とある。一方『咸淳毘陵志』巻一一・科目・國朝・紹興十五年（一一四五）の条に、周麟之の同年の進士として李薦何という名が見えるが、そうであれば姓名に木草口がすべて揃うので、あるいはこの名が正しいか。

〔分類〕讖応・貢挙

振濟(1)勝佛事

湯致遠(2)樞密、鎭江金壇人。爲人剛褊、居官居鄉皆寡合、鄉人以故多憚與還往。其子廷直(3)先卒、兩孫皆粹謹(4)、能反乃祖所行、族黨翕然稱之。隆興二年、湯公薨、數月後、見夢于長孫曰、我生時無大過、死後不落惡趣(5)、不須營功果。但歲方苦饑、能發廩出穀以振民、遠勝作佛事、於吾亦有賴也。是夕、里中人多夢湯至、其言皆同。長孫卽持米[1]五百斛(6)與金壇宰、使拯救餓者。且盡、又以三百斛繼之。〔袁仲誠(7)說。〕

1　黄校本は「米」を「未」に作る。

「救済は仏事に勝る」

知樞密院事の湯致遠は、鎭江府金壇県（江蘇省金壇市）の人である。自己主張が強く己を曲げない性格で、官に就いている時も郷里にいる時も他人と折り合わず、それで郷里の人々の多くは交際を避けていた。息子の廷直は先立って死んだが、二人の孫はどちらも素直で慎み深く、祖父の行いとは反対の振る舞いができたので、一族の者は揃って彼らを称えた。隆興二年（一一六四）、湯公が死に、数カ月後、上の孫の夢に現れると、「私は生前に大過なく、死後に悪趣に落ちなかったので、功徳を施す必要はない。ただ今年は飢饉に苦しんでいるところなので、米蔵を開き米を放出して民を救えば、仏事を行うよりもはるかに勝るし、私にとっても助けとなるだろう」と言った。この夜、郷里の人々の多くは湯が来た夢を見たが、その言葉はみな（これと）同じであった。上の孫はすぐに五百斛の米を拠出して金壇県の知県に贈り、飢えた者を救済させた。（米が）尽きそうになると、さらに三百斛を追加した。〔袁仲誠が話した。〕

（1）　振濟は、貧困者や被災者を救済すること。『三國志』巻二三・楊俊伝に「俊振濟貧乏、通共有無」とある。

（2）　湯致遠は、湯鵬擧のこと。『夷堅甲志』巻一六「郁老侵地」注1参照（甲志下冊一六八頁）。『建炎以來繫年要錄』巻一七七・紹興二十七年（一一五七）八月乙未の条に「參知政事湯鵬擧知樞密院事」とある。その没年は、無名氏『京口耆舊傳』巻八・湯鵬擧伝に「乾道初薨、年七十有八」とあり、『建炎以來繫年要錄』巻一九八・紹興三十二年（一一六二）閏二月乙亥の条に「詔資政殿學士知太平州湯鵬擧令致仕。先是鵬擧言、今年七十有四」と記すのによれば乾道二年（一一六六）となるので、この話の記述と異なる。

（3）　湯廷直については、『建炎以來繫年要錄』巻一七九・紹興二十八年（一一五八）二月癸丑の条に「左太中大夫提擧江州太平興國宮湯鵬擧罷宮觀。右太中大夫徐宗說降授右中散大夫、南康軍居住。殿中侍御史葉義問言、宗說乃秦檜管莊之上客、鵬擧以其子廷直嘗用宗說薦狀、特不再論。時遣廷直往湖州見宗說、探問事端、又以赴部改官爲名、窺察時政、故有是命。廷直仍押出國門」とある。

（4）　「兩孫」については、限定はできないが、湯鵬擧の孫として知られる人物に湯邦彦と湯宋彦がいる。湯邦彦は、字は朝美。乾道八年（一一七二）に進士出身を賜り、祕書丞、起居舍人、右司諫などを歴任した。湯宋彦（一一五四―一二二二）は、邦彦の弟。字は時美。祖父の恩蔭によって任官し、朝議大夫、浙東湖北安撫司參議官で終わる。なお、注2で挙げた『京口耆舊傳』には「孫、邦彦、俊彦」とあるが、湯俊彦については未詳。

（5）　惡趣は、悪人が死後に行くとされる道。地獄、餓鬼、傍生の三趣とされるが、諸説ある。唐、菩提流志訳『大寶積經』（『大正藏』第一一冊）巻五七・佛說入胎藏會に「云何惡趣、謂三惡道。地獄趣者、常受苦切極不如意、猛利楚毒難可譬喩。餓鬼趣者、性多瞋恚無

柔軟心、諂誑殺害以血塗手、無有慈悲形容醜陋見者恐怖、設近於人、受飢渴苦恆被障礙。傍生趣者、無量無邊作無義行、無福行、無法行、無善行、無淳質行、互相食噉强者凌弱」とある。

（6）斛は、容積の単位。一斛は十九・四リットル。『夷堅甲志』巻一三「婺源蛇卵」注1参照（甲志下冊七八頁）。

（7）袁仲誠は、袁孚、仲誠は字。丹陽県（江蘇省丹陽市）の人。紹興十五年（一一四五）の進士。官は直祕閣、江東提刑に至る。『夷堅丁志』巻一七「袁仲誠」、『夷堅志補』巻三「袁仲誠」にも名が見える。

〔分類〕夢・鬼

王俊明(1)

蜀人王俊明、洞[1]知未來之數、雖瞽兩目、而能說[2]天星災祥。宣和初在京師、謂人曰、汴都王氣盡矣。君[3]夜以盆水直氏房(2)下望之、皆[4]無一星照臨汴分野者(3)。更於宣德門(4)外密掘地二尺、試取一塊土嗅之(5)、躁枯[5]索寞[6]、非[7]復有生氣。天星不照、地脈又絕、而爲萬乘所都、可乎。卽投匭(6)上書、乞移都洛陽。時中國無事、大臣交言其狂妄、有旨逐出府界[8]、寓于鄭許閒。靖康改元(7)、頗思其言、命所在津遣(8)、召入禁中詢之、猶理[9]前說曰、及今改圖[10](9)、尚爲不[11]晚。仙井人虞齊年(10)、時爲太常博士(11)、俊明告之曰、國事不堪說、唯蜀爲福地(12)、不受兵。君宜西歸、勿以家試禍[12]。虞曰、先生當何如。曰、吾命盡今年、必死於此。但恨死時妻子皆不見[13]耳。虞雅(13)信[14]其言、亟謁鄉相何文縝[15](14)、求去[16]、得成都倅。京城[17]將陷之日、有旨遣四衞士輿轎急[18]召俊明、至宮門[19]、聞胡人[20]已登[21]城、委之而[22]去。匍匐下車[23]、莫知其所往、疑擠于溝壑[24](15)矣。其[25]家行哭尋之數日、竟[26]不見、遂以去家之日爲死日云。〔虞幷甫(16)說[27]。〕

107 王俊明

1 葉本、增補本、補遺、『汴』は「洞」を「能」に作る。
2 葉本、增補本、補遺、『汴』は「說」を「談」に作る。
3 『汴』は「君」を「試」に作る。
4 『汴』は「皆」を「絕」に作る。
5 葉本、增補本、補遺、『汴』は「躁枯」を「枯燥」に作る。舊小說本は「燥枯」に作る。
6 葉本、增補本、補遺、『汴』は「寞」を「莫」に作る。
7 『汴』は「非」を「無」に作る。
8 葉本、增補本、補遺、『汴』は「府界」を「乃」に作る。
9 葉本、增補本、『汴』は「理」を「執」に作る。補遺は「執執」に作る。

10 葉本は「圖」を「啚」に作る。
11 葉本、增補本、補遺は「爲不」を「亦未」に作る。『汴』は「未爲」に作る。
12 葉本、增補本、『汴』は「禍」の下に「也」を付す。補遺は「禍」を「祠也」に作る。
13 葉本、增補本、補遺は「見」を「免」に作る。
14 葉本、增補本、補遺は「雅信」を「訝」に作る。黄校本は「稚信」に作る。
15 葉本、增補本、補遺は「縝」を「績」に作る。
16 『汴』は「去」を「外」に作る。
17 別藏本は「京城」を「汴京」に作る。
18 葉本、增補本、補遺、『汴』は「急」を「亟」に作る。
19 『汴』は「宮門」の二字を欠く。
20 葉本、增補本、補遺は「胡人」を「胡騎」に作る。別藏本は「北人」に作る。『汴』は「敵騎」に作る。
21 葉本、增補本、補遺、『汴』は「登」を「入」に作る。
22 『汴』は「而」を欠く。
23 『汴』は「車」を「輿」に作る。
24 葉本、增補本、補遺は「壑」を「中」に作る。
25 增補本は以降の記述を欠く。
26 葉本、補遺は「竟」を欠く。
27 葉本、補遺、舊小說本、『汴』は「虞幷甫說」の四字を欠く。

「王俊明」

蜀（四川省）の人である王俊明は、未来の運命を予知しており、両目が見えなかったが、天の星が表す吉凶を話すことができた。宣和年間（一一一九―一一二五）の初めに都（汴京）におり、人に「汴京は王気が尽きました。あなたが夜にたらいに入れた水を氐《てい》宿と房宿の下に置いて覗いてみたならば、どの星も汴京の分野を照らしてはいないでしょう。また宣徳門の外でひそかに地面を二尺掘り、一塊の土を取って嗅いでみたならば、かさかさに乾燥していて、まったく生気がないでしょう。天の星が輝かず、地の脈も断たれながら、天子の都とするなど、ありえません」と言った。そしてすぐに皇帝に上書を献じ、洛陽県（河南省洛陽市）へ遷都するように願い出た。当時中国は何事もなく、大臣らは代わるがわるにそれがでたらめであると言上したので、都から追放する命が下され、（俊明は）鄭州（河南省鄭州市）と許州（河南省許昌市）の辺りに仮住まいしていた。（一一二六年に）靖康と改元すると、（皇帝は）俊明の言葉を何度も思い出し、居住地の役人に命じて（彼を）水路伝いに送らせ、宮中へ招いて尋ねたところ、やはり以前の主張を申し立て、「今からお考えを改められても、まだ遅くはありません」と言った。仙井監（治所は四川省眉山市仁寿県）の人である虞齊年は、当時太常博士であったが、俊明は彼に「国のことは言うに忍びないですが、蜀だけは福地で、兵乱を受けません。あなたは西へ帰り、一家を災いに遭わせないようにするとよろしいでしょう」と告げた。虞が「先生はいかがなされますか」と言うと、「私の命は今年で尽き、必ずここで死ぬことになっています。ただ死ぬ時に妻子と会えないことだけが恨めしいです」と答えた。虞は日頃から彼の言葉を信じていたので、急いで同郷の宰相である何文縝《かぶんしん》に謁見して、（都から）離れることを願い出、成都府（四川省成都市）の通判となることができた。宮城が陥落しようとする日、四人の衛兵を駕籠とともに遣わして急ぎ俊明を招いたが、宮城の門に到着すると、金軍がすでに入城したと聞いたので、（兵士たちは）俊明を捨てて逃げ去ってしまった。（俊明は）這って駕籠から下りたが、行方がわからなくなり、非命に死んだのではないかと思われた。家族は哭礼を行いながら俊明を数日間探したが、結局見つからず、そこで家を出た日を命日にしたという。〔虞幷甫が話した。〕

（1）王俊明については未詳。
（2）氏房は、二十八宿中の氏宿と房宿のこと。
（3）分野は、天の二十八宿に対応する地上の地域のこと。『夷堅乙志』巻一一「玉華侍郎」注31参照（九頁）。汴京（開封府）は房宿の分野に相当する。『太平寰宇記』巻一・河南道一・開封府一・開封府の条に「星分房宿」とある。
（4）宣徳門は、宣徳楼ともいい、汴京宮城の正門。南宋、孟元老『東京夢華録』巻一・大内の条に「大内正門宣徳樓列五門。門皆金釘朱漆、壁皆甎石間甃、鐫鏤龍鳳飛雲之狀、莫非雕甍畫棟、峻桷層榱、覆以琉璃瓦。曲尺朶樓、朱欄彩檻、下列兩闕亭相對、悉用朱紅杈子」とある。
（5）「取一塊土嗅之」は、土の臭いを嗅いで予見する方法。『北史』巻五四・斛律金伝にも「金性敦直、善騎射、行兵用匈奴法、望塵知馬歩多少、嗅地知軍度遠近」とある。
（6）投匭《とうき》は、上書すること。「匭」は、箱。則天武后の時代に、朝廷に四つの箱を置いて上書を受け付けたことに由来する。『新唐書』巻四七・百官志二・左諫議大夫の条に「武后垂拱二年、有魚保宗者、上書請置匭以受四方之書、乃鑄銅匭四、塗以方色、列于朝堂。靑匭曰延恩、在東、告養人勸農之事者投之。丹匭曰招諫、在南、論時政得失者投之。白匭曰伸冤、在西、陳抑屈者投之。黑匭曰通玄、在北、告天文祕謀者投之」とある。
（7）靖康に改元した直後から、金軍の侵攻が盛んになり、閏十一月の汴京の陥落へと繋がった。『宋史』巻二三・欽宗本紀一に「靖康元年春正月丁卯、（中略）金人破相州。戊辰、破濬州」とある。
（8）津遣は、水路を使って人を派遣、召喚すること。『建炎以來繫年要錄』巻八八・紹興五年（一一三五）四月壬子の条に「右承事郎、直徽猷閣張滉召赴行在、竝令川陜宣撫司差人船、疾速津遣前來」とある。
（9）改圖は、考え直すこと。『春秋左氏傳』哀公二年の条に「郢不足以辱社稷、君其改圖」とある。

（10）虞齊年は、虞祺のこと。虞允文の父。『夷堅甲志』巻一七「倪輝方技」注4参照（甲志下冊一九九頁）。

（11）太常博士は、太常寺の属官の一つ。『夷堅甲志』巻二「張夫人」注2参照（甲志上冊四三頁）。『建炎以來繫年要錄』巻六九・紹興三年（一一三三）十月乙巳の条に「川陜等路宣撫處置司奏、（中略）左朝請郎通判成都府虞祺等四人竝主管機宜文字。（中略）祺、仁壽人。嘗爲太常博士」とある。

（12）福地は、神仙の住むユートピアをいう。洞天に同じ。『夷堅乙志』巻一二「武夷道人」注4参照（五八頁）。

（13）雅は、常日頃。『史記』巻八・高祖本紀に「雍齒雅不欲屬沛公」とあり、南朝宋、裴駰『史記集解』は「服虔曰、雅、故也。蘇林曰、雅、素也」と説明する。

（14）何文縝は、何栗のこと。仙井監の人で、靖康元年（一一二六）閏十一月に尚書右僕射を拝命した。『夷堅乙志』巻七「何丞相」注1参照（乙志上冊二〇九頁）。

（15）「擠于溝壑矣」は、『春秋左氏傳』昭公十三年の条に「小人老而無子、知擠于溝壑矣」とあるのを踏まえる。死骸を谷間に放り込まれること。非業の死を遂げることをいう。

（16）虞幷甫は、虞允文のこと。孝宗朝に宰相となる。『夷堅甲志』巻一七「倪輝方技」注15参照（甲志下冊二〇〇頁）。

〔収録〕『新編分類夷堅志』辛集・巻二・卜相門（目録は「十相門」に作る）・遁甲術數（目録は「遁甲類」に作る）、『新訂增補夷堅志』巻三七・遁甲類、『夷堅志補遺』辛集・巻二・卜相門・遁甲類、舊小說本『夷堅志』。明、李濂『汴京勼異記』巻六・技術。明、王圻『稗史彙編』巻一六三・徵兆門・前知類「王俊明」。

〔分類〕卜筮

南禪[(1)]鍾神

紹興八年十一月、常州無錫縣南禪寺寓客馬氏居鍾樓下、其婦產子焉。數日後、一妾無故仆地、起作神語斥其褻汚、曰、速徙出。不爾且有大禍。前日爨下食器破、乃我爲之。汝誤笞婢子矣。馬氏謂爲妖厲、呼僧誦首楞嚴呪[2]祛逐之。厲聲曰、我伽藍正神[3]、主鍾者也。安得見迫。此鍾本陳氏女子所鑄、今百餘年、吾守護甚謹。凡寺以鍾聲爲號令、毎鳴時、天龍畢集、而今接官亦叩擊。吾以首代受之、不勝痛。盍爲語寺僧、別造小鍾、遇上官至則擊之。脫不我信、當以未來三事爲驗。自此信宿有倡女來設供、繼有商人劉順施刹竿[4]、又旬日、宣州僧日智道者[5]來[6]設大水陸三會[7]。智公乃十地[8]位中人、以大慈悲作布施事、宜加敬禮。語訖寂然。馬氏懼、即遷居。所謂三事者、皆如其說。〔縣人邊知常[9]作記。〕

「南禪寺の鐘の神」

紹興八年（一一三八）十一月、常州無錫県（江蘇省無錫市）の南禪寺に寄寓していた馬さんは鐘楼の下に住んでおり、その妻が子を産んだ。数日後、一人の妾が理由もなく地面に倒れ、起き上がると神の言葉で（出産の）穢れを責めて、「すぐに出て行け。さもないと大きな災いがあるぞ。先日かまどの食器が壊れたのは、私がしたことだ。お前は勘違いして下女を鞭打ったがな」と言った。馬さんは妖怪だと思い、僧を呼んで首楞厳呪《しゅりょうごんじゅ》を唱えてこれを追い払わせた。すると（妾は）声を張り上げて、「私は伽藍正神で、鐘を司る者だ。どうして追い払われるものか。この鐘は元々陳家の娘が鋳造したもので、今まで百年余り、私がとても大切に守護してきたのだ。およそ寺では鐘の音を召喚に使っており、鐘を鳴らすたびに、諸神や龍がみな集まって来るが、今では役人を出迎える時にも打っている。私は頭で代わりに受けているが、痛くてたまらない。どうか寺の僧に、別に小さな鐘を作り、高官を出迎える時はそれを打つように言ってくれないか。もし私を信じないならば、未来の三つのことを証としよう。これから三日後にある妓女が供えものをしに来て、次いで商人の劉順が寺の旗竿を寄進し、さらに十日後、宣州（安徽省宣城市）の僧である日智道者が訪れて大水陸会を三度行う。日智道者は十地の位にいる者で、大いなる慈悲で仏事を行うので、丁重に礼を尽くすように」と言った。（妾は）言い終わると黙ってしまった。馬さんは恐れ、すぐに転居した。神が言っていた三つのことは、すべてその通りであった。〔（無錫）県の人である邊知常が記を書いた。〕

（1）南禪は、南禪寺。江蘇省無錫市にある寺。『夷堅乙志』巻二「陳氏女」注2参照（乙志上冊四六頁）。

（2）首楞嚴呪は、楞厳呪、仏頂呪ともいう。白傘蓋仏頂（『夷堅乙志』巻一三「黄龑龍」注4参照。九三頁）の力で魔障を調伏するとされる。後秦、鳩摩羅什訳『佛說首楞嚴三昧經』（『大正藏』第一五冊）、唐、般刺蜜帝訳『大佛頂如來密因修證了義諸菩薩萬行首楞嚴經』（『大正藏』第一九冊）があり、宋代では後者が非常に流行した。

（3）伽藍正神は、伽藍神のこと。仏教の寺院を護衛する神。『夷堅乙志』巻七「黄蓮山伽藍」注2参照（乙志上冊二〇一頁）。

（4）刹竿は、寺の門前に立てる旗竿。南宋、普濟集『五燈會元』（『卍續藏』第八〇冊）巻一・二祖阿難尊者の条に「迦葉曰、倒却門前刹竿著」とある。

（5）日智は、宣州涇県（安徽省宣城市涇県）の銅峰禪寺にいた僧。『夷堅甲志』巻七「法道變餓鬼」注11参照（甲志上冊一九〇頁）。

（6）道者は、道人ともいい、仏教では仏道を修行する者をいう。後秦、鳩摩羅什訳『大智度論』（『大正藏』第二五冊）巻三六「大智度論釋習相應品」に「如得道者、名爲道人、餘出家未得道者、亦名爲道人」とある。

（7）水陸三會《すいりくさんえ》については、水陸会は、水陸斎に同じ。死者のために読経し、飲食を施すこと。『夷堅甲志』巻二「神告方」注3参照（甲志上冊六九頁）。三会は、三度の法要の意。

（8）十地（梵語 ***Dasa-bhūmi***）は、菩薩が到達すべき位。唐、實叉難陀訳『大方廣佛華嚴經』（『大正藏』第二七九冊）巻三四・十地品では、大乗菩薩の十地として歓喜地、離垢地、発光地、焔慧地、難勝地、現前地、遠行地、不動地、善慧地、法雲地を挙げる。ここでは修行を積んだ位の高い僧の意か。

（9）邊知常については未詳。あるいは邊知白（『夷堅甲志』巻一〇「李八得藥」注6参照。甲志上冊三〇四頁）の一族か。

〔分類〕神

洪粹中(1)

樂平士人洪庤、字粹中、爲人俊爽秀發、然好以語言立譏議。嘗作山居賦、純用俗語綴緝、凡里巷短長無不備紀[1]、曲盡一鄉之事。獨與族兄樸(2)友善。政和八年登第、未得祿而卒。無子、凡[2]喪葬之費、皆出於樸。後數年、樸與醫者葉君禮(3)夜坐、葉先寢、樸忽起與人相揖、便延坐交語。家人竊聽之、粹中聲也。愀然曰、思君如昨、願一見道舊、謝送死之恩、而屢至門、皆爲閽者所阻。今隨令兄七承事(4)自[3]周原來〔七承事葬處也〕[4]、故得入。念臨終時非吾兄高義、朽骨委溝壑矣。始死、了不自覺、但見吏卒來、云迎赴官、卽隨以往。今在冥中判一局、絕優游無事、特苦境界黑暗、冥漠愁人、雖爲官百年、不若居人閒一日也。冥吏與我言、生[5]當爲大官、正坐口業(5)、妄說人過、故一切折除。今悔之無及矣。生時所爲文一編、在十二郎(6)處、煩兄明旦乘其未起往取之。秖在渠箱中替子上。樸恍忽閒不憶其已死、喚人點茶、遂不見。時燈火雖設、無復光焰。葉醫驚[6]問之、始悟。明日往十二郎家、得其書。粹中夙與妻不睦、後再適葉氏、亦時時來附語、葉生詰之曰、平生聞洪粹中博學、若果是、可誦周禮。卽應聲高讀、首尾不差一字。十二郎、其姪也。

1　別藏本、黃校本は「紀」を「記」に作る。
2　黃校本は「凡」を「兄」に作る。
3　『大典』は「自」を「身」に作る。

4　舊小說本は「七承事葬處也」の六字を欠く。
5　『大典』は「當」を「嘗」に作る。
6　『大典』は「驚」を「警」に作る。

「洪粋中」

樂平県（江西省楽平市）の士人である洪斿《こうゆう》は、字を粋中といい、人となりは才知に優れ風采も立派だったが、言葉を弄して人を非難することを好んだ。以前「山居賦」を作ったことがあったが、俗語だけを用いて綴られており、郷里の短所も長所もすべて記され、郷里全体のことを語り尽くしていた。一族の年長者の樸とだけ親しくしていた。政和八年（一一一八）に及第したが、俸禄を得る前に死んだ。息子がいなかったので、葬儀の費用は、すべて樸が出してやった。数年後、樸は夜に医者の葉君禮と話をし、葉が先に眠ったところ、樸は突然立ち上がって誰かに挨拶をすると、席に招いて話をした。家族がひそかに聞くと、粋中の声であった。憂えた様子で、「以前のようにあなたのことを思い、一目会って昔のことを話し、葬送をしてくれた恩に感謝をしたくて、何度も門までやって来ましたが、いつも門番に阻まれました。このたびはお兄様の七承事に従って周原〔七承事が葬られた場所である〕から来たので、入ることができました。思うに臨終の時に兄上のご高義がなければ、（私の）朽ちた骨は捨てられて顧みられなかったでしょう。死んだばかりの時は、まったく自覚がありませんでしたが、ふと見ると役人がやって来て、赴任のお迎えに来ましたと言われたので、すぐについて行きました。今は冥府で一つの部署を任され、悠々自適で問題もありませんが、ただ冥土が暗闇で、ひっそりとして憂鬱にさせられるのが辛く、この役職に百年就くよりも、人の世に一日いる方がましです。冥土の役人が私に言うには、生きていれば高官になるはずだったのに、口業《くごう》の罪を犯し、妄りに他人の過ちをあげつらったために、（福運の）すべてが削られてしまったとのことです。今さら悔やんでも間に合いません。生前に作った一編の文章が、十二郎のところにありますので、お手数ですが兄上には翌朝に彼がまだ起きないうちに取りに行って下さい。それは箱の引き出しの中にありますから」と言った。樸はぼんやりとして粋中がすでに死んでいることを忘れ、人を呼んで茶を入れさせたが、（粋中は）そのまま消えてしまった。その時は灯火をつけていたが、もう炎は立たなくなった。葉医師が驚いて樸に尋ねたところ、ようやく正気に戻った。翌日十二郎の家に行って、その文章を手に入れた。粋中は以前から妻と仲が悪く、（妻が）後に葉家に嫁ぐと、やはり時々（粋中が）やって来て妻に取り憑いて話をするので、葉医師が詰って「洪粋中は博識だと日頃から聞いていたが、もし本当に粋中ならば、『周禮』を暗誦することができるはずだ」と言うと、すぐさまその声に応えて高らかに読み上げ、最初から最後まで一字も間違えなかった。十二郎は、粋中の甥である。

（1）洪粋中は、洪斿、粋中は字。『正徳饒州府志』巻二・樂平縣學・進士・宋の条に政和年間（一一一一―一一一八）の進士として名が見える。
（2）洪樸についても未詳。
（3）葉君禮についても未詳。
（4）洪七承事についても未詳。承事は、承事郎の略称。寄禄官三十階のうちの第二十八階。正九品。
（5）口業は、仏教の三業の一つ。言語による悪業をいう。北魏、毘目智仙訳『業成就論』（『大正藏』第三一冊）巻一に「業有三種、所謂身業、口業、意業。（中略）口言說業是名口業」とある。
（6）洪十二郎についても未詳。

〔収録〕舊小說本『夷堅志』。『永樂大典』巻一三一三五「夢洪粋中」。

〔分類〕文章・鬼

魚坡癘鬼（1）

族人洪洋（2）自樂平還所居、日已暮、二僕荷轎、一僕負擔、必欲以中夜至家。邑之南二十里曰吳口市、又五里曰魚坡畈（3）、到彼時已二更。微有月明、聞大聲發山問、如巨木數十本摧折者。其響漸近、洋謂爲虎、而虎聲亦不至是、心知其異矣、亟[1]下車、與僕謀所避處。將復還吳口、已不可、欲前行、則去人居尚遠、進退無策。望道左小澗無水、可以敝[2]匿、即趨而下。其物已在前立、身長可三丈、從頂至踵皆燈也。二轎僕震怖殆死、擔僕竄入轎中屛息。洋素持觀音大悲呪、(4)急誦之、且數百遍。物植立不動、洋亦喪膽仆地、然誦呪不輟。物稍退步、相去差遠、呼曰、我去矣。徑往畈下一里許、入小民家、遂不見。洋歸而病、一年乃愈。擔僕亦然、二轎僕皆死。後訪畈下民家、闔門五六口咸死於疫。始知異物蓋癘鬼云。

1　黄校本は「亟」を「至」に作る。

2　別藏本、黄校本は「敝」を「蔽」に作る。

「魚《ぎょ》坡《は》畈《はん》の疫鬼」

一族の者である洪洋が樂平県（江西省楽平市）から家に帰る途中、日はすでに暮れ、二人の下男が駕籠をかつぎ、もう一人の下男が荷物を背負って、夜半には必ず家に着こうとしていた。県の南二十里を吳口市といい、さらに五里行くと魚坡畈というが、そこに着いた時はもう二更になっていた。微かな月明かりの下、山から大きな音が聞こえ、数十本の巨木が折れるかのようだった。その響きは次第に近付き、洋は虎だと思ったが、虎の声でもこれほどではないので、心中で怪異だと気付き、急いで駕籠を降りると、下男と隠れるところを相談した。再び吳口へ戻ろうとしても、もはやできず、前に進もうとしても、人のいる場所はまだ遠いので、進退窮まった。路傍の谷川を眺めると水がなく、隠れることができるので、すぐに走って下りた。その怪物はすでに前方に立っており、身長は三丈ほどで、頭から足元まですべて灯りがともっていた。二人の駕籠かきの下男は恐怖のあまり死んだようになり、荷物運びの下男は駕籠の中に入って息を潜めていた。洋は日頃から観世音菩薩の大悲呪を加持していたので、急いでこれを唱え、数百回にもなろうとした。怪物はまっすぐ立ったまま動かず、洋も肝を潰して地面に倒れたが、呪を唱えることは止めなかった。怪物は少し後ずさりし、やや遠ざかってから、「私は行くぞ」と叫び、まっすぐ畈から下って一里ほど行くと、小さな民家へ入り、そのまま消えてしまった。洋は帰ってから病気になり、一年経ってようやく治った。荷物運びの下男も同様だったが、二人の駕籠かきはどちらも死んでしまった。後に魚坡畈の民家を訪れると、一家五、六人はみな疫病で死んでいた。そこで初めてあの怪物は疫鬼だったのだとわかった。

（1）癘鬼は、厲鬼にも作る。疫病を引き起こす悪鬼、疫鬼。『春秋左氏傳』昭公七年の条に「寡君寢疾、於今三月矣。竝走群望、有加而無瘳。今夢黄熊入于寢門、其何厲鬼也」とある。

（２）畈は、田、耕作地の意だが、集落や村の名として使われることがある。ここはその意味。
（３）洪洋については未詳。
（４）大悲呪は、『千手千眼観世音菩薩無碍大悲心陀羅尼』の略称。代表的な観音の神呪。『夷堅甲志』巻六「宗演去猴妖」注５参照（甲志上冊一六九頁）。

〔分類〕釈証（観音）・報応（大悲呪）・鬼

全師（１）穢跡（２）

樂平人許吉先（３）、家于九墩市、後買大儈程氏宅以居。居數[1]年、鬼瞰其室（４）、或時形見、自言、我黃三、江一也。同爲賈客販絲帛、皆終于是、今當與君共此屋。初亦未爲怪、既而入其子房中、本夫婦夜臥如常時、至明、則兩髮相結、移置別舍矣。方食稻飯、忽變爲麥、方食早穀飯、忽變爲晚米。或賓客對席、且食且化、皆懼而捨去。吉先招迎術士作法袪逐、延道流醮謝祀神禱請、略不效。所居側鳳林寺僧全師者、能持穢跡呪、欲召之。時子婦已病、鬼告之曰、聞汝家將使全師治我。穢跡金剛雖有千手千眼、但解於大齋（５）供時多攫酸餡（６）耳。安能害我。僧既受請、先於寺舍結壇、誦呪七日夜。將畢、鬼又語婦曰、禿頭子果來、吾且謹避之、然不過數月久、當復來。何足畏。吾未嘗爲汝家禍、苟知如是、悔不早作計也。僧至、命一童子立室中觀伺、謂之開光、見大神持戈戟幡旗、杳杳而入。一神捧巨橐、題其上曰穢跡神兵、周行百帀。鬼趨伏婦牀下、神去乃出、其頭比先時倏大數倍、俄爲人擒搦以行。僧曰、當更於病者牀後見兩物、始眞去耳。明日、牀後大櫃旁涌出牛角一雙、良久而沒、自是遂絕不至。凡爲厲自春及秋乃歇、許氏爲之蕭然（７）。〔三事洪紘（８）說[2]。〕

1　黄校本は「數」を「雙」に作る。

2　舊小說本は「三事洪紘說」の五字を欠く。

「全師の穢跡金剛法」

樂平県（江西省楽平市）の人である許吉先は、九墩市に家があったが、後に大きな仲買い商人の程家の屋敷を買って住んだ。住み始めてから数年経つと、幽霊が部屋を覗くようになり、またある時には姿を現して、自ら「我らは黄三と江一である。一緒に行商をして絹糸と絹織物を売っていたが、二人ともここで死に、今ではお前とこの家をともに使っているのだ」と言った。当初は怪異を起こさなかったが、やがて吉先の息子の部屋に入り、夫婦が夜にいつも通りに寝ていたはずが、明け方になると、二人の髪の毛が結ばれて、別の部屋に移動させられているということがあった。また米の飯を食べようとすると、突然麦に変わったり、早稲の飯を食べようとすると、突然晩稲の飯に変わったりした。ある時は賓客と同席していて、食べている最中に変化したので、みな恐れて捨ててしまった。吉先は方術士を招いて法を行って追い払わせ、道士を招いて祭儀を行い祈って神に願わせたが、まったく効果がなかった。住まいの側にある鳳林寺の僧である全師は、穢跡呪を行うことができたので、（吉先は）招こうと思っていた。そのとき息子の妻が病気にかかっていたが、幽霊は妻に「お前の家では全師に私を退治させようとしていると聞いた。（しかし）穢跡金剛に千手千眼があったとしても、せいぜい大斎が振る舞われる時に精進饅頭を多く摑み取ることができるだけだ。どうして俺たちに危害を加えることができようか」と告げた。僧は頼みを受けると、先に寺で壇を作って、七日間ずっと呪文を唱え続けた。それが終わろうとする頃、幽霊はまた妻に「はげ頭がやって来たので、俺たちはしばらく大人しく隠れることにするが、数カ月もしないうちに、戻って来るからな。何も恐るるに足りぬ。俺たちはまだお前の家に災いを起こしてはいないが、もしこうなると知っていたならば、早く起こせばよかったと悔やまれる」と言った。僧は到着してから、一人の童子に部屋の中に立って見張るように命じ、「光を差し入れよ」と言うと、武器や旗を持った巨大な神々が現れ、次々に入って来た。一人の神は大きな旗を掲げ、それには「穢跡神兵」と書かれてあり、ぐるりと百周回った。幽霊は妻の寝台の下に走って隠れ、神々が去ってから出て来たが、その頭は以前よりもたちまち数倍に大きくなり、突然何者かに捕らえられて行ってしまった。僧は「病人の寝台の裏に二つの物が現れるはずですから、それで本当に（幽霊が）去ったことになります」と言った。翌日、寝台の裏にある大きな箱の側から一対の牛の角がぬっと現れ、しばらくして消えると、これ以後（幽霊は）決してやって来なかった。崇りは春から秋に及んでようやく治まったが、許家はこのために騒然としたのであった。〔三話は洪紱《こうふつ》が話した。〕

（1）　全師については未詳。
（2）　穢跡は、穢跡金剛法のこと。呪文によって災厄を解く法。『夷堅甲志』巻一八「楊靖償冤」注16参照（甲志下冊一三一頁）。
（3）　許吉先については未詳。
（4）　「鬼瞰其室」は、漢、揚雄「解嘲」（『文選』巻四五）に「高明之家、鬼瞰其室」とあるのを踏まえる。富貴の家には、災いをもたらして満ち足りた状態を損なおうと、悪鬼が部屋を覗き見るという意。
（5）大齋は、水陸大斎、大規模な施餓鬼会のこと。『夷堅甲志』巻一一「林積陰徳」注5参照（甲志下冊三七頁）。
（6）酸餡《さんかん》は、酸䭕、餕䭕、餕餡にも作る。小麦粉を練って作った皮に豆などの野菜を餡として入れた精進料理。
（7）蕭然は、騒がしいさま。『漢書』巻五九・張湯伝に「孝惠、高后時、天下安樂、及文帝欲事匈奴、北邊蕭然苦兵」とあり、顏師古の注は「蕭然猶騷然、擾動之貌也」と説明する。
（8）洪紘は、『淳熙三山志』巻三〇・人物類五・科名・本朝によれば、字は恭叔で、淳熙八年（一一八一）の進士。『夷堅丙志』巻一一「錦香囊」にも名が見え、『夷堅乙志』巻一五「宣城冤夢」（一三五頁）の話の提供者となっている。

〔収録〕舊小說本『夷堅志』。

〔分類〕道術・方士・神・鬼・僧

結竹村鬼（1）

弋陽縣結竹村吳慶長（2）、遣僕夜守田中稻、有操鎌竊刈之者。持梃（3）逐之、不獲。明夜復然、旦而視其稻、蓋自若也。僕素有膽氣、自謀曰、梃短無及事、當以長槍爲備。至夜、果來、見人出則走。僕大步追擊、揕以槍、遂執之。秉火而視、乃故杉木一截。取臥于牀下、明日將焚之。以語里巫師（4）、巫師曰、是能變化、全而焚之不可。卽碎爲片片、置小缶和湯煮之。薪火方熾、臭不可忍。聞缶中號叫哀泣曰、幸赦我。我不敢復擾君。苟爲不然、必從巫師索命。僕爲破缶、擲諸原、果不復至。

「結竹村の怪物」

弋陽県（江西省上饒市弋陽県）結竹村の呉慶長が、下男に命じて夜に田の稲を見回りに行かせたところ、鎌を使ってひそかに稲穂を刈る者がいた。（下男は）棍棒を持って盗人を追いかけたが、捕らえることができなかった。翌日の夜も同じことがあったが、夜が明けてから稲を見ると、元のままだった。下男は日頃から肝が太く、「棍棒では短くて捕まえられないから、長い槍を用意するべきだ」と自ら計略を立てた。夜になると、やはりやって来たが、人が出て来たのを見ると逃げだした。下男は大股で追いかけ、槍で突き、そのまま盗人を捕らえた。灯りを持って見てみると、なんと古い杉の木の一部だった。（下男は）それを寝台の下に横たえておき、翌日に焼こうと思った。このことを村の祈禱師に話すと、祈禱師は「それは化けることができ、完全なままだと焼くことはできません」と答えたので、（下男は）すぐに砕いて粉々にし、それを小さい甕に入れて湯に混ぜて煮た。火が強くなると、耐えられないほど臭くなった。すると二つの甕の中から悲しげに泣き叫ぶ声が聞こえ、「どうか私をお許し下さい。もう二度とあなたを煩わせませんから。もし許さないのであれば、まず祈禱師から命を頂きますぞ」と言っていた。そこで下男が甕を砕き、それを野原に投げ捨てると、果たして二度と現れることはなかった。

（1）結竹村は、『夷堅乙志』巻一一「遇仙樓」（二五頁）にも見えた。
（2）吳慶長については未詳。
（3）梃は、棍棒のこと。『夷堅乙志』巻六「袁州獄」注19参照（乙志上冊一六四頁）。
（4）巫師は、巫術を行い祈禱を職とする者のこと。『後漢書』巻一〇上・和帝陰皇后紀に「有言后與朱共挾巫蠱道」とあり、李賢の注は「巫師爲蠱、故曰巫蠱」と説明する。

〔分類〕巫・妖怪・草木（木怪）

新淦驛中詞

倪巨濟(1)次子治(2)爲洪州新建尉、請告送其妻歸寧。還至新淦境、遣行前者占一驛。及至欲入、遙聞其中人語。逼而聽之、嘻笑自如、而外間略無僕從、將詢爲何人而不得。入門窺之、聲在堂上、暨入堂上、則又在房中。治疑懼、亟走出、遍訪驛外居民、一人云、嘗遣小童來借筆硯去、未見其出也。乃與健僕排闥直入、見西房壁間題小詞(3)云、霜風摧蘭、銀屛生曉寒。淡掃眉山、臉紅殷。瀟湘浦(4)、芙蓉灣、相思數聲哀歎、畫樓尊酒閑(5)。墨色尚濕、筆硯在地、曾無人跡。倪氏不敢宿而去。〔二事揭[1]椿年說(6)。〕

1　陸本は「掲」を欠く。

「新淦《しんかん》県の宿場の詞」

倪巨濟の次男の冶が洪州新建県（江西省南昌市）の尉であった時、休暇を願い出て妻が里帰りするのを送った。新淦県（江西省吉安市新干県）の境まで戻ると、先駆けの者に宿駅の宿を抑えさせた。到着して入ろうとすると、中で誰かが話している声が遠くから聞こえてきた。近付いてよく聞いてみると、気兼ねなくくすくすと笑っていたが、外には下男がまったくいなかったので、何者なのか尋ねたくてもできなかった。門を入って様子を窺うと、声は表座敷から聞こえていたが、表座敷に入ると、今度は小部屋の中からするのであった。冶は疑いかつ恐れ、急いで外へ出て、駅舎の外の住民を訪ねて回ったところ、ある者が「以前（駅舎から）童僕を遣わして筆と硯を借りに来たことがありましたが、（その後）誰かが出てくるのを見ておりません」と言った。そこで屈強な下男とともに門を開いてまっすぐに入ると、西側の部屋の壁に次のような短い詞が書かれているのが見えた。

霜風摧蘭
銀屏生曉寒
淡掃眉山
臉紅殷
瀟湘浦
芙蓉灣
相思數聲哀歎
畫樓尊酒閑

霜風　蘭を摧《くだ》き
銀屏　暁寒を生ず
淡く眉山を掃き
臉は紅殷《こうあん》なり
瀟湘の浦
芙蓉の湾
相い思えば数声の哀歎
画楼　尊酒　閑たり

冷たい風に蘭の花もしおれ、銀箔の衝立の辺りに明け方の寒さが漂う。薄く眉を描き、まぶたを赤く染める。瀟水と湘江が合流する岸辺、蓮の花が咲く入り江、あなたのことを思って何度も悲しみ、美しい楼閣も樽のお酒も徒なこと。

墨はまだ乾いておらず、筆と硯は床にあったが、まったく人がいた形跡はなかった。倪家の者は宿泊しようとせずに立ち去った。〔二話は掲椿年が話した。〕

（1）倪巨濟は、倪濤、巨濟は字。廣徳軍（安徽省宣城市広徳県）の人。大観三年（一一〇九）の進士。官は左司員外郎に至る。『宋史』巻四四四に伝がある。

（2）倪治については、邵武軍（福建省邵武市）の人で高宗朝に兵部尚書となった黄中の墓誌銘「端明殿學士黄公墓誌銘」（朱熹『晦庵集』巻九一）に「六女。承議郎倪治、（中略）其壻也」とある。黄中の父である黄崇の行状「黄君行狀」（南宋、李呂『澹軒集』巻七）には「孫女五人。長適右迪功郎倪治」とある。

（3）小詞は、小令に同じ。五十八字以下の短編の詞を指していう。

（4）瀟湘は、瀟水と湘江の流域。瀟湘八景で知られる名勝地。『夷堅乙志』巻三「陳述古女詩」注6参照（乙志上冊七四頁）。

（5）この詞は、『全宋詞』にも無名氏「湘靈瑟」として引かれている。

（6）掲椿年については未詳。

〔分類〕文章・鬼

趙清憲（1）

趙清憲丞相〔挺之〕侍父（2）官北京時、病利、踰月而死。沐浴更衣、將就木、忽有京師遞角至、發之、無文書、但得侯家利藥一帖[1]、以爲神助、即扶口灌之、少頃復蘇。遽遣人入京、扣奏邸吏、蓋其家一子苦泄利、買藥欲服、誤以入郵筒中也。又嘗病黄疸（3）、勢已殆、有嫗負小盎（4）至門、家人問、所貨何物。曰、善烙黄（5）。呼[2]使視之、發盎取鐵匕燒熱、上下熨烙數處、黄色應手退、翌日脱然。後爲徐州通判（6）、罷官將行、又以利疾委頓[3]。素與梁道人（7）相善、其日忽至、問所苦、曰、無傷也。命取水一杯置案上、端坐呪之。須臾、水躍起如沸湯、持以飲趙公、即時痛止。公心念無以報、但嘗接高麗使者、得銀杯一、欲以贈之。未及言、道人笑曰、高麗銀與銅何異。不須得。長揖而出、追之不復見。東坡[4]集中有贈梁道人詩（8）曰、采藥壺公（9）處處過、笑看金狄（10）手摩挲（11）[5]。老人大父（12）識君久、造物小兒（13）如子何。寒盡山中無歷[6]日（14）、雨斜江上一漁蓑。神仙護短（15）多官府、未厭人間醉踏歌（16）。即此翁也。

1 別藏本、黄校本は「帖」を「貼」に作る。
2 別藏本、黄校本は「呼」を「叫」に作る。
3 別藏本、黄校本は「頓」を「顧」に作る。

4 黄校本は「坡」を「城」に作る。
5 別藏本、黄校本は「娑」を「挲」に作る。
6 黄校本は「歴」を「暦」に作る。

「趙清憲」

丞相であった趙清憲〔諱は挺之〕は北京（大名府。河北省邯鄲市大名県）の官にあった父に従っていた時、下痢を病み、一カ月して死んでしまった。（家族が）沐浴させて衣服を替え、棺に入れようとしたところ、突然都（汴京）から包みが届けられた。それを開くと、文書はなく、ただ侯家宛ての下痢薬が一包あるだけだったが、神の助けと思い、すぐに（趙公を）助け起こして口にそれを注ぎ入れると、しばらくして息を吹き返した。急いで遣いの者を上京させ、（都にある）屋敷の役人に尋ねたところ、その役人の家の息子が下痢に苦しみ、薬を買って飲もうとしたが、間違えて封筒の中に入れてしまったのだった。

またあるとき黄疸にかかり、危篤になっていたところ、小さい化粧箱を背負った老婆が屋敷にやって来た。家の者が「売っているものは何ですか」と尋ねると、「善烙黄です」と言った。呼び寄せて容態を見させたところ、化粧箱を開いて鉄の匙を取り出すと焼いて熱くし、（体の）上下数箇所に押し当てると、黄色は即座に引いていき、翌日にはすっかり治った。

後に徐州（江蘇省徐州市）の通判となり、辞職して出立しようとした時、また下痢の病によって憔悴してしまった。日頃から梁道人と親しくしていたが、この日は突然やって来て、どこが苦しいか尋ね、「（それなら）問題ない」と言うと、一杯の水を机の上に置くように命じ、正座してそれに呪文をかけた。しばらくすると、水が沸騰した湯のように踊りだし、それを持って趙公に飲ませたところ、すぐに痛みが治まった。趙公は心中（この恩に）報いることができないと思っていたが、ただ以前高麗の使者を接待した時、銀杯を一つもらったので、それを贈ろうとした。しかしまだ言い出さないうちに、道人は笑って「高麗の銀は銅銭と何が違うのですか。必要ありません」と言うと、丁寧に礼をして出て行き、追いかけたがもう姿は見えなかった。『東坡集』の中に「梁道人に贈る」詩があって次のように言う。

采藥壺公處處過　　采薬の壺公　処処に過《よぎ》り
笑看金狄手摩娑　　笑いて金狄を看《み》　手もて摩娑す
老人大父識君久　　老人の大父も君を識ること久しく
造物小兒如子何　　造物の小児も子を如何せん

寒盡山中無歴日　　寒尽きて　山中に歴日無く
雨斜江上一漁蓑　　雨斜めにして　江上に一漁蓑あり
神仙護短多官府　　神仙の短を護るは官府に多きも
未厭人間醉踏歌　　未だ人間を厭わずして酔いて踏歌す

（世を棄てて）薬を探す壺公のように各地を訪れ（て人々を治癒し）、笑って銅像を見ながら撫でている（薊子訓のように長寿を保つ）。老人のそのまた祖父の頃からあなたのことは長年知られており、運命を司る神すらもあなたをどうにもできない。寒さのない山中には暦もなく、風雨のなか川で一人の漁師となっている。仙人でも短所を取り繕う者は役所に多いが、あなたはまだ俗世に飽きもせず（藍采和のように）酒に酔って足で地面を踏み鳴らしながら歌っている。

それはつまりこの翁のことである。

（1）趙清憲は、趙挺之のこと。清憲は諡。崇寧四年（一一〇五）に尚書右僕射となった。『夷堅甲志』巻一九「飛天夜叉」注2参照（甲志下冊二七五頁）。

（2）趙挺之の父は、趙元卿のこと。『夷堅乙志』巻九「欄街虎」（乙志上冊二四七頁）に記述がある。

（3）黄疸は、胆汁の色素が血液に移行して皮膚が黄色くなる症状。肝臓の疾患や赤血球が高度に破壊されることにより起こる。

（4）盝《ろく》は、化粧箱。『新唐書』巻一八〇・李德裕伝に「敬宗立、侈用無度、詔浙西上脂盝粧具」とある。

（5）烙黄は、熱した金属を押し当てて黄疸を治療する方法。唐、李肇『唐國史補』巻中に「故老言、五十年前多患熱黄、坊曲必有大署其門以烙黄爲業者」とあり、南宋、劉完素『傷寒直格方』巻下・茵蔯湯の条に「世俗有傳烙黄而或愈者。此强實之人、素本中氣不衰、以及濕熱鬱之微者、烙之、而誤中强劫、開發得開、氣血宣通、即作汗而愈。或體質本虛、濕熱結甚、則劫發不開、而反致死者、不爲少矣」とある。

（6）趙挺之が徐州の通判となったことについては、『宋會要輯稿』職官六七之一・元祐四年（一〇八九）五月十二日の条に「監察御史趙挺之通判徐州」とある。

（7）梁道人については、南宋、王庭珪にも「梁道人借示丹經數册閲未遍輒告行歸其書贈之以詩二首」（『盧溪文集』巻二〇）があるが、同一人物か否かは不明。

（8）「贈梁道人」詩は、『蘇軾詩集』巻二四に収める。

（9）壺公は、後漢の費長房が出逢った仙人。汝南郡（河南省平輿県）の市場で薬を売っていたが、日が暮れると店先に掛けた壺の中に身を隠した。費長房が誘われて壺に入ると、その中は壮麗な宮殿が立ち並ぶ別天地だったという。晉、葛洪『神仙傳』巻五に伝がある。

（10）金狄は、金属を鋳て作った像のこと。後漢、張衡「西京賦」（『文選』巻二）に「高門有閌、列坐金狄」とあり、李善の注は「金狄、金人也」と説明する。

（11）摩娑は、手で撫でること。摩挲に同じ。この句は、『水經注』巻一九・渭水に「魏明帝景初元年、徙長安金狄、重不可致、因留霸城南。人有見薊子訓與一老公、共摩銅人曰、正見鑄此時計爾日、已近五百年矣」とあるのを踏まえる。『後漢書』巻八二下・薊子訓伝にも同様の記述がある。

（12）大父は、祖父のこと。この句は、『史記』巻一二・孝武帝本紀に「是時而李少君以祠竈、穀道、却老方見上。（中略）嘗從武安侯飲、坐中有年九十餘歳老人、少君乃言與其大父游射處、老人爲兒時從其大父行、識其處、一坐盡驚」とあるのを踏まえる。

（13）造物小兒は、運命を司る神のこと。造物は、運命。造化に同じ。『新唐書』巻二〇一・杜審言伝に「初、審言病甚、宋之問、武平一等省候何如、答曰、甚爲造化小兒相苦、尚何言」とある。

（14）歷日は、こよみ。曆日に同じ。唐、太上隱者「答人」詩（『全唐詩』巻七八四）の第三、四句に「山中無曆日、寒盡不知年」とある。

（15）護短は、短所を隠すこと。晉、葛洪『抱朴子』勤求に「諸虚名之道士、既善誑詐以欺學者、又多護短匿愚、恥於不知」とある。

（16）踏歌は、足で地面を踏み鳴らし調子を取って歌うこと。『太平廣記』巻二二・神仙二二「藍采和」（南唐、沈汾『續神仙傳』を引く）に「毎行歌於城市乞索、持大拍扳、長三尺餘、常醉踏歌」とある。

〔分類〕道術・文章（詩）・医

大名倉鬼

王履道[1]左丞、政和初監[2]大名府崇寧倉門、官舍在大門之內。一夕、守宿吏士數十人同時叫呼、聲徹于外。左丞披衣驚起、一卒白云、有怪物甚可怖、公勿出。乃伏屏間覘之。一大鬼跨倉門而坐、足垂至地、振膝自得、屋瓦皆動搖。少焉闊歩跨出外、入李秀才家而滅。李生卽時死。

「大名府の倉庫の物の怪」

左丞であった王履道は、政和年間（一一一一―一一一八）の初めに大名府（河北省邯鄲市大名県）にある崇寧倉の監門となり、官舎は大門の内側にあった。ある夜、宿直の役人数十人が同時に叫び、声が外まで聞こえた。左丞が驚いて起き服を着ると、一人の兵士が「非常に恐ろしい物の怪がいるので、あなたは出てはなりません」と言うので、衝立に隠れて見ていた。一匹の大きな物の怪が倉の門に跨って座っており、足は地面まで垂れ、思うままに膝を振ると、建物の瓦はすべて揺れ動いた。しばらくすると大股で外へ出て、李秀才の家に入って消えた。李さんは即座に死んでしまった。

（1）王履道は、王安中のこと。『夷堅甲志』巻二〇「葵山大蛇」注2参照（甲志下冊三一二頁）。宣和三年（一一二一）十一月から五年（一一二三）正月まで尚書左丞を務めた。

（2）監は、監当官を務めること。監当官については、『夷堅甲志』巻九「宗本遇異人」注9参照（甲志上冊二六六頁）。ここでは監門のこと。門番や通行税の徴収を行う。『夷堅甲志』巻一五「猪精」注2参照（甲志下冊一五一頁）。

〔分類〕鬼

邢大將（1）

邢大將者、保州人。居近塞[1]、以不仁起富、積微勞得軍大將。嘗以寒食日（2）[2]、率家人上家[3]、祀畢飲酒、見小白鼠出入松柏間、相與逐之。鼠見人至、首帖[4]地不動、遂取以歸。鼠身毛皆白、而眼足赬[5]紅可愛。邢捧置馬上、及家卽走、不復見。卽日百怪畢出、釜鬲兩兩相抱持而行、器皿易位、猫犬作人言、不可訶叱。邢寢榻旁壁土[6]脫落寸許、突出小人、面如土木偶。又五日、已長大、成一胡[7]人頭、長鬣鬅[8]鬙（3）、殊可憎惡。語音與生人不少異、且[9]索酒肉[10]。邢不敢拒、隨所需卽與之、稍緩輒怒、一家長少服[11]事之唯謹。凡一歲、邢死、諸怪皆不見。〔三事嘉叟（4）說[12]。〕

1　葉本、増補本は「塞」を「寨」に作る。
2　葉本、増補本は「日」を欠く。
3　黄校本は「冢」を「家」に作る。
4　葉本、増補本は「帖」を「貼」に作る。
5　増補本は「頳」を「頰」に作る。
6　葉本、増補本は「土」を「上」に作る。

7　別藏本は「胡」を「異」に作る。
8　葉本、増補本は「鬅」を「鬙」に作る。
9　葉本、増補本は「且」を欠く。
10　陸本は「肉」を「内」に作る。
11　葉本は「服」を欠く。増補本は「服」を「奉」に作る。
12　葉本、増補本は「三事嘉叟說」の五字を欠く。

「邢大將」

邢大將は、保州（河北省保定市）の人である。砦の近くに住み、仁義にもとる行いで財を成し、わずかな功績を挙げただけで軍の大將となった。以前寒食の日に、家族を連れて墓参りをしたことがあったが、祀り終えて酒を飲んでいると、小さくて白い鼠が松や柏の木の辺りをうろついているのが見えたので、家族とともに追いかけた。鼠は人がやって来たのを見ると、頭を地面につけて動かなかったので、そのまま取り上げて家に持ち帰った。鼠の体毛は白かったが、目と足は赤くて可愛らしかった。邢は（鼠を）馬上で抱えていたが、家に着くとすぐに逃げだし、二度と現れなかった。その日から多くの怪異が一斉に起こり、釜と鼎がそれぞれ抱き合って動いたり、食器や皿の位置が変わったりし、猫や犬は人間の言葉を話して、叱って従わせることもできなかった。邢の寝台の側で壁の土が一寸ほど落ちると、小人が飛び出してきたが、顔は土や木で作った人形のようだった。五日経つと、すでに大きく成長し、西域の人間の頭となり、長いあごひげがぼさぼさに生えていて、非常に忌まわしかった。言葉は生きた人間とまったく同じで、酒や肉を求めた。邢は断ることができず、求めに応じて与えていたが、少しでも手を抜くとたちまち怒り出すので、家中の老いも若きも人形の言いなりになって仕えていた。およそ一年後、邢が死ぬと、諸々の怪異はいずれも現れなくなった。〔三話は（王）嘉叟が話した。〕

（1）　邢大將については未詳。大將は、宣撫使、馬歩軍都部署などの軍の司令官に与えられた敬称。『夷堅甲志』巻一五「辛中丞」注5参照（甲志下冊一四八頁）。

（2）　寒食は、節日の一つで、冬至から百五日目の日。墓参を行う風習がある。『夷堅甲志』巻一六「晏氏媼」注2参照（甲志下冊一八五頁）。

（3）　長鬣《ちょうろう》鬅鬙《ほうそう》については、「長鬣」は、長くて硬いあごひげ。「鬣」は、鬚と同じ意。「鬅鬙」は、髪や毛が乱れてぼさぼさの状態をいう。

（4） 嘉叟は、王秬のこと。嘉叟はその字。『夷堅甲志』巻一四「建徳妖鬼」注5参照（甲志下冊一二八頁）。

〔収録〕『新編分類夷堅志』壬集・巻一・奇異門・異事類、『新訂增補夷堅志』巻四一・異事類。

〔分類〕精怪（偶像）・畜獣（鼠）

乙志巻一五

董染工

郷里洪源董氏子、家本染工、獨好羅取飛禽。得而破其腦、串以竹、歸則焚稻稈[1]叢茆[2]、焫[3]其毛羽淨盡、乃持貨之、平生所殺不可計。老而得奇疾、遍體生麤[4]皮、鱗皴[5]如樹。遇其苛[6]癢時、非復爬搔可濟、但取茅稈以燎四體、則移時乃定。繼又苦頭痛、不服藥、毎痛甚[7]、輒[8]令人以片竹[9]擊腦數十下、始稍止。人以爲殺生之報。如是三年、日一[10]償此苦、然後死。

1　葉本は「稈」を「桿」に作る。以下同じ。
2　葉本は「茆」を「爇」に作る。
3　葉本は「焫」を「燎」に作る。
4　何校本は「麤」を「粗」に作る。
5　葉本は「皴」を「皺」に作る。
6　明鈔本は「苛」を「發」に作る。
7　葉本は「甚」を欠く。
8　葉本は「輒」の上に「卽」を付す。
9　葉本は「片竹」を「竹片」に作る。
10　葉本は「一」を「日」に作る。

「染物屋の董」

（私の）郷里である洪源（江西省景徳鎮市浮梁県洪源鎮）の董家の息子は、家は代々染物屋であったが、彼だけは鳥を網で捕まえることが好きだった。捕まえるとその頭を割って、竹で串刺しにし、帰ると稲藁や茅を燃やして、その羽や毛をすっかり焼いてしまい、それから持っていって売るのだが、日頃殺した数は数え切れないほどであった。年老いてから不思議な病気にかかり、体中にごわごわした皮が生じ、鱗のような皺があってまるで木の皮のようだった。ひどくかゆい時には、掻きむしっても治まらず、ただ茅や藁（の火）で全身をあぶれば、しばらくしてようやく治まるのだった。続いてまた頭痛に苦しむと、薬は飲まず、ひどく痛むたびに、人に竹の切れ端で頭を何十回も打ってもらって、ようやく少し治まるのだった。人々は殺生をした報いであると思った。このようにして三年間、日に一度はこの苦しみで償い続け、その後死んだ。

〔収録〕『新編分類夷堅志』乙集・巻三・禽獸門・殺生報應類。明、王圻『稗史彙編』巻一七〇・禍福門・報惡類下「董染工」。

〔分類〕報応・禽鳥

臨川巫

臨川有巫、所事神曰木平三郎[1]、專爲人逐捕鬼魅、靈驗章著、遠近趨向之。自以與鬼爲仇敵、慮其能害己、日日戒家人云、如外人訪我、不以親疎長少、但悉以不在家先告之、然後白我。里中人方耕田、見兩客負戴行支徑中、褰裳蹻歩、若有礙其前者。耕者曰、何爲乃爾。曰、水深路滑、沮洳滿徑、急欲前進而不可。耕者笑曰、平地無水、安得有是言。兩客悟、謝曰、眼花昏妄、賴君指迷也。欣然直前、曾不留礙、徑至巫門。自稱建州某官人、頃爲祟所撓、得法師救護、今遣我齎新茶來致謝。家人喜、引之入、勞苦尉藉、始以告巫。巫問何在、曰、已入矣。大驚曰、常戒汝云何、今無及矣。使出詢其人、無所見。巫知必死、正付囑後事、忽如人擊其背、卽踣于地、涎凝喉中、頃之死。〔李德遠[2]說。〕

「臨川県の巫」

臨川県（江西省撫州市臨川区）に巫がおり、仕える神は木平三郎といって、人のために化け物を捕まえることを専門にしており、霊験あらたかであったので、遠近を問わず人が訪れた。（巫は）化け物と仇敵になっていると感じていたので、（化け物が）自分に危害を加えるかもしれないと思い、毎日家族に「もしよそから人が私を訪ねてきたら、親しさや年齢に関係なく、先に不在ですと告げ、その後私に知らせるように」と言いつけていた。村人が田を耕していると、二人の旅人が荷物を背負ってあぜ道を歩いているのを見かけたが、裾をからげてゆっくり歩き、進むのを妨げる物があるかのようだった。耕していた人が、「なぜそのように歩いているのか」と尋ねると、「水が深くて滑り、道全体がぬかるんでいるので、急いで進みたくても進めないのです」と答えた。耕していた人が「（そこは）平地で水もないのに、どうしてそんなことを言うのか」と笑うと、二人の旅人ははっと気づき、「目がくらんでいましたが、あなたのおかげで迷いが晴れました」とお礼を言った。喜んでまっすぐ進むと、もう何も妨げるものはなくなり、すぐに巫の家の門に着いた。そして自ら言うには、建州

（福建省建甌市）の某という役人が、近ごろ祟られて困っていたが、法師に助けられたので、自分を遣いに出してお礼に新茶を届けさせたとのことだった。家人は喜び、二人を（家の中に）引き入れて、十分にねぎらってから、ようやく巫に来客を告げた。巫が（客は）どこにいるか尋ねると、（家人は）「もうお入りです」と答えた。（巫は）とても驚いて、「いつもお前たちに言いつけておいたのに何ということか。もはや手遅れだ」と言い、（家人に）行ってその人に問い質させようとしたが、もう姿はなかった。巫は死を免れないことを知り、後の事を（家人に）頼んでいると、突然誰かに背中を殴られたように、いきなり地面にうつぶせに倒れ、唾が喉にふさがって、まもなく死んだ。〔李徳遠が話した。〕

（1）木平三郎は、江南で古来より多くの伝承を持つ木石の精の一種であろう。『夷堅甲志』巻一一「五郎鬼」注1参照（甲志下冊二六頁）。

（2）李徳遠は、李浩のこと。『夷堅乙志』巻九「胡氏子」注4参照（乙志上冊二四六頁）。

〔分類〕巫・鬼・魑

上猶道人

鄉人董璞(1)、宣和四年爲南安軍上猶丞。有道人從嶺外來、長六尺餘、云將自此朝南[1]嶽(2)、且言有戲術。董爲置酒召客、而使至前陳其伎。獨攜無底竹畚一枚、泥滿其中。庭下觀者數百、道人令自取泥如豆[2]納口內、人人詢之、欲得[3]作何物。或果[4]實、或殽饌、或飴蜜[5]、不以時節土地所應有[6]、皆以其[7]意言。道人仰空吸氣、呵入人口中、各隨所須而變。戒令勿嚼勿嚥、可再易他物。於是方爲肉者能[8]成果、爲果者能成肉、千變萬化、無有窮極、而一丸泥自若也。董氏子弟或不信、遣鄉僕[9]胡滿(3)出、戒之曰、汝亦說一物、正使誠然、姑應曰[10]不是、試觀其[11]何以處[12]。僕含泥呼曰、欲櫻桃(4)。道人呵[13]問之、曰、非也。再三問、皆然[14]。笑曰、汝欲[15]戲我耶[16]。吾將苦[17]汝。又呵氣入之、則[18]爲大蒜、辛臭達于外、僕猶[19]執[20]爲未然。道人遍告衆曰、此人見侮已甚、當令諸君皆聞之、指其口曰、大糞出[21]。應聲間[22]、穢氣充塞[23]、徹于[24]庭上、僕急[25]吐出、取水濯漱[26]、良久尚有餘臭。觀者大笑、益敬之[27]。道人亦[28]求去、與之錢不受、獨索酒、飲數升遂去。竟不知爲何許人、何姓氏也[29]。董外孫洪應賢〔邦直〕從在官下[30]、親睹其異[31]。

〔應賢說(5)[32]。〕

1 葉本、增補本は「南」を欠く。
2 葉本、增補本は「豆」を「彈」に作る。
3 葉本、增補本は「得」を欠く。
4 葉本は「果」を「菓」に作る。
5 葉本、增補本は「飴蜜」を「飯食」に作る。
6 葉本、增補本は「所應有」を「有無」に作る。
7 葉本、增補本は「其」を欠く。
8 葉本、增補本は「者能」を「又」に作る。以下同じ。
9 葉本、增補本は「鄉僕」を「家童」に作る。
10 葉本、增補本は「姑應曰」を「汝但云」に作る。
11 葉本、增補本は「其」を欠く。
12 葉本、增補本は「處」の下に「之」を付す。
13 葉本、增補本は「呵」を「呼氣」に作る。
14 葉本、增補本は「然」を「曰非道人」に作る。
15 葉本、增補本は「欲」を「反」に作る。
16 葉本、增補本は「耶」を「邪」に作る。
17 葉本、增補本は「苦」を「告」に作る。
18 葉本、增補本は「則」を「變」に作る。
19 葉本、增補本は「猶」を欠く。
20 葉本、增補本は「執」の下に「横」を付す。
21 葉本、增補本は「出」を欠く。
22 葉本、增補本は「閒」を「而出」に作る。
23 葉本、增補本は「氣充塞」を「臭薫」に作る。
24 葉本、增補本は「于」を欠く。
25 葉本、增補本は「急」を「亟」に作る。
26 葉本、增補本は「濯漱」を「灌嗽」に作る。
27 葉本、增補本は「益敬之」の三字を欠く。
28 葉本、增補本は「亦」を欠く。
29 葉本、增補本は「也」を欠く。
30 葉本、增補本は「下」を欠く。
31 葉本、增補本は「睹其異」を「見之」に作る。
32 葉本、增補本、舊小說本は「應賢說」の三字を欠く。

131 上猶道人

「上猶県の道士」

（私と）同郷の董璞は、宣和四年（一一二二）に南安軍上猶県（江西省贛州市上猶県）の県丞であった。ある道士が嶺外（広東省、広西チワン族自治区）からやって来たが、身長は六尺余り、これから南岳へ参るところで、また面白い技もできると言った。董は酒を用意して客を招き、目の前でその技を披露させた。（道士は）底の付いていない竹製のかごを一つ持っているだけで、その中は泥で一杯であった。庭で見物する者は数百人おり、道士は（彼らに）自分で竹かごから豆ほどの泥を取って口の中に入れさせ、一人一人に何に変えて欲しいかと尋ねた。ある者は果実、ある者はご馳走、またある者は飴や蜂蜜と、時節や土地柄からはありえないようなものを、それぞれ望みとして答えた。道士は空を仰いで息を吸い、客の口の中に息を吹き込んだところ、（泥は）それぞれが望んだものに変わった。（道士は）噛んだり飲み込んだりしないように注意して、さらに他の物に変えられると言った。そこで最初肉であったのが果実に変わり、果実であったのも肉に変わり、千変万化して、終わることがなかったが、口の中の泥の玉はもとのままであった。董家の子弟に信じない者がいて、郷里から連れてきた下男の胡満を行かせて、「お前もある物を言い、本当にそうなっても、ともかく違うと答え、試しに道士がどう対処するかを見てみろ」と言いつけた。下男は泥を口に含み「桜桃がほしい」と叫び、道士が息を吹き込んでどうなったかを尋ねると、「違う」と答えた。何度も尋ねたが、（下男は）ずっとその調子だった。（道士は）笑いながら「お前は私をからかうつもりか。私はお前を苦しめてやる」と言った。再び息を吹き込むと、（泥は）ニンニクとなり、刺激臭が口の外にも出てきたが、下男はそれでも「まだ桜桃になっていない」と言い張った。道士は客全員に「この人があまりにも私を侮辱するので、皆さんにもその臭いをかいでもらおう」と言うと、下男の口を指さして、「糞よ出でよ」と言った。その声とともに、（口の中に）臭気が充満し、庭まで広がると、下男は慌てて吐き出し、水を汲んで口をすすいだが、しばらく経ってもまだ臭いは残っていた。客は大笑いし、ますます道士を敬った。道士も立ち去ろうとしたので、銭を与えたが受け取らず、ただ酒だけを求め、数升を飲むとそのまま去った。結局どこの人で、何という名前なのかはわからなかった。董の外孫の洪應賢〔諱は邦直〕は董に従って配下の役人を務めており、自らこの不思議な有様を見た。〔（洪）應賢が話した。〕

（1）董璞については、『嘉靖南安府志』巻三二・秩官表・宋・上猶縣の条に紹興年間（一一三一―一一六二）の県丞として名が見える。
（2）南嶽は、衡山のこと。五岳の一。『夷堅甲志』巻三「寶道人」注6参照（甲志上冊九〇頁）。
（3）胡満については未詳。
（4）櫻桃は、ユスラウメ（学名 *Prunus tomentosa*）。バラ科の落葉低木で、赤く小さな実をつける。
（5）洪應賢は、洪邦直のこと。『夷堅甲志』巻一三「婺源蛇卵」注4参照（甲志下冊七八頁）。

〔収録〕『新編分類夷堅志』辛集・巻三・雜藝門・異術類、『新訂增補夷堅志』巻三八・異術類、舊小說本『夷堅志』。

〔分類〕方士・幻術

諸般染舗[1]

王錫文[1]在京師、見一人推小車、車上有甕、其外爲花門、立小牓曰諸般染舗、架上掛雜色繒十數條。人窺其甕、但貯濁汁斗許。或授以尺絹曰、欲染靑。受而投之、少頃取出、則成靑絹矣。又以尺紗欲染茜、亦投于中、及取出、成茜紗矣。他或黄、或赤、或黑、或白、以丹爲碧、以紫爲絳、從所求索、應之如響、而斗水未嘗竭。視所染色、皆明潔精好、如練肆經日所爲者、竟無人能測其何術。

1　陸本は目録で「般」を「船」に作る。

「色々染物屋」

王錫文が都（汴京）にいた時、ある人が小さい荷車を押しているのを見たが、車の上には甕があり、車の外側は模様のある門になってい て、「色々染物屋」と書いた小さい立て札を立て、棚の上には様々な色の絹が十数枚掛かっていた。人がその甕を覗くと、濁った汁が一斗ばかり貯めてあるだけだった。一尺の絹を渡して、「青色に染めて欲しい」と頼む人が来ると、受け取ってその甕に投げ入れ、しばらくして取り出してみると、青い色の絹になっていた。また一尺の薄絹をあかね色に染めて欲しいと頼むと、やはり甕の中に投げ入れ、取り出したところ、あかね色の薄絹になっていた。他にも黄色、赤色、黒色、白色に染めたり、朱色を青緑色にしたり、紫色を深紅に変えたりと、求めに応じて、響くように要求に応えたが、（甕の）一斗の水が尽きることはなかった。染めた色を見ると、皆むらがなく素晴らしい出来映えで、まるで練り絹の専門店が何日もかけて染めた物のようであったが、結局それがどういう術なのか誰も見当がつかなかった。

（1）　王錫文については未詳。

〔分類〕幻術

趙善廣(1)

趙敦本(2)〔不韋〕紹興二十九年爲臨安通判、其子善廣在侍傍、夢人持符追之曰、府主喚。廣辭不肯行、曰、吾父與府公共事、吾知子弟職(3)耳、何爲喚我。持符者捽之以行。廣問、當以何服見。曰、具公裳可也。既至公府、庭下侍衛峻整、威容凜凜可畏。主者据案怒色曰、趙善佐(4)、汝前生何以敢殺孕婦。廣拜而對曰、某名善廣、非佐也。主者顧追吏曰、此豈小事。而誤追人邪。命捽送獄、而釋廣。廣還至家、但見眼界正黑、不能得其身、自念平生誦法華經、今[1]不見何邪。忽覺所誦經在手、光焰煥然、己身乃卧床上。投以入、遂寤。家人蓋不覺也。後七年、爲饒州司戸(5)、乃卒。

1　黄校本は「今」を「令」に作る。

「趙善廣」

趙敦本〔諱は不韋〕が紹興二十九年（一一五九）に臨安府（浙江省杭州市）の通判であった時、息子の善廣が側に仕えていたが、夢の中である人が割り符を持って「府の長官がお呼びである」と呼び出しに来た。善廣は行きたくないと断り、「私の父は知府と同僚であるが、私は父の秘書をしているだけなので、どうして私を呼び出すのか」と言ったが、割り符を持った人は善廣を引き連れて行った。善廣が「どのような服で謁見すべきか」と尋ねると、「官服を着用すればよいだろう」と答えた。役所に着くと、庭には警護の兵士が厳かに整列しており、その威容は凜として恐ろしかった。長官は机についたまま怒った様子で、「趙善佐よ、お前は前世でどうして不埒にも妊婦を殺したのか」と言った。善廣は拝礼して「私の名は善廣であり、（善）佐ではありません」と答えた。長官は召し出した役人を振り返り、「この案件がどうして小事であろうか。それなのに（お前は）誤って別人を連れてきたのか」と言い、その役人を捕らえて牢獄に送るよう命じ、善廣を釈放した。善廣は戻って家に着いたが、ふと見ると視界は真っ暗で、自分の体が見つからなかったので、普段法華經を唱えているのに、今（体が）見えないのはどうしてだろうと思った。（すると）突然日頃唱えていた法華経が手の中にあるのを感じ、（それが）キラキラと光り輝いて、（見れば）自分の体は寝台に横たわっていたのだった。飛び込んで体に入ると、そのまま目が覚めた。家人は恐らく気付いていなかったであろう。（善廣は）七年後、饒州（江西省上饒市鄱陽県）の司戸となり、そこで亡くなった。

（1）趙善廣については、ここに見える以外のことは不明。

（2）趙敦本は、趙不韋、敦本は字。南宋、王庭珪「和黄元授送趙敦本赴萬安宰」詩（『盧溪文集』巻一九）に名が見える。

（3）子弟職は、秘書、見習いの意。北宋、晁說之『晁氏客語』に「溫公在洛、應用文字、皆出公手。一日謂（司馬）公休曰、此子弟職、豈可不習。公休辭不能。（范）純夫曰、請試爲之、當爲改竄。一再撰呈、已可用。公喜曰、未有如此子好學也」とある。

（4）趙善佐については、紹興三十年（一一六〇）の進士で、知泰州、知常德、知贛州などを歴任した趙善佐（一一三四―一一八五）がいるが、同一人物か否かは不明。

（5）司戶は、司戶參軍事の略称。『夷堅甲志』巻一二「僧爲人女」注5参照（甲志下冊六〇頁）。

〔分類〕夢・再生

宣城冤夢

李南金(1)客於宣州、與一倡善。紹興十八年、秦棣(2)爲郡守、合[1]樂會客。李微服窺之、以手招所善倡與語[2]、秦適望見、大怒、械送于獄、將案致其罪。同獄有重囚四人、坐劫富民財[3]拘繫。吏受民賄、欲納諸[4]大辟、鍛鍊彌月、求其所以死而未能得。南金素善訟、爲吏畫策、命取具[5]案及條令、反覆尋索、且[6]代吏作問目(3)、以次推訊、四囚不得有所言。獄[7]具、皆杖死[8]、吏果得厚賂、即爲南金作道地(4)引贖出。後二年[9]、南金歸樂平、與其叔師尹(5)往德興謁經界官(6)王㬎(7)、宿于香屯(8)客邸。夜中驚魘、叔呼之不應、撼之數十、但喉中介介作聲。叔走出、喚鄰室人、并[10]力叫呼[11]、良久乃醒、起坐謂叔曰、惡事眞不可作。曩者救急爲之、今不敢有[12]隱。始盡說前事云、適夢身在宣城、逢四人於路、挽衣見苦曰、汝無狀、用計殺我。我本不負汝命[13]、今當相償死[14]。便取大鐵盆覆我、故不能出聲。非叔見救、眞以[15]魘死矣。又十年、竟遇蛇妖以卒[16]。〔洪紘(9)說[17]。〕

1　葉本は「合」を「作」に作る。
2　葉本は「與語」を「而」に作る。
3　葉本は「財」の下に「物」を付す。
4　葉本は「諸」を「之」に作る。

5　葉本は「具」を「其」に作る。
6　葉本は「且」を欠く。
7　葉本は「獄」の下に「竟」を付す。
8　葉本は「杖死」を「死杖下」に作る。

9 葉本は「後」を欠く。
10 葉本は「幷」を「各併」に作る。
11 葉本は「叫」を欠く。
12 葉本は「有」を欠く。
13 葉本は「命」を欠く。

14 葉本は「今當相償死」を「但我命須償」に作る。
15 葉本は「以」を欠く。
16 葉本は「以卒」を「而死」に作る。
17 舊小說本は「洪紱說」の三字を欠く。

「宣城での冤罪の夢」

李南金が宣州（安徽省宣城市）に滞在していた時、ある妓女と親しくなった。紹興十八年（一一四八）、秦棣《しんてい》が知州として、楽隊を呼んで宴会を催した。李は平服でその様子を覗き、親しくしていた妓女を手招きして話しかけたところ、秦がたまたまその様子を見かけて、ひどく怒り、（李に）かせをはめて牢獄に入れ、取り調べて有罪にしようとした。同じ牢獄には重罪の囚人が四人おり、金持ちの財産を強奪した罪で入獄していた。役人は金持ちから賄賂を受け、その囚人たちを死刑にしようとして、一月も厳しく拷問し、死罪にするための証言を求めたがまだ得られていなかった。南金は普段から訴訟に詳しかったので、役人のために画策し、調書と法律の条文を持って来させて、繰り返し吟味し、役人に代わって起訴状を作って、順番に問いただすと、四人の囚人は一言も申し開きができなかった。結審して、（四人は）みな杖刑で死罪となると、役人は果たして高額の賄賂を得たので、すぐに南金のために便宜を図り、金で罪を償って出獄させた。二年後、南金は樂平県（江西省楽平市）に帰り、叔父の師尹と徳興県（江西省徳興市）に行って經界官の王昺に拝謁し、（県にある）香屯の旅館に泊まった。夜中にうなされて、叔父が呼びかけても返事がなく、何十回も揺り動かしたものの、ただ喉の中からゴロゴロと音がしただけだった。叔父は走り出て、隣の部屋の人を呼び、力を合わせて呼びかけたところ、（南金は）しばらくしてようやく目が覚め、身を起こして座ると叔父に、「悪事は絶対にしてはいけませんね。以前急難から逃れるためにやってしまいましたが、もはや隠しだてできません」と言った。初めて以前の事をすべて打ち明けて、「さきほど夢の中で宣城（宣州）におり、四人に道で逢うと、衣服を引っぱって責めながら、『お前の罪は重い、計略を用いて私たちを殺したのだ。私たちは元々お前の命には関わらなかったのだが、今は死で償ってもらわなければならぬ』と言いました。そして大きい鉄の皿を取って私にかぶせたので、声が出せなかったのです。叔父さんが私を助けてくれなかったら、本当にうなされて死んでいたでしょう」と言った。それから十年後、結局蛇の妖怪に出会って死んでしまった。〔洪紱《こうふつ》が話した。〕

（1）李南金、字は晉卿については、『夷堅乙志』巻五「李南金」注1参照（乙志上冊一五四頁）。この話の中で李南金は蛇の妖怪に出合い、亡くなっている。

(2) 秦棣（?—一一四八）は、江寧府（江蘇省南京市）の人。秦檜の弟。『建炎以來繫年要錄』巻一五九・紹興十八年（一一四八）十二月庚申の条に「敷文閣直學士知宣州秦棣卒」とある。『夷堅乙志』巻一六「何村公案」（一七二頁）にも名が見える。

(3) 問目は、起訴状のこと。北宋、朋九萬『東坡烏臺詩案』に「今年（元豐二年）七月二十八日、中使皇甫遵、到湖州勾攝軾前來。至八月十八日、赴御史臺出頭、當日准問目、方知奉聖旨根勘」とある。

(4) 道地は、便宜、方便の意。『漢書』巻九〇・田延年伝に「丞相議奏、延年主守盜三千萬、不道。霍將軍召問延年、欲爲道地」とあり、顏師古の注は「爲之開通道路、使有安全之地也」と説明する。

(5) 李師尹については未詳。

(6) 經界官は、土地所有者の区画を司る役人。經界については『夷堅甲志』巻一一「大庾震吏」注4参照（甲志下冊二二頁）。

(7) 王昺は、字は偉文。婺源県（江西省上饒市婺源県）の人。宣和六年（一一二四）の進士。明州通判、知吉州などを務めた。『弘治徽州府志』巻六・選擧・科第・宋・宣和六年の条に名が見える。

(8) 香屯は、渡し場の名。『雍正江西通志』巻八〇・建置略・津梁二・饒州府・德興縣の条に「香屯渡、在縣北四都」とある。

(9) 洪紱については、『夷堅乙志』巻一四「全師穢跡」注8参照（一一八頁）。

〔收録〕『新編分類夷堅志』丙集巻三・幽明二獄門・枉獄類、舊小說本『夷堅志』。

〔分類〕報応（冤報）・夢

馬妾冤

蜀婦人[1]常氏者[2]、先嫁潭州益陽楚椿卿(1)、與嬖妾馬氏以[3]妬寵相嫉、乘楚生出、箠[4]殺之。楚生仕至縣令死、常氏更嫁鄱陽程選(2)。乾道二年二月、就蓐三日、而子不下。白晝見馬妾[5]持杖鞭其腹。程呼天慶観(3)道士徐仲時(5)呪治、且飮以法[6]水、遂生一女、卽不育。而妾[7]怪愈甚、常氏日夜呼謈[8](5)、告其夫[9]曰、鬼以其死時杖杖我、我不勝[10]痛、語之曰、我本不殺汝。乃某婢用杖過當、誤盡汝命耳。鬼曰、皆出主母意、尚何言。程又呼道士、道士敕[11]神將[12]追捕之、鬼謂神將[13]、吾負至[14]冤以死。法師雖尊、奈我理直何。旁人皆見常氏在牀[15]、與人辨析[16]良苦。道士念[17]終不可致法、乃開以善言、許[18]多[19]誦經呪爲[20]冥助[21](6)。鬼頷首、即捨去。越五日、復出曰、經呪之力但能資我受生、而殺人償命、固[22]不可免。常氏曰、如是吾必死、雖悔之[23]、無可奈何[24]。然此妾亡時、有[25]釵珥衣服、其[26]直百千。今當悉酬之、免爲他生之禍。呼問之曰、汝欲銅錢耶[27]、紙錢邪。笑曰、我鬼非人[28]。安用銅錢。乃買寓[29](7)鏹百束、祝[30]焚之。煙絶而常氏殂[31]。時三月六日也。

1 葉本は「人」を欠く。
2 葉本は「者」を欠く。
3 葉本は「以」を欠く。
4 葉本は「箠」の下に「馬」を付す。
5 葉本は「妾」を「氏」に作る。
6 葉本は「法」を「符」に作る。
7 明鈔本は「妾」を「妄」に作る。
8 葉本は「[illegible]」を「叫」に作る。
9 陸本は「夫」を「天」に作る。
10 葉本は「勝」の下に「其」を付す。
11 葉本は「敕」を「勑」に作る。
12 葉本は「之」を欠く。
13 葉本は「將」を「曰」に作る。
14 葉本は「至」を欠く。
15 葉本は「牀」を「床」に作る。
16 明鈔本は「析」を「折」に作る。
17 葉本は「念」を「度」に作る。
18 葉本は「許」を欠く。
19 葉本は「多」の下に「爲」を付す。
20 葉本は「爲」を「資」に作る。
21 葉本は「助」を「福」に作る。
22 葉本は「固」を欠く。
23 葉本は「之」を欠く。
24 葉本は「可奈何」を「及」に作る。
25 葉本は「有」を欠く。
26 葉本は「其」を欠く。
27 葉本は「耶」を「邪抑」に作る。
28 葉本は「非人」を「耳」に作る。
29 葉本は「寓」を「楮」に作る。
30 葉本は「祝」の下に「而」を付す。
31 葉本は「殂」を「死」に作る。

「妾の馬氏の冤罪」

蜀（成都府。四川省成都市）の婦人の常氏は、以前に潭州益陽県（湖南省益陽市）の楚椿卿に嫁いだが、愛妾の馬氏と（夫の）寵愛をめぐって妬み合い、楚さんの外出に乗じて、馬氏を鞭で打ち殺した。楚さんが仕官し知県になって死ぬと、常氏は鄱陽県（江西省上饒市鄱陽県）の程選と再婚した。乾道二年（一一六六）二月、出産の床について三日を過ぎても、子どもは生まれなかった。白昼に妾の馬氏が杖を持って現れ、常氏の腹を叩くのを見た。程は天慶観の道士の徐仲時を呼んで法術で退治させ、そして符水を飲ませたところ、女の子を産んだが、すぐに死んでしまった。しかし妾の怪異はますますひどくなり、常氏は昼夜無実を叫び、夫に「幽霊は自分が死んだ時の杖で私を叩くので、私は痛くてたまらず、幽霊に『私は元々あなたを殺していない、あの下女が杖で叩き過ぎてしまい、誤ってあなたの命を奪ったのです』と話すと、幽霊は『すべて奥様の意思から出たことなのに、今更何を仰るのですか』と言うのです」と告げた。程はまた道士を呼び、道士は神将に命じて幽霊を捕まえさせると、幽霊は神将に「私はこの上ない冤罪を着せられて死んでしまったのです。道士様は尊いお方でいらっしゃいますが、私の理が正しいのをどうすることもできません」と言った。側にいた人はみな常氏が寝床で、誰かに必死に弁解している様子を見た。道士は結局法を行うことができないと思い、そこで仏の言葉で教え諭し、「たくさんお経を読んであなたに御仏の加護を与えよう」と言うと、幽霊は頷いて、すぐに出ていった。五日後、再び現れて「お経の力は私が転生する助けとなりますが、人を殺せば命で償うのは、当然免れない（道理）です」と言った。常氏は「それなら私は必ず死ぬでしょうから、後悔しても、どうすることもできません。そうではありますがこの妾が死んだ時、釵、耳飾り、衣服が残っていて、十万銭分の値打ちがありました。今それをすべて返せば、来世の禍となることは免れられるはずです」と言った。（そして）幽霊に呼びかけて、「お前は銅銭が欲しいか、それとも紙銭が欲しいか」と尋ねると、（幽霊は）笑いながら「私は幽霊で人ではありません。どうして銅銭など使いましょうか」と答えた。そこで紙銭百束を買い、冥福を祈りながら焼いた。煙が消えると常氏は死んだ。時に三月六日のことである。

（1）楚椿卿については未詳。
（2）程選については未詳。
（3）天慶観は、眞宗の時に各地に置かれた国立の道観。『夷堅甲志』巻一〇「南山寺」注10参照（甲志上冊二九〇頁）。
（4）徐仲時については未詳。
（5）呼謈《こぼく》は、痛みで叫ぶこと。『夷堅甲志』巻四「陳五鰍報」注３（甲志上冊一一九頁）。ここでは無実の罪を悲しんで発する声。『漢書』巻六五・東方朔伝に「上令倡監榜舎人、舎人不勝痛、呼謈」とあり、顔師古の注は「一曰、（中略）謈、自冤痛之聲也」と説明する。
（6）冥助は、神仏の加護の意。唐、慧立『大慈恩寺三藏法師傳』（『大正藏』第五〇冊）巻八に「庶延景福、式資冥助」とある。
（7）寓鏹は、紙銭のこと。寓銭に同じ。『新唐書』巻一〇九・王璵伝に「漢以來葬喪皆有瘞錢、後世里俗稍以紙寓錢爲鬼事」とある。

〔収録〕『新編分類夷堅志』丙集・巻二・冤對報應門・今生冤報類。

〔分類〕道術・報応（冤報）・婦人（妬婦）・鬼

水[1]闘[2]

樂平縣何衙里[(1)]、皆程氏所居、其北有田一隝[3]數十百頃。紹興十四年夏五月、積雨方霽、日正中無雲、田水如爲物所捲、悉聚爲一、直西行至杉木墩[4]而止。其高三四丈、初無堤防、了不汎[5]決。里南程伯[6][(2)]高家、相去可三[7]百歩、井水忽溢起、亦高數丈。夭矯如長虹、震響如霹靂、北行穿程聰[(3)]家牆、又毀棲西北角而過。村民遙望有物、兩角似羊、踊躍其中、與青衣童數人徑赴墩側。田水趨迎之[8]相扞闘、且前且却、凡[9]十刻乃解。北水各散歸田、與未闘時不少減、南水亦循舊路入井中。是日、滿村洶洶、疑有水災、既而無他[10]事。伯高者[11]、本以富雄其里、自是浸衰、未幾遂死。今田疇皆[12]爲他人有、而聰亦與弟訟分財、數年始定。然則非吉祥也。

1　增補本は目録で「水」を「氷」に作る。
2　江本は「闘」を「門」に作る。別蔵本、黄校本、陸本、張校本、何校本は目録で題を「何衙水闘」に作る。
3　黄校本は「隝」を欠く。
4　葉本、增補本、補遺は「墩」を「隝」に作る。以下同じ。
5　增補本は「汎」を「泛」に作る。
6　葉本、增補本は「伯」を「泊」に作る。
7　江本は「三」を「一二」に作る。
8　葉本、增補本、補遺は「之」を欠く。
9　江本は「凡」を「忽」に作る。
10　葉本、增補本、補遺は「他」を「它」に作る。
11　增補本は以降の記述を欠く。
12　江本は「皆」を「悉」に作る。

「水の戦い」

樂平県（江西省楽平市）の何衙里には、程家ばかりが住んでおり、その北に田があって全部で数千頃（約五七〇〇ヘクタール）の広さがあった。紹興十四年（一一四四）夏五月、長雨が上ったばかりの、雲も無い真昼時に、田の水が何かに巻き上げられたようにすべて一箇所に集まり、まっすぐ西に進み杉の木のある丘まで着くと止まった。水の高さは三、四丈で、そもそも（水を）防ぐものはないのに、氾濫することはなかった。（何衝）里の南にある程伯高の家は、そこから三百歩（約四六〇メートル）ほど離れたところにあったが、井戸の水が突然あふれ出てきて、やはり数丈の高さとなった。長い虹のようにくねくねと伸び、雷のように（水の音を）響かせて、北に進んで程聰の家の垣根に穴を開けると、さらに屋敷の西北の角を壊して過ぎて行った。村人が遠くから見ると、羊に似た二つの角を持つ生き物が、水の中で踊っていたので、召使いの子供ら数人とまっすぐに（杉のある）丘の側まで行った。田の水は井戸の水を迎え撃ち、一進一退しながら、およそ十刻（約一五〇分）ほどしてようやく（戦いが）終わった。北の水はそれぞれ分かれて田に帰り、戦う前と比べて少しも減っておらず、南の水も元の道をたどって井戸の中へ入った。この日、村中に（戦う）水の音が鳴り響き、水災が起こるのではないかと思われたが、結局何事も起こらなかった。伯高は、元々はその村で一番の金持ちであったが、これ以降は次第に落ちぶれ、ほどなくして死んでしまった。今その田畑はみな他人の所有となり、一方聰も弟との財産分けで訴訟になり、数年してようやく決着した。そうであれば（水の戦いは）吉祥ではなかったのである。

（1）何衝里は、樂平県にあった村。『雍正江西通志』巻一〇七・祥異に、紹興十四年正月の記事としてこの話を載せ、『正德饒州府志』巻四・災異にも「（紹興）十四年五月、樂平水異」とある。また何衝里の程氏に関わる話には、他に『夷堅支戊』巻一〇「余程守婚約」、『夷堅三志辛』巻七「葉道行法」、「萬道士」などがある。

（2）程伯高については未詳。

（3）程聰については未詳。

〔収録〕『新編分類夷堅志』壬集・巻一・奇異門・異事類、『新訂増補夷堅志』巻四一・異事類、『夷堅志補遺』壬集・巻一・奇異門・異事類、江本『夷堅志』。

〔分類〕水

京師酒肆

廉布宣仲(1)、孫惔肖之(2)在太學、遇元夕(3)、與同舍生三人告假出游。窮觀極覽、眼飽足倦、然心中拳拳(4)未嘗不在婦人也。夜四鼓、街上行人寥落、獨見一騎來、騶導數輩、近而覘之、美好女子也。遂隨以行、欲跡其所向。俄至曲巷酒肆、下馬入、買酒獨酌、時時與導者笑語。三子者亦入、相對据[1]案索酒、情不能自制、遙呼婦人曰、欲相伴坐、如何。卽應曰、可。皆欣然趨就之、且推肖之與接膝、意爲名倡也。婦人以巾蒙首、不盡睹其貌、客戲發之、乃一大面惡鬼。殊可驚怖、合聲大呼曰、有鬼。酒家奴出視、則寂無一物、嗤其妄。具以所遇告、奴曰、但見三秀才入肆、安得有此。三子戰栗通昔[2](5)、至曉乃敢歸。

1　何校本は「据」を「據」に作る。　2　舊小説本は「昔」を「夕」に作る。

「都の居酒屋」

廉布（字は）宣仲と孫惔（字は）肖之が太學に在籍していた時、元宵節になったので、同窓の者と三人で休暇を取って遊びに出かけた。くまなく見物してまわり、見飽きて足も疲れたが、心の中ではひたすら女性のことばかり考えていた。夜の四鼓（午前二時頃）になり、街を歩く人がまばらになったころ、一頭の馬に乗ってやって来る人がぽつんと見え、先導の従者も数人いたが、近づいて窺い見たところ、美しい女性だった。そこで後について行き、女性の行く先を知ろうとした。まもなく狭い路地の居酒屋に着くと、馬を下りて入り、酒を買って一人で飲み、時折先導の従者たちと談笑していた。三人も入り、女性の向かい側のテーブルについて酒を求めたが、気持ちが抑えられなくなり、遠くから女性に呼びかけて「ご一緒したいのですが、いかがですか」と尋ねた。（女性は）すぐに「いいですよ」と答えたので、みな喜んですぐにそのテーブルに行き、そして肖之に勧めて女性の側に坐らせたが、（その時は）名のある妓女だろうと思っていた。女性は布で顔を覆っていて、その容貌をすべて見ることができないので、戯れて布を取ったところ、なんと大きな顔の悪鬼であった。ひどく驚き恐れ、声をそろえて大声で「化け物が出た」と叫んだ。居酒屋の給仕が出て見ると、まったく何もないので、三人が嘘をついたと嘲笑った。（三人が）見たことを詳しく話すと、給仕は「お三人が店に入ってくるのを見ただけです、そんなことはありえません」と答えた。三人は一晩中震え続け、明け方になってやっと帰ることができた。

（1）　廉布（一〇九二―？）、字は宣仲は、山陽県（江蘇省淮安市）の人。官は左從事郎に至る。『建炎以來繫年要錄』巻二〇・建炎三年（一一二九）二月戊午の条に「太學博士廉布者、山陽人」とある。
（2）　孫惔、字は肖之については、南宋、王銍「送孫肖之還縉雲」詩（『雪溪集』巻三）に名が見えるが、同一人物か否かは不明。
（3）　元夕は、上元節（旧暦の正月十五日）の夜を指していう。元宵節に同じ。普段は夜間の外出を禁じられていたが（夜禁）、上元節の前後（十四―十八日）の夜は特別に夜遊が許され、観灯や出し物を見物する士女が街に繰り出し、深夜まで賑わった。『東京夢華錄』巻六・元宵の条に「正月十五日元宵、大内前自歳前冬至後、開封府絞縛山棚、立木正對宣德樓、遊人已集御街」とある。
（4）　拳拳は、ある対象を思い続けるさま。白居易「訪陶公舊宅」詩（『白氏長慶集』巻七）の第一九、二〇句に「毎讀五柳傳、自想心拳拳」とある。
（5）　通昔は、一晩中の意。『莊子』天運に「蛟虻噆膚、則通昔不寐矣」とある。

〔收録〕舊小說本『夷堅志』。

〔分類〕婦人・鬼

桂眞官

會稽人桂百祥[1]、能役使六甲六丁[2]、以持正法[3]著名、稱爲眞官。先是、吳松江[4]長橋[5]下、每潮來、多損舟船、相傳云龍性惡所致。縣人共雇一傔[6]、齎訴牒請於桂、桂曰、若用我法、當具章上奏、則此龍必死。事體至大、吾所不忍、姑爲其易者。乃判狀授傔、戒曰、汝歸、持往尋常覆舟處、語之曰、桂眞官問江龍。何爲輒害人。宜速改過自新。脫或再犯、當飛章上天、捕治行法矣。此人持歸報父老、別募一漁者、使伺潮將至、從第四橋出白之。漁者迎投判牘、具告桂語。瞬息閒、潮頭正及其處、卽滔滔而返、自是不復爲害。〔二事趙公懋元功說[7]。〕

「桂真官」

會稽県（浙江省紹興市）の人である桂百祥は、六甲神と六丁神を役使することができ、（天心）正法を加持することで名を知られ、真官と呼ばれていた。以前、呉県（江蘇省蘇州市）の松江の長橋の下で、潮が上るたびに、よく船が壊れたが、龍の気性が悪いため起こるのだと言い伝えられていた。県の住民たちは共同で一人の使者を雇い、訴状を持って桂のところへ頼みに行かせると、桂は「もし私の法を使うなら、文章を作って天に上奏しなければならず、そうすればその龍は必ず死ぬ。（だが）そうすると事が大きくなり、私には忍びないので、とりあえず簡単な法を行うことにしよう」と言った。そこで判決文を使者に渡し、「お前は帰り、（その判決文を）持っていつも船が転覆するところへ行き、『桂真官が川の龍に問う。どうしていつも人に害をなすのか。速やかに自ら過ちを改めよ。もしまた罪を犯したならば、早急に文章を用意して天に上奏し、捕えて法を行うぞ』と告げよ」と言いつけた。その使者は（判決文を）持ち帰って長老に報告し、別にある漁師を雇って、潮が上るのを待って、四番目の橋から出て龍に告げさせた。漁師は（潮を）待って判決文を投げ入れ、そして桂の言葉をすべて告げた。あっという間に、潮の先頭が（漁師のいる）側まで来たが、すぐに勢いよく戻って行き、以後二度と害をなすことはなかった。〔二話は趙公懋（字は）元功が話した。〕

（1）桂百祥については未詳。
（2）六甲六丁は、道教の神である六甲神と六丁神のこと。『夷堅乙志』巻六「趙七使」注5参照（乙志上冊一八二頁）。
（3）正法は、天心正法のこと。道教の呪術の一つ。『夷堅甲志』巻一三「楊大同」注4参照（甲志下冊七六頁）。
（4）松江は、太湖から海へ流れ出る川。『夷堅甲志』巻一一「松江鯉」注1参照（甲志下冊三四頁）。
（5）長橋については、『呉郡志』巻四六・異聞に「元豐四年七月蘇州大水（中略）松江長橋亦推去其半」とある。
（6）傔は、使者のこと。『舊唐書』巻一七〇・裴度伝に「先是監軍使劉承偕恃寵凌節度使劉悟、三軍憤發大譟、擒承偕、欲殺之。已殺其二傔、悟救之獲免、而囚承偕」とある。
（7）趙公懋、字は元功は、紹興十八年（一一四八）の進士。左朝請大夫、知臨江軍を務めた。

〔分類〕道術（天心正法）・方士・龍

大孤山龍(1)

陳晦叔(2)〔輝〕爲江西漕、出按[1]部(3)。舟行過吳城廟(4)下、登岸謁禮不敬。至晩有風濤之變、雙桅皆折、百計救護、僅能達[2]岸。明日、發南康、船人白[3]、當以猪賽廟。晦叔曰、觀昨日如此、敢愛一豕乎。使如其請以祀、而心殊不平。船纔離岸、則風引之回、開闔四五、自旦至日中乃能行。又明日、抵大孤山、船人復有請、晦叔怒曰、連日食吾猪、龍亦合飽。鼓棹北行不顧。纔數里、天地斗暗、雷電風雨總至、對面不辨色。白波連空、巨龍出水上、高與檣齊、其大塞江、口吐猛火、赫然照人。百靈祕怪、奇形異狀、環繞前後、不可勝數。舟中人知命在頃刻、各以衣帶相纏結、冀溺死後屍易尋覓。殿前司揀兵將官(5)牛信(6)從吏在別舫、最懼、俯伏板上、見一人、白髮不巾、當頂櫛小髻、謂曰、無恐、不干汝事。晦叔具衣冠、拜伏請罪、多以佛經許之、龍稍稍相遠、遂沒不見、瞑色[4]亦開。篙工怖定、再理楫[5]、覺其處非是。蓋逆流而上、在大孤之南四十里矣、初未嘗覺也。〔南昌宰馮羲叔(7)說。〕

1　黃校本は「按」を「案」に作る。
2　黃校本は「達」を「逵」に作る。
3　何校本は「白」を「曰」に作る。
4　黃校本は「色」を欠く。
5　黃校本は「楫」を「揖」に作る。

「大孤山の龍」

陳晦叔〔諱は輝〕は江南西路（治所は隆興府。江西省南昌市）の轉運使であった時、所轄地域の巡視に出かけた。船が吳城廟にさしかかった時、岸に上がり拝謁したが無礼な振る舞いがあった。夜になると風と波に異変が起こって、帆柱は二本とも折れ、沈まないよう手を尽くして、かろうじて岸に着くことができた。翌日、南康軍（江西省九江市星子県）を出発する時、船頭が「豚を廟にお供えするべきです」と言った。晦叔は「昨日あんな目にあったことを考えれば、豚の一頭を惜しむつもりはない」と言い、船頭の頼みどおり廟に祀らせたが、心中は非常に不満であった。船が岸から離れたとたん、風が船を吹き戻し、（帆を）何度も開閉させて、明け方から昼に及んでようやく進むことができた。その翌日、大孤山に着いて、船頭がまた（お供えを）頼むと、晦叔は怒って「連日私の豚を食べているから、龍も満腹のはずだ」と言った。船を出して北に向かい（お供えのことは）放っておいた。わずか数里進んだところで、天地が突然暗くなり、雷電や風雨が一度にやってきて、向き合っていても相手の表情がわからなかった。白波が天まで届くと、大きな龍が水面に現れたが、高さは帆柱と同じくらいで、大きさは川幅いっぱいにあり、口から猛火を吐き、赤々と人を照らした。あまたの神霊や見たこともない物の怪が、異形の姿を現して船の周りを取り巻いており、数えきれないほどであった。船に乗っていた人々は命運がまもなく尽きると悟り、それぞれ衣の帯で互いの体を結び、溺れ死んだ後に死体が見付けやすくなることを願った。殿前司揀兵將官である牛信の配下の役人は別の船に乗っていたが、最も怖がり、甲板の上にうつぶせていると、白髪で何もかぶらず、頭の上に櫛で小さいまげを結った人が現れ、「怖がるな、お前には関係がない」と言った。晦叔は衣冠を身につけ、ひれ伏して罪を認めると、ひたすらお経を唱えることで（彼を）許し、龍は次第に遠ざかって、やがて水に入って姿を消し、周囲も明るくなった。船頭は落ち着きを取り戻し、再び楫を取ったが、船の場所が（もとの場所と）違っていることに気がついた。思うに（船は）川を遡って進み、大孤山の南四十里のところにあったのだが、（船が動いていたことに）まったく気がつかなかったのである。〔南昌県（江西省南昌市）の知県である馮義叔が話した。〕

（1）大孤山は、現在の鄱陽湖にあった島。『夷堅乙志』巻四「大孤龍」注1参照（乙志上冊一二〇頁）。

（2）陳晦叔は、陳輝、晦叔は字。福州（福建省福州市）の人。『咸淳臨安志』巻四七・秩官五・隆興元年（一一六三）に、兩浙路轉運副使から知臨安となったと記されるが、江西轉運使となったことは明らかでない。

（3）按部は、所轄地域を巡視すること。『隋書』巻七四・燕榮伝に「嘗按部、道次見叢荊、堪爲笞棰、命取之、輒以試之」とある。

（4）呉城廟は、臨江軍清江県（江西省樟樹市）にあった廟が知られる。南宋、張孝祥「題呉城廟」詩（『于湖集』巻七）に「乞得東歸一信風、敬特牲酒扣靈宮。千尋石甃蒼藤合、百歳神倉赤售空」とあり、四句目に「廟有神倉、毎遇覆舟則赤氣起」と注記する。舟行の安全を祈る廟だったのであろう。この話に言う呉城廟も、同様の目的で南康軍に置かれていたと見られる。

（5）殿前司揀兵將官については、殿前司は、宋代の皇帝直属の軍隊である禁軍を構成する三司（殿前司、侍衞馬軍司、侍衞歩軍司）の一つ。皇帝の親衛隊や歩軍や騎軍の司令官への命令や名簿などを司る。『宋史』巻一六六・職官志六・殿前司に「都指揮使、副都指揮使、都虞候各一人。掌殿前諸班直及歩騎諸指揮之名籍、凡統制、訓練、番衞、戍守、遷補、賞罰、皆總其政令」とある。揀兵將官は、兵士の選抜を担当する官。

（6）牛信については未詳。

（7）馮義叔については、『萬暦新修南昌府志』巻一三・縣職官沿革・南昌縣・宋・縣令・紹興三十年（一一六〇）に「馮義叔、右承議郎」とある。

〔分類〕龍

皇甫自牧(1)

皇甫自牧罷融州通判赴調、由長沙泛江。六月劇暑、自牧在舟中與同行者皆袒裼不冠屨、以象戲遣日。忽博局傾側、以爲適然、對弈[1]不輟。舟師之妻大呼曰、急焚香、龍入船矣。驚顧、見一物繳繞、超出水面、正當馬門(2)壓焉。舟低七八尺、腥涎流液滿中、鱗大如盆、其光可鑑。自牧惶遽穿靴着衣、百拜禱請。舟且平沈、龍忽躍入水、其響如崩屋聲。激巨浪數四而波平、舟已遠矣。自牧至梧州守而卒。〔王嘉[2](3)叟説。其姻家也。〕

1　張校本、何校本は「弈」を「奕」に作る。

2　陸本は「嘉」を「更」に作る。

「皇甫自牧」

皇甫自牧は融州（広西チワン族自治区融水ミャオ族自治県）の通判を辞めて（新たな官職をもらうため）都（臨安）に向かい、長沙県（湖南省長沙市）から長江を船で進んでいた。六月で非常に暑く、自牧は船の中で同行の者たちと皆で肌脱ぎになり冠も履き物も身につけず、将棋を指して暇潰しをしていた。突然将棋盤が傾いたが、たまたまそうなったのだと思って、対局をやめなかった。すると船頭の妻が「急いで香を焚いて下さい、龍が船に入ってきたわ」と大声で叫んだ。驚いて振り返ると、何かが船の周りを取り囲み、水面から出て、（その頭が）ちょうど船室の扉を押さえつけていた。船は七、八尺ほど沈み、生臭いよだれが船中の至るところに流れ、鱗は皿のような大きさで、輝いて姿が映るほどだった。自牧は驚き慌てて靴を履き服を着て、何度も拝んで祈りを捧げた。船はほとんど沈みかけていたが、龍は突然躍り上がって川に入り、その音はまるで家が崩れるかのようであった。大波が数回押し寄せて（ようやく）静かになった時には、船はもう（龍から）遠ざかっていた。自牧は梧州（広西チワン族自治区梧州市）の知州に至って死んだ。〔王嘉叟が話した。（彼は）自牧の姻戚である。」

（1）皇甫自牧については、ここに見える以外のことは未詳。
（2）馬門は、船室の扉。『夷堅乙志』巻一一「白獼猴」注4参照（二一九頁）。
（3）王嘉叟は、王秬のこと。『夷堅甲志』巻一四「建德妖鬼」注5参照（甲志下冊一二八頁）。

〔分類〕龍

程師回(1)

燕人程師回、旣歸國、爲江西大將(2)。紹興十二年、朝廷遣還北方。舟行過大孤山(3)下、舟人白、凡舟過此者、不得作樂及煎油。或犯之、菩薩必怒。師回曰、菩薩爲誰。不肯言、逼之再三、乃以龍告。師回嘻笑曰、是何敢然。龍居水中、吾不能制其所爲、吾在舟中、龍安能制我。命其徒擊鼓吹笛奏蕃樂、燒油煠魚、香達于外。自取胡牀(4)坐船背、陳弓矢劍戟其旁。舟人皆相顧拊膺長歎曰、吾曹爲此胡[1]所累、命盡今日矣。奈何。時天氣清明、風忽暴起、曀霧四合。震霆一聲、有物在煙波閒、兩目如金盤。相去僅數十步、睨船欲進、威容甚猛。師回曰、所謂菩薩者、乃爾邪。引弓射之、正中一目。其物却退、睢盱(5)入水中。未幾、風浪亦息、安流而去。人皆服其勇。江行人相傳以烹油爲戒云、蛟螭之屬、聞油香則出、多騰入舟、舟必覆。或至於穿決堤岸乃去。師回所射、蓋是物也。

1　別藏本は「胡」を「人」に作る。

「程師回」

燕（今の北京を中心とする地域）の人である程師回は、南宋に帰順して、江南西路の大將となった。紹興十二年（一一四二）、朝廷は（程を）北方（金）に帰らせた。船が大孤山の下を通りかかった時、船頭が「船でここを通る者は皆、音楽を奏でたり油で料理したりできません。もしそれを犯せば、菩薩様がきっとお怒りになることでしょう」と言った。師回が「菩薩とは誰だ」と尋ねると、（船頭は）言おうとしなかったが、何度も強く尋ねたので、ようやく龍のことだと答えた。師回はせせら笑って「そんなことがあるものか。龍が水の中にいれば、私は龍に手出しできないし、私が船の中にいれば、龍もどうして私に手出しできよう」と言った。そして部下に命じて鼓を打ち笛を吹いて異民族の音楽を奏で、魚を油で揚げさせたので、その匂いが（船の）外にまで漂った。（師回は）自ら腰掛け椅子を取って船尾に座り、弓矢や剣戟を自分の側に並べた。船頭たちはみな顔を見合わせて胸を叩き、「私たちはこのえびすのせいで巻き添えにされ、命運は今日で尽きる。ああどうしよう」と嘆いた。その時空は晴れていたが、突然風がひどく吹きつけ、辺りは暗い霧に覆われた。一度雷鳴がして、何かがもやの立ちこめた水面に現れたが、両目は金色の皿のようであった。わずかに数十歩ほどしか離れておらず、船を睨みつけて進もうとし、その威勢はとても猛々しかった。師回は「菩薩というのは、なんとお前のことだったのか」と言い、弓を引いてそれを射ると、ちょうど片方の目に当たった。その化け物は後ずさりして、目を見張り仰ぎ見たまま水の中に入った。ほどなくして、風や波もおさまり、流れが穏やかになってから（船はその場を）離れた。人々はみな師回の勇気に敬服した。長江を渡る人の言い伝えでは、油で料理することはタブーとされ、「みずちの仲間は、油の匂いを嗅ぐと現れ、大抵躍り上がって船に入るので、船は必ず転覆する。そうでなければ堤防を壊してようやく去るのだ」ということであった。師回が射たのは、恐らくこの化け物であろう。

（1）　程師回は、金の武将。紹興五年（一一三五）に一時南宋に投降した後、再び金に帰った。『建炎以來繫年要錄』巻一五三・紹興十五年（一一四五）三月辛酉の記事にも夷堅志のこの話を載せるが、日時に異同がある。『夷堅乙志』巻七「汀州山魈」注11参照（乙志上冊二〇〇頁）。

（2）　大將は、軍の司令官（宣撫使、馬歩軍都總管など）に与えられた敬称。前掲『建炎以來繫年要錄』の記事に「武信軍承宣使添差江南西路兵馬鈐轄兼安撫司統制程師回陸本路馬歩軍副都總管」とある。『夷堅甲志』巻一五「辛中丞」注5参照（甲志下冊一四八頁）。

（3）　大孤山については、『夷堅乙志』巻四「大孤龍」注1参照（乙志上冊一二〇頁）。

（4）　胡牀は、胡床に同じ。折り畳むことができる腰掛け椅子。『夷堅甲志』巻五「閭丞廳柱」注2参照（甲志上冊一四三頁）。

（5）　睢盱は、目を見張り仰ぎ見るさま。『夷堅乙志』巻一一「白獼猴」注6参照（二九頁）。

〔分類〕龍

徐偲病忘(1)

婺州永康[1]人徐偲、字彦思、素以能文爲州里推重。鄉人欲爲父祖立銘碣、必往求之。平生無時頃[2]輟讀書、後仕至建州通判歸。暮年忽病忘、世間百物皆不能辨。與賓客故舊對面不相識、甚至於妻孥在前、亦如路人。方食肉不知其爲肉、飲酒不知其爲酒。飢渇寒暑晝夜之變、一切盡然。手亦不能作一字、閲三年乃卒。蓋苦學精思、喪其良心云。〔喩良能(2)說。[3]〕

1　黄校本は「永」を「水」に作る。
2　黄校本は「頃」を欠く。
3　舊小說本は「喩良能說」の四字を欠く。

「徐偲が健忘症を患う」

婺州永康県（浙江省永康市）の人である徐偲は、字は彦思で、元々文章が上手だったので郷里で尊重されていた。郷里の人々は祖父や父のために銘を記した石碑を立てる時には、必ず彼のところに行ってその文章を頼んだ。日頃は片時も書物を読むのをやめることがなく、その後任官して建州（福建省建甌市）の通判に至って（故郷に）帰った。晩年に突然健忘症を患い、世間のすべてのことがまったく判断できなくなった。客人や旧友と顔を合わせても誰かわからず、ひどくなると妻や子どもが前にいても、通行人と同じであった。肉を食べても肉であるとはわからず、酒を飲んでも酒であるとわからなかった。飢えと渇き、寒さと暑さ、昼と夜の変化など、一切が同様であった。手も一文字も書けなくなり、三年経ってから死んだ。思うに学問に励み精神を集中するあまり、正気を失ってしまったのだろうという。〔喩良能が話した。〕

（1）　徐偲、字は彦思については、ここに見える以外のことは不明。
（2）　喩良能については、『夷堅乙志』巻一〇「義烏古甕」注2参照（乙志上冊二八〇頁）。

〔収録〕舊小說本『夷堅志』。

〔分類〕医（異疾）

乙志巻一六

劉姑女

方城縣境有花山(1)、近麥坡市(2)、市人率錢(3)築道堂以處道女。村民劉姑者、棄家入道、處堂中。其[1]女既嫁矣、一夕、夢見之、泣曰、我昨與夫壻忿爭、相毆擊、誤仆戶限上、蹙(4)損兩乳、已死矣。姑驚怛而寤、卽下山詣女家詢之、果以昨日死、扣其曲折良是。欲執壻送縣、里人勸止之曰、姑名爲出家、而以一女自累不可也。乃止。里胥(5)亦幸無事、祕不言、女冤竟不獲伸。

1　黃校本は「其」を「有」に校勘する。

「劉おばさんの娘」

方城県（河南省南陽市方城県）の県境に花山があり、麥坡村に近く、村人たちは金を集め道観を築いて、女道士を住まわせた。村人の劉おばさんという者が、出家して女道士となり、道観の中に住んでいた。劉の娘はすでに嫁いでいたが、ある晩、夢に娘が現れて、泣きながら「私は昨日夫と喧嘩をし、夫に殴られて、誤って戸の敷居の上に倒れ、両方の乳を押し潰して、死んでしまったのです」と言った。劉おばさんは驚いて目を覚ますと、すぐに山を下り娘の家に行って尋ねたところ、やはり昨日死んでおり、その事情を聞くとまさしく夢の通りであった。婿を捕まえて県に突き出そうとしたが、村人がやめるよう忠告し、「あなたは出家の身だから、娘一人のことで関わり合いになってはいけない」と言うので、そこでやめた。里正も事を荒立てないことを願い、隠して（県に）報告しなかったので、娘の恨みは結局晴らされることはなかった。

（1）　花山は、方城県の北東に位置し、葉県との県境にある山。
（2）　麥坡市は、麥坡村に同じ。方城県にあった村。『夷堅甲志』巻一五「蛇王三」注2参照（甲志下冊一四五頁）。
（3）　率錢は、募って金を集めること。率は、集める、徴収する意。

（4）蹙損については、蹙は、削る、狭める意。そこから潰して失う意味にとった。
（5）里胥は、里正に同じ。郷村の長。『夷堅甲志』巻三「萬歳丹」注4参照（甲志上冊七九頁）。

〔分類〕方士・夢

雲溪王氏婦

政和七年秋、婺源縣雲溪王氏婦死、經日復生。邑人朱喬年(1)〔松〕方讀書溪上、亟往、問所見。曰、昨方入室、見二吏伺于戸外、遂率以去。歩於沙莽中、天氣昏昏、不能辨蚤[1]暮。俄頃入大城、廛市井邑甚盛、凡先亡之親戚鄰里皆在焉、相見各驚嗟、問所以來故。追吏引入官府、歴西廂下、拱立舍中。吏檢簿指示曰、汝是歙州婺源縣俞氏女乎。答曰、然。曰、父祖名某、鄉里名某乎。曰、非也。摘其耳曰、誤矣。叱追者使出。久之、復執一婦人至、身血[2]淋灕、數嬰兒牽捽衣裾、旋繞左右。吏又問其姓氏、家世、邑里、皆與簿合、命付獄。而顧我曰、與汝同姓氏、故誤相逮至此。此人凡殺五子、子訴冤甚切、雖壽算未盡、冥司不得已先録之。汝今還陽間、宜以所見告世人、切勿妄殺子也。別遣人送出、推墮河中、遂寤。喬年即與其家人往詢所追者家、果以是日死。〔喬年爲文記之。〕

1　何校本は「蚤」を「早」に作る。
2　張校本、何校本は「血」を「肉」に作る。

「雲溪の王さんの妻」

政和七年（一一一七）の秋、婺源県（江西省上饒市婺源県）の雲溪に住む王さんの妻が死に、一日経ってまた生き返った。県の人である朱喬年〔諱は松〕は雲溪のほとりで勉強していたが、すぐに行って、（王の妻に）見たことを尋ねた。（すると）次のように話した。

昨日部屋に入ろうとすると、二人の役人が戸口で待っているのが見え、そのまま連れて行かれました。広い砂地の中を歩き、空は真っ暗で、朝なのか夜なのかわかりませんでした。しばらくして大きな街に入ると、市場や家々はとても賑やかで、亡くなった親戚や隣人が皆そこにおり、私を見て驚き合って、来た理由を尋ねました。捕り手は（私を）連れて役所に入り、西の脇部屋を通り抜けて、本堂の中で拱手して立ちました。役人は名簿を調べて指し示し、「そなたは歙州婺源県の兪家の娘か」と尋ねたので「そうです」と答えました。「父と祖父の名は某で、郷里の名は某か」と聞くので「違います」と答えました。（役人は）自分の耳をつまんで「間違ったな」と言い、捕り手を叱りつけて出ていかせました。しばらくして、（捕り手は）また一人の女性を捕えてやって来ましたが、（その人は）体から血が滴り、数人の赤ん坊が衣の裾を引っ張って、左右をぐるりと取り囲んでいました。役人はまたその姓氏、家系、郷里について尋ねると、すべて帳簿と符合したので、（女性を）牢獄に入れるよう命じました。そして私を振り返ると、「そなたと同じ姓氏であったので、間違ってここに連れてきてしまった。この者は全部で五人の子どもを殺し、子が切実に恨みを訴えるので、寿命はまだ尽きていなかったが、冥府がやむを得ず先に収監したのだ。そなたは今から現世に返り、見たことを世の人々に伝えて、子を決して無暗に殺してはならぬと戒めよ」と言いました。（役人は）別に人を使って（私を）送り出させ、（その人が）川に（私を）突き落とすと、そこで目が覚めたのです、と。

喬年はすぐに王家の人とともに（冥吏に）捕らえられた者の家に行って訪ねたところ、果たしてその日に死んでいた。〔（朱）喬年は文章を書いてこのことを記している。〕

（1）朱喬年は、朱松（一〇九七―一一四三）、喬年は字。婺源県の人。朱熹の父。政和八年（一一一八）の進士。官は司勲吏部郎に至る。金との和議を進める秦檜に抗議し、怒りを買って知饒州に左遷されたが、任地に赴く前に亡くなった。著書に『韋齋集』があり、その巻一〇「戒殺子文」に『夷堅志』と同じエピソードを載せる。『宋史』巻四二九に伝がある。

〔分類〕報応（冤報）・再生

海中紅旗

趙丞相[1]居朱崖時、桂林帥[2]遣使臣往致酒米之饋、自雷州浮海而南。越三日、方張帆早行、風力甚勁、顧見洪濤間紅旗靡靡。相逐而下、極目不斷、遠望不可審、疑爲海寇或外國兵甲、呼問舟人。舟人搖手令勿語、愁怖之色可掬。急入舟、被髮持刀、出篷[3]背立、割其舌、出血滴水中、戒使臣者、使閉目坐船內。凡經兩時頃、聞舟人相呼曰、更生、更生。乃言曰、朝來所見、蓋巨鰌也、平生未嘗睹。所謂紅旗者、鱗鬣耳。世所傳吞舟魚(4)何足道。使是鰌[2]與吾舟相值在數十[3]里之閒、身一展[4]轉、則已淪溺於[5]鯨波中矣。吁。可畏哉。是時舟南去而鰌北上、相望兩時、彼此各行數百里。計其身、當千里有餘、莊子鯤鵬之說(5)、非寓言也。時外舅張淵道(6)爲帥云。〔張子思(7)說。得之於使臣、外舅不知也[6]。〕

1　別藏本、黃校本、陸本、舊小說本、江本は「篷」を「蓬」に作る。
2　江本は「平生未嘗睹所謂紅旗者鱗鬣耳世所傳吞舟魚何足道使是鰌」の二十五字を欠く。
3　別藏本、黃校本、陸本、舊小說本は「數十」を「十數」に作る。
4　江本は「展」を「輾」に作る。
5　江本は「溺於」を「沒于」に作る。
6　舊小說本、江本は「張子思說得之於使臣外舅不知也」の十四字を欠く。

「海の中の赤い旗」

趙丞相が（左遷されて）朱崖（吉陽軍。海南省三亜市）にいた時、桂林（静江府。広西チワン族自治区桂林市）の（廣南西路）經略安撫使が配下の役人を派遣して（趙に）酒や米の贈り物を届けさせ、雷州（広東省雷州市）から海路を南に向かわせた。三日後、帆を張って早く進もうとすると、風の力がとても強く、振り返ると大波の間に赤い旗がはためいているのが見えた。（旗は）船を追いかけて来たが、ずっと目を凝らしていても、遠くからではよくわからず、（役人は）海賊か外国の兵隊ではないかと思い、船頭を呼んで尋ねた。船頭は手を振って何も話すなと言い、見るからに愁え恐れている様子であった。（そして）急いで船室に入り、ざんばら髪のまま刀を持って、苫の中から出て立ち、自分の舌を切り、血を出して水の中にしたたらせて、役人に目を閉じて船室の中で座っているように言った。およそ四時間ほど経った頃、（役人は）船頭が「生き延びたぞ、生き延びたぞ」と叫ぶのを聞いた。そして「朝から見えていたものは、巨大なクジラで、日頃見たこともない大きさだった。（役人が）赤い旗だと思ったのは、背びれである。世に伝わる吞舟の魚など言うほどのことはない。もしこのクジラが私の船と数十里以内の距離で、体を一ひねりすれば、（船は）クジラが起こした波の中で沈んでしまっていただろう。ああ、恐ろしいことだ」と言った。その時船は南に進んでいたがクジラは北上しており、出会ってから四時間のうちに、それぞれ数百里進んでいた。クジラの身長を目測したところでは、千里以上は確実で、『莊子』の鯤鵬の話は、寓言ではなかったのである。その時岳父の張淵道は經略安撫使であった。〔張子思が話した。（張は）この話を役人から聞いたが、岳父は知らなかった。〕

（1）　趙丞相は、趙鼎（一〇八五―一一四七）、字は元鎮。解州聞喜県（山西省運城市聞喜県）の人。崇寧五年（一一〇六）の進士。紹興四年（一一三四）に尚書右僕射、同中書門下平章事兼知樞密院事を拝命。金との和議を主張する秦檜と対立し、憎まれて左遷され、紹興十七年（一一四七）に吉陽軍で自ら絶食して亡くなった。著書に「忠正德文集」がある。『宋史』巻三六〇に伝がある。『夷堅志補』巻二五「桂林走卒」にも名が見える。

（2）帥は、經略安撫使の異称。『夷堅甲志』巻一「天台取經」注7参照（甲志上冊二一頁）。ここは洪邁の岳父である張宗元をさす。『雍正廣西通志』巻五一・秩官・宋・知靜江府の条によれば、紹興十二年（一一四二）からこの任に在った。

（3）篷は、船室部を覆う苫のこと。そこから船室部もいう。

（4）「呑舟魚」は、舟を丸呑みにするような大魚。『莊子』庚桑楚に「呑舟之魚、碭而失水、則蟻能苦之」とある。

（5）「鯤鵬之說」は、『莊子』逍遙遊に「北冥有魚、其名爲鯤、鯤之大、不知其幾千里也、化而爲鳥、其名爲鵬、鵬之背、不知其幾千里也」とある。鯤は大魚、鵬は大鳥をいう。

（6）張淵道は、洪邁の岳父である張宗元の字。『建炎以來繫年要錄』巻一五六・紹興十七年八月癸卯の条に「責授清遠軍節度使副使趙鼎卒。鼎在吉陽三年、故吏門人皆不敢通問。廣西經略使張宗元時遷使渡海以醪米饋之」とある。『夷堅甲志』巻六「福州兩院燈」注2参照（甲志上冊一七〇頁）。

（7）張子思については未詳。

〔収録〕舊小說本『夷堅志』、江本『夷堅志』。

〔分類〕水族

三山(1)尾閭(2)

台州寧海縣東、涉海有島曰、三山鎭。鎭屯巡檢(3)兵百人、凡兩潮(4)乃可得至。先君(5)爲主簿時、曾以公事詣其處、與巡檢登山頂縱觀、四面皆大洋、山之陰水尤峭急。從高而望、水汨汨成渦、而中[1]陷不滿者數十處云。此所謂尾閭泄水者也。

1　黄校本は「中」を欠く。

「三山鎮の海の穴」

台州寧海県（浙江省寧波市寧海県）の東、海を渡ったところに島があり、三山鎮といった。鎮には巡検司の兵が百人駐屯しており、およそ一昼夜でようやく渡ることができた。私の父が（寧海県の）主簿であった時、公務で三山鎮に行ったことがあり、巡検使と山頂に登って見渡したところ、四方はすべて大海原で、山の北側は水の流れがとりわけ急であった。高いところから眺めると、水が勢いよく流れて渦を作り、（渦の）中が落ち込んで空洞になったところが数十箇所あったという。ここが（『荘子』に）言うところの「海の穴から水が流れ出る」である。

（1）三山鎮については、『延祐四明志』巻七・山川攷・山・奉化州・三山の条に「在州南五十五里。屹立大海中、如三台然。旁有數嶼」とある。

（2）尾閭は、海水が流れ出る深い穴。『荘子』秋水に「天下之水、莫大於海。萬川歸之、不知何時止、而不盈。尾閭泄之、不知何時已、而不虛」とあり、成玄英の疏は「尾閭者、泄海水之所也」と説明する。また東海の底にある大石である沃焦（『夷堅甲志』巻一五「沃焦山寺」注1参照。甲志下冊一五四頁）の別名という説もある。晉、嵇康『養生論』（『文選』巻五三）に「或益之以畎澮、而泄之以尾閭、欲坐望顯報者」とあり、李善の注は晉、司馬彪の『荘子注』を引いて「尾閭、水之從海水出者也。一名沃燋、在東大海之中」と説明する。

（3）巡検は、巡検司または巡検使の略称。路、州、県、鎮に設けられ、各地域の警備、盗賊の捕縛、兵の訓練などを司る。長官は巡検使。『夷堅甲志』巻三「邵南神術」注15参照（甲志上冊九九頁）。

（4）兩潮は二度満潮となる時間、すなわち一昼夜をいう。『淳熙三山志』巻一九・兵防類二・南灣巡檢の条に「西洋在巨海中、四顧驚濤、莫知畔岸、自廉山駕舟、兩潮始達」とある。

（5）先君は、洪邁の父、洪皓のこと。『夷堅甲志』巻一「孫九鼎」注15参照（甲志上冊七頁）。洪适『盤洲文集』巻二「交翠序」詩の自序に「政和丙申（七年）、家君主寧海簿」とある。

〔分類〕水

董穎(1)霜傑集(2)

饒州徳興縣士人董穎、字仲達、平生作詩成癖[1]。毎屬思時、寢食盡廢、詩成、必遍以示人。嘗有警[2]語云、雲壑釀成千嶂雨、風蘋吹老一汀秋(3)。蒙韓[3]子蒼(4)激賞。徐師川(5)爲改汀字爲川、汪彦章(6)曰、此一字大有利害(7)。目其文曰霜傑集、且製敍以表出之。然其窮至骨。他日入郡、爲人作秦丞相(8)生日詩、窮思過當、遂得狂疾、走出、欲投江[4]水。或爲遣人呼其子、買舟載以歸、歸數日而死。家貧子弱、葬不以禮[5]、亦無錢能作佛事。歷十餘日、宗人董應夢(9)者夢見之、曰、穎死後、以家貧之故、不蒙佛力、尚未脱地獄苦。吾兄儻施宗誼、微爲作齋七(10)、以資冥路、併刻霜傑集、傳于世、則瞑目九泉、別當報德矣。應夢[6]如其請、先飯僧作齋、又夢來謝曰、荷兄追拔、已得解脱、霜傑願終惠也。以詩一章爲謝、記其一句曰、日斜人度鬼門關。〔餘句鄉人或能言之〕[7]、應夢家正開書肆、竟爲刻集。

1　黄校本は「癖」を欠く。
2　黄校本は「警」を欠く。
3　黄校本は「韓」を欠く。
4　舊小說本は「江」を欠く。
5　舊小說本は「禮」を「福」に作る。
6　黄校本は「應夢」の二字を欠く。
7　舊小說本は「餘句鄉人或能言之」の八字を欠く。

「董穎の『霜傑集』」

饒州徳興県（江西省徳興市）の士人の董穎は、字を仲達といい、日頃から詩を作ることが性癖となっていた。詩の構想を練るたびに、寝食もすっかり忘れ、詩が完成すると、必ずあちこちで人に見せていた。ある時「雲壑《うんがく》醸《かも》し成す　千嶂《せんしょう》の雨、風蘋《ふうひん》吹き老ゆ　一汀《いってい》の秋（雲に覆われた谷から幾千の山々に降る雨が生まれ、浮き草の上を吹く風に水辺の秋の気配が深まっていく）」という警抜な詩句を作ったところ、韓子蒼から激賞された。徐師川は「汀」の字を「川」に改めるのが良いと考えたが、汪彦章は「この（汀の）一字はなんとも凄い」と言った。（穎は）自分の詩文集に『霜傑集』と名づけ、序文を書き表装して世に出そうとしていた。しかし貧しさは骨身に達し（て出すことができなかっ）た。後日饒州に行って、人のために秦丞相の誕生日を祝う詩を作ったが、良い詩句を過度に求めすぎ、そのまま狂気に犯され、走って（外に）出ると、川に身を投げようとした。ある人が穎の息子を呼んで来て、船を雇って乗せて帰らせてくれたが、（穎は）帰って数日して死んだ。家は貧しく息子も若かったので、葬儀も礼にかなったものではなく、また仏事を行うだけの金も無かった。十数日後、一族の董應夢という者は穎が「私は死んだ後、家が貧しいために、仏の加護を得られず、まだ地獄の責め苦から逃れられておりません。

お兄さんがもし一族の誼で、ささやかなりとも七日毎の斎《とき》を行って下されば、冥土へ行く助けとなります。それから『霜傑集』を刊行して、世に伝えて下されば、安心して冥土に行けますし、別の機会に必ずご恩返しいたします」と言うのを夢に見た。應夢は穎の願い通りにし、まず僧に食事をさせて斎を施すと、また夢に現れて「お兄さんの追福のおかげで、解脱できました。『霜傑集』の方もついには適えて下さるようお願いします」と感謝し、詩一首をお礼としたが、（應夢は）その一句「日斜めにして人は度《わた》る鬼門の関（日が傾いて人は鬼門の関所を越えていく）」を覚えていた〔残りの句は郷里のある者が言うことができた〕。應夢の家はちょうど書店を開いたところだったので、ついには『霜傑集』を刊行してやった。

（1）董穎は、字は仲達。徳興県の人。宣和六年（一一二四）の進士。『正徳饒州府志』巻四・名宦・徳興県に「董穎、字仲達、以高第官學正孝識醇正、朱文公熹嘗敍其集」とある。

（2）霜傑集は、董穎の詩文集。『直齋書録解題』巻一八に「霜傑集三十卷、徳興董穎仲達撰。紹興初人。從汪彦章徐師川遊、彦章爲作序」とある。

（3）この二句は、『宋詩紀事』巻四四、『全宋詩』巻一八二七に「句」と題して収める。また南宋、呉曾『能改齋漫録』巻八・沿襲に「董穎襲陳知默詩」の項があり、「洪景盧夷堅乙志記董穎詩、雲蟄醸成千嶂雨、風蘋吹老一川秋。上句蓋襲陳知默詩耳。陳云、雲埋山麓藏秋雨、葉脱林梢帯晩風」とある。

（4）韓子蒼は、韓駒のこと。『夷堅乙志』巻七「西内骨灰獄」注26参照（乙志上冊一九七頁）。

（5）徐師川は、徐俯のこと。『夷堅甲志』巻一七「清輝寺」注4参照（甲志下冊二一六頁）。

（6）汪彦章は、汪藻のこと。『夷堅甲志』巻一二「汪彦章跋啓」注1参照（甲志下冊五一頁）。

（7）利害は、ここは程度を強調する言葉。ものすごい、並のものではないと感じた時の言い方。厲害と同じ。

（8）秦丞相は、秦檜のこと。『夷堅乙志』巻一「俠婦人」注17参照（乙志上冊一六頁）。

（9）董應夢については、ここに見える以外のことは不明。

（10）齋七は、累七齋ともいう。人の死後七日ごとに斎を営み、四十九日に至ること。北宋、道誠『釋氏要覽』（『大正藏』第五四冊）巻下・雜記・累七齋の条に「人亡、毎至七日、必營齋追薦、謂之累七、又云齋七」とある。

〔収録〕舊小說本『夷堅志』。

〔分類〕文章（詩）・夢・鬼

劉供奉犬(1)[1]

臨安萬松嶺(2)上、多中貴人宅、陳內侍之居最高。紹興十五年、盛夏納涼、至四鼓未寢、道上人跡已絕。忽見獄卒、衣黃衣、領三人、自北而南。一衣金紫者(3)行前、其次着紫衫(4)、又其次着涼衫(5)。到劉供奉門外、升階欲上。金紫者難之、獄卒曰。彼中[2]己承當、如何不去。時已晚、請速行。乃俛首而入[3]

1　黄校本、陸本は「犬」を「大」に作る。別藏本はこの話を欠く。
2　黄校本は「中」を欠く。
3　『咸淳臨安志』は「入」の下に「其後一人相謂曰、彥通早聽吾言、當不至是。皆歎息、相繼亦入。俄聞門媼索燈甚急曰、犬生三子、毛色甚可愛。明日陳具以語劉。育于家、稍長、人或呼彥通、則奔走而前、竟莫知爲何人也」と記す。張元濟校注に「此下宋本闕兩葉」と注記する。

「劉供奉の犬」

臨安府（浙江省杭州市）の萬松嶺には、高位の宦官の屋敷が多く、陳内侍の家は最も高いところにあった。紹興十五年（一一四五）、夏の暑い盛りに涼んでいたが、四鼓（午前二時頃）になっても寝付かれず、道にもう人通りは無かった。突然獄卒が現れて、黄色い服を着ており、三人を従え、北から南へ向かっていた。一人の高官の服を着た人が前を歩き、その次の人は紫衫を着ており、またその次の人は涼衫を着ていた。劉供奉の門の外に着くと、階段を上がっていこうとした。高官の服の人は入るのを嫌がったが、獄卒は「あちらではすでに準備が出来ていますのに、どうして行かないのですか。時間がもう遅いので、どうか早く行って下さい」と言った。そこでうなだれて入り……（以下欠文）。

（1）供奉は、内侍省内東、西頭供奉官の略称。宦官の位で、宮殿の掃除、宿直、行幸の随行など、皇帝の身辺の世話を職掌とした。従八品。後出の中貴人と内侍も宦官の異称。劉供奉については未詳だが、欠文以降は、校勘3に挙げた『咸淳臨安志』のように獄卒に連れられた三人が劉供奉の屋敷の犬に生まれ変わる話だったと思われる。

（2）萬松嶺については、南宋、呉自牧『夢粱錄』巻一一・嶺の条に「萬松嶺、在和寧門外孝仁坊西嶺上、夾道栽松。今第宅内官民居、高下下、鱗次櫛比、多居於上」とある。

（3）金紫は、高官を指す。『夷堅甲志』巻一「孫九鼎」注5参照（甲志上冊六頁）。

（4）紫衫は、紫色の上着。もと軍服で、南宋の紹興年間に士大夫の平服として着用された。

（5）涼衫は、紫衫同様、南宋の士大夫の平服。北宋、沈括『夢溪筆談』巻二・故事二に「近歳京師士人朝服乗馬、以黲衣蒙之、謂之涼衫」とあり、『宋史』巻一五三・輿服志・士庶人服に「紫衫、本軍校服。中興、士大夫服之、以便戎事。紹興九年、詔公卿、長吏服用冠帶、然迄不行。二十六年、再申嚴禁、毋得以戎服臨民、自是紫衫遂廢。士大夫皆服涼衫、以爲便服矣。涼衫、其制如紫衫、亦曰白衫」とある。

〔収録〕『咸淳臨安志』巻九二・紀遺四・紀事。

〔分類〕鬼・畜獣（犬）

朱希眞夢（1）

本文欠。黄校本、陸本、張校本、何校本は目録で「劉供奉犬」の次に「朱希眞夢」を挙げる。

（1）朱希眞は、朱敦儒のこと。『夷堅甲志』巻三「李尚仁」注12参照（甲志上冊八五頁）。

鄒平驛鬼(1)[1]

之正寢、扃鐍甚固。孫(2)喚驛吏啓門、答曰、此室爲異鬼所居、凡數十年矣、無敢入者。孫生年少、又爲大府僚屬、擁從卒百人、恃勇使氣、竟發戸而入。至夜、明燭于前、取劍寘[2]几上。過二更後、獨坐心動、未能就枕。忽聞梁上有聲、仰視之、一青鬼長二尺許、正跨梁拊掌而笑。孫密呼戸外從者、皆熟寢不應。久之、鬼冉冉而下、立孫側、盤旋而舞。少焉、奪劍執之、舞不止。孫益懼、但端坐聽命。俄有婦人頂冠出屏後、衣服甚整、笑曰、小鬼莫惱官人。便歸去。言畢、皆不見。窗紙已明、蓋擾擾達旦也。肇仕豫(3)爲吏部侍郎(4)、出知棣州。因大旱、用番法祈雨、執肇坐於烈日中、汲水數十桶、更互澆其體、遂得病死。

1　別藏本はこの話を欠く。
2　何校本は「寘」を「置」に作る。

「鄒平県の宿場の幽鬼」

（欠文）表座敷に行くと、扉は非常に厳重に閉められていた。孫（肇）は宿場の役人を呼んで扉を開けるよう言うと、（役人は）「この部屋は不思議な幽鬼に棲み着かれて、およそ数十年になりますが、誰も入ろうとする人はおりません」と答えた。孫さんは年が若く、また大きな府の役人として、従者を百人連れていることもあり、勇気を誇って血気にはやり、とうとう扉を開けて（部屋の中に）入った。夜になると、（ベッドの）前に明かりを灯し、剣を取って机の上に置いた。二更（午後十時頃）を過ぎても、一人で座っていると動悸がして、まだ横になれずにいた。突然梁の上で音がし、仰ぎ見ると、身長は二尺ほどの青い鬼がいて、梁を跨いで掌を打って笑っているのだった。孫はこっそり扉の外の従者を呼んだが、皆熟睡していて返事が無かった。しばらくすると、鬼はだんだん下りてきて、孫の側に立ち、ぐるぐる回って舞った。少しすると、剣を奪って手に持ち、（なおも）舞うのをやめなかった。孫はますます恐れ、ただ正座してなすがままにしていた。にわかに一人の婦人が冠をかぶり衝立の後ろから出てきたが、衣服はとてもきちんとしており、笑いながら「小鬼よお役人様をからかうでない。すぐに立ち去りなさい」と言った。言い終わると、どちらも姿が消えた。窓の障子は明るくなっており、（鬼が）騒いでいるうちに夜が明けていたのである。（その後）孫肇は劉豫に仕えて吏部侍郎となり、棣州（山東省浜州市恵民県）の知州に出た。大日照りが起きたので、蛮族の方法で雨乞いをしたが、肇に厳しい日差しの中で座らせ、水を数十の桶に汲んでは、代わる代わる（肇の）身体に注いだので、そのまま病気になって死んだ。

（1）鄒平は、淄州に属する県。現在の山東省浜州市鄒平県。
（2）孫肇（?―一一三二）については、『建炎以來繫年要錄』巻五五・紹興二年（一一三二）六月戊午の条に「是月、僞齊大雨。劉豫以爲德政所感、使其子尙書左丞相梁國公麟、代謝於相國寺、上淸太一宮。有孫肇者、濟南人。嘗爲麟府屬、累遷尙書吏部侍郎、出知棣州。會大旱、僞庭以蕃法祈雨、執肇坐於烈日中、汲水數桶、更互沃其體、遂得疾死」とあり、注に「此事據夷堅志、不得其年、因謝雨附見」と説明する。
（3）豫は、劉豫のこと。金により冊立された大齊の皇帝。『夷堅甲志』巻一「天台取經」注２参照（甲志上冊二一頁）。
（4）吏部侍郎は、人事を司る吏部の副長官。『夷堅甲志』巻一二「林積陰德」注８参照（甲志下冊三七頁）。

〔分類〕鬼

金鄉大風

濟州金鄉縣、城郭甚固、陷於北虜[1]。紹興壬戌歲、有人中夜扣城門欲入、閽者不可。其人怒罵久之、曰、必不啓關、吾自有計。忽大風震天、城門破裂、吹閽者出城外。一縣室屋、皆飛舞而出。自令丞以下、身如御風而行（1）、不復自制、到城外乃墜地。是歲州爲河所淪、一城爲魚（2）、而金鄉獨全、遂爲州治（3）。〔二事趙不庮說（4）。〕

1　別藏本は「虜」を「敵」に作る。

「金郷県の大風」

濟州金郷県（山東省済寧市金郷県）は、城郭はとても強固であったが、金の手に落ちた。紹興壬戌（十二年、一一四二）の年、真夜中に城門を叩いて入ろうとする者がいたが、門番は許さなかった。その人は怒って長い間罵り、「どうしても門を開けないというなら、私にも考えがある」と言った。突然大風が空を震わすように吹くと、城門が壊れ、門番を吹き飛ばして城郭の外に出した。街中の家が、すべて飛び舞って（城郭の外に）出た。治県や県丞以下、役人たちも体が風に乗って飛んで行くようで、自分ではまったく制御できず、城郭の外まで行ってようやく地面に墜ちた。この年（州治の）濟州（山東省菏沢市巨野県）は黄河の氾濫で水浸しになり、街中の人々が溺れ死んだが、（一方）金郷県だけは無事であったので、そこで州治を置いた。〔二話は趙不廥が話した。〕

（1）御風而行は、あたかも仙人のように風に乗って飛ぶことをいう。『莊子』逍遙遊に「夫列子御風而行」とあるのを踏まえる。

（2）爲魚とは、溺れ死ぬこと。『後漢書』巻一上・光武帝紀上に「赤眉今在河東、但決水灌之、百萬之衆可使爲魚」とある。

（3）この事については、『建炎以來繫年要錄』巻一四七・紹興十二年十二月丁亥の条に「河決濟州、惟金鄉縣獨存、金人移州治之」とある。

（4）趙不廥については、『夷堅乙志』巻一「趙子顯夢」注4参照（乙志上冊三二頁）。

〔分類〕風

韓府鬼

韓郡王[(1)]解樞柄[(2)]、建第于臨安清湖[(3)]之東。其女晩至後院、見婦人圓冠褐衫、背面立、以爲姉妹也、呼之。婦人回首摑女胸、卽仆地、猶能言所見、遂短氣欲絕。王[1]招方士宋安國[(4)]視之、揭帳諦觀曰、雖有祟、然無傷也。一女子年可十八九。說其衣冠皆同。又一老媼五十餘歲、皆在左右、今當遣去。命取大竹一竿、掛紙錢其上、使小童執之。令病者噓氣、宋以口承之、吹入竹杪、如是者二、竹勢爲之曲。宋曰、邪氣盛如此、豈不爲人害。又汲水噀其竿、童力不能勝、與竹俱仆、女遂醒。先是、某人家室女爲淫行、父母幷其乳婢生投于井中、覆以大靑石、且刻其罪于石陰。今所見、蓋此二鬼。鬼爲宋言如是。宋字通甫、治崇不假符籙[(5)]考召[(6)]、其簡妙非他人比也。韓府今爲左藏庫[(7)]。

1　黄校本は「王」を「二」に作る。

「韓家の屋敷の幽霊」

韓郡王は樞密使の職を解かれると、臨安府（浙江省杭州市）の清湖河の東に屋敷を建てた。その娘が夜に裏庭へ行くと、丸い冠をかぶり粗末な衣を着た婦人が、後ろを向いて立っているのを見かけたので、自分の姉妹かと思って、その人に呼びかけた。婦人は振り返りざまに娘の胸を撃つと、（娘は）すぐに地面に倒れ、まだ見たことを言うことができたが、そのまま呼吸が荒くなり死にそうになった。郡王は方士の宋安國を招いて娘を診てもらうと、（宋は）帳をあげてじっと見て、「祟られてはいますが、心配はいりません。十八、九歳くらいの娘です」と言った。（宋が）婦人の衣服や冠について話すと（娘が見た者と）まったく同じであった。「また五十歳くらいの老婆もいて、二人とも側にいますが、今から出て行かせます」と言った。（宋は）大きい竹を一本取ってくるように命じて、紙銭をその上に掛け、若い従者にそれを持たせた。病人に息を吐かせ、宋は口でそれを受けては、竹の先端に吹き入れ、二回そのように行うと、竹は（吹き入れた気のために）曲がってしまった。宋は「邪気がこのように強くては、人の害にならずにはおくまい」と言った。そこで水を汲み口に含んで竹の幹に吹き付けると、従者の力では耐えられずに竹と一緒に倒れ、娘はそこで目が覚めた。以前に、ある家で嫁入り前の娘が不義をしたため、両親がその乳母と一緒に生きたまま井戸の中に投げ入れて、大きな青い石で塞ぎ、さらに娘の罪をその青い石の裏に刻んだことがあった。今見たものは、この二人の幽霊であった。幽霊が宋にこのように話したのである。宋の字は通甫で、祟りを鎮めるのに符籙や神将の力を借りず、その簡潔にして巧妙なことは他人の比ではなかった。韓家の屋敷は今では左藏庫となっている。

（1）韓郡王は、韓世忠のこと。『夷堅甲志』巻一「韓郡王薦士」注1参照（甲志上冊三七頁）。
（2）樞柄は、樞密使のこと。『夷堅甲志』巻一「韓郡王薦士」注2参照（甲志上冊三八頁）。
（3）清湖は、清湖河のこと。臨安城内を西から北に流れる川。『咸淳臨安志』巻三五・山川一四・河・城内・清湖河の条に「西自府治前淨因橋過閘、轉北由樓店務橋至轉運司橋」とある。
（4）宋安國は、字は通甫。天心法を用いて幽鬼を退治することで当時有名であった。『夷堅丁志』巻四「德清樹妖」に「宋安國爲浙西都監、駐湖州。其天心法猶不廢」とあり、また同書巻一八「唐肅氏女」、『夷堅志補』巻一七「王燮薦橋宅」にも名が見える。
（5）符籙は、道士が描く図形の一種。『夷堅甲志』巻八「京師異婦人」注3参照（甲志上冊二二七頁）。
（6）考召は、方術を行うために鬼神などを召し出すこと。『夷堅乙志』巻七「天心法」注4参照（乙志上冊二一二頁）。

（7）左藏庫は、地方から集められた徴税品を収蔵する、宋代で最大の財庫。『咸淳臨安志』巻八・行在所錄・院轄・左藏庫の条に「在清湖橋西。紹興二十三年以韓世忠所獻賜第、爲之。有東西庫、東則幣帛絁紬之屬、西則金銀劵絲纊之屬」とある。

〔分類〕道術（天心正法）・方士・婦人・鬼

鬼入磨齊（1）

鎭江都統制（2）王勝（3）、獨行後圃、遙望山石後有人引首。近而視之、乃牛頭人、著朱衣、相對立。勝叱問曰、誰。牛頭亦曰、汝爲誰。勝捫塼擊之、亦擲塼相報。勝懼、捨之而還。其妻初嫁軍小將、又嫁陳思恭（4）、末乃嫁勝。嘗見二前夫同坐於堂、以語勝、勝曰、復來、當急告我。明日又至、勝出、其坐自如。亟逐二鬼、皆走[1]至西廂、入磨齊中乃滅。勝以手擊磨、五[2]指皆傷[3]、是年死。〔二[4]事韓子溫說（5）[5]。〕

1　黄校本は「走」を欠く。
2　黄校本は「五」を「王」に作る。
3　黄校本は「傷」を欠く。
4　別藏本は「二」を「三」に作る。
5　黄校本は「說」を欠く。

「幽霊が碾き臼の穴に入る」

鎭江府（江蘇省鎭江市）の都統制の王勝が、一人で裏庭を歩いていると、築山の石の後ろから誰かが首を伸ばしているのが遠くから見えた。近づいてそれをよく見ると、なんと牛頭の人で、赤い服を着ており、（勝と）向かい合って立った。勝が叱りつけて「誰だ」と尋ねると、牛頭の人も「お前こそ誰だ」と言った。勝は煉瓦を摑んでその人を殴ると、（牛頭も）煉瓦を投げてやり返してきた。勝は恐れ、相手をせずに帰った。彼の妻は初め軍の武将に嫁ぎ、また陳思恭に嫁ぎ、最後に勝に嫁いだ。（妻は）ある時二人の前夫が本堂で一緒に座っているのを見て、（これを）勝に話すと、勝は「またやって来たら、急いで私に告げなさい」と言った。翌日またやって来たので、勝が（本堂に）行くと、（二人は）平然と座っていた。急いで二人の幽霊を追い立てると、どちらも走って西の脇部屋に入り、碾き臼の穴の中に入

って見えなくなった。勝は手で碾き臼を毆ると、五本の指がみな傷つき、その年に死んだ。〔二話は韓子溫が話した。〕

（1）磨齊は、磨臍にも作る。碾き臼の穴のこと。『朱子語類』巻二・理氣下・天地下に「南極北極、天之樞紐、只有此處不動、如磨臍然。此是天之中至極處、如人之臍帶也」とある。
（2）都統制は、各軍における最高司令官。『夷堅甲志』巻一九「王權射鵲」注2参照（甲志下冊二八六頁）。
（3）王勝（?—一一四九）は、韓世忠の配下の武将。『建炎以來繫年要錄』巻一六〇・紹興十九年（一一四九）八月庚戌の条に「昭信軍承宣使鎭江府駐劄御前諸軍統制王勝卒、諡毅武」とある。
（4）陳思恭（?—一一三一）は、閬州（四川省閬中市）の人。神武後軍統制などを務め、韓世忠、張浚らとともに金軍と戦った。『建炎以來繫年要錄』巻四七・紹興元年（一一三一）九月丙辰の条に「翊衞大夫、泉州觀察使、神武後軍統制陳思恭卒於江西」とある。
（5）韓子溫は、韓彥直のこと。『夷堅甲志』巻一九「王權射鵲」注5参照（甲志下冊二八七頁）。

〔分類〕鬼

張撫幹(1)

延平人張撫幹有術使鬼神。鍾士顯(2)〔世明[1]〕病瘧、折簡求藥、張不與藥、不答簡、但[2]書押字於簡板[3](3)上、戒曰、以舌舐[4]之當愈。果愈。鍾婦翁林氏、富人也、用千緡買美妾。林如福州、而妾病沈困(4)不食、鍾邀張治之。張曰、事急矣。度可延三日命、林君如期歸、則可見。乃呵氣入妾口中。少頃、目開體動、索粥飲之、頗能語。信宿林歸、妾亦死。又與鄧秀才者同如福州、鄧羸劣不及事、張曰、吾以一力(5)假君何如。鄧曰、君自無僕、何戲我。前過一神祠、指黃衣卒曰、以此人奉借。鄧特以爲相戲侮、遂分道各行。至前溪渡頭、舟人艤船待曰、君非鄧秀才乎。適[5]有急脚過此、令具舟相載。固已怪之矣、晚到村市、見旅舍貼片紙曰、鄧秀才占。問之、又此人也。自是三日皆然。至福唐、夢黃衣來曰、從公數日、勞苦至矣、略無一錢相謝、何耶。我坐貪程行速、蹙損兩指、當亟爲療治。覺而異之、卽焚楮鏹[6]數萬祝獻。歸途過祠下、視黃衣、足指果斷其二、自[7]和泥補治之。

1　舊小說本は「世明」の二字を欠く。
2　黄校本は「但」を欠く。
3　張校本、何校本は「板」を「版」に作る。
4　張校本、何校本は「舐」を「舔」に作る。

5　舊小說本は「適」を「値」に作る。
6　別藏本、黄校本、陸本は「鎞」を「縋」に作る。
7　別藏本、黄校本は「自」の上に「乃」を付す。

「張撫幹」

延平県（福建省南平市延平区）の人である張撫幹は鬼神を使役する術を持っていた。鍾士顯〔諱は世明〕は高熱が出たので、短い手紙を書いて（張に）薬を求めたが、張は薬を与えず、返事も書かずに、ただ簡板に書き判を記し、「舌でこれを舐めれば治るはずだ」と教えた。（言われた通りにすると）果たして病は治った。鍾の岳父の林さんは、金持ちであり、千緡で美しい妾を買った。林さんが福州（福建省福州市）へ行った時に、妾は体がだるくなって食事もしないので、鍾は張を呼んで治療させた。張は「事態は急です。（しかし）数えてみると三日間命を伸ばすことができるので、林さんが予定通り帰ってくれば、会うことができるでしょう」と言い、そこで妾の口の中に息を吹き入れた。しばらくして、（妾は）目を開けて体を動かし、粥を求めてそれを飲むと、少し口がきけるようになった。二晩が過ぎて林が帰ると、妾も死んだ。

また（張が）鄧秀才という人と一緒に福州に行った時のことであるが、鄧は身体が弱くて何かと行き届かなかったので、張が「私が下男を一人あなたにお貸ししましょう」と言った。鄧は「あなたに下男なんていないのだから、私をからかわないで下さい」と答えた。（張は）その先である廟に立ち寄ると、黄色い服の兵卒（の像）を指さし「この人をお貸しします」と言った。鄧は（張が）自分をからかっているだけだと思い、そこで道を分かれそれぞれで行くことにした。道の先にある川の渡し場に着くと、船頭が船を泊めて待っており「あなたは鄧秀才ではありませんか。先ほど飛脚がここに立ち寄り、船を用意して乗せるように言われました」と言った。それだけでも不思議だと思っていたが、夜にある村に着くと、旅館に一枚の紙が貼り付けてあり、見ると「鄧秀才のご予約」と書いてあった。尋ねてみると、やはり同じ人（の仕業）であった。それから三日間ずっとそうであった。福唐（福州）に着くと、夢で黄色い服の人が来て「あなたに数日付き従い、大変苦労しました。それなのに一銭のお礼もないとは、どういうことですか。私は先回りをして急いだので、二本の指が潰れてしまい、すぐに治療しなくてはならないのです」と言った。目が覚めて不思議なことがあるものだと思い、すぐに紙銭数万銭を焼いて祈った。帰り道に廟の側を通り、黄色い服の兵卒（の像）をみると、足の指が果たして二本ちぎれていたので、自分で泥を混ぜ合わせて補修した。

（1）撫幹は、安撫司幹辨公事の略称。安撫使の属官。『夷堅甲志』巻三「邵南神術」注12参照（甲志上冊九九頁）。張撫幹については、ここに見える以外のことは不明。
（2）鍾士顯は、鍾世明、士顯は字、仕顯にも作る。南劍州將樂県（福建省三明市将楽県）の人。建炎二年（一一二八）の進士。官は兵部侍郎に至る。『夷堅丁志』巻六「犬齧緑袍人」にも名が見える。
（3）簡板は、簡版にも作る。文字を板に書いて手紙としたもの。王安石が金箔の板に仏書の名を記したのが始まりとされる。陸游『老學庵筆記』巻三に「元豐中、王荊公居半山、好觀佛書、毎以故金漆版書藏經名、遣人就蔣山寺取之。人士因有用金漆版代書帖與朋儕往來者。已而苦其露泄、遂有作兩版相合、以片紙封其際者。久之、其製漸精、或又以縑囊盛而封之。南人謂之簡版、北人謂之牌子。後又通謂之簡版、或簡牌」とある。
（4）沈困は、全身の力が入らなくなること。『後漢書』巻一〇・順烈梁皇后紀に「太后寢疾遂篤、乃御輦幸宣德殿、見宮省官屬及諸梁兄弟。詔曰、朕素有心下結氣、從間以來、加以浮腫、逆害飲食、寖以沈困、比使內外勞心請禱」とある。
（5）一力は、一人の下男の意。『南史』巻七五・陶潛伝に「不以家累自隨、送一力給其子、書曰、汝旦夕之費、自給爲難。今遣此力、助汝薪水之勞。此亦人子也、可善遇之」とある。

趙令族[1]

〔分類〕道術・神
〔収録〕舊小說本『夷堅志』。

趙令族居京師泰山廟巷[2]。僕人嘗入報、有髑髏在書窗外井旁、令族曰、是必鴟鳶銜食墜下者、善屏棄之。僕持箕帚去、此物殊不動、將及矣、遽躍入井中、其聲紞如[3]。僕以事告、令族曰、乃汝恐懼不自持、誤蹙之墜水。姑以石窒之、勿汲也。明日又往、則復在石上。且前視之、逮相近、宛轉從旁揭石以入。僕益恐、令族猶不信、曰、明日謹伺之、我將觀焉。乃窺於窗隙中、所見與僕言同、亦懼。會元夕[4]張燈、自登梯捲簾、未竟、忽悲哭而下。問之、不答、遂得心疾、厭厭[5]如狂癡。其妻議徙居以避禍、既得宅於城西。遣其子子澈[6]先往、妻與令族共乘一兜擔[7]。子澈掃洒畢、回迎之、遇諸東角樓[8]下。揭簾問安否、令族神色頓清、但時時探首東望、極目乃已。及至新居、則洒然醒悟、能說病時事、云、憶初登梯時、見婦人被髮蒙面、從堂哭而出、聲絕哀。吾不勝悲、亦爲之揮涙、自此不離左右、然未嘗見其貌也。今日相躡升轎、接膝坐、被髮如初。望東闕門[9]、急趨而下、向東行。吾卽覺神觀稍復舊。覘其出通衢、雜稠人中、不可辨乃止。以今日之醒、念前日之迷、得不墮鬼計中、幸矣。令族既免、續又有宗室五觀察[10]來居之、不半年死。時宣和中。

「趙令族」

趙令族は都（汴京）の泰山廟巷に住んでいた。あるとき下男が入ってきて、「髑髏が書斎の窓の外の井戸の側にあります」と報告した。令族が「それはきっとトビが食べるために銜えてきて落としたものだから、きちんと取り除いて捨てておけよ」と言った。下男がちりとりと箒を持って行くと、その髑髏はまったく動いていなかったのに、（下男が）近づこうとすると、にわかに躍り上がって井戸の中に入り、ドボンと音がした。下男がその事を報告すると、令族は「それはお前が恐ろしくて気が動転し、誤って蹴って水に落としたのだろう。しばらく石で井戸をふさぎ、水は汲むなよ」と言った。翌日（下男が）再び行くと、（髑髏は）また石の上に居た。進み出てそれを見ようとし、近づいたところ、転がって横から石を持ち上げて（井戸の中に）入った。下男はますます恐ろしくなったが、令族はまだ信じず、「明日（お前は）慎重に様子を見に行け、私も見ていよう」と言った。そこで窓の隙間から窺うと、見たものは下男の言葉通りだったので、令族も怖くなった。元夕となって灯籠を飾り、自分で梯子を登り簾を巻いたが、終わらないうちに、突然泣きながら降りてきた。わけを尋ねたが、返事をせず、そのまま心を病んで、ぐったりとして呆けたようになった。令族の妻は引っ越して災いを避けようと相談し、屋敷を都城の西側で手に入れた。息子の子澈を先に行かせて、妻は令族と一緒に駕籠に乗った。子澈が掃除を終えて、父を迎えに戻ると、東角楼のところで出会った。簾をあげて様子を尋ねると、令族は表情がにわかに晴れやかになっていたが、ただ時折首を伸ばして東のほうを眺め、くまなく見渡してから止めた。新居に着くと、はっきりと意識が戻って、病気にかかっていた時のことを話せるようになり、「梯子を登るなり、ざんばら髪で顔を覆っている婦人が見え、表座敷から泣きながら出てきて、その声は非常に哀切であった。私も悲しくてたまらず、彼女のためにもらい泣きをして、（婦人は）それ以降（私の）側を離れなかったが、その顔を見たことはなかった。今日も一緒に駕籠に乗り、膝を付けて座ったが、ざんばら髪のままであった。（婦人は）東華門を見ると、急いで（駕籠から）降り、東へ向かった。私はすぐに意識が少し元に戻ったように感じた。婦人が大通りに出たのは見えたが、人混みに紛れてしまい、わからなくなったので見るのを止めた。今日意識が戻り、前日まで迷っていたことを思うと、幽霊の計略に陥らずにすんだことは、幸いであった」と語った。令族は災いから逃れられたが、続いて皇族の五観察がそこに住んだところ、半年も経たぬうちに死んでしまった。時に宣和年間（一一一九—一一二五）のことである。

（1）趙令族については、ここに見える以外のことは不明。
（2）泰山廟巷は、汴京の外城の東にあった泰山廟の近くの街巷。南宋、孟元老『東京夢華錄』巻二・潘樓東街巷の条に「出舊曹門、朱家橋瓦子、下橋南斜街、北斜街、內有泰山廟、兩街有妓館」とある。
（3）紞如は、太鼓を打つ音の形容。ここでは井戸にものが落ちる音。『晉書』巻九〇・鄧攸伝に「吳人歌之曰、紞如打五鼓、鷄鳴天欲曙」とある。
（4）元夕は、上元節（旧暦の正月十五日）の夜を指していう。元宵に同じ。『夷堅乙志』巻一五「京師酒肆」注3参照（一四三頁）。
（5）厭厭は、ぐったりして生気が無いさま。『夷堅乙志』巻六「袁州獄」注24参照（乙志上冊一六五頁）。
（6）趙子澈については、ここに見える以外のことは不明。
（7）兜擔は、兜檐ともいう。兜子に同じ。二人で担ぐ覆いの無い駕籠。『夷堅乙志』巻五「張女對冥事」注13参照（乙志上冊一四四頁）。
（8）東角樓は、皇城の南東隅にあった楼閣。付近には十字街などの繁華街があった。『東京夢華錄』巻二・東角樓街巷の条に「自宣德東去東角樓、乃皇城東南角也。十字街南去薑行、高頭街。北去、從紗行至東華門街、晨暉門、寶籙宮、直至舊酸棗門、最是鋪席要鬧」とある。
（9）東闕門は、皇城の東の門である東華門を指す。『宋史』巻八五・地理志一・京城・東京に「宮城、周廻五里。（中略）東西面門曰東華、西華」とある。闕は、上部に物見の楼閣を有する門のこと。『說文解字』巻一二上・門部に「闕、門觀也」とある。
（10）五観察については、観察は、観察使の略称。武階の一つ。正五品。南宋、徐夢莘『三朝北盟會編』巻九九・靖康中帙・靖康皇族陷敵記に「和義郡王有奕、寧郡王有恭、燕五節使有章、越五節使有忠、燕五節使有思、燕五觀察有亮、越五觀察有德」とあるが、この話の五観察が具体的に皇族の誰を指しているのかは不明。

〔分類〕婦人・鬼

何村公案[1]

秦棣[2](1)知宣州、州之何村有民家釀酒、(2)遣巡檢(3)捕之。(4)領兵數十輩、用半夜圍其家。民、富族也。見夜有兵甲、意爲凶[3]盜、卽擊鼓集鄰里、合僕奴、持梃[4]迎擊之。巡檢初無他慮、恬不備、幷其徒皆見執。民以獲全火(5)盜爲功、言諸縣。縣旣知之矣[5]、以事誘[6]尉、尉度不可以力爭、乃輕騎往、好[7]謂之曰、吾聞汝家獲强盜、幸與我共之。民固不疑也、則大喜、盡以所執付尉、而與其子及孫凡[8]三人、同護以征[9]、遂趨郡。棣釋巡檢以下、而執三人、取麻絙通纏其體自肩[10]至足、然後各杖之百、及解索、三人者[11]皆死。棣兄(6)方據相位、無人敢言。通判李季(7)懼、卽丐[12]致仕[13]。明年、棣卒於郡。又明年、楊原仲(8)[14]〔愿〕爲守、白日見數人騙一囚杻械琅璫[15](9)、至階下、一人前曰、要何村公案照用。楊初至官、固不知事緣由所起、方審之[16]、已[17]不見。呼吏告以[18]故、吏曰、此[19]必秦待制(10)時富民酒獄也。抱成案來。楊閲實大駭、趣書史端楷(11)[20]錄竟、買冥錢十萬同焚之。〔趙不𠚐(12)[21]聞[22]之李次仲[23]。〕

1　葉本は目録で「何」を「河」に作る。
2　葉本は「棣」を「祿」に作る。以下同じ。
3　葉本は「爲凶」を「謂兇」に作る。
4　陸本、舊小說本は「梃」を「械」に作る。黃校本、張校本、何校本は「梃」を欠く。
5　葉本は「矣」を欠く。
6　葉本は「誘」を「委」に作る。
7　葉本は「好」を欠く。
8　葉本は「凡」を欠く。
9　葉本は「征」を「往」に作る。
10　黃校本は「肩」を「有」に作る。
11　葉本は「者」を欠く。
12　黃校本は「丐」を欠く。
13　黃校本は「仕」を欠く。
14　陸本、舊小說本は「愿」を「厚」に作る。黃校本は「愿」を欠く。
15　葉本は「琅璫」を「狼當」に作る。
16　葉本は「審之」を「欲審」に作る。
17　葉本は「已」を「倏」に作る。
18　葉本は「告以」を「言其」に作る。
19　黃校本は「此」を「北」に作る。
20　葉本は「史端楷錄」を「吏抄謄祿」に作る。
21　黃校本は「聞」を欠く。
22　葉本は「不𠚐聞之」を「大猷門人」に作る。
23　葉本は「仲」の下に「說」を付す。黃校本は「仲」を「伸」に作る。舊小說本は「趙不𠚐聞之李次仲」の八字を欠く。

「何村の裁判」

秦棣が宣州（安徽省宣城市）の知州であった時、宣州の何村に酒を（秘かに）醸造した民家があり、巡検を派遣して捕らえさせた。兵士数十人を率いて、夜半にその家を取り囲んだ。その村人は、富豪であった。夜に兵士たちがいるのを見て、強盗だと思い、すぐに太鼓を打って隣近所の人々を集め、召使いたちとともに、棍棒を持って迎え撃った。巡検は何の心配もせず、安閑として備えをしていなかったので、配下の兵士たち共々捕らえられた。村人は群盗をすべて生け捕りにしたことを功績だと思い、県の役所に報告した。知県は報告を受けると、この件を尉に任せたが、尉は力では争えないと思い、そこで単騎で出向き、言葉巧みに「私はあなたの家が強盗を捕まえたと聞いた、どうか私とともに来てくれ」と言った。村人は何の疑いも持たず、（褒賞を貰えると）大喜びして、捕まえた人々を全員尉に引き渡し、息子と孫の三人が、一緒に護送して、そのまま宣州に向かった。棣は巡検以下の者たちを釈放すると、三人を捕らえ、麻縄を取ってその体に肩から足までぐるぐると巻き付け、それからそれぞれ杖で百回叩いたが、縄をほどいた時には、三人とも死んでいた。棣の兄がちょうど宰相の位にあったので、誰も口出しできなかった。通判の李季は懼れ、すぐに引退を願い出た。翌年、棣は宣州で死んだ。さらに翌年、楊原仲〔諱は愿〕が知宣州にな（って着任す）ると、昼間に数人が一人の囚人の手足に枷を嵌め鉄の鎖をつけて駆り立て、（役所の）階段のところまで来ると、一人が進み出て「何村の裁判（記録）をご覧になって下さい」と言うのを見た。楊は着任したばかりで、事件の発端をまったく知らなかったので、詳しく尋問しようとしたが、もう姿は消えていた。役人を呼んで事の次第を話すと、役人は「それはきっと秦待制の時に村の富豪が酒を造ったという事案です」と言い、処理済みの文書を抱えて来た。楊は記録を読んでとても驚き、急いで書記係に楷書で記録を写させ、それが終わると紙銭十万銭を買って一緒にそれを焚いた。〔趙不㑺はこの話を李次仲から聞いた。〕

（1）秦棣は、秦檜の弟。『夷堅乙志』巻一五「宣城冤夢」注2参照（一三七頁）。
（2）民家釀酒については、宋代では、酒は国家の専売品であり、特定の酒坊や酒戸で醸造されていたため、人民が勝手に酒を造るのは固く禁じられていた。『宋史』巻一八五・食貨志下七・酒の条に「五代漢初、犯私麴者並棄市、周、至五斤者死。建隆二年、以周法太峻、犯私麴至十五斤、以私酒入城至三斗者始處極刑」とあり、『宋會要輯稿』食貨二〇之一・酒麴雜錄上にも刑罰の詳細な規定が見える。
（3）巡検は、巡検使の略称。『夷堅甲志』巻三「邵南神術」注15参照（甲志上冊九九頁）。
（4）この事件については、『建炎以來繫年要錄』巻一五八・紹興十八年（一一四八）十二月庚申の条にも記述がある。
（5）火は、伙に同じ。群れや集団の意。
（6）棣兄は、秦檜のこと。紹興元年（一一三一）―紹興二年（一一三二）、紹興八年（一一三八）―紹興二十五年（一一五五）に宰相を務めた。『夷堅乙志』巻一「俠婦人」注17参照（乙志上冊二六頁）。

（7）李季は、字は次仲。『夷堅乙志』巻一「小郗先生」注2参照（乙志上冊三九頁）。

（8）楊原仲は、楊愿（一一〇一―一一五二）、原仲は字。山陽県（江蘇省淮安市）の人。紹興二年（一一三二）の進士。官は簽書樞密院事兼參知政事に至る。秦檜に知遇を得て、専らその意に沿って行動したため、世人に疎まれた。『宋史』巻三八〇に伝があり、知宣州を務めたことも見える。

（9）杻械琅璫については、杻械は、手枷足枷。『夷堅乙志』巻六「蔡侍郎」注4参照（乙志上冊一六九頁）。琅璫は、琅當にも作る。鉄の鎖。『漢書』巻九六・西域伝・罽賓國に「後軍候趙德使罽賓。與陰末赴相失、陰末赴鎖琅當德」とあり、顔師古の注は「琅當、長鎖也。若今之禁繫人鎖矣」と説明する。

（10）待制は、ここでは敷文閣待制のこと。貼職の一つ。従四品。『建炎以來繫年要錄』巻一五二・紹興十四年（一一四四）十二月庚辰の条に「集英殿修撰新知明州秦棣入見、詔遷敷文閣待制遣行」とある。

（11）端楷は、正楷に同じ。楷書のこと。『宋史』巻六六・五行志四・金・政和二年（一一一二）の条に「晉州上一石、綠色、方三尺餘、當中有文曰堯天正、其字如掌大而端楷類手書者」とある。

（12）趙不廥については、『夷堅乙志』巻一「趙子顯夢」注4参照（乙志上冊三二頁）。

〔収録〕『新編分類夷堅志』丙集・巻四・幽冥二獄門（目録は「幽明二獄門」に作る）・陰獄類、舊小說本『夷堅志』。

〔分類〕報応（冤報）・鬼

姚氏妾

會稽姚宏(1)買一妾、善女工庖廚、且有姿色、又慧黠[1]謹飭、能承迎人、自主[2]母以下皆愛之。居數月久、一夕、姚氏擧家覺寒氣滿室、切切偪人、已而聞鬼哨一聲、從窗閒出。家人驚怖稍定、方擧燭[3]相存問、獨此妾不見、視其榻、衣衾皆在焉。窗紙上小竅如錢大、不知何怪也。〔郭堂老(2)說。〕

1　黄校本は「黠」を欠く。
2　黄校本は「主」を「上」に作る。
3　黄校本は「燭」を欠く。

「姚家の妾」

會稽県（浙江省紹興市）の姚宏は一人の妾を買ったが、裁縫や台所仕事などが得意で、容姿も優れており、また頭がよくて慎み深く、人の意を迎えることも上手だったので、女主人をはじめ皆に可愛がられていた。数カ月経ち、ある晩、姚家の人はみな冷気が部屋中に満ちて、ひしひしと身に染みるのを感じていたが、しばらくすると幽霊の長嘯の声が、窓辺から出ていくのが聞こえた。家の人は驚きや恐れが少しやわらぐと、ようやく灯火を掲げて互いの無事を確認し合ったが、この妾だけが見当たらず、その寝台を見ると、衣服はみなそこにあった。窓の障子の上に銭くらいの小さい穴が開いており、結局何の怪異かわからなかった。〔郭堂老が話した。〕

（1）　姚宏は、字は令聲。『夷堅乙志』巻四「殯宮餅」注3参照（乙志上冊一二六頁）。
（2）　郭堂老については未詳。堂老は、『容齋四筆』巻一五「官稱別名」に「唐人好以它名標榜官稱。（中略）宰相呼爲堂老」とあるように、宰相の異称だが、宋代に郭姓の宰相は出ていない。ここは人名であろうか。

〔分類〕婦人・鬼

乙志巻一七

翟楫得子[1](1)

京師人翟楫居湖州四安鎭[2]、年五十無子。繪觀世[3]音像、懇禱甚至、其妻方娠[4]。夢白衣婦人以盤擎[5]一兒甚韶秀。妻大喜、欲抱取之、一牛横陳[6]其中、竟不可得。既而生男[7]子、彌月不育。又禱請[8]如初、有聞其夢者告楫曰、子酷嗜牛肉、豈謂是歟。楫竦然、卽[9]誓闔[10]家不復食。遂[11]復夢前婦人送兒至、抱得之。妻遂[12]生子、爲成人[13]。〔周[14]階[15](2)說[16]。〕

1　葉本、増補本は目録で「翟」を「擇」に作る。別藏本は目録で「瞿」に作る。
2　別藏本、黄校本、陸本、張校本、何校本は「鎭」を「縣」に作る。
3　葉本、増補本は「世」を欠く。
4　葉本、増補本は「娠」を「妊」に作る。
5　葉本、増補本は「擎」を「送」に作る。
6　葉本、増補本は「陳」を「隔」に作る。
7　葉本、増補本は「男」を欠く。
8　葉本、増補本は「請」を欠く。
9　葉本、増補本は「卽」を「而」に作る。
10　葉本、増補本は「闔」を「合」に作る。
11　葉本、増補本は「復」を「再」に作る。
12　葉本、増補本は「遂」を「乃」に作る。
13　増補本は「爲成人」を「遂育」に作る。
14　黄校本、陸本は「周」を「同」に作る。
15　陸本は「階」を「偕」に作る。
16　増補本は「周階說」の三字を欠く。

「翟楫《てきしゅう》が息子を得る」

都（汴京）の人である翟楫が湖州四安鎮（浙江省湖州市長興県泗安鎮）に住んでいた時、五十歳になっても息子がいなかった。観世音菩薩の像を絵に描き、心をこめて祈ると、その妻はようやく妊娠した。夢に白い服の婦人がたらいに入った眉目秀麗な男の子を一人捧げてきたのを見た。妻はたいそう喜んで、抱き取ろうとしたが、一匹の牛がその間に寝そべっていたので、結局手にできなかった。間もなくして息子が生まれたが、一カ月経たないうちに死んでしまった。そこでまた以前と同じように祈っていたが、夢の話を聞いた者が楫に「あなたは牛肉を食べるのがとても好きだが、（牛が妨げたのは）そのことを言うのではないのか」と告げた。楫は恐れおののき、すぐさま一家全員二度と（牛肉を）食べないと誓った。すると再び夢で以前の婦人が男の子を届けに来て、（今度は）手に抱くことができた。そして妻は息子を産み、（その息子は）成人したのである。〔周階が話した。〕

（1）翟楫については、南宋、樓鑰『攻媿集』巻一一一・北行日錄上・乾道五年（一一六九）十一月四日の条に「授衣衫翟楫及承局翁葉行兩發家書」とあるが、同一人物か否かは不明。

（2）周階については、『夷堅乙志』巻一「食牛夢戒」注1参照（乙志上冊二八頁）。

〔収録〕『新編分類夷堅志』乙集・巻三・禽獸門・不食牛報類、『新訂增補夷堅志』巻八・不食牛報類。

〔分類〕釈証（観音）・夢・畜獣（牛）

張八叔

邊知白公式(1)居平江、祖母汪氏臥病、更數醫不效。有客扣門、靑巾烏袍、白晳[1]而髯、言、吾乃潤州范公橋(2)織羅張八叔也。前巷袁二十五秀才令來切脈(3)。公式出見之、客曰、不必診脈。吾已得尊夫人疾狀。留一藥方曰烏金散(4)、使卽飲之。邊氏家小黃犬、方生數日、背有黑綬帶(5)文。客曰、幸以與我。後三日復來取矣。公式笑不答、後三日、犬忽死、汪氏病亦愈。乃詣袁秀才謝其意、袁殊大驚。坐側有畫圖、視之、乃呂洞賓(6)象、宛然前所見者。畫本實得於張八叔家。〔邊姪維嶽(7)說。〕

1　陸本は「晳」を「晢」に作る。

「張八叔」

邊知白（字は）公式が平江府（江蘇省蘇州市）に住んでいた時、祖母の汪氏が病の床に就き、何人もの医者に診てもらったが治らなかった。（ある時）客が訪ねてきて、青い頭巾に黒い上着を着て、色白で頬髭をたくわえており、「私は潤州（江蘇省鎮江市）の范公橋で絹織物の織工をしている張八叔です。向かいの町の袁二十五秀才から脈を診に行くように言われました」と言った。公式が応対に出ると、客は「脈を診るまでもありません。私にはすでに奥様の病状がわかっています」と言う。そして烏金散という薬の処方を記して、すぐさま祖母に飲ませるよう言った。邊家には小さな黄色い犬がいたが、ちょうど生まれて数日経ったばかりで、背中に黒い授帯のような模様があった。客は「どうかこの犬を私に下さい。三日後にまた取りに来ますから」と言った。公式は笑っただけで返事をしなかったが、三日後、犬が突然死ぬと、汪氏の病気も良くなった。そこで袁秀才のところへ心遣いの御礼を述べに行ったところ、袁は非常に驚いた。座っていた側に絵が掛かっていたが、これを見ると、なんと呂洞賓の肖像画で、先の客にそっくりであった。その絵は実際に張八叔の家から得たものだった。

〔邊の甥の維嶽が話した。〕

（1）邊知白、字は公式については、『夷堅甲志』巻一〇「李八得薬」注6参照（甲志上冊三〇四頁）。

（2）范公橋については、『嘉定鎮江志』巻二・橋梁・丹徒縣・清風橋の条に「在嘉定橋之南。宋景祐間、郡守文正范公希文重建。俗呼爲范公橋」とある。なお潤州には織羅の役所も置かれていた。『宋史』巻一七五・食貨志上三・布帛の条に「江寧府、潤州有織羅務」とある。

（3）切脈は、脈を診ること。中国医学における病気を診断する方法の一つ。『黄帝内經素問』巻五・脈要精微論に「切脈動靜而視精明、察五色、觀五藏有餘不足、六府强弱形之盛衰、以此參伍、決死生之分」とあり、王冰の注は「切、謂以指切近於脈也」と説明する。

（4）烏金散については、北宋、王衮『博濟方』巻三・大便證によれば「治遠年近日腸風下血不止」とある。

（5）綬帯は、官印などを結ぶ為に使う絹のひも。『新唐書』巻二四・車服志に「德宗嘗賜節度使時服、以鶻銜綬帶、謂其行列有序、牧人有威儀也」とある。

（6）呂洞賓については、『夷堅甲志』巻一「石氏女」注1参照（甲志上冊三一頁）。

（7）邊維嶽は、『崇禎呉縣志』巻三三・選擧二・進士・宋によれば、字は申甫。呉県（江蘇省蘇州市）の人。淳熙十四年（一一八七）の進士。知袁州、右通議大夫を歴任した。本巻「張成憲」、「沈十九」の話の提供者でもある。

〔分類〕医・畜獣（犬）・薬

王訢託生（1）

王訢、字亨之、江陰人。紹興戊辰登科、待揚[1]州敎授闕、未赴、以乙亥三月卒于家。冬十月、其田僕、見一人跨馬、兩卒爲馭。諦視之、敎授君也。驚問何所適、曰、吾欲到彭蒿因千二（2）秀才家。僕曰、此去彭蒿十[2]餘里。日勢已暮、恐不能達。訢曰、遠非所憚。爲我前導、足矣。乃與倶行。至初更、及因氏之門、訢下馬、留一紙裹與僕曰、謝汝倶來。倏從門隙中入。僕懼甚、亟歸視裹中物、得銅錢五十枚、不敢語人。明日又往問、乃因氏孫婦是夜得子。〔嚴康朝說。（3）〕

1　諸本は「揚」を「楊」に作る。嚴元照校注に「楊字疑誤」と注記するのに従って改めた。

2　別藏本は「十」を「千」に作る。

「王訢《おうきん》の転生」

王訢、字は亨之は、江陰軍（江蘇省江陰市）の人である。紹興戊辰（十八年、一一四八）に科挙に合格し、揚州（江蘇省揚州市）の教授に欠員が出るのを待っていて、赴任しないうちに、乙亥（二十五年、一一五五）三月に家で死んだ。その冬の十月、畑仕事をする下男が、一人の男が馬に跨がり、二人の兵卒が手綱を引いているのに出会った。よく見ると、（主人である）教授どのであった。驚いてどこへ行くのか尋ねると、「私は彭蒿鎮（江西省萍郷市上栗県）の因千二秀才の家へ行くところだ」と答えた。下男が「ここから彭蒿鎮までは十里以上もあります。日もすでに暮れておりますから、恐らく（今日中には）着くことはできませんよ」と言うと、訢は「遠いことは問題ではない。私の為に先導してくれれば、それで良いのだ」と言うので、そこで一緒に行った。初更になって、因家の門に着くと、訢は馬から下り、一つの紙包みを下男に渡して、「一緒に来てもらって感謝する」と言うと、たちまち門の隙間から中へ入っていった。下男は非常に恐ろしくなり、すぐさま帰って包みの中のものを見ると、銅銭五十枚が入っていたが、他人には話せないでいた。翌日また行って聞いてみると、なんと因家の孫の妻にこの夜息子が生まれたのであった。〔嚴康朝が話した。〕

（1）王訢、字は享之については、『嘉靖江陰縣志』巻一四・選擧表・宋・甲科・紹興十八年（一一四八）の条に「王訢、享之、揚州教授」とある。
（2）因千二については、ここに見える以外のことは不明。
（3）嚴康朝は、長興県（浙江省湖州市）の人。紹興十二年（一一四二）の進士。宣敎郎。『嘉靖江陰縣志』巻一二・官師表・宋によると、紹興二十四年（一一五四）に宣敎郎の身分で江陰軍の教授になる。北宋、孫覿『鴻慶居士集』巻三四・墓誌銘「宋故顯謨閣學士左大中大夫汪公墓誌銘」に「孫男女十三人。（中略）女適右奉議郎嚴康朝」とあり、汪藻（『夷堅甲志』巻一二「汪彦章跋啓」注1参照。甲志下冊五一頁）の孫娘の婿である。『夷堅丁志』巻一一「霍將軍」の話の提供者として名が見える。

〔分類〕鬼・転生

閤皁大鬼(1)

臨江軍閤皁山下張氏者、以財雄鄕里。紹興十四年、家僕晨興啓戸、有人長丈餘通身黑色、徑入坐廳上。詰之不應、曳之不動、急報主人。及呼衆僕至、擊之以杖、鏗然有聲、刺之以矛不能入、刃皆拳曲如鉤。沃之以湯了不沾濕、頑然自如、亦無怒態。江西鄕居多寇竊、人家往往蓄大鼓、遇有緩急、擊以集衆。至是、鼓不鳴、張氏念不可與力競、乃扣頭祈哀。又不顧、徐徐奮而起、循行堂中、井竈、湢(2)溷、無不至者。張室藏帑、悉以巨鎖扃鑰、鬼輕掣之即開。所之既遍、復出坐。及暮、將明燭、火亦不然。一家惴懼、登山上玉[1]笥觀(3)、設黃籙九幽醮(4)、命道士奏章于天。七日、始不見。張氏自此衰替、今爲窶[2]人。〔石田(5)人汪介然[3](6)說。〕

1　黄校本、陸本は「玉」を「王」に作る。
2　黄校本は「窶」を欠く。
3　黄校本は「然」を「熊」に作る。

「閤皁《こうそう》山の巨大な鬼」

臨江軍（江西省樟樹市）閣皁山のふもとの張家は、郷里で一番の金持ちであった。紹興十四年（一一四四）、家の下男が朝早く起きて戸を開くと、身長が一丈余りで全身真っ黒の人がいて、すぐさま入ってくると表座敷に座りこんだ。咎めたが返事をせず、引いても動かないので、急いで主人に知らせた。下男たちを呼び集めると、杖で打ったが、カーンと高い音がし、矛で刺しても入らず、刃先はみな鉤のように曲がってしまった。熱湯を注ぎかけてもまったく濡れず、何も感じていないように平然として、しかも怒る様子もなかった。（当時）江南西路の村々では盗賊が多く出没し、家にはたいてい大きな鼓を置いて、危急なことがあればこれを打ってみなを集めていた。（しかし）ここに至って、（打っても）鼓は鳴らず、張氏は力ではどうにもならないと考え、扣頭してひたすら許しを願った。それでも一顧だにせず、ゆっくりと身体を揺すりながら立ち上がると、表座敷の中、井戸やかまど、湯殿や厠と巡り歩いて、至らない場所は無かった。張の家の奥部屋は財産を貯えていて、すべて大きな錠前で鍵をかけていたが、悪鬼が軽く引くとすぐさま開いた。すべての場所を巡り終わると、再び（表座敷に）出てきて座った。日が暮れて、明かりを灯そうとしたが、火も点かなかった。家中の者は震え上がって、（玉笥）山の上にある玉笥観に登り、黄籙九幽醮を行い、道士に頼んで天帝に上奏した。七日が経ち、ようやく（この悪鬼の姿は）見えなくなった。張家はこの後衰えていき、今では貧民になっている。〔石田村の人である汪介然が話した。〕

（1）閣皁は、閣皁山。道教の名山の一つ。臨江軍の東、隆興府との境をなし、現在の江西省樟樹市の東南に位置する。唐、司馬承禎『天地官府圖』（『正統道藏』太玄部『雲笈七籤』巻二七）七十二福地・第三十六閣皁山の条に「在吉州新淦縣。郭眞人所治處」とある。また『輿地紀勝』巻三四・江南西路・臨江軍・景物下・閣皁山の条に、北宋、樂史『太平寰宇記』（巻一〇九）を引いて「在新淦縣北六十里、淦山南一里。爲神仙之攸館」とある。

（2）湢は、浴室のこと。『夷堅甲志』巻一九「郝氏魅」注5参照（甲志下冊二八五頁）。

（3）玉笥觀については、『太平寰宇記』巻一〇九・江南西道七・吉州・新淦縣・玉笥山の条に「在縣南六十里。道書曰、玉笥山、福地山也。有水東流、山數十里、地宜稻穀、肥美。陶弘景玉匱書云、山今屬巴山、在縣西四十里。有廢清居觀、卽梁公社被流于南、廻而隱于此山、因置觀焉。梁司徒、左長史蕭子雲爲作銘也」とある。なお玉笥山は臨江軍の南、吉州との境に位置する。

（4）黄籙九幽醮については、黄籙醮は、道教の祭儀の一つで、亡魂を供養、救済するために行う。『夷堅乙志』巻六「蔡侍郎」注9参照（乙志上冊一七〇頁）。九幽は、九泉と同じく地下世界を指す。

（5）石田は、次の「宣州孟郎中」によれば、徽州婺源県（江西省上饒市婺源県）にあった村。

（6）汪介然については、明、程敏政『新安文獻志』巻九六上・行實・材武・汪師泰「汪觀察傳」によれば、字は彦確。婺源県の人。郷試の推薦を受けたが合格せず、岳飛や韓世清の軍に入るなどして功績を挙げ、官は承節郎に至る。紹興年間（一一三一―一一六二）に金に使いした際は、抑留中であった洪邁の父の洪皓からの密書を腿を割いて隠して持ち帰り、皇帝に届けている。

〔分類〕鬼

宣州孟郎中(1)

乾道元年七月[1]、婺源石[2]田村汪氏僕王[3]十五正耘于[4]田、忽僵仆。家人至視之、死矣。舁歸舍、尚有微喘、不敢斂[5]、凡八日復甦。云、初在田中、望[6]十餘人自西來、皆著[7]道服、所賫有箱篋大[8]扇。方注視、便爲捽着地上、加毆[9]擊、驅令荷擔[10]行。至縣五侯廟(2)、有一人具冠帶出、結束若今通引[11]官(3)。傳侯[12]旨、問來何所須[13]、答曰、當於婺源行瘟(4)。冠帶者入、復出曰、侯不可[14]。趣令急[15]去、其人猶遷延、俄聞廟中傳呼曰、不即行、別有處分。遂捨[16]去。入嶽廟、復遭[17]逐、乃從浙嶺(5)適[18]休寧縣、謁城隍及英濟王廟(6)、所言如婺源、皆不許[19]。遂至[20]徽州、遍走三廟、亦[21]不許。十人者[22]慘沮不樂、迤邐之[23]宣州、入一大[24]祠。才[25]及門、數人已[26]出迎、若先知其來者。相見大喜、入白神、神許諾。仍敕健步[27]、遍報所屬土地、且假[28]一鬼爲導、自北門孟郎中家始。既至、以所賫物藏竈下、運大木立寨柵于外、若今[29]營壘然。逮旦、各執其物巡行堂中。二子先出、椎其腦、即仆地。次遇僕婢[30]輩、或擊、或扇、無不應手而隕[31]。凡留兩日[32]、其[33]徒一人入報、西南火光[34]起、恐救兵至。亟相率登陴(7)、望火所來、彍弩射之、即滅。又二日、復報營外火光屬天、暨[35]登陴[36]、則[37]已大[38]熾焚其柵立盡、不及措手、遂各潰散、獨我在。悟身已死、尋故道以歸、乃活。里人汪賡(8)新調廣德軍簽[39]判(9)、見其事。其妹壻余永[40]觀(10)適爲宣城尉、即遣書詢之。云、孟生[41]乃醫者、七月間闔[42]門(11)大疫、自二子始、婢妾死者[43]二人。招村[44]巫治之、方作法、巫自得疾[45]、歸而[46]死。孟氏[47]悉集一城師巫、併力禳禬(12)、始[48]愈。蓋所謂火焚其柵者、此也。是歲、浙西民[49]疫禍不勝計、獨江東無事。斂之神可謂仁矣。

〔石田[50]人汪[51]拱(13)說、王十五[52]乃其家僕也。[53]〕

1　增補本は「乾道元年七月」の六字を欠く。

2　葉本、增補本は「石」を「古」に作る。

3　葉本、增補本は「王」を「三」に作る。

4　葉本、增補本は「于」を欠く。

5 何校本は「歛」を「殮」に作る。
6 葉本、增補本は「望」の下に「見」を付す。
7 葉本、增補本は「著」を「着」に作る。
8 增補本は「大」を「天」に作る。
9 別藏本、黃校本、陸本、張校本は「毆」を「歐」に作る。
10 葉本、增補本は「荷」を「負」に作る。
11 葉本、增補本は「通」を「導」に作る。
12 葉本、增補本は「侯」を欠く。
13 葉本、增補本は「須」を「需」に作る。
14 葉本、增補本は「可」を「許」に作る。
15 葉本、增補本は「急」を「亟」に作る。
16 葉本、增補本は「捨」を欠く。
17 黃校本は「遭」を欠く。
18 葉本、增補本は「適」を「過」に作る。
19 葉本、增補本は「所言如婺源皆不許」を「復遭叱」に作る。
20 葉本、增補本は「遂至」を「逐出」に作る。
21 葉本、增補本は「亦」を「皆」に作る。
22 葉本、增補本は「者」を「皆」に作る。
23 葉本、增補本は「之」を「至」に作る。
24 葉本、增補本は「大」を「太」に作る。
25 葉本、增補本は「才」を「纔」に作る。
26 葉本、增補本は「已」を欠く。
27 葉本、增補本は「敕健步」を「勑急足」に作る。
28 葉本、增補本は「且假」を「以」に作る。
29 舊小說本は「今」を欠く。

---

30 葉本は「僕婢」を「婢僕」に作る。
31 葉本、增補本は「隕」を「仆」に作る。
32 別藏本は「日」を「月」に作る。張校本、何校本は「日」を欠く。
33 黃校本は「兩日其」の三字を欠く。
34 葉本、增補本は「光」を欠く。
35 葉本、增補本は「曁」を「旣」に作る。
36 葉本、增補本は「陴」を「埤」に作る。
37 葉本、增補本は「則」の下に「火」を付す。
38 葉本、增補本は「大」を欠く。
39 葉本、增補本は「簽」を「僉」に作る。
40 葉本、增補本は「永」を欠く。
41 葉本、增補本は「生」を「氏」に作る。
42 葉本、增補本は「闔」を「合」に作る。
43 葉本、增補本は「死者」の二字を欠く。
44 葉本、增補本は「巫」の下に「二人」を付す。
45 葉本、增補本は「疾」を「病去」に作る。
46 葉本、增補本は「而」を「家」に作る。
47 葉本、增補本は「悉」を欠く。
48 葉本は「始」を「姑」に作る。
49 葉本、增補本は「民」を欠く。
50 黃校本、陸本は「田」を「曰」に作る。
51 黃校本は「汪」を「注」に作る。
52 諸本は「五」を「三」に作る。
53 葉本、增補本、舊小說本は「石田人汪拱說王十五乃其家僕也」の十四字を欠く。

「宣州の孟郎中」

乾道元年（一一六五）七月、婺源県（江西省上饒市婺源県）石田村の汪家の下男である王十五がちょうど畑を耕している時に、突然倒れた。家の者が見に行くと、死んでいた。担いで家に帰ると、まだかすかに息があったので、棺に入れられずにいたところ、八日ほど経って再び生き返って、次のような話をした。

最初畑にいた時、十人余りの人が西からやって来るのが見え、みな道士の服を着ており、持ち物には箱と大きな扇があった。それをじっと見ていると、いきなり髪を摑んで地面に引き倒され、殴られて、追い立てられて荷物を担がされた。県の五侯廟まで来ると、衣冠束帯を着けた人が出てきたが、出で立ちはまるで今の通引官のようだった。五侯神の言葉を伝えて、何の用件で来たのかと尋ねると、「婺源県で伝染病を流行らせることになっています」と答えた。衣冠を付けた者は中へ入り、再び出てくると、「神はお許しにならない」と言った。早く立ち去るように促しても、その人たちはまだぐずぐずしていたが、突然廟の中から呼ぶ声が聞こえてきて、「すぐに行かなければ、別の仕置きが下るぞ」と言うので、諦めて立ち去った。東嶽廟に入ると、また追い出されたので、そこで浙嶺から休寧県（安徽省黄山市休寧県）へ行き、城隍廟や英濟王廟に謁見して、婺源県と同じことを申し上げたが、みな許されなかった。そのまま徽州（安徽省黄山市徽州区）までやってきて、三つの廟すべてを回ったが、やはり許されなかった。十人ほどの者は意気消沈して不機嫌になり、足取りも重く宣州（安徽省宣城市）へ行き、ある大きな祠に入った。門に着いた途端、数人の人がすでに出迎えており、来ることが先にわかっていたかのようであった。彼らを見て大いに喜び、入って神に申し上げると、神はお許しになった。そこで健脚の者に命じて、所轄する土地すべてに知らせた上、道案内に一匹の鬼を貸し与え、北門にある孟郎中の家から始めた。（彼らは）やってくると、持ってきた物をかまどの下に隠し、大きな木を運んできて（家の）外に柵を立てたが、それはまるで今の砦のようであった。夜が明けると、それぞれ隠した物を取り出して表座敷の中を巡り歩いた。最初に二人の息子が出てきたので、その頭を槌で叩くと、すぐさま地面に倒れた。次に下男や下女たちに遇ったので、ある者は叩き、ある者には扇であおぐと、手に応じてみな倒れた。二日間ほど留まっていると、仲間の一人が入ってきて、西南の方角に火柱があがったので、恐らく救助の神兵がやって来たのではないかと知らせた。（彼らは）急ぎ連れ立ってひめ垣に登り、火柱があがる場所を見て、大弓をいっぱいに引いてこれを射ると、すぐに消えた。さらに二日経って、再び砦の外に火柱が天まで届いているとの知らせが入り、ひめ垣に登った時には、烈火が見る見るその柵を焼き尽くしており、施す手立てが無かったので、そのまま散り散りに逃げて、私一人だけが残された。自分がすでに死んでいることを悟ったが、もと来た道を尋ねながら帰ると、そこで生き返ったのだ、と。

婺源県の人である汪賡は新たに廣德軍（安徽省宣城市広徳県）の簽判に任ぜられたところで、実際にこのことを目撃した。その妹婿の余永觀がちょうど宣城県（安徽省宣城市）の尉に就いていたので、手紙を出してこのことについて尋ねた。その返事には、孟さんは医者で、七月に一家全員が伝染病に罹ったが、二人の息子から始まり、下女の中で死んだ者は二人だった。村の巫を招いて退治させたが、術を施そうとした時に、巫自身が病に罹って、帰るなり死んでしまった。（そこで）孟家は宣州中の熟練の巫を集め、力を合わせて災いを祓う祭祀を行わせて、ようやく（一家の病は）癒えた、とあった。思うに（先の話で）火がその柵を焼いたと言っていたのは、このことを指しているのだろう。この年、浙西路では伝染病に見舞われた人が数えられないほどいたが、ただ江南東路だけは事なきを得た。歙《きゅう》（徽州。婺源県、休寧県も含む）の神々は仁者といえよう。〔石田村の人である汪拱が話した。王十五は彼の家の下男である。〕

（1）郎中は、尚書省六部に属する二十四司の長官。ここでは医者が自称する通り名。南宋、孟元老『東京夢華録』巻三・馬行街北醫舗の条に「銀孩兒、栢郎中家醫小兒」とある。助教と称することもあった。『夷堅乙志』巻一「蟹山」注1参照（乙志上冊一五頁）。

（2）五侯廟は、五顯靈觀祠のこと。五顯神廟や五通祠ともいう。財神として知られる。『新安志』巻五・祠廟の条に「靈順廟、在縣西。其神五人、舊號五通廟。大觀三年三月賜廟額。宣和五年正月封通貺、通佑、通澤、通惠、通濟侯。紹興二年五月竝加封四字、十五年九月封六字、乾道三年九月封八字、淳熙元年進封顯應、顯濟、顯祐、顯靈、顯寧公」とある。

（3）通引官は、秘書省に属する官職名で、文書を掌る。『南宋館閣錄』巻一〇・職掌・簿書に「通引官二人。掌取索投下文字之類」とある。

（4）「當於婺源行瘟」については、伝染病は天帝の命により、瘟神として知られる趙公明らに命じて流行させるものと考えられていた。『太平廣記』巻二九四・神四「王祐」（晉、干寶『搜神記』を引く）に「散騎侍郎王祐疾困、與母辭訣。既而聞有通賓者曰、某郡某里某人、嘗爲別駕。祐亦雅聞其姓字。有頃、奄然來至、曰、與卿士類有自然之分、又州里、情便款然。今年國家有大事、出三將軍、分布徵發。吾等十餘人、爲趙公明府參佐。（中略）初有妖書云、上帝以三將軍趙公明、鍾士季各督數萬鬼兵取人。莫知所在。祐病差、見此書、與所道趙公明合焉」とある。

（5）浙嶺は、浙源山のこと。『新安志』巻五・山阜・浙源山の条に「在縣北七十里。亦曰浙嶺。高三百五十仞、周二十五里、連黟縣魚亭山。舊有石英鍾乳」とある。

（6）英濟王廟については、『景定嚴州續志』巻八・祠廟に「英濟王廟三、一在歙嶺、一在柏山、神汪姓、歙之士神也。縣與歙鄰、故多奉之」とある。

（7）陴は、城壁の上にある土塀で、敵をのぞく穴が開いているひめ垣。女牆に同じ。『夷堅乙志』巻八「虔州城樓」注7参照（乙志上冊二四〇頁）。

（8）汪賡（一一三二―一一七八）は、字は子載。婺源県の人。廣德軍簽判、宣議郎、通直郎などを歴任。明、程敏政『新安文獻志』巻七八・行實・胡銓「戸贈左通奉大夫程公瑀墓誌銘」に「女四人。（中略）次適奉議郎新權知汀州汪賡」とある。

（9）簽判は、節度使の幕職官。『夷堅甲志』巻五「蔣通判女」注2参照（甲志上冊一四六頁）。

（10）余永觀については、ここに見える以外のことは不明。

（11）闔門は、一家全員のこと。『夷堅乙志』巻一「食牛夢戒」注3参照（乙志上冊二八頁）。

（12）禳禬は、災害や変異を免れるように祈禱すること。『夷堅甲志』巻一二「向氏家廟」注11参照（甲志下冊六三頁）。

（13）汪拱は、諱は珙または洪にも作る。字は子潁。徽州歙県（安徽省黄山市歙県）の人。乾道八年（一一七二）の進士。知新建縣事などを務めた。『新安文獻志』先賢事略下・宋に伝がある。

〔収録〕『新編分類夷堅志』庚集・巻五・鬼怪門・疫鬼類、『新訂增補夷堅志』巻三五・疫鬼類、舊小説本『夷堅志』。

〔分類〕巫・神・鬼

馴鳩

鹽官縣慶善寺（1）明義大師了宣（2）、退居邑人鄒氏庵。隆興元年春、晨起行徑中見鳩雛墮地、携以歸。躬自哺飼、兩月乃能飛。日縱所適、夜則投宿屏几間。是歳十月、其徒惠[1]（3）月復主慶善寺、迎致其師于丈室之西偏。逮暮鳩歸、則闃（4）無人矣、旋室百帀、悲鳴不止[2]。守舍者憐之、謂曰、吾送汝歸老師處。明日籠以授宣、自是不復出。馴狎左右以手摩拊[3]皆不動、他人近之輒驚起[4]。嗚呼、孰謂畜產無知乎（5）。〔竇[5]思永說[6]（6）[7]。〕

1　葉本は「惠」を「急」に作る。
2　江本は「止」を「已」に作る。
3　葉本は「拊」を「撫」に作る。
4　葉本は「起」を欠く。
5　黄校本は「竇」を「寶」に作る。
6　葉本は「永」を「叔」に作る。
7　江本は、「竇思永說」の四字を欠く。

「懐いた鳩」

鹽官県（浙江省海寧市）にある慶善寺の明義大師了宣は、住職を退いてから村人の鄒さんの庵に住んでいた。隆興元年（一一六三）の春、朝早く起きて小道を歩いていると鳩の雛が地面に落ちているのを見つけたので、拾って連れて帰った。自ら餌を与えて飼い、二カ月してようやく飛べるようになった。昼は自由に飛び回っても、夜になれば衝立や机の辺りへ眠りに帰ってきていた。この年の十月、了宣の弟子の恵月がやはり慶善寺の住職になると、師（である了宣）を自室の西側の部屋に迎えた。（その日）日が暮れて鳩が帰ってくると、ひっそりとして誰もいなかったので、部屋をぐるぐると何周も飛び回って、悲しげに鳴き止まなかった。留守居の者が鳩を哀れに思い、「私がお前を大師がいるところへ連れて行ってやろう」と言い、翌日籠に入れて了宣に渡すと、これ以後決して（部屋から）出ようとしなかった。師の側に馴れて従い、手で撫でても動こうとしなかったが、他の者が近づくとすぐさまバタバタと飛び上がった。ああ、畜生に恩義を知る心がないと誰が言うのか。〔竇思永が話した。〕

（1）慶善寺については、『咸淳臨安志』巻八五・寺観一一・寺院・鹽官縣・慶善寺の条に「在縣西南二百步。天監七年、士人弘靈度因井中有光、三日不止、舍宅爲寺。地濱海、遂以觀海爲名。會昌五年廢。大中祥符元年改今額。有千佛閣、門外有唐大中間石經幢。有竇思永撰、銅僧伽像記」とある。また『乾隆浙江通志』巻二五五・碑碣一・杭州府・慶善寺銅僧伽瑞像記の条に「隆興二年九月新差充衢州教授竇思永撰」とある。

（2）明義大師了宣については未詳。

（3）恵月については未詳。

（4）闃《げき》は、ひっそりと静かなようす、がらんとして誰もいないようすをいう。西晉、左思「呉都賦」（『文選』巻五）に「嶰澗闃、岡岵童」とあり、李善の注は「闃、空也」と説明する。

（5）「畜産無知」については、畜産は、畜生に同じ。底栗車《ちりしゃ》（梵語 ***Tiryagyoni***）、人が飼育している生き物のこと。後秦、三藏弗若多羅訳『十誦律』（『大正藏』第二三冊）巻三四「八法中臥具法第七」に「佛言、畜生無知、尚相恭敬行尊重法、自得大利亦利益他。何況汝等以信出家、剃除鬚髮服法衣、應相尊敬」とある。

（6）竇思永については、『夷堅甲志』巻一三「謝希旦」注2参照（甲志下冊八五頁）。

〔収録〕『新編分類夷堅志』乙集・巻四・禽獸門・靈性有義類、江本『夷堅志』。『咸淳臨安志』巻九二・紀遺四・紀事。

〔分類〕禽鳥

女鬼惑仇鐸(1)

紫姑神(2)類多假託、或能害人、予所聞見者屢矣。今紀近事一節[1]、以爲後生戒。天台士人仇鐸者、本待制〔寓〕(3)之族派也[2]、浮游[3]江淮、壯年未娶。乾道元年秋、數數延[4]紫姑求詩詞[5]、諷翫[6]不去口[7]、遂爲所惑。晨夕繳繞之不捨[8]、必欲見[9]眞形爲[10]夫婦[11]。又將託[12]於夢想、鐸雖已[13]迷、然尙[14]畏死、猶自[15]力拒之。鬼相隨愈密[16]、至把其手以[17]作字、不煩運箕(4)也[18]。同行者[19]知之、懼其不免、因出游[20]泰州市、徑與入城隍神祠、焚香代訴。始入廟、鐸兩齒相擊、已有恐栗[21]之狀。曁還舍、卽索紙爲婦人對事、具述本末。辭殊褻冗、今删取[22]其大略云、大宋國東京城內四聖觀(5)前居住弟子紀三六郞名爽(6)、妻張氏三六娘。行年三十三[23]歲、辛酉年三月十二日巳時降[24]生、癸巳年三月十四日死。是年九月見呂先生(7)於箕(8)、口得導[25]養之術。自後周遊四海、於今年八月三日過高郵軍、見台州進士仇鐸在延洪寺(9)塔院內[26]請蓬萊(10)大島眞仙。爲愛本人年少、遂降箕筆、詐稱、我姉妹在蓬萊山、承子供養、今日降汝[27]。汝宜至誠、不得妄[28]想、我當長[29]降於汝。又旬日、來往益熟、不合擧意寫媟語誘鐸、又說將來有宰相分、以此惑亂其心。十七日到泰州、要與相見、不許、又要入夢、亦不許。遂告鐸云、汝父恨汝[30]不孝、焚章奏天上[31]。天[32]降旨、三日內有雷震汝。宜多設茶果[33]香燭、稽首乞命、我當爲汝祈天免禍。又索度人經(11)萬卷、三年之後、要與汝爲夫妻[34]。意欲鐸恐懼從己[35]。又僞稱呂翁在門、令來日未明[36]、來東門外石墳側相見。鐸欲往赴、爲衆人挽住。又寫雲房(12)兩字、使鐸食乳香(13)半兩(14)、冀狂[37]渴赴水死。至於[38]引頭擊柱、用破磁敗面、皆[39]不死。遂稱天神已降、將燒汝左臂、令鐸入稿薦中、伏於牀[40]下、作呂翁救解之言曰、天神、幸[41]以呂巖[42]故赦此人。此人若死、巖不復爲神仙[43]。如是經兩時久、不能殺鐸。至晚、方[44]與鐸言、我非蓬[45]仙、是白犬精。今日代汝震死[46]、永爲下鬼(15)、宜以杯酒敍別。明日又來、云、我乃興化阿母[47]山白蛇精、從前所殺三千七百餘人矣。衆人招法師來、欲見治。又降鐸曰、我只[48]畏龍虎山(16)張天師(17)。餘人不畏也。緣三六娘本意耽著[49]仇鐸、迷而不返、須要纏繞本人、損其性命。今爲鐸訴于本郡城隍、奏天治罪。伏蒙取責文狀。所供竝是諳[50]實、如後異同。甘伏重憲[51]。其所書凡千五百字、卽日錄焚之。鐸後三日[52]始醒[53]。蓋爲所困幾一月、婦人自稱[54]死於癸巳歲[55]、至是時[56]已五十三年矣。鬼趣(18)亦久矣哉。

1　葉本は「予所聞見者屢矣今紀近事一節」を「今記此」に作る。
2　葉本は「派」を「人」に作る。
3　葉本は「游」を「蕩」に作る。
4　葉本は「數延」を「召」に作る。
5　葉本は「詞」を欠く。
6　葉本は「翫」を「玩」に作る。
7　葉本は「去口」を「釋」に作る。
8　葉本は「繳繞之不捨」を「營爲」に作る。
9　葉本は「見」を「一覩」に作る。
10　葉本は「爲」の上に「冀」を付す。
11　葉本は「夫婦」を「淫慾」に作る。
12　葉本は「將託」を「毎求」に作る。
13　葉本は「已」を欠く。
14　葉本は「然尚」を「於纏繞亦知」に作る。
15　葉本は「猶自」を「嘗」に作る。
16　葉本は「愈密」を「不捨」に作る。
17　葉本は「以」を欠く。
18　葉本は「運算也」を「算運」に作る。
19　葉本は「行者」を「侶」に作る。
20　葉本は「游」を「遊」に作る。
21　葉本は「栗」を「怖」に作る。
22　葉本は「取」を欠く。
23　葉本は「三」を「二」に作る。
24　葉本は「降」を「受」に作る。
25　葉本は「導」を「道」に作る。
26　葉本は「內」を欠く。
27　葉本は「汝」を「臨」に作る。
28　別藏本は「妄」を「妾」に作る。

29　葉本は「長」を「常」に作る。
30　黃校本は「汝」を欠く。
31　葉本は「天上」を「上天」に作る。
32　葉本は「天」の下に「帝」を付す。
33　葉本は「果」を「菓」に作る。
34　葉本は「妻」を「婦」に作る。
35　葉本は「己」を「言」に作る。
36　葉本は「明」の下に「時」を付す。
37　葉本は「狂」を「往」に作る。
38　葉本は「於」を欠く。
39　葉本は「皆」を欠く。
40　葉本は「牀」を「床」に作る。
41　葉本は「幸」を欠く。
42　葉本は「巖」を「岩」に作る。以下同じ。
43　葉本は「神」を欠く。
44　葉本は「方」の下に「興」を付す。
45　葉本は「蓬」の下に「萊」を付す。
46　葉本は「震死」を「曹」に作る。
47　葉本は「母」を「姥」に作る。
48　葉本は「只」を欠く。
49　葉本は「著」を「戀」に作る。
50　葉本は「詣」を「的」に作る。
51　黃校本は「憲」を欠く。
52　葉本は「後三日」を「三日後」に作る。
53　黃校本は「始醒」の二字を欠く。
54　葉本は「稱」を「言」に作る。
55　葉本は「歲」を欠く。
56　葉本は「時」を欠く。

「女の幽霊が仇鐸を惑わす」

紫姑神のたぐいはその多くが偽物で、人を害することができる者もいると、私は何度か見聞きしている。今、最近あった一つの話を書き記して、後世の戒めとしたい。天台県（浙江省台州市天台県）の士人である仇鐸は、元は待制〔諱は寓〕の一族で、長江と淮河の流域を放浪し、壮年になっても嫁を娶っていなかった。乾道元年（一一六五）の秋、しばしば紫姑神を招いて詩詞を求めると、ずっとそれを口ずさんでおり、そのまま惑わされてしまった。（紫姑神は）一日中まとわりついて離れず、必ず本当の姿を現して夫婦になろうとしていた。また夢の中でも身を寄せようとしたが、鐸はすでに惑わされたとはいえ、それでもなお死ぬことは恐れていたので、まだ必死に抵抗した。幽霊はますます付きまとうようになり、鐸の手を取って文字を書き、箕筆を用いる必要もなくなった。同行の者はこのことを知って、逃れられなくなることを恐れて、泰州（江蘇省泰州市）の市場まで出掛けた折に、まっすぐに鐸とともに城隍神祠に入り、香を焚いて鐸に代わって神に訴えた。廟に入るや否や、鐸は歯をガチガチとならして、すでに恐れおののいた様子であった。宿に戻って、すぐさま紙を求めて婦人の申し開きを書かせると、つぶさに事の顚末を供述した。文章が卑俗で冗長なので、今あらましを要約すると、次のようなものであった。

大宋國東京（開封府。河南省開封市）城内の四聖観の前に住んでおりました弟子の紀三六郎、名は爽、その妻の張三六娘でございます。行年三十三歳、辛酉（元豊四年、一〇八一）の年の三月十二日巳の時に生まれ、癸巳（政和三年、一一一三）の年の三月十四日に死にました。この年の九月に箕宿の地域で呂先生に出会い、口伝えに養生の術を教わりました。それ以後は天下を周遊し、今年の八月三日に高郵軍（江蘇省高郵市）に立ち寄った際、台州（浙江省台州市）の進士仇鐸が延洪寺の塔院内で蓬萊島の仙人を招いているのを見たのです。この人の若さが気に入ったので、そのまま箕筆に降りて、詐って「私の姉妹が蓬萊山に居り、あなたから祀られているので、今日は（私が）あなたのところへ降りてきました。あなたが誠意を尽くして、妄りな考えを起こさなければ、私は長くあなたのところへ降りてあげましょう」と言いました。さらに十日後、ますます頻繁に交感するようになり、自分の思いには無い淫らな言葉を書き付けて鐸に誘いかけ、また将来宰相になる運命だと言って、それで彼の心を惑わしました。十七日に泰州に着いた時、彼に会いたいと思っても、許されず、彼の夢に入ろうとしても、また許されなかったので、そこで鐸に向かって「お前の父はお前が親不孝なのを恨んで、上奏文を焼いて天帝に奏上した。天帝は勅旨を下され、三日のうちに雷が落ちてお前を撃つ。だからたくさんの茶、果物、香や燭台を用意して、額を地にすりつける拝礼をして命乞いせよ。私はお前が災禍から逃れられるよう天帝に祈ってやろう」と言いました。また『度人經』一万巻を求め、「三年後、お前と夫婦になれるから」と言いました。鐸が恐がって自分に従うようにしたかったからです。また偽って呂翁が門のところへ来たと言い、翌日の未明に、門の東にある石の墓の側に来て会うように命じました。鐸は行こうとしましたが、人々に引き留められました。また「雲房」

の二文字を書いて、鐸に乳香半両を食べさせ、狂ったように喉が渇き水に入って死んでしまうように願いました。また、首を伸ばして柱にぶつかったり、磁器のかけらで顔に傷を付けるようさせましたが、死にませんでした。そこで天の神将がすでにお降りになって、お前の左臂を焼こうとしていると言って、鐸をわらのむしろの中に入れ、ベッドの下に寝かせ、呂翁が救いの言葉を述べているかのように偽って、「天の神将よ、どうかこの呂巖に免じてこの者を許して下さい。この者が死んでしまったら、私はもう二度と神仙になりません」などと言いました。このようにしてふた時ほど経ちましたが、鐸を殺すことはできませんでした。夜になって初めて、鐸に「私は蓬萊の仙人ではなく、白犬の精です。今日あなたの代わりに雷に撃たれて死に、永遠に卑しい幽霊になりますので、どうか一杯の酒でお別れをさせて下さい」と言い、しかし翌日にまた来て「私は実は興化県（江蘇省興化市）阿母山の白蛇の精で、以前殺した人間は三千七百人余りになります」と言いました。すると人々は法師を招いてきて、私を退治しようとしました。また鐸に憑いて「私が恐いのは龍虎山の張天師だけだ。他の者は恐くないぞ」と言いました。三六娘の気持ちは仇鐸に執着して、迷って帰れなくなったので、本人にまとわりついて、その命を奪う必要があったからです。今、鐸に当州の城隍神に訴えられ、天帝が処罰するよう奏上されました。上奏文に対する責めは私が受けます。ここに述べたことはすべて真実で、もし以後誤りがございましたら、その時は甘んじて重い刑に伏します、と。

その文章は全部で一千五百文字で、その日のうちに書き写してこれを焼いた。鐸は三日後にようやく目が覚めた。思うに幽霊に苦しめられていたのは一カ月ほどで、婦人は自ら癸巳の年に死んだと言ったので、この時にはすでに五十三年経っている。幽霊も長くこの世に留まるものなのだ。

（1）仇鐸については、ここに見える以外のことは不明。

（2）紫姑神は、厠の神。神託や卜占を行う。『夷堅甲志』巻一六「碧瀾堂」注2参照（甲志下冊一七六頁）。

（3）仇寓については、ここに見える以外のことは不明。仇姓の待制としては、徽猷閣待制を務めた仇悆《きゅうよ》がいるが、あるいは同一人物か。仇悆（?—一一四六）は、字は泰然。益都県（山東省青州市）の人。大観三年（一一〇九）の進士。『宋史』巻三九九に伝がある。『夷堅丙志』巻一二「僧法恩」に「時郡守仇待制〔悆〕已去、通判高世定攝事」とある。

（4）運箕は、箕筆を取り扱うこと。箕筆は、神を降ろして吉凶を占う扶乩《ふけい》に用いる筆で、丁字の架を用いて、下の端には木筆を吊り下げ、その下には砂を盛った大皿を置く。二人が各々その両端を持ち、神降ろしを行えば、ひとりでに木筆が動き出して、砂の上に文字や記号が現れ、それを読むことによって吉凶を占った。宋代に流行し、南宋の陸游にこれを批判した「箕卜」詩（『劍南詩稿』巻五〇）がある。

（5）四聖観は、道教における天蓬大元帥眞君、天猷副元帥眞君、翊聖保徳儲慶眞君、眞武靈應佑聖眞君を祀る道觀。『朱子語類』巻一二五・論道教に「又如眞武、本玄武、避聖祖諱。（中略）而又增天蓬、天猷及翊聖眞君作四聖」とある。また、南宋、孟元老『東京夢華錄』巻三・大内前州橋東街巷の条に「近東四聖觀、襪袎巷」とある。

（6）紀爽については、ここに見える以外のことは不明。

（7）呂先生は、唐末宋初の伝説的道士、呂洞賓のこと。後出の呂翁、呂巖も同じ。『夷堅甲志』巻一「石氏女」注1参照（甲志上冊三一頁）。

（8）箕は、二十八宿の一つである箕宿（和名みぼし。射手座）のこと。分野（二十八宿に対応する地域）は幽州、現在の河北省北部に相当する。

（9）延洪寺については、『嘉慶高郵州志』巻一・廟宇・延洪院の条に「在州治東三十里茆垜村。明洪武二年僧妙聰脩」とあるが、同じ寺であるか否かは不明。

（10）蓬萊は、渤海の彼方にある五仙山の一つ。『夷堅乙志』巻一三「九華天仙」注20参照（七六頁）。

（11）度人經は、『靈寶無量度人經』、また『元始無量度人經』のこと。元始天尊の所説とされる霊宝経の一つ。『正統道藏』には、『太上洞玄靈寶無量度人上品妙經』と『元始无量度人上品妙經四注』の二種が収められている。度人とは、長生不死のこと。この経典の内容は、天上の梵気の中に東西南北など十方位の諸神王がいて、これらの神の力によって度人を得ることを説き、この経典を誦すれば尸解仙となるという。

（12）雲房は、鍾離權のこと。雲房は号。『夷堅乙志』巻一二「成都鑷工」注6参照（五四頁）。

（13）乳香は、カンラン科の常緑高木、その樹皮から分泌される乳白色の樹脂をいう。これを焚いて香としたり、薬として使用する。『建炎以來繫年要錄』巻一七五・紹興二十六年（一一五六）十二月壬戌の条に「三佛齊國進奉使蒲晉等入見、獻乳香八萬斤、胡椒萬斤、象牙四十斤、劍名香寶器甚衆」とある。

（14）兩は、重さの単位。三七・三グラム。

（15）下鬼は、卑しい幽霊。『夷堅甲志』巻一二「縉雲鬼仙」注15参照（甲志下冊四五頁）。

（16）龍虎山は、江西省貴渓市の西南に位置する正一教の本拠地。『夷堅甲志』巻三「寶道人」注2参照（甲志上冊九〇頁）。

（17）　張天師は、道教の一派である正一教の教主の通称。
（18）　鬼趣は、鬼道のこと。『夷堅乙志』巻八「秀州司錄廳」注12参照（乙志上冊二三三頁）。

〔収録〕『新編分類夷堅志』己集・巻三・神仙門・紫姑仙類。

〔分類〕卜筮・鬼

張成憲(1)

張成憲、字維永、監陳州糧料院(2)。時宛丘[1]尉謁告、暫攝其事、捕獲强盜兩種、合十有[2]五人、送于縣。具獄未上、尉卽出參告(3)、白[3]郡守求合兩盜爲一、冀人數滿品、可優得京官(4)。郡守素與尉善、許諾、以諭張。張曰、尉欲賞、無不可、若令竄易公牘、合二者爲一、付有司鍛鍊遷就、則成憲不敢爲。郡守不能奪、尉殊忿恨、殆成仇怨。後十二年、張爲江淮發運司從事(5)、設醮茅山(6)、夜宿玉[4]宸觀(7)、夢其叔告曰、陳州事可保無虞、但不可轉正郎(8)。已而至[5]殿庭、殿[6]上王者問曰、陳州事尚能記憶否。對曰、歷歷皆不忘、但無案牘可證。王曰[7]、此中文籍甚明、無用許[8]。旣[9]出、見二[10]直符使(9)各抱一錦綳與之、曰、以此相報。張素無子、是歲生男女各一人。又七年、轉大夫官(10)、得直祕閣(11)而終[11]。〔邊維嶽說(12)[12]。〕

1　別藏本は「丘」を「邱」に作る。
2　陰德は「十有」を「共」に作る。
3　別藏本、黃校本は「白」を「曰」に作る。
4　黃校本は「玉」を「王」に作る。
5　陰德は「至」を欠く。
6　陰德は「殿」を欠く。
7　陰德は「陳州事尚能記憶否對曰歷歷皆不忘但無案牘可證王曰」の二十三字を欠く。
8　陰德、『皇朝仕學規範』（以下『仕』と略称する）は「許」を「證」に作る。
9　陰德は「旣」を「卽」に作る。
10　陰德は「二」を「一」に作る。
11　陰德は「終」の下に「考焉」の二字を付す。
12　陰德、『仕』は「邊維嶽說」の四字を欠く。

「張成憲」

張成憲、字は維永は、陳州（河南省周口市淮陽県）の監糧料院であった。あるとき宛丘県（河南省周口市淮陽県）の尉が休暇願を出し、しばらくその職務を代行したが、（その間に）二組の強盗を捕らえ、合わせて十五人を、県の役所へ護送した。裁判を済ませてまだ州の役所に上申しないうちに、尉が休暇から復職して、知州に、二組の強盗を合わせて一組とするように申し出て、人数が基準を満たして優等の評価を得て京官となることができるように望んだ。知州は元々尉と仲が良かったので、許可して、そのことを張に言いつけた。（しかし）張は「尉が褒賞を望むのは、いけないことではありませんが、もしも公文書を改竄させて、二組を合わせて一組にするならば、役所に無理強いして迎合させることになりますので、私にはできません」と言った。知州は翻意させることができず、尉は非常に恨み、仇同然に見做すようになった。十二年後、張は江淮發運司の幕職官となり、茅山で祭祀を行い、夜に玉宸観に泊まった時、夢に叔父が出てきて「陳州での事件は無事に治めることができたが、ただ郎中に出世することはできない」と言った。まもなく（夢で）ある御殿のお白州に着くと、正殿から王が「陳州の事はまだ覚えているか」と尋ねたので、「すべてはっきりと覚えておりますが、証拠となる文書がございません」と答えた。すると王は「冥界の帳簿には明記されているので、裏を取る必要などない」と言った。（正殿から）出てくると、二人の役人がそれぞれ錦のおむつを抱えてきて張に与え、「これをあなたへの褒美とします」と言った。張は元々子供がいなかったが、この年に息子と娘が一人ずつ生まれた。さらに七年後、大夫の官に昇進したが、直祕閣を拝命して亡くなった。〔邊維嶽が話した。〕

（1）張成憲は、字は維永。『建炎以來繫年要錄』巻八一・紹興四年（一一三四）十月癸卯の条に「淮東宣撫使韓世忠奏、準金部員外郎張成憲公文、支給本軍大禮賞、本司未敢幫請、乞依張俊下官兵體例支給。許之。舊例、俊與楊沂中內二軍、賞給人三十千。世忠與劉光世、王𤫊、岳飛外四軍、人給二千有奇而已。至是俊出爲宣撫使、故世忠援以爲言。初、朝廷命成憲應副世忠軍錢糧、成憲言職事別無相干、乞用公牒往來、奏可。自是總領錢糧官率用此例」とあり、同書巻九六・紹興五年（一一三五）十二月辛亥の条に「尚書金部員外郎張成憲直祕閣、提點淮南西路刑獄公事」とある。

（2）監糧料院は、監当官の一つ。州、府、軍の糧料院を司り、文武官への俸禄の支給を行った。

（3）參告は、一時休暇を取っていた者が復職すること。『夷堅乙志』巻一「臭鬼」注3参照（乙志上冊一一頁）。

（4）「冀人數滿品、可優得京官」については、宋、『吏部條法』改官門に『淳祐格』を引いて「命官親獲强盗柒人、減磨勘參年。壹拾人、轉壹官」とある。

（5）發運司従事については、發運司は、發運司使ともいい、江南の各路の財政を監督し、水陸の物資の運送を管轄した。『夷堅甲志』巻三「邵南神術」注5参照（甲志上冊九八頁）。従事は、幕職官の異称。『宋史』巻二九二・張観伝に「觀性至孝、初爲祕書郎、其父方爲州從事、因上書願以官授父」とある。

（6）茅山は、江蘇省句容市の東南にある道教の名山。『夷堅甲志』巻一一「梅先遇人」注12参照（甲志下冊六頁）。

（7）玉宸観は、茅山の西麓にある道観。高辛氏の時代に展真人が修煉した地と伝えられる。宋太宗の大中祥符年間（一〇〇八―一〇一六）に玉宸の名を賜った。『乾隆江南通志』巻三二・輿地志・古蹟三・鎭江府に「許長史宅、在金壇縣、即今玉宸觀、晉時仙蹟也」とある。

（8）正郎は、郎中の異称。『夷堅甲志』巻一一「梅先遇人」注2参照（甲志下冊五頁）。

（9）直符使については、当直の下役人をいうが、ここでは冥界の役人であろう。『夷堅乙志』巻五「張女對冥事」注10参照（乙志上冊一四三頁）。この話でも泰山府に使える役人として出てくる。

（10）大夫官は、従六品以上の文官の寄禄官。朝奉大夫より上の金紫光錄大夫までの十七階に与えられた通称。

（11）直祕閣は、館職の一つ。正八品。張成憲が直祕閣になったことについては、注1参照。

（12）邊維嶽については、本巻「張八叔」注7参照（一七八頁）。

〔収録〕『夷堅志陰德』。南宋、張鎡『皇朝仕學規範』巻三一・陰德。明、王圻『稗史彙編』巻一六八・禍福門・報善類「成憲盜獄」。

〔分類〕酷暴・夢

鬼化火光

韓郡王（1）居故府（2）時、有小妓二十輩。其子子溫（3）、年十二歳、與妾寧兒者晩戲東廂下、見一人行前。容[1]止年狀亦一小妓也。呼之不應、乃大歩逐之。子溫行甚遽、其人雍容緩歩、初不爲急、然竟不可及。將至外戶、子溫大呼、忽已在庭下、化形如匹練、迸爲火光、赫然入溝中而滅。問寧兒、所見皆同。歸白其父、皆以爲當有伏尸或寶物、欲發地驗之、既而以功役甚大、乃止。

1　黄校本は「容」を「吝」に作る。

「幽霊が火の玉になる」

韓郡王が以前の屋敷に住んでいた時、若い小間使いが二十人いた。息子の子温は、十二歳であったが、側室の寧兒という者と一緒に夜に東の脇部屋で遊んでいると、一人の者が前を行くのを見た。見た目や年格好はやはり若い小間使いだった。これに呼び掛けたが返事をしなかったので、大股でこの小間使いを追いかけた。子温は非常に急いで歩いたが、その人は落ち着きはらってゆっくりと歩き、決して急ぐ様子もないのに、ついに追いつけなかった。外へ出る戸口へ行こうとしているので、子温が大声で呼び掛けると、もうすでに庭にいて、一匹の練り絹のような姿に変わると、火の玉となって飛び散り、赤々と燃えながら溝の中に入って消えた。寧兒に聞くと、すべて同じものをみていた。戻って父に話したが、みなはきっと行き倒れの死体か或いは宝物があるのだろうと思い、地面を掘ってこれを確かめようとしたが、間もなく作業が大変だからという理由で、止めてしまった。

（1）　韓郡王は、韓世忠のこと。紹興十三年（一一四三）に咸安郡王に封ぜられた。『夷堅甲志』巻一「韓郡王薦士」注1参照（甲志上冊三七頁）。

（2）　故府は、韓世忠の以前の屋敷のこと。紹興二十三年（一一五三）に左藏庫となった。『夷堅乙志』巻一六「韓府鬼」注7参照（一六六頁）。

（3）　韓子温は、韓彥直のこと。『夷堅甲志』巻一九「王權射鵲」注5参照（甲志下冊二八七頁）。

〔分類〕鬼

滄浪亭（1）

姑蘇城中滄浪亭、本蘇子美宅(2)、今爲韓咸安(3)所有。金人入寇時[1](4)、民入後圃避匿、盡死於池中、以故處者多不寧。其後韓氏自居之、毎月夜必見數百人出沒池上。或僧、或道士、或婦人、或商賈、歌呼雜遝、良久必哀歎乃止。守宿老卒方寢、爲數十人舁去、臨入池。卒陝西人、素膽勇、知其鬼也、無懼意、正色謂之曰、汝等死於此、歲月已久。吾爲汝言於主人翁、盡取骸骨、改葬於高原、而作佛事救汝、無爲守此滯窟、爲平人害、何如。皆[2]愧謝曰、幸甚。捨之而退。卒明日入白主人、卽命十[3]車徙池水、掘汚泥、拾朽骨。盛以大竹簍、凡滿八器。共置大棺中、將瘞之。是夕又有一男子、引老卒入竹叢閒曰、餘人盡去、我猶有兩臂在此。幸終惠我。又如其處取得之、乃葬諸城東、而設水陸齋(5)於靈巖寺(6)、自是宅怪遂絕。〔二事皆子溫說(7)。〕

1　別藏本は「人入寇」を「兵圍城」に作る。
2　黃校本は「皆」を欠く。
3　別藏本は「十」を「牛」に作る。陸本は「上」に作る。

「滄浪亭」

姑蘇（平江府。江蘇省蘇州市）の城内にある滄浪亭は、元々は蘇子美の家であったが、今は韓咸安のものになっている。金が攻め入った時、人々は裏庭へ逃げ込み、みな池の中で死んだので、それからはここに住むと落ち着けないことが多かった。韓家がここに住んでからは、月の夜毎に必ず数百人の人が池のほとりに出没した。僧、道士、婦人、商人らが、歌ったり叫んだりして入り乱れ、しばらくすると必ず悲嘆にくれて静まるのであった。（ある時）宿直の老兵がちょうど眠ろうとしていると、数十人の人に担がれていき、池の中に連れ込まれそうになった。老兵は陝西の出身で、元々肝が据わっていたので、彼らが幽霊だとわかっても、恐れることなく、真顔で（幽霊に）「お前たちがここで死んでから、すでに長い年月が経っている。私がお前たちの為にご主人様に話し、骸骨をすべて拾いあげて、高い場所へ改葬した後、仏事を行ってお前たちを救い、ここに留まって、罪も無い人の害とならないようにしてやるが、どうだ」と言うと、みな恥じ入って「願ってもないことです」と礼を言い、老兵を置いて引き上げた。老兵は翌日（母屋へ）入って主人に（昨夜の出来事を）申し上げると、（主人は）すぐさま十輌の車で池の水を移動させ、汚泥を掘って、朽ちた骨を拾い集めるよう命じた。大きな竹の籠に盛ると、全部で八つの籠にいっぱいになった。すべてを大きな棺の中に入れ、それを埋めようとした。（すると）その夜また一人の男が、老兵を竹藪の中へ連れて行き、「他の者たちはみな連れて行ってもらいましたが、私はまだ両腕がここに残っています。どうか最後に私をお助け下さい」と言った。そこでまたその場所へ行って腕の骨を拾ってから、これらを都城の東に葬り、靈巖寺にて水陸斎を行うと、それ以後家の怪異は無く

なった。〔二話はともに（韓）子温が話した。〕

（1）滄浪亭は、もとは五代十国の呉越の廣陵王錢元璙の別邸であったが、蘇舜欽がこれを手に入れて滄浪亭を築いた。紹興年間（一一三一―一一六二）に韓世忠が所有したので、韓王園ともいわれる。南宋、葉夢得『石林詩話』巻上に「姑蘇州學之南、積水瀰數頃、旁有一小山、高下曲折相望、蓋錢氏時廣陵王所作。既積土山、因以其地瀦水、今瑞光寺卽其宅、而此其別圃也。慶曆閒、蘇子美謫廢、以四十千得之爲居。旁水作亭、曰滄浪」とある。

（2）蘇子美は、蘇舜欽（一〇〇八―一〇四八）、子美は字。開封府（河南省開封市）の人。景祐元年（一〇三四）の進士。官は集賢校理、監進奏院。歐陽修と親しく、また詩においては梅堯臣と並称された。慶曆四年（一〇四四）に公金横領の罪を着せられて官籍を剝奪され、翌年蘇州に退居して滄浪亭を建てた。著書に『蘇學士集』がある。『宋史』巻四四二に伝がある。

（3）韓咸安は、韓世忠のこと。紹興十三年（一一四三）に咸安郡王に封ぜられた。『夷堅甲志』巻一「韓郡王薦士」注1参照（甲志上冊三七頁）。

（4）「金人入寇時」については、『宋史』巻二六・高宗本紀三・建炎四年（一一三〇）二月戊戌の条に「金人入平江、縱兵焚掠」とある。

（5）水陸齋は、水陸会ともいい、仏教の法会の一つ。亡魂を鎮めるために経をよみ、飲食を施す。『夷堅甲志』巻二「神告方」注3参照（甲志上冊六九頁）。

（6）靈巖寺については、南宋、祝穆『方輿勝覽』巻二・平江府・靈巖寺の条に「在呉縣西南三十里、舊名秀峯。孫覿殿記、梁天監中、以呉館娃宮故地爲靈巖寺」とある。

（7）子温は、韓彦直のこと。子温はその字。韓世忠の長子。『夷堅甲志』巻一九「王權射鵲」注5参照（甲志下冊二八七頁）。

〔分類〕鬼

林酒仙(1)

崇寧閒、平江有狂僧。嗜酒亡賴、好作詩偈(2)、銜口卽成、郡人呼爲林酒仙。多易而侮之、唯郭氏一家、敬待之甚厚。郭母病、僧與之藥一盞、曰、飲不盡卽止。勿强進也。已而飲三分之二、僧取其餘[1]棄於地、皆成黃金色、母病卽愈。且留朱砂圓方(3)與其家[2]、郭氏如方貨之、遂致富。蘇人有能傳其詩者曰、門前綠柳無啼鳥、庭下蒼苔有落花。聊[3]與東君(4)論箇事、十分春色屬誰家。秋至山寒水冷、春來柳綠花紅。一點洞庭(5)萬變、江村煙雨濛濛。金罩[4]又閑泛、玉仙[5]還欲頹(6)。莫敎更漏(7)促、趁取月明廻(8)。他皆類此。

1 黃校本は「餘」を欠く。
2 黃校本は「家」を欠く。
3 黃校本は「聊」を欠く。
4 黃校本は「罩」を欠く。
5 別藏本は「仙」を「山」に作る。嚴元照校注に「仙字疑誤」と注記する。

「林酒仙」

崇寧年間（一一〇二―一一〇六）、平江府（江蘇省蘇州市）に常軌を逸した僧がいた。酒好きのならず者で、詩や偈を作ることを好み、口ずさめばすぐに出来たので、府の住民は林酒仙と呼んでいた。多くの者は軽んじ侮っていたが、ただ郭家だけは、この僧を大層敬ってもてなしていた。郭の母が病気になった時、僧は母に杯一杯の薬を与えて、「飲み尽くすことができなければそこで止めなさい。無理に飲んではいけませんよ」と言った。そこで三分の二を飲んだが、僧がその残りを取って地面に捨てると、みな黄金色になり、母の病気はすぐに治った。また置き土産として「朱砂圓方」を郭家に伝えたので、郭家ではその処方にしたがって丸薬を売り、富豪となった。姑蘇（平江府）の人にその僧の詩を伝えることができる者がおり、それは次のようであった。

門前緑柳無啼鳥　　門前の緑柳に　啼鳥無く
庭下蒼苔有落花　　庭下の蒼苔に　落花有り
聊與東君論箇事　　聊か　東君と箇事を論ぜん
十分春色屬誰家　　十分の春色　誰が家にか属すと

門の前にある緑の柳には鳴いている鳥もいないし、庭の青い苔には落ちた花があるだけだ。ちょっと春の神と、このことについて議論したいものだ、すべてがそろった春の景色は一体誰の家にあるのかと。

秋至山寒水冷　　秋　至れば　山寒くして　水は冷え

春來柳綠花紅　　春　来たれば　柳は緑にして　花は紅なり
一點洞庭萬變　　一点　洞庭　万変し
江村煙雨濛濛　　江村　煙雨　濛濛たり

秋がやってくると山は寒くなり、水は冷たくなる。春がやってくると柳は緑色になり、花は紅に咲く。ぽつんと見える洞庭山の姿はあらゆる様相を呈し、川沿いの村々には霧雨がしとしとと降る。

金斝又閑泛　　金斝《きんか》　又た　閑かに泛かべ
玉仙還欲頽　　玉仙　還た　頽れんと欲す
莫教更漏促　　更漏を促せしむる莫かれ
趁取月明廻　　月明を趁取して廻《かえ》らしめん

金の杯に酒をまた静かに注いで、玉仙たる私はまた（嵆康のように）酔おうとしている。水時計をこれ以上を進ませないようにし、明月を取って沈まぬよう空に戻らせよう。

他の詩もみなこのような類である。

（1）林酒仙は、遇賢（九二五―一〇一二）のこと。長洲県（江蘇省蘇州市）の出身で、俗姓は林氏。七歳の時に出家した。南宋、正受編『嘉泰普燈録』（『卍續藏』第七九冊）巻二四や、南宋、普濟集『五燈會元』（『卍續藏』第八〇冊）巻八などにも伝がある。この三首の詩については、元、覺岸『釋氏稽古略』（『大正藏』第四九冊）巻四・大中祥符二年（一〇〇九）に「門前綠樹無啼鳥、庭下蒼苔有落花。聊與東風論箇事、十分春色屬誰家」、「秋至山寒水冷、春來柳綠花紅。一點動隨萬變、江村煙雨濛濛。有不有空不空、篭籮撈取西北風」、「金斝又聞泛、王山還報頽。莫教更漏捉、趁取月明回」とあり、『宋詩紀事』巻九一・遇賢の条、『宋詩紀事補正』巻九三・崇寧平江狂僧の条、『全宋詩』巻一四・釋遇賢の条にも収めるが、異同がある。

（2）偈は、伽陀（梵語 *Gāthā* カダ）に同じ。韻文で説かれた仏の教え。『夷堅甲志』巻九「宗本遇異人」注4参照（甲志上冊二六五頁）。

（3）朱砂圓方は、朱砂を使った丸薬の処方。朱砂は、丹砂ともいい、硫化水銀の結晶で神仙になれる薬効があると考えられた。また、北宋、龔明之『中呉紀聞』巻五「郭家朱砂圓」にも、林酒仙が仙化する数日前に郭氏に「朱砂圓方」を授けた話がある。

（4）東君については、『楚辭』九歌・東君に見える太陽神や、東王公などを指す場合もあるが、ここでは春の神を指す。南唐、李煜「梅花二首」詩（『全唐詩』巻八）其二の第一、二句に「失卻煙花主、東君自不知」とある。

（5）洞庭は、洞庭山。江蘇省蘇州市の西南に位置し、太湖の東南部にある。南宋、范成大『吳郡志』巻一五・山・洞庭包山の条に「即洞庭山也。傳記所載多與洞庭相雜。（中略）今洞庭山、在太湖。湖中有東西二山」とある。

（6）「玉仙還欲頽」については、南朝宋、劉義慶『世說新語』容止に「山公（山濤）曰、嵆叔夜之爲人也、巖巖若孤松之獨立、其醉也、傀俄若玉山之將崩」とある。

（7）更漏は、水時計のこと。漏更。唐、李肇『唐國史補』巻中に「惠遠以山中不知更漏、乃取銅葉製器、狀如蓮花、置盆水之上、底孔漏水、半之則沈、毎晝夜十二沈、爲行道之節、雖冬夏短長、雲陰月黑、亦無差也」とある。

（8）「趁取月明廻」については、李白「宮中行樂詞八首」（『李太白文集』巻四）其三の第七、八句に「莫敎名月去、留著醉姮娥」とあり、これをモチーフにしている。

〔分類〕文章（詩）・医・薬

蒸山(1)羅漢(2)

邊公式(3)家祖塋在平江之蒸山。宣和元年、公式爲太學錄(4)、得武洞淸石本(5)[1]羅漢象十六、[2]遣家僮[3]致之墳庵。前一夕、行者(6)劉普(7)、因夢十餘僧持學錄書來求掛搭(8)、以白主僧慧通(9)、通難之曰、庵中所得鮮薄、尋常[4]供僧行三兩人、猶不繼、安能容大衆哉。來者一人起、取筆題詩門左曰、松蘿深處有神天、不憶其他語。明旦、話此夢未竟、而石本至、公式足成一章曰、松蘿深處有神天、小刹何妨納大千(10)。掛搭定知宜久住、歌吟何幸得流傳。袖中出箇聊應爾、門上題詩豈偶然。顧我未除煩惱習(11)、與師同結未來緣(12)。語雖非工、然皆紀實也。

1　別藏本、黃校本、陸本は「本」を「木」に作る。
2　黃校本は「六」を欠く。
3　黃校本は「僮」を欠く。
4　黃校本は「常」を「當」に作る。

「蒸山の羅漢」

邊公式の祖先代々の墓は平江府（江蘇省蘇州市）の蒸山にあった。宣和元年（一一一九）、公式が太學錄であった時、武洞清の（手になる）十六羅漢像の石刻の拓本が手に入ったので、家の下男を遣わして墓守の庵室へこれを持って行かせることにした。その前の日の夜、行者《あんじゃ》の劉普が、夢の中で十数名の僧が學錄からの手紙を持って来て寺に泊まることを求めたので、住職の慧通に話したところ、慧通はこれに難色を示して「この寺の収入はとても少なくて、いつもは二、三人の僧をもてなすことも、引き受けられないのに、どうしてそんなに多くの僧を受け入れることができようか」と言った。（すると）やってきた僧の一人が立ち上がり、筆をとって寺の門の辺りに詩を書き付けて、「松蘿深處有神天」と書いたが、それ以外の言葉を覚えていなかった。翌朝、この夢について話し終わらないうちに、拓本が届いたので、公式は（夢の中の句に）足して一章の詩を作ったが、それは次のようなものであった。

松蘿深處有神天　　松蘿　深き処　神天有り
小刹何妨納大千　　小刹　何ぞ大千を納むるを妨げん
掛搭定知宜久住　　掛搭　定めて知る　宜しく久しく住むべきを
歌吟何幸得流傳　　歌吟　何ぞ幸《ねが》わん　流伝を得るを
袖中出簡聊應爾　　袖中　簡を出だして　聊か応ずるのみ
門上題詩豈偶然　　門上　詩を題するは　豈に偶然ならんや
顧我未除煩惱習　　我を顧みれば　未だ除かれず　煩悩の習
與師同結未來緣　　師と同に結ばれん　未来の縁

深い山林には神がおられる。まして小さな寺でも、どうして大千世界を納められないことがあろうか。この寺に泊まってみれば、長く留まるのにふさわしい場所であるとわかるだろう。この詩は後世に伝えられていくことを願うものではない。（夢で）袖の中から私の手紙を出したことに感応しただけ。寺の門に詩を書き付けたのは、偶然ではない。だが我が身を顧みれば、まだ煩悩の習気《じゅうき》が抜けていない。住職とまた来世の縁を結びたいものだ。

言葉は巧みではないが、すべて事実を記している。

（1）蒸山は、蘇州市呉中区蔵書鎮にある山。『乾隆江南通志』巻三八・輿地志・壇廟二・祠墓・蘇州府に「太子中舍邊珣墓在呉縣蒸山」

とある。

（2）羅漢は、阿羅漢（梵語 *Arhan*）を指す。小乗の悟りを極めた者の名。『夷堅甲志』巻一四「董氏禱羅漢」注1参照（甲志下冊一〇九頁）。

（3）邊公式は、邊知白のこと。注1に見える邊珣の曾孫。『夷堅甲志』巻一〇「李八得藥」注6参照（甲志上冊三〇四頁）。

（4）太學錄は、学生の規律遵守を指導し処罰する役。『夷堅甲志』巻一〇「廖用中詩戲」注3参照（甲志上冊三〇二頁）。

（5）武洞清については、北宋、郭若虛『圖畫見聞誌』巻三・紀藝中・人物門に「武洞清、長沙人。工畫佛道、人物特爲精妙。有雜功德十一曜、二十八宿、十二眞人等像傳於世」とある。

（6）行者は、寺の用務を行う修行中の僧。『夷堅甲志』巻四「江心寺震」注4参照（甲志上冊一三〇頁）。

（7）劉普については未詳。

（8）掛搭は、掛錫ともいい、僧が寺などに泊まることをいう。行脚僧が荷物を下ろして、衣鉢袋を僧堂の単位の鉤に掛けるため、このようにいう。南宋、普濟集『五燈會元』（『卍續藏』第八〇冊）巻二〇・南獄下十五世・東林顏禪師法嗣に「因南遊、至廬山圓通挂搭時、卍庵爲西堂、爲衆入室擧僧問雲門撥塵、見佛時如何門」とある。

（9）慧通については未詳。

（10）大千は、広大で極まりない世界をいう。仏教の宇宙観においては、須彌山を中心とする世界を一小世界として、これが一千集まると小千世界、これが一千集まると中千世界、これが一千集まると大千世界となる。

（11）習は、習気のこと。煩悩が尽きた後も、煩悩が生じることによって染みついた残習、余習。世親釈、玄奘訳『攝大乘論釋』（『大正藏』第三一冊）巻六・入所知相分に「言習氣者、雖無煩惱、然其所作似有煩惱」とある。

（12）この詩は、『全宋詩』巻一七二六に邊公式「詩一首」として載せる。

〔収録〕明、王鏊『正德姑蘇志』巻五九・紀異。

〔分類〕文章（詩）・夢

沈十九

崑山民沈十九、能與人裝治書畫、而其家又以煮蟹自給。縣人錢五八、新繪地藏菩薩[1]象、倩沈褾飾之、其傍烹蟹、蓋不輟也。夜夢入冥府、所見獄吏、皆牛頭阿旁[2]、左右列大鑊、擧叉置人煮之。將及沈、忽有僧振錫與錢生皆在側。諭獄吏曰、但令此人入鑊淨洗足矣。沈猶畏怖、吏命解衣而入、俄頃即出。於沸鼎烈焰之中、衆囚冤呼不可聞、己獨無苦趣、清涼自如、正如澡浴、身意甚快。展轉而寤、遂戒前業、賣餳以活云。時紹興十二年也。〔三事邊維嶽[2]說。〕

「沈十九」

崑山県（江蘇省昆山市）の人である沈十九は、人に頼まれて書画を表装していたが、その家はまた蟹の煮売りで生計を立てていた。同じ県の銭五八が、新たに地蔵菩薩の絵を描いたので、沈にこれを表装するように頼んだが、その隣では蟹を煮ており、（家業を）止めていなかったのである。その夜夢の中で冥府へ連れて行かれ、地獄の役人を見ると、みな牛頭や阿旁で、左右に大きな釜を並べて、刺叉で突き刺して人をこの中へ入れて煮ていた。ちょうど沈の番になった時、突然僧が（現れて）錫を振り銭さんとともに側にいた。（そして）地獄の役人に「この人を釜に入れて足を洗い清めさせるだけでよい」と諭した。沈はそれでもなお恐れたが、役人は衣服を脱いで（釜に）入るように命じ、しばらくしてすぐに出された。沸き立つ鼎と激しい炎の中で、囚人たちが無実であると叫ぶ声は聞いていられなかったが、沈だけはまったく苦しみもなく、涼しげに落ち着いていられて、まさに沐浴のように、身も心も非常に心地良かった。寝返りをうって目が覚めると、以前の家業を悔い改め、（以後は）飴を売って生計を立てたという。時に紹興十二年（一一四二）のことである。〔三話は邊維嶽が話した。〕

（1）　地蔵菩薩（梵語 *Ksitigarbha* クシティガルバ）は、持地菩薩ともいう。地蔵菩薩は、地獄の中に僧の姿をして出現し、囚人を救済する。『夷堅乙志』巻八「師立三異」注7参照（乙志上冊二一三頁）。

（2）　牛頭阿旁は、地獄の獄卒。『夷堅乙志』巻九「李孝壽」注2参照（乙志上冊二五〇頁）。

（3）　邊維嶽については、本巻「張八叔」注7参照（一七八頁）。

〔分類〕釈証（地蔵菩薩）・夢・水族

十八婆

葉審言(1)樞密未第時、與衢州士人馬民彝善(2)。民彝素淸貧、後再娶峽山(3)徐氏、以貲[1]入、因此頗豐贍、稱其妻爲十八婆。紹興三十二年、葉公自西府(4)奉祠(5)、歸壽昌縣故居曰社墈(6)。時方冬日、有兩村夫[2]荷轎、輿一老婦人、自通爲馬先生妻來相見。葉公命其女延之中堂、視其容貌、昔肥今瘠、絕與十八婆不類。問其故、答曰、年老多事、形骸銷瘦、無足怪者。皆疑之、扣其僕、僕曰、但見從店中出、指令來此、不知所自也。葉氏客徐欽鄰(7)、觀[3]此媼面色枯黑、覺其非人。又從行小奴攜裝匣[4]在手、皆紙所爲、已故弊、乃送死明器(8)耳。大呼而入曰、此鬼也。逐出之。媼猶作色曰、謂人爲鬼、何無禮如是。既出門、轎不由正道、而旁入山崦間、遂不見。數日後、民彝至、言其妻蓋未嘗出也。〔欽鄰說[5]。〕

1　舊小說本は「貲」を「資」に作る。
2　別藏本は「夫」を「人」に作る。
3　黄校本は「鄰觀」の二字を欠く。
4　黄校本は「匣」を欠く。
5　舊小說本は「欽鄰說」の三字を欠く。

「十八婆」

樞密使であった葉審言がまだ科挙に合格していない時、衢州（浙江省衢州市）の士人の馬民彝と仲が良かった。民彝は元々清貧な生活を送っていたが、後に峽山の徐氏と再婚し、持参金が手に入ったので、これにより非常に豊かになり、その妻は十八婆と呼ばれた。紹興三十二年（一一六二）、葉公は樞密使から祠禄官になり、壽昌県（浙江省建徳市）の「社墈《しゃかん》」というもとの屋敷に帰った。その時はちょうど冬で、（ある日）二人の村人が駕籠を担ぎ、一人の老婦人を乗せて来て、（婦人は）自ら馬先生の妻が会いに来たと申し出た。葉公は娘に命じて母屋に招き入れ、その容貌を見ると、昔は肥えていたのに今は痩せて、まったく十八婆とは似ていなかった。その理由を尋ねると、「年を取ると難儀が多くて、身体が痩せ細ったのです。怪しむほどのことはありません」と答えた。みなこの老婆を疑い、（連れてきた）下男に尋ねると、下男は「ふと見ると老婆が宿場から出てきて、ここへ連れて来るように言われたのです。どこから来た人か知りません」

と言った。葉家の食客であった徐欽鄰は、この老婆の顔がカサカサで黒いのを見て、人間ではないと思った。しかも付き添いの若い下男は衣装箱を手に持っていたが、みな紙で作られていて、すでに古くなって破れており、なんと死者を送る為の副葬品であった。大声で「こいつは幽霊だ」と叫びながら入っていき、この老婆を追い出した。老婆はそれでも怒って「人をつかまえて幽霊だと言うとは、どうしてこんな無礼なことをするのだ」と言い、門から出て行くと、駕籠は普通の道を通らずに、道のわきから山の窪地へ入っていき、そのまま見えなくなった。数日後、民彝がやって来て、自分の妻は外出していないと言った。〔（徐）欽鄰が話した。〕

（1）葉審言は、葉義問（一〇九八―一一七〇）、審言は字。嚴州壽昌県の人。建炎二年（一一二八）の進士。『建炎以來繫年要錄』巻一八四・紹興三十年正月丙申の条に「尚書吏部侍郎同修國史兼侍讀葉義問同知樞密院事」とある。『宋史』巻三八四に伝がある。『夷堅志補』巻一七「季元衡妾」に名が見える。

（2）馬民彝については、ここに見える以外のことは不明。

（3）峡山は、衢州にあった山。『夷堅乙志』巻一八「張淡道人」（二一〇頁）に「衢州人徐逢原居郡之峡山」とある。

（4）西府は、宋の軍政を統括する最高機関である樞密院の異称。ここではその長官である樞密使を指している。『夷堅甲志』巻一「韓郡王薦士」注2参照（甲志上冊三八頁）。

（5）奉祠は、祠禄官に任命されること。『夷堅乙志』巻五「張女對冥事」注3参照（乙志上冊一四三頁）。

（6）社墈については、墈は、土盛りのこと。かつて社（土地神の祠）があった場所の意と思われる。

（7）徐欽鄰は、『夷堅乙志』巻一八「張淡道人」の提供者で、この話によれば、衢州（浙江省衢州市）の人である徐逢原の孫。元、衞琪『玉清無極總眞文昌大洞仙經注』（『正統道藏』洞眞部・玉訣類）巻五には、蕭惟億、字は勉之の弟子に同名の者がおり、「淳熙中辭衆坐化、有徐欽鄰師事惟億、後亦坐逝去」と記すが、同一人物か否かは不明。

（8）明器は、副葬される器物のこと。一般には木や竹や陶器によって作られるが、宋代より紙の明器が次第に流行した。『禮記』檀弓下に「其曰明器、神明之也。塗車、芻靈、自古有之、明器之道也」とある。

〔収録〕舊小說本『夷堅志』。

〔分類〕鬼

錢瑞(1)反魂

乾道元年六月秀州大疫、吏人錢瑞亦病旬餘。忽譫語切切、如有所見、自言、被追至官府、仰視見大理正(2)兪長吉(3)朝服坐殿上。瑞嘗爲棘寺吏(4)、識之、卽趨拜拱立。兪曰、所以呼汝來、欲治[1]一獄。左右引入直舍、驗視案牘、乃浙西提刑司(5)公事也。罥罣者凡五六十人、瑞結正齎呈、甚喜。因懇乞歸、兪未許。瑞無計、退立廊左、見故人寧三囚首立。揖瑞言、舊爲漕司(6)吏、曾誤斷一事、逮捕至此。向來文字在某廚靑紗袋中、吾累夕歸取之、家人以爲寇至、故不可得。煩君歸語吾兒、取而焚、寄我。瑞許之。望長吉治事畢、復出瀝懇、始得歸。令人送還、才出門、命乘一大舟、舟乃在平地。瑞以爲苦、夢中呼云、把水灑地。正盡力叫號、舟已抵岸、遂驚覺、滿身黑汗[2]如洗。時長吉知盱眙軍方死。瑞至今猶存。

〔景裴弟說(7)。〕

1　別藏本、黄校本は「治」を「活」に作る。

2　陸本、張校本、何校本は「汗」を「汚」に作る。

「銭瑞の反魂」

乾道元年（一一六五）六月に秀州（浙江省嘉興市）で伝染病が流行し、役人の銭瑞も十日余り病んでいた。突然ぼそぼそとうわごとを言い出し、何かを見ているようであったが、（目覚めた後）自ら次のように言った。

連れて行かれて役所に着き、見上げると大理寺正の兪長吉が官服を着て正殿に座っていた。私は以前に大理寺の役人をして、兪と面識があり、すぐに行って挨拶をし拱手して立った。兪は「お前を呼んで来てもらったのは、ある事件を裁いて欲しかったからなのだ」と言った。部下の案内で担当の役所へ入り、文書を調べると、なんと浙西提刑司の案件であった。連座した者は全部で五、六十人いて、私が判決を下して提示すると、（兪は）非常に喜んだ。そこで帰してくれるように懇願したが、兪は許してくれなかった。私は仕方なく、退いて廊下に立っていると、友人の寧三がボサボサの髪で立っているのが見えた。（彼は）私に拱手の礼をして、「以前轉運司の役人であった時、ある事件で誤った裁定を下したために、逮捕されてここに連れてこられたのです。その時の文書はある戸棚の青色の紗の袋の中にあって、私は幾晩もこれを取りに帰ったのですが、家の者が盗人が入ったと思い込むので、手に入れることが出来なかったのです。お手数ですがあなたが（現世に）帰った時に私の息子に話して、（この文書を）取り出して焼き、私に送ってくれませんか」と言うので、私は承知した。長吉が裁判を終えるのを見て、再び出ていって懇願し、ようやく帰してもらえた。役人が私を送り帰し、門を出たところで、一艘の大きな船に乗るように命じられたが、その船はなんと平地に置かれていた。私は困ったと思い、夢の中で「水を地面に注いでくれ」と言い、力の限り叫んでいると、船はすでに岸に到着していて、そこではっと目覚め、全身が黒い汗にまみれていた、と。

当時、長吉は盱眙《くい》軍（江蘇省淮安市盱眙県）の知軍でちょうど死んだばかりの時だった。瑞は今でも健在である。〔私の弟である（洪）景裴が話した。〕

（1）錢瑞については、ここに見える以外のことは不明。

（2）大理正は、大理寺正のこと。刑獄を司る大理寺の属官で、各裁判の審査を行った。従七品。『宋史』巻一六五・職官志五・大理寺の条に「元豐官制行、置卿一人、少卿二人、正二人、推丞四人、斷丞六人、司直六人、評事十有二人、主簿二人。卿掌折獄、詳刑、鞫讞之事。凡職務分左右、天下奏劾命官、將校及大辟囚以下以疑請讞者、隸左斷刑、則司直、評事詳斷、丞議之、正審之」とある。

（3）兪長吉は、字は幾先。丹徒県（江蘇省鎮江市）の人。無名氏『京口耆舊傳』巻二・兪康直伝に「子向。（中略）向之子長吉。字幾先。父任出官中法科、由蘄州司法入爲大理評事。凡再遷爲丞爲正。隆興初、以才選除直祕閣、知盱眙軍、未幾卒。長吉好尚清雅、尤長於詩。名所居曰葵軒。暇日常賦詩鼓琴以自娯云」とある。また『宋會要輯稿』選舉三四之一六・乾道元年（一一六五）三月四日の条に「詔大理正兪長吉除直祕閣、知盱眙軍」とあり、同年四月十九日の条に「詔權通判臨安府胡堅常除直祕閣、知盱眙軍」とあることから、この間に知盱眙軍を務めたことがわかる。

（4）棘寺は、刑獄を司る大理寺の異称。『夷堅甲志』巻一五「辛中丞」注7参照（甲志下冊一四九頁）。

（5）浙西提刑司については、浙西は、両浙西路の略称。提刑司は、路提點刑獄司のこと。各路の刑事、訴訟を司る。『夷堅甲志』巻四「鄭鄰再生」注2参照（甲志上冊一〇五頁）。

（6）漕司は、轉運司のこと。『夷堅甲志』巻二「陸氏負約」注2参照（甲志上冊六一頁）。

（7）景裴は、洪邃《こうすい》。洪邁の弟。『夷堅支丁』巻一「建康太和古墓」に「是時淳熙十一年、景裴弟倅貳建康」とあり、『景定建康志』巻二四・官守志一・通判廳・洪邃の条に「承議郎、淳熙十年四月初六日到任、十一年十月轉朝奉郎、十二年八月二十五日滿」とある。知徳安府、知桂陽軍、知衡州も歴任。『夷堅丁志』巻一三「邢舜擧」、同書巻一七「閻羅城」、『夷堅支乙』巻五「張花項」、同書巻五「東湖荷菱」、『夷堅支丁』巻一「建康太和古墓」、同書巻八「潭州都監」、同書巻一〇「鍾離翁詩」、『夷堅志補』巻九「錢眞卿」にも名が見える。また『夷堅乙志』巻二〇「徐三爲冥卒」（二七二頁）、『夷堅支乙』巻五「黄巣廟」、『夷堅支庚』巻一〇「呉淑姫嚴芯」、『夷堅支癸』巻一「餘杭何押録」では話の提供者として名が見える。さらに『夷堅支景』巻二「孫儔寶劍」、『夷堅支丁』巻一「德興潭魚」では話に名が見え且つ、話の提供者としても名が見える。

〔分類〕夢・鬼・再生

乙志巻一八

張淡道人(1)

衢州人徐逢原(2)居郡之峡山(3)、少年時好與方外人(4)處。有張淡道人過之、留館其門。巾服蕭然、唯著青巾夾(5)道衣、中無所有、雖盛冬不益也。每月夕、則攜鐵笛(6)入山間吹之、徹曉乃止。逢原學易、嘗閉戸揲大衍數(7)、不得其法。張隔室呼之曰、一秀才、此[1]非君所解、明當語子。明日授以軌析算(8)步之術、凡人生死日時、與什器、草木、禽畜、成壞壽夭[2]、皆可坐致、持以驗之、不少[3]差。最好飲酒、時時入市竟日、必酣醉乃返、而囊無一錢。人皆云、能燒銀(9)以自給。逢原欲測其量、召善飲者四人、更迭與飲、自朝至暮皆大醉、張元自如。夜入室中、外人望見其倒立壁下。以足掛壁、散髮寘[4]瓦盆內、酒從髮際滴瀝而出。逢原之祖德詮(10)、年七十餘矣。張曰、十八翁明年五月有大厄[5]。速用我法禳禬(11)、可復延十歲。徐氏不信、以爲道人善以言相恐、勿聽也。語纔出口、張已知之、卽捨去、入城中羅漢寺(12)。明[6]年五月、德詮病、逢原始往請之、不肯行、果死。其徒有頭陀(13)一人。又祕藏紙畫牛一頭。每與客戲、則取圖掛壁、剉生草其旁、良久、草或食盡、或齮齕過半、遺糞在地可掃也。後以牛與頭陀、而令買火麻(14)四十九斤、紐爲大索、囑之曰、吾將死、死時勿棺斂[7]。只以索從肩至足通纏之、掘寺後空地爲坎埋我、過七日輒一發視。頭陀謹奉戒。既死七日、發其穴、面色如渥丹。至四十九日、凡七發、但餘麻絙在、幷敗履一雙、尸空空矣。逢原嘗贈之詩曰、鐵笛愛吹風月夜、夾衣能禦雪霜天。伊予(15)試問行年看、笑指松筠未是堅(16)。張以匹絹大[8]書之、筆蹟甚偉。又以匹絹書汞[9](17)法授逢原。逢原死、鄕人多求所書法、其子夢良(18)不欲泄、擧而焚之。軌析之術、徐氏子孫略知其大概、而不精矣。〔逢原孫欽鄰說(19)[10]。〕

1　黃校本は「此」を「比」に作る。
2　陸本は「夭」を「天」に作る。
3　黃校本は「少」を「必」に作る。
4　舊小說本は「寘」を「實」に作る。何校本は「置」に作る。
5　黃校本は「厄」を「尼」に作る。
6　陸本、舊小說本、張校本、何校本は「明」を「時」に作る。
7　何校本は「斂」を「殮」に作る。
8　黃校本は「大」を「火」に作る。
9　舊小說本は「汞」を「永」に作る。
10　舊小說本は「逢原孫欽鄰說」の六字を欠く。

「張淡道人」

衢州（浙江省衢州市）の人である徐逢原は州の峡山に住んでおり、若い頃は道士と一緒にいることを好んだ。張淡道人という者がここに立ち寄った時に、引き留めてその家に住まわせた。頭巾や衣服は粗末で、ただ青い頭巾と二枚重ねになった道衣を着け、（道衣の）下には何もなく、真冬でも着込むことはなかった。月夜にはいつも、鉄の笛を持って山に入ってはこれを吹き、明け方になってやっと止めるのだった。逢原は『易』を学んでおり、あるとき戸を閉ざして筮竹を数えて占いをしたが、その方法を会得出来なかった。張は隣の部屋から逢原に呼びかけて「一介の秀才よ、それは君に理解できるものではない、明日君に教えてあげよう」と言った。翌日（張は逢原に）軌析算歩の術を授けてくれ、（これによれば）およそ人の生死の日時と、家庭用品、草木、家畜の壊れる時期や寿命を、みな容易に知ることが出来、この術を用いて調べれば、少しも間違いがなかった。（張は）非常によく酒を飲み、時折まる一日市に出かけては、必ずすっかり酔っ払って帰ったが、袋には一銭も無かった。人はみな「煉丹によって賄っているのだろう」と言っていた。逢原は彼の酒量を測ろうとして、酒が強い者を四人連れて来て、代わる代わる（張の）相手をして飲ませたが、朝から晩までみなすっかり酔っ払ったのに、張は元通り平然としていた。（張が）夜部屋に入ると、部屋の外の者には張が壁のところで倒立しているのが見えた。足を壁にもたれかけて、ざんばら髪を素焼きの鉢の中に入れ、酒が髪の先から滴り落ちて出ていた。逢原の祖父の徳詮は、年は七十歳余りであった。張が「十八翁（徳詮）は来年の五月に大厄があります。速やかに私の法で祈祷すれば、さらに十年寿命を延ばすことができます」と言ったが、徐の家では信じず、道人がまた人を怖がらせることを言っていると思って、耳を貸さなかった。その（断りの）言葉が口から出た途端に、張には言いたいことがわかったので、すぐさま（徐の家を）出て行き、州城内の羅漢寺に入ってしまった。翌年の五月、徳詮が病気になり、逢原はようやく張のところへ行って（治してもらうよう）頼んだが、（張は）行くことを承知せず、果たして（徳詮は）死んでしまった。

張の弟子に一人の修行僧がいた。（張は）牛一頭が描かれた紙を秘蔵していた。客とふざけるたびに、絵を取り出して壁に掛け、新鮮な草を刈ってその側に置いたが、しばらくすると、草は食べ尽くされていたり、ほとんど囓られていたりし、地面には糞が残されて掃除をしなくてはならなかった。その後、牛をその修行僧に与えて、麻四十九斤を買って来させ、束ねて太い綱を作らせると、この修行僧に「私はもうすぐ死ぬが、死んでも棺に入れてはいけない。ただ綱を肩から足まで身体にくまなく巻き付けて、寺の裏の空き地に穴を掘って私を埋め、七日経つごとに掘り返して見てみよ」と言い付けた。修行僧はかしこまってその言いつけを守った。死んでから七日後、その穴を掘り返すと、顔色が赤くてつやつやしていた。四十九日になって、全部で七回掘り返した時には、ただ麻の組紐と、腐った靴が一足残っているだけで、死体はまったく無くなっていた。

逢原は以前に張に詩を送っていたが、その詩は次のようであった。

鐵笛愛吹風月夜　　鉄笛　風月の夜に吹くを愛し
夾衣能禦雪霜天　　夾衣　能く雪霜の天を禦ぐ
伊予試問行年看　　伊れ予《われ》　試みに行年を問いて看れば
笑指松筠未是堅　　笑いて松筠を指さして　未だ是れ堅からずと

あなたは鉄の笛を風月の美しい夜に吹くのがお好きで、袷の上着は雪霜の寒さをよく防いでくれる。私は試しにあなたの年齢を尋ねてみたが、あなたは笑いながら松竹を指さして、あれもまだしっかりしていないと言った。

張は一匹の絹にこれを大書したが、筆跡は非常に大きくて立派であった。また一匹の絹に水銀を生成する方法を書いて逢原に授けた。逢原が死ぬと、郷里の人々の多くは張の書いた水銀生成法を求めたが、その息子の夢良は他人に教えることを嫌がって、その絹をすべて燃やしてしまった。軌析の術は、徐家の子孫がほぼその大まかな内容を知っていたが、詳しくはなかった。〔逢原の孫の欽鄰が話した。〕

（1）張淡については未詳。元、趙道一「歴世眞仙體道通鑑」（『正統道藏』洞眞部・記傳類）巻五二・張淡に同じ話がある。
（2）徐逢原については、ここに見える以外のことは不明。
（3）峡山は、衢州にあった山。『夷堅乙志』巻一七「十八婆」（二〇五頁）にも見える。
（4）方外人は、僧や道士をいう。『夷堅甲志』巻一二「僧爲人女」注7参照（甲志下冊六〇頁）。
（5）夾は、袷のこと。表生地と裏地の二層になった衣服。李賀「酬答二首」詩（『李長吉歌詩王琦彙解』巻三）其一の第一、二句に「金魚公子夾衫長、密裝腰鞓割玉方」とある。
（6）鐵笛は、鉄で出来た笛。隠者が好んでこの笛を吹き、その笛の音は非凡であるという。南宋、朱熹『朱子大全』巻六六・古詩「鐵笛亭」の序に「山前舊有奪秀亭、故侍郎胡公明仲嘗與山之隱者劉君兼道游涉而賦詩焉。劉少豪勇游俠使氣晩更晦迹自放、山水之閒善吹鐵笛有穿雲裂石之聲」とある。
（7）「揲大衍數」は、筮竹によって占うことをいう。揲は、数えること。大衍は、占いに用いる筮竹の数が五十本であることから、五十を指す。『易經』繫辭に「大衍之數五十、其用四十有九」とあり、王弼の注は「演天地之數、所賴者五十也。其用四十有九、則其一不用也」、孔穎達の正義は京房の説を引いて「五十者、謂十日、十二辰、二十八宿也、凡五十。其一不用者、天之生氣、將欲以虛來實、故用四十九焉」と説明する。

（8）執析算歩は、いずれも占いの法。執析は、『容齋續筆』巻八「著龜卜筮」に「古人重卜筮、其究至於通神、龜爲卜、蓍爲筮。（中略）伎術標榜、所在如織、五星、六壬、衍禽、三命、軌析、太一、洞微、紫微、太素、遁甲、人人自以爲君平、家家自以爲季主、毎況愈下」とある。また算歩は、北周、庾季才原撰、北宋、王安禮等重修『靈臺祕苑』巻九・五星占法・五星總占に「魏末張子信學術精通三十餘年、專以圓儀測候。以算歩之、始悟日月之交道、有表裏、遲疾盈縮。五星見伏、見伏向背、東行曰順、西行曰逆。順則疾、逆則遲」とある。

（9）焼銀は、煉丹のこと。北宋、魏泰『東軒筆錄』巻二に「世言躁進者有夏侯嘉正、以右拾遺爲館職、平生好焼銀而樂文字之職、常語人曰、吾得見水銀銀壹錢、知制誥一日、無恨矣。然二事俱不諧而卒」とある。

（10）徐德詮については、ここに見える以外のことは不明。

（11）禳禬は、災害や変異を免れるように祈禱すること。『夷堅甲志』巻一二「向氏家廟」注11参照（甲志下冊六三頁）。

（12）羅漢寺については、『嘉慶西安縣志』巻四三・祠祀・張公遺愛祠の条に「公諱江明。嘉靖閒令西安、政尚德化生、祀於羅漢寺。寺廢、遷邑西顯報寺。郡守楊準、復新之」とある。

（13）頭陀は、衣食住の汚れを清める修行のこと。ここでは修行僧を指す。『夷堅乙志』巻二「承天寺」注3参照（乙志上冊五五頁）。

（14）火麻は、麻（学名 *Cannabis sativa*）のこと。中央アジアを原産とし、大麻草とも呼ばれる。茎の皮は麻繊維として、種子は食用や生薬として、また種子からは食用油もとれる。明、李時珍『本草綱目』谷部・巻二二「大麻」の条に「火麻、日用黄麻、俗名漢麻」とあり、その集解に「大麻卽今火麻、亦曰黄麻。（中略）剝其皮作麻」とある。

（15）伊予は、伊余ともいう。伊は発語の辞、二字で我の意。魏、曹植「責躬詩一首」（『文選』巻二〇・獻詩）の第二十九、三十句に「伊余小子、恃寵驕盈」とある。

（16）この詩は、『全宋詩』巻一八七〇に「贈張淡道人」と題して収める。なお「松筠未是堅」とは、樹木が葉を落とす冬も青々としている松や竹でも、自分の寿命に比べたら丈夫だとは言えないの意。

（17）汞法については、汞は水銀のこと。『夷堅乙志』巻三「賀州道人」（乙志上冊八八頁）に見える、「化汞爲銀之法」のような、水銀から銀を作るような方法のことか。

（18）徐夢良については未詳。

（19）徐欽鄰については、『夷堅乙志』巻一七「十八婆」注7参照（二〇六頁）。

〔収録〕舊小說本『夷堅志』。元、趙道一「歷世眞仙體道通鑑」（『正統道藏』洞眞部・記傳類）巻五二・張淡。

〔分類〕道術・方士・文章（詩）・薬

太學白金

任子諒(1)在太學、夜過齋(2)後、於叢竹閒見銀百餘笏。月光照之、粲爛奪目。子諒默禱曰、天知諒清貧[1]、陰有大賜。然晻昧(3)之物、終不敢當。願歸諸神祇、他日明中拜賜乃幸耳。遂委而去。及登廁、復還至其處、覺白物頗動搖屈伸、訝而注目、乃巨白蛇、其長丈餘。急反室、明日不復見。不知白金之精蕩于異物耶、將蟒怪爲孽欲致人害之耶。二者不可曉也。〔子諒之子良臣(4)說。〕

1　別藏本、黄校本は「貧」を「貪」に作る。

「太學の銀」

任子諒が太學に在籍していた時、夜に寮の裏を通り過ぎると、竹藪で銀百本余りを見つけた。月の光に照らされて、目にまばゆく輝いていた。子諒は黙ったまま「天は私が清貧であることを知り、秘かに素晴らしい贈り物を下さったのでしょう。しかし素性のわからないものを、決して受け取るわけにはいきません。どうかこれを天地の神々にお返し頂き、後日白昼に拝賜できればありがたく存じます」と祈り、そのままにして立ち去った。厠へ行って、再びその場所に戻って来ると、白いものが盛んにうごめいて伸び縮みしていたので、怪しんでよく見ると、なんと大きな白蛇で、その長さは一丈余りもあった。急いで部屋へ帰ったが、翌日にはもういなくなっていた。銀の精が戯れに他のものに姿を変えていたのだろうか、それともウワバミの妖怪が災いをなして人に害を及ぼそうとしたのだろうか。そのどちらなのかは知りようもなかった。〔子諒の息子の良臣が話した。〕

（1）　任子諒（一〇六九―一一二六）は、任諒、子諒は字。眉山県（四川省眉山市）の人。紹聖四年（一〇九七）の進士。徽猷閣待制、知

京兆尹などを歴任した。『宋史』巻三五六に伝がある。
（２）　齋は、太學の寮。『夷堅甲志』巻一「孫九鼎」注16参照（甲志上冊七頁）。
（３）　晻昧は、出自が明確でないことを指す。『漢書』巻六六・楊惲伝に「惲、宰相子、少顯朝廷、一朝以晻昧語言見廢、内懷不服」とあり、顔師古の注は「晻與暗同」と説明する。
（４）　任良臣については、『夷堅甲志』巻八「饒州官廨」注６参照（甲志上冊二四二頁）。

〔分類〕宝（銀）、蛇

天寧行者（1）

邵武光澤縣天寧寺多寄蔵（2）。行者六七人、前後皆得癡疾、積勞悴以死。唯一獨存、亦大病、自謂不免、已而平安、始告人曰、毎爲女子誘入密室中、幽牕邃閤、牀褥明麗、締夫婦之好。凡所著衣履、皆其手製、如是往來、且一年久。一日土地神出現、呼女子責曰、合寺行者皆爲汝輩所殺。豈不留一人給伽藍掃灑事。自今無得復呼之。女拜而謝罪、流涕告辭、自此遂絶。始能飲食、漸以復常、念向來所遊處、歷歷可想、乃邑内民家女蔵房。白[1]其父母發視、蓋既死十年、顏色肌體皆如生。傍有一僧鞋、已就、兩手又抱隻履、運鍼未歇、枕畔烏紗巾存焉。父母泣而改殯。

1　黄校本は「白」を「曰」に作る。

「天寧寺の行者《あんじゃ》」

邵武軍光澤県（福建省南平市光沢県）の天寧寺では多くの棺桶を預かっていた。行者が六、七人、相続いでみな気が狂い、やつれ果てて死んだ。ただ一人生き残った者も、やはり大病を患い、自らもう免れないと思ったが、まもなく平癒すると、ようやく人に告げて次のように話した。

毎日女性に誘われて密室の中に入ると、（そこは）奥深い高殿の人目に付かない窓辺で、しとねは麗しく、（女と）夫婦のよしみを通じた。（彼女が）身につけている衣服や靴は、すべてその手に成るもので、このように行き来して、一年になろうとしていた。ある日土地神が現れて、この女を呼び、「この寺の行者はみなお前に殺された。どうして寺の掃除を担当する者を一人も残しておかなかったのだ。以後はもう二度とこの者を呼び出してはならん」と言って責めた。女は拝礼して謝罪し、涙を流して別れを告げ、これより後は姿を現さなかった、と。

ようやく飲食ができるようになり、徐々に元通りになって、以前出かけた（女の部屋）はどこかを考えると、はっきりと思い出すことができ、それはなんと県内の民家の娘の棺を安置した部屋であった。その両親に話して（棺を）開けてみると、死んでから十年経っているというのに、顔色や肌つやはまるで生きているかのようであった。その傍らには僧の靴が片方あり、もう出来上がっていて、両手にはもう片方の靴を抱きかかえ、針で縫いかけており、枕元には黒い薄絹の頭巾もあった。両親は泣きながら別の場所に仮安置した。

（1）行者は、寺の用務を行う修行中の僧を指す。『夷堅甲志』巻四「江心寺震」注4参照（甲志上冊一三〇頁）。

（2）菆は、棺を仮安置する意。『夷堅乙志』巻二「莫小孺人」注6参照（乙志上冊六二頁）。

〔分類〕鬼

趙不他(1)

趙不他爲汀州員外税官、留家邵武而獨往。寓城内開元寺(2)、與官妓一人相往來、時時取入寺宿。一夕五鼓、方酣寝、妓父(3)呼于外曰、判官誕日亟起賀。倉黄而出、趙心眷眷未已。妓復還曰、我諭吾父、持數百錢賂營將、不必往。遂復就枕。明旦將具食、趙之暱友馮八官者來、妓避之戸内曰、是嘗過我、我以君故不忍納。方蓄憾未[1]解、不欲出。馮君嗜石榴、已留兩顆在廚矣。及馮入、與趙飲酒啖榴。卽去、妓出對食。迨晩[2]、索湯濯足、夜同臥。趙之姪適至、問安否、妓令趙聳身外向、己伏于内。姪揖[3]牀下、不揭帳、亦去、兩人綢繆笑語。趙忽睡、夢攜手出寺、行市中至下坊、妓指一曲(4)曰、此吾家也。既過門、能爲頃刻留否。趙心念身爲見任、難以至妓館、力拒之。遂驚覺、流汗如洗、方知獨寢。呼其僕、問妓安在、僕曰、某人未明歸去。至今不曾來。問對食及濯足事、曰、公令[4]具兩人食而無他客。黄昏時又令燖湯盥濯、然未嘗用也。始悟其鬼。自是得大病、遍身皮皆脱落、一年乃愈。自云、幸不入其家、入則死矣。〔二事光吉(5)叔說。〕

1　黄校本は「未」を「禾」に作る。
2　別藏本、黄校本は「晩」を「曉」に作る。
3　黄校本、陸本は「揖」を「楫」に作る。
4　黄校本は「令」を「今」に作る。

「趙不他」

趙不他が汀州（福建省龍岩市長汀県）の定員外の徴税官になった時、家族を邵武軍（福建省邵武市）に留めて単身で赴任した。汀州城内の開元寺に身を寄せ、一人の妓女と付き合い、時々寺に入れて泊めていた。ある日の夜明け前、ぐっすりと眠っていると、外から妓女の父の呼ぶ声がして、「判官さまの誕生日だから急いで起きて御祝いを言いに行きなさい」と言うので、慌てて出て行ったが、趙は内心恋しくて仕方が無かった。すると再び妓女が戻ってきて「私は父に、数百銭の賄賂を将官に渡すように説得したので、行かなくてもよくなりました」と言い、そのまま再び床に就いた。朝になって食事を用意しようとしたところ、趙の親友の馮八官という者がやって来たので、妓女は彼を避けて部屋に入り「この人は以前私のところに（客として）来ましたが、私にはあなたがいるので（彼を）受け容れる気になりませんでした。（すると彼は）恨みに思ってその気持ちが今も晴れていないので、（私は）出たくありません。馮さんは石榴を食べるのが好きですので、廚房に実を二つ置いてあります」と言った。馮は入ってくると、趙とともに酒を飲んで石榴を食べた。そして（馮が）去るとすぐに、妓女は出てきて向かい合って食事をした。夕方になると、湯を求めて足を洗い、夜はともに寝た。趙の甥がたまたまやってきて、挨拶をした時には、妓女は趙に身を起こして外を向かせ、自分は内側で伏せっていた。甥はベッドの足下で拱手の礼をして、帳は掲げずに、やはり（妓女を見ることなく）去ったので、二人はもつれ合って笑いながら話をした。趙は急に眠くなり、夢の中で（妓女と）手を携えて寺から出て、市場を通って下町に到ると、妓女はある妓楼を指さして「ここが私の家です。せっかく来て下さったのですから、しばらく御逗留下さいな」と言った。趙は自分が現職の身なので、妓楼に行くと咎められることを心配し、固くこれを拒んだ。するとはっと目が覚め、全身汗にまみれており、ようやく一人で寝ていたことに気付いた。下男を呼んで、妓女がどこにいるのかと尋ねると、下男は「その方は明け方に帰って行かれました。それからは来られていません」と言う。向かい合って食事をし足を洗ったことを尋ねると、「旦那様は二人分の食事を用意させましたが他のお客はいませんでした。夕方にはまた湯を沸かして洗うようにお命じになられましたが、お使いにはなっていません」と答えた。そこで初めて妓女が幽霊であったことを悟ったのである。その後大病に罹って、全身の皮膚がすべて剝がれ落ち、一年経ってようやく治った。自ら「幸いにもその家に入らなかったが、もし入っていたら死んでいたよ」と言っていた。〔二つの話は叔父の（洪）光吉が話した。〕

（1）趙不他については、ここに見える以外のことは不明。
（2）開元寺については、『乾隆汀州府志』巻七・古蹟・汀州府・開元寺の条に「在縣學左」とある。
（3）妓父とは、妓楼において妓女たちを管理する者をいう。いわゆる遣り手婆を仮母と呼ぶのに対応して、仮父の称もある。唐、孫棨『北里志』王蓮蓮の条に「但假母有郭氏之癖、假父無王衍之嫌。（中略）曲中惟此家假父頗有頭角、蓋無圖者矣」とある。この妓女は「官妓」と記されるので、役所の管轄下にあったのだろうが、また「下坊」の「一曲」に家が有ったとも書かれているので、役所の用がない時は妓家ごとに活動していたのだろう。
（4）曲は、曲巷のこと。通りから入った小路に添って家が並んでいる横町をいい、ここでは妓楼を指す。『北里志』海論三曲中事の条に「平康里、入北門東回三曲、卽諸妓所居之聚也」とある。
（5）光吉は、洪邁の叔父。洪适『盤洲文集』巻四・詩四に「酬光吉叔用前韻見寄」詩がある。洪邁の父である洪皓、字は光弼の弟は六人いたが、光吉という字がそのうちの誰のものかは不明。

〔分類〕鬼

呂少霞[1]

紹興二十年、徐昌言[2]知江州、其姪琰[3]觀衆客下紫姑神[4]、啓曰、敢問、大仙姓名爲誰、何代人也。書曰、唐朝呂少霞。琰曰、琰覬望改秩[5]。仙能前知、可得聞歟。曰、天機不可泄。琰曰、但爲書經史、或詩詞兩句、寓意其閒、當自探索之。遂大書韋蘇州[6]詩曰、書後欲題三百顆[7]、洞庭[8]須待滿林霜[9]。坐客傳翫、莫能測其旨。後十五年、琰方得京官、調呉縣宰、乃悟詩意。洞庭正隸呉也。〔琰說。〕

1　別藏本は「琰」を「談」に作る。以下同じ。
2　陸本は「琰」を「詩」に作る。

3　黄校本は「探」を「深」に作る。

「呂少霞」

紹興二十年（一一五〇）、徐昌言が江州（江西省九江市）の知州であった時、その甥の琰は多くの客人が見ている前で紫姑神を呼び出して、初めに「恐れながらお尋ねします、仙人さまのお名前はどなたで、いつの時代の方ですか」と聞くと、「唐王朝の呂少霞である」と書いた。琰が「私は京官への昇進を望んでおります。仙人さまには未来のことを知る力があるので、お聞かせ下さい」と言うと、「天機は漏らすことはできない」と言う。琰が「ただ経書や史書（の一文）、あるいは詩や詞の二句を書いて、その中に真意を隠して下さるなら、（それを頼りに）自分で探します」と言うと、そこで韋蘇州の詩句「書後　題さんと欲す　三百顆、洞庭　須らく待つべし　満林の霜。（この手紙の最後に書き添えておきます、青橘三百個は、洞庭山の木々に霜が降りるまで待って頂きたい）」を大書した。その場にいた客人は伝え聞いて玩味したが、その意味を推し量ることができる者はいなかった。十五年後、琰はようやく京官に昇進し、呉県（江蘇省蘇州市）の知県を拝命して、やっと詩の意味を悟った。洞庭山はまさしく呉県に属している。〔琰が話した。〕

（1）呂少霞については未詳。唐代の呂姓の仙人といえば、呂洞賓が有名であるが、その別名であるか否かは不明。呂洞賓については、『夷堅甲志』巻一「石氏女」注1参照（甲志上冊三一頁）。
（2）徐昌言については、『夷堅甲志』巻一三「樊氏生子夢」注3参照（甲志下冊七四頁）。
（3）徐琰については、『康熙福建通志』巻二七・職官一〇・歴官一之九・漳州府の条に、長泰縣（福建省漳州市長泰県）の淳熙年間（一一七四―一一八九）の知縣事として名が見えるが、あるいは同一人物か。
（4）紫姑神は、厠の神。神託や卜占を行う。『夷堅甲志』巻一六「碧瀾堂」注2参照（甲志下冊一七六頁）。
（5）改秩は、京官に昇進すること。『夷堅甲志』巻一「韓郡王薦士」注7参照（甲志上冊三八頁）。
（6）韋蘇州は、唐の韋應物のこと。蘇州刺史となったので、この称がある。『夷堅乙志』巻一三「慶老詩」注5参照（九五頁）。
（7）「三百顆」について、韋應物の詩は『全晉文』巻二六・王羲之・雑帖に「奉橘三百枚、霜未降、不可多得」とあるのを踏まえて表現している。

（8）洞庭は、洞庭山。江蘇省蘇州市の西南に位置し、太湖の東南部にある。『夷堅乙志』巻一七「林酒仙」注5参照（二〇一頁）。洞庭山は蜜柑の産地として知られた。南宋、范成大『呉郡志』三〇・土物下・緑橘の条に「出洞庭東西山」とある。

（9）「書後欲題三百顆、洞庭須待滿林霜」は、韋應物（『韋蘇州集』巻五）「答鄭騎曹青橘絶句」の第三、四句。

龔濤前身(1)

〔分類〕神仙・讖応・貢挙・文章（詩）・神

龔濤仲山說。其母方娠時在衢州、及期、將就蓐、遣呼乳醫、時已夜半。醫居于郡治之南、過司法廳(2)、見門外擾擾往來、云、官病亟。及至龔氏而濤生、襁葆[1]畢、復還、則司法已死。明日爲龔氏言之。司法君姓周氏、爲人潔清、好策杖著帽、毎出、必呼小史(3)以二物自隨。濤三歲能言、時常呼人取帽及拄杖、其家乃知爲周君後身也。

1　張校本、何校本は「葆」を「褓」に作る。

「龔濤の前世の身」

龔濤、字は仲山が話した。濤の母は身ごもっていたとき衢州（浙江省衢州市）におり、産気づくと、出産の床について、産科医を呼びに行かせたが、すでに真夜中であった。産科医は州治の南に住んでおり、司法參軍事の庁舎を通った時に、門の外で騒がしく人が往来するのが見え、「司法さまの病はいよいよだ」と言っていた。龔家に着くと濤が生まれたので、産着を着せ終わって、再び引き返すと、司法參軍事はすでに死んでいた。翌日になって龔家にこの話をした。司法參軍事は姓を周といい、人となりは高潔で、杖をついて帽子を被るのを好み、出掛ける度に、必ずお付きの者にこの二つを持って付き従わせていた。濤は三歳で言葉が話せるようになると、いつも人に帽子と杖を取って来させたので、その家では周さんの生まれ変わりだとわかったのである。

（1）龔濤は、字は仲山。東平府（山東省泰安市東平県）の人。直祕閣、両浙轉運副使などを歴任した。
（2）司法は、司法參軍事の略称。『夷堅乙志』巻四「張文規」注43参照（乙志上冊一一一頁）。
（3）小史は、従者のこと。『夷堅甲志』巻一「韓郡王薦士」注18参照（甲志上冊三九頁）。

〔分類〕悟前生

超化寺鬼（1）[1]

衢州超化寺、在郡城北隅。左右菱芡池數百畝、地勢幽闃、士大夫多寓居。寺後附城（2）有雲山閣（3）、閣下寢堂三間、多物怪、無敢至者。唯曾通判獨挈家處之、往往見影響、猶以爲僕妾妄語、拒不信。幼子[2]年二歲、方匍匐在地、乳母轉眄與人語、忽失之。擧家繞寺求索、且禱于佛僧、竟夕不見。明日聞篋中啼聲、啓鑰見兒、蓋熟睡方起也。即日徙出、至今空此室云。〔長老說。〕

1　別藏本、黃校本、陸本、張校本、何校本は目録で「鬼」を欠く。
2　黃校本は「子」を「丁」に作る。

「超化寺の幽霊」

衢州（浙江省衢州市）の超化寺は、州城の北の隅にあった。左右には数百畝もの菱と蓮の池があり、ひっそりとしていて、多くの士大夫が仮住まいしていた。寺の後ろの子城には雲山閣があり、その閣には三間ほどの広間があるが、物の怪が多く出るので、行こうとする者はいなかった。ただ曾通判だけは一家を引き連れてここに住み、何度か被害を受けていたが、それでも下男下女の戯言だろうと思い、まったく信じなかった。息子は二歳であったが、ちょうど床を這っていた時、乳母が少し目を離して人と話をしている間に、突然居なくなってしまった。家中で寺の周りを探し回り、僧たちにも祈らせたが、一晩中見つからなかった。翌日に箱の中から泣き声が聞こえてきたので、鍵を開けると息子が見つかったが、ぐっすり眠っていたのがちょうど起きたところのようであった。（曾家は）その日のうちに引っ越して、

今に到るまでこの部屋には誰も住んでいないという。〔(超化寺の)長老が話した。〕

(1) 超化寺については、『光緒浙江通志』巻四八・古蹟一〇・衢州府・怡顔齋の条に「胡翰怡顔齋銘序。衢之超化寺、昔朱子呂子嘗寓焉寺。故有雲山閣、怡顔亭、悉廢矣。惟朱子所書亭扁石刻、余於祝仲文家見之。仲文有吏能退居委巷、遂名其齋曰怡顔、乃爲之銘」とある。

(2) 附城は、子城のこと。大きな城に附属する小さな城、附郭。『弘治衢州府志』巻七・古蹟・府・子城の条に「在府治東」とある。

(3) 雲山閣については、『弘治衢州府志』巻七・古蹟・府・雲山閣の条に「在超化寺後城上。守張嵲建」とある。

〔分類〕鬼

嘉陵江(1)邊寺[1]

中奉大夫王旦(2)、字明仲(3)、興州人。所居去郡數十里、前枕嘉陵江。嘗晩飲霑醉、獨行江邊、小憩磻石上。望道左松檜森蔚成行、月影在地、顧而樂之、憶常時所未見也。乘興歩其中、且二里、得一蕭寺(4)。佛殿屹立、長明燈(5)熒熒然、寂不見人。稍行至方丈(6)、始有一僧迎揖[2]、乃故人也。就坐良久、忽悟僧已死、問曰、師去世累歳矣、乃在此邪。僧曰、然。語笑如初、存問交游、今皆安在。幾至夜半、倦欲寐、僧引入西偏小室、使就枕、戒之曰、此多惡趣(7)、毋[3]輒出。須天且明、吾來呼公起矣。遂去。旦裵回室中、覺境象荒闃、不能睡。俯窺牕外、竹影參差、心愈動、登牀展轉、目不交睫。不暇俟[4]其呼、徑起出戸、遙見僧堂(8)、燈燭甚盛、趨就焉。衆方列坐、數僕以杓行粥、鉢内炎炎有光、逼而視[5]之、蓋鎔銅(9)汁也。熱腥[6]逆鼻[7]、不可聞。犇而還、復見昨僧。咄曰、戒君勿出、無恐否。命行者(10)秉炬送歸。中塗炬滅、且蹶于地、驚而寤。則身元[8]在石上、了未嘗出、殆如夢游云。〔黄仲秉(11)[9]說。〕

1　陸本は目録で「寺」を欠く。
2　黄校本は「揖」を「損」に作る。
3　黄校本は「毋」を「母」に作る。
4　別藏本は「俟」を「候」に作る。黄校本は「俟」に作る。

5　何校本は「逼」を「遇」に作る。
6　別藏本、黄校本は「熱」を「熟」に作る。
7　舊小說本は「逆」を「迎」に作る。
8　黄校本は「元」を「无」に作る。
9　舊小說本は「黄仲秉說」の四字を欠く。

「嘉陵江の川辺の寺」

中奉大夫の王旦、字は明仲は、興州（陝西省漢中市略陽県）の人である。州城から数十里のところに住んでおり、前には嘉陵江が流れていた。ある夜ひどく酒に酔い、一人で川辺を歩いていて、大きな石の上で少し休んだ。道端を見ると松やヒノキが鬱蒼と茂り、月影が地面に伸びるのを、振り返って愛でていたが、いつもは見かけない場所のように思えた。興に乗じて松やヒノキの中を歩き、二里ほど行ったところで、とある寺を見つけた。佛殿は荘厳だが、長明燈《ちょうみょうとう》はかすかに灯っているだけで、ひっそりとして人はいなかった。しばらく行くと方丈があり、ようやく一人の僧が出迎えて拱手の礼をしたが、何と古くからの知り合いであった。しばらく座って（話をしていて）、急にその僧はすでに死んでいたことを思い出して、「あなたは数年前に亡くなられましたが、なんとここにいらっしゃったのですか」と尋ねると、僧は「いかにも」と言った。（それからまた）以前のように談笑し、日頃親しくしていた人たちが、今はどこにいるのかと尋ねた。真夜中近くになって、疲れて眠くなると、その僧は（旦を）西の端の小部屋に導き入れて、寝床に着かせ、「ここにはたくさんの悪いものがおりますので、決して出てはなりません。空が明るくなってから、私があなたを呼び起こしに来ますから」と旦に注意して、そのまま出て行った。旦は部屋の中を歩き回り、辺りがひどく物寂しく感じて、眠ることが出来なかった。窓から外を見下ろすと、竹の影が入り乱れて揺れており、ますます心が動揺し、ベッドに上がっても寝返りをうつばかりで、目を閉じることができなかった。僧が呼び起こすのを待たずに、すぐさま起き出して部屋から出ると、遠くに僧堂が見え、灯りが盛んに灯っていたので、そこへ走って行った。人々がちょうど並んで座っており、数人の下男が杓で粥を配っていたが、鉢の中は燃え盛って輝いており、近くまで行ってこれをのぞくと、溶かした銅の汁のようであった。熱く生臭いにおいが鼻をつき、嗅いではいられなかった。一目散に戻ると、昨日の僧に再び会った。（僧は）舌打ちして「あなたに外へ出てはいけないと言ったのに、恐ろしくはないのか」と言うと、行者《あんじゃ》にたいまつを手に取って送り帰すように命じた。途中でたいまつが消えると、旦は地面につまづいて、はっと目が覚めた。すると身体は元のまま石の上にあって、まったく動いておらず、まるで夢の中でさまよっていたようであったという。〔黄仲秉が話した。〕

（1）嘉陵江は、甘粛省から陝西省、四川省を流れて長江に注ぐ大河。『夷堅甲志』巻一八「赤土洞」注5参照（甲志下冊一三三頁）。
（2）中奉大夫は、寄禄官三十階のうちの第十三階。従五品。『夷堅甲志』巻一二「縉雲鬼仙」注8参照（甲志下冊四四頁）。
（3）王旦、字は明仲については、ここに見える以外のことは不明。
（4）蕭寺は、寺の異称。唐、李肇『唐國史補』巻中に「梁武帝造寺、令蕭子雲飛白大書蕭字、至今一蕭字存焉」とあり、この故事から寺を「蕭寺」という。
（5）長明燈は、長命燈にも作る。仏前に一日中灯される明かり。
（6）方丈は、住職の部屋のこと。『夷堅甲志』巻一一「張太守女」注4参照（甲志下冊二〇頁）。
（7）悪趣は、悪人が死後に行くとされる地獄、餓鬼、畜生の三悪道をいう。ここはそうした悪道に落ちた者たちの意か。『夷堅乙志』巻一四「振濟勝佛事」注5参照（一〇六頁）。
（8）僧堂は、僧が座禅を行う場所。『夷堅甲志』巻一三「了達活鼠」注6参照（甲志下冊九五頁）。
（9）鎔銅については、地獄の責め苦の一つとして、溶かした銅を罪人に飲ませる刑がある。『佛説佛名經』（『大正藏』第一四冊）巻三〇に「從一地獄至一地獄、苦中極苦不可堪忍。身常火燃食熱鐵丸飲鎔銅汁、以其惡業未畢盡故」とある。また、『太平廣記』巻一六・神仙一六「杜子春」（『太平廣記』は唐、李復言『續玄怪錄』を引くが、唐、牛僧孺『玄怪錄』の誤り）に「魂魄被領見閻羅王、曰、此乃雲臺峰妖民乎。捉付獄中、于是鎔銅、鐵杖、碓擣、磑磨、火坑、鑊湯、刀山、劍樹之苦、無不備嘗」とある。
（10）行者は、寺の用務を行う修行中の僧を指す。『夷堅甲志』巻四「江心寺震」注4参照（甲志上冊一三〇頁）。
（11）黄仲秉は、黄鈞のこと。『夷堅乙志』巻一二「大散關老人」注5参照（四一頁）。

〔収録〕舊小説本『夷堅志』。

〔分類〕夢（夢遊）・再生

趙小哥(1)

泉州通判李端彦説(2)。紹興十六年、在秀州、識道人趙小哥者、字進道。嘗隷兵籍、不知名、自云居咸平縣。狀貌短小、目視荒荒、有白[1]膜蒙其上。尋常能以果實草木治人病、其所用物、蓋非方書所傳。或以冷水調燕支(3)末療痔疾、或以狗[2]尾草(4)療沙石淋(5)、皆隨手輒愈。喜飲酒、醉後略能談人禍福事。通判朱君館之舟中、因熱疾沈困(6)、發狂躍入水、偶落漁罔中、救出之、汗被體、卽蘇。後三年來臨安、上省吏孫敏脩(7)家、適臥病、不食七日、吐利垂死。有二走卒持洪州趙都監(8)書來市民陶婆家、報趙道人死于洪。蓋平時皆與厚善者。陶曰、道人固無恙。正爾在孫中奉(9)宅。遽同往問訊、趙既聞之、亟起出、若未嘗病者。二人大駭、拜之不已。趙但默誦眞誥(10)中語、殊不答其説、卽往後市街(11)常知班(12)家。好事者爭焚香致敬、趙拱手凝目[3]、時擧手上下、不措一詞。逮夜、外人散去、其家遣一子侍直、至曉、前後門悉開、已不知所在。久之復歸湖上、過李氏墳庵、與端彦相見、塵垢盈體、若遠渉萬里狀。問所往、不肯言、但云、前者爲人所戹苦、且避之、今不敢再入城矣。半年又告去、曰、此地疫起、吾當治藥捄[4]人。去一年然後歸、端彦問曰、君爲道人、亦畏疫癘乎。曰、天災豈可不避。自是還往浸闊。紹興三十年、又來臨安、館于馬軍(13)王小將家。進奏官(14)劉某以風痺(15)求醫、敎以薄荷[5](16)汁捜附子(17)末服之、劉餌之過度、遂死。其子歸咎、欲訟于有司、趙曰、不須爾。取所餘藥盡服之、亦死。王氏爲買棺、斂[6]而瘞諸小堰門(18)外。役者封坎畢、還憩門側粥肆中、見趙在前、呼揖曰、甚苦諸君見送。衆人異之、急返窆處、啓其柩、空無一物矣。

1　黄校本は「白」を「日」に作る。
2　黄校本は「狗」を「拘」に作る。
3　黄校本は「目」を「日」に作る。
4　何校本は「捄」を「救」に作る。
5　別藏本、陸本は「荷」を「苛」に作る。
6　何校本は「斂」を「殮」に作る。

「趙小哥」

泉州（福建省泉州市）の通判であった李端彦が次のような話をした。紹興十六年（一一四六）、秀州（浙江省嘉興市）に居た時に、道士の趙小哥、字は進道という者と知り合いになった。（彼は）昔兵士であったが、名はわからず、自分では咸平県（河南省開封市通許県）に住んでいたと言っていた。体格は小柄で、目はよく見えず、薄い膜が瞳を覆っているようであった。日頃から果実や草木を使って他人の病気を治すことができ、彼が用いるもののほとんどは、医書で伝えられたものとは違っていた。ある時は冷水で燕支の粉末を調合して痔の病を治し、またある時は狗尾草で沙石淋を治して、おおむね処置すればすぐに治った。酒を飲むのが好きで、酔うと人の禍福についてそのおおむねを話すことができた。通判の朱さんが船に泊めた時、（趙は）熱病にかかりぐったりしており、そのうち気が狂って川に飛び込んだが、たまたま魚取りの網に落ちて救い出されると、体中汗まみれで、すぐに息を吹き返した。三年後に臨安府（浙江省杭州市）に来て、朝廷の役人であった孫敏脩の家を訪れた時、たまたま病気にかかって七日間食べられず、嘔吐と下痢で死にそうになった。二人の使者が洪州（江西省南昌市）の趙都監の手紙を持って市場に住んでいる陶婆の家へ来て、趙道士が洪州で死んだと伝えた。（陶は）日頃から（趙と）懇意だったのであろう。陶は「道士ならまったく元気ですよ。ちょうど孫中奉のお屋敷にいます」と言った。急いで一緒に訪ねていくと、趙はすでにこの話を耳にしており、すぐさま起き出して、まるで病気でなかったかのようであった。二人（の使者）は大いに驚き、趙道士を何度も拝した。趙はただ黙ったまま『眞誥』の中の言葉を唱え、その問いかけにはまったく答えず、すぐさま後市街の常知班の家へ行った。物好きが争って香を焚いて敬意を表すと、趙は拱手の礼をとり目を凝らし、時折両手を上下に動かしたが、一言も声を出さなかった。夜になって、外にいた人々は散り散りに帰り、常家では一人の息子を（趙に）付き添わせていたが、明け方になると、前後の扉はすべて開いていて、もう行方がわからなくなっていた。しばらくして再び西湖のほとりに戻り、李家の墓地の庵にやって来て、端彦と会ったが、体中ほこりと垢まみれで、まるではるばる万里を歩いてきた様子であった。どこへ行くのかと問うと、言おうとせずに、ただ「以前人に苦しめられたので、これを避けようと思い、今はもう城内には入りません」とだけ話した。半年するとまた「この地に疫病が起こるので、私は薬を処方して人々を救います」と告げて去った。一年後に帰ってきたので、端彦が「あなたは道士なのに、やはり疫病を恐れるのですか」と尋ねると、「天災は避けずにはおれません」と言った。これより（李との）行き来は次第に疎遠になった。

紹興三十年（一一六〇）、また臨安府にやってきて、馬軍の武将である王さんの家に泊まっていた。進奏官の劉某が風痺にかかって治療を求めてきたので、ハッカの汁で附子の粉末をかき混ぜて飲むように教えてやると、劉は飲む量が多すぎたので、そのまま死んでしまった。彼の息子が趙の罪だと言って、役所に訴え出ようとすると、趙は「その必要はない」と言って、余っている薬を手に取って残らず飲み、やはり死んでしまった。王家では趙道士の為に棺を買い、殯をしてこれを小堰門の郊外へ埋めた。人夫が穴を埋め終わり、（埋葬に立ち会った者たちが）帰りに小堰門の側にある粥の店で休んでいると、趙が目の前に現れて、呼び掛けて拱手の礼をし、「わざわざ君たちにお見送り頂きましたな」と言った。人々は不思議なことだと思い、急いで穴のところに戻って、その棺を開いてみると、空っぽで何も入っていなかった。

（1）　趙小哥、字は進道については未詳。

（2）　李端彦については、『乾隆福建通志』巻一三・職官四・泉州府・宋・通判軍州事の条に李端彦の名が見え、乾道年間（一一六五―一一七三）に在任していた。また『咸淳毘陵志』巻一七・人物二・國朝・武進の条に、字は相之で、崇寧二年（一一〇三）に進士となった李端彦がいるが、あるいは同一人物か。

（３）燕支は、草の名。紅花（学名 *Carthamus tinctorius*）。キク科ベニバナ属の越年草。晉、崔豹『古今注』巻下・草木・燕支の条に「葉似薊、花似捕公、出西方、土人以染、名爲燕支。中國亦謂爲紅藍。以染粉爲婦人色、謂爲燕支粉」とある。

（４）狗尾草は、エノコログサ（学名 *Setaria viridis*）。イネ科の一年草。明、李時珍『本草綱目』巻一六・狗尾草・釋名の条に「莠草秀而不實、故字從秀、穗形象狗尾、故俗名狗尾。其莖治目痛、故方士稱爲光明草、阿羅漢草」とある。

（５）沙石淋は、尿路結石のこと。明、朱橚『普濟方』巻二一五・小便淋祕門・沙石淋の条に「夫石淋者、淋病而有沙石從小便道出也。蓋由腎氣虛損則飲液、停聚不得宣通膀胱、客熱則水道痛澁胞内壅積、故令結成沙石隨小便而下。其大者留、凝水道之閒、痛引小腹膀胱裏、急令人悶痛絕」とある。

（６）沈困は、全身の力が入らなくなること。『夷堅乙志』巻一六「張撫幹」注４参照（一六九頁）。

（７）孫敏脩は、孫敏修にも作る。大理寺丞、刑部郎中などを歴任した。『建炎以來繫年要錄』巻一五八・紹興十八年（一一四八）閏八月庚午の条に「大理寺丞孫敏修面對、乞兵級犯罪、及强盜同火七人已上、竝作情重法輕奏裁」とある。

（８）都監は、兵馬都監の略称。『夷堅甲志』巻一五「雷震二蠻」注１参照（甲志下冊一三一頁）。

（９）中奉は、中奉大夫のこと。寄祿官三十階のうちの第十三階。従五品。『夷堅甲志』巻一二「縉雲鬼仙」注８参照（甲志下冊四四頁）。

（10）『眞誥』は、六朝梁の陶弘景（四五六—五三六）の撰。道教の一派である茅山派の中心的経典として尊重された。『夷堅乙志』巻一「夢讀異書」注４参照（乙志上冊三五頁）。

（11）後市街は、臨安府城内の街の名。『咸淳臨安志』巻一九・疆域四・坊巷・府城・左一北廂・後市街に「吳山北坊相對」とある。

（12）知班は、知班官のこと。御史台の役人。

（13）馬軍は、侍衞親軍馬軍司都指揮使の略称。禁軍の役職の一つ。正五品。

（14）進奏官は、各州軍に関連する文書の受理や発送を司る官。

（15）風痺は、筋肉が弛緩して手足が麻痺する病気。『普濟方』巻一八五・諸痺門・風痺の条に「夫痺者、爲風寒濕三合而成痺也。其狀肌肉頑辱或則疼痛、此人體虛腠理開則受于風邪也。病在陽曰風、在陰曰痺、陰陽倶病曰風痺也」とある。

（16）薄荷は、ミント（学名 *Mentha*）。シソ科ハッカ属。『本草綱目』巻一四・薄荷・主治の条に「賊風傷寒發汗、惡氣心腹脹滿、霍亂、宿食不消、下氣、煮汁服之」とある。

（17）附子は、トリカブトから採る毒性のある薬。『夷堅乙志』巻一〇「張銳醫」注6参照（乙志上冊二六八頁）。

（18）小堰門は、臨安府の城門の名。七つある東南の城門の一つ、保安門の俗称。南宋、呉自牧『夢粱錄』巻七・杭州に「城東南門者七、曰北水門、曰南水門、（中略）曰保安門、俗呼小堰門是也」とある。

〔分類〕方士・医・草木・薬

休寧獵戶

休寧張村民張五、以弋獵爲生、家道粗給。嘗逐一麑、(1)麑將二子行、不能速、遂爲所及。度不可免、顧田之下有浮土、乃引二子下、擁土培覆之、而自投於罔中。張之母遙望見、奔至罔所、具以告。其子卽破罔出麑、幷二雛皆得活。張氏母子相顧、悔前所爲、悉取罝罘之屬焚棄之、自是不復獵。休寧多猴、喜暴人稼穡。民以計、籠取之、至一檻數百。然後微開其板、纔可容一猴、呼語之曰、放一枚出、則釋汝。群猴共執一小者推出之、民擊之以椎、卽死。檻中猴望而號呼、至於墮淚。則又[1]索其一、如是至盡、乃止。士人云、麥禾方熟時、猴百十爲群、執臂人立、爲魚麗之陣、(2)自東而西、跳踉數四、禾盡偃、乃攫取之、餘者皆捽踏委去。丘[2](3)中爲空、故惡而殺之。然亦不仁矣。〔朱晞[3](4)顏說。[4]〕

1　黃校本は「又」を「文」に作る。
2　別藏本、舊小說本は「丘」を「邱」に作る。
3　別藏本は「晞」を「捀」に作る。
4　舊小說本は「朱晞顏說」の四字を欠く。

「休寧県の猟師」

休寧県（安徽省黄山市休寧県）張村の民である張五は、狩猟を生業として、何とか生計を立てていた。あるとき一頭のノロジカを追いかけたが、ノロジカは二匹の子ジカを連れていたので、速く走ることができず、とうとう追いつかれてしまった。（ノロジカは）逃げ切れないと思い、畑の下に土の浮いた場所があるのを見ると、二匹の子ジカを連れて下りて、土で子ジカを覆い隠すと、自らは身を網の中に投じた。張の母は遠くからその様子を見ていて、網のところまで走って行って、このことを（息子に）すべて話した。息子はすぐさま網を破ってノロジカを外へ出してやり、二匹の子ジカ共々生きることができた。張の母子はそれを見て、これまでの所業を悔やみ、網の類をすべて取ってきて焼き捨て、これより二度と狩りはしなかった。

休寧県では猿が多く、人の植えた作物を荒らしてばかりいた。民は計略を用いて、残らず捕らえ、一つの檻に数百匹の猿が入った。その後わずかにその板を開けて、一匹の猿がやっと通れるぐらいにし、呼びかけて「一匹を外に出せば、お前たちを許してやろう」と言った。猿たちはみなでともに一匹の小さい猿を捕まえてこれを檻の外に押し出すと、民は椎でこの小猿を打ったので、たちまち死んだ。檻の中の猿たちはそれを見て叫び声をあげ、涙を流すものもいた。民はさらに一匹を求め、このようにして猿がいなくなって、ようやく止めた。地元の者は「麦の穂が実る頃、数十匹から百匹の猿が群れをなし、互いの腕を組んで人のように立ち、魚麗の陣を組んで、東から西へ向かい、何度も飛び上がると、稲がすべて倒れたのでこれをつかみ取り、残った稲もみな引き抜いたり踏み倒してそのまま去った。（畑は）見渡す限り何も無くなったので、憎んで猿を殺したのだ」と言ったが、やはり無慈悲な行為である。〔朱晞顔が話した。〕

（1）麂は、哺乳綱鯨偶蹄目シカ科ノロジカ属。小型の鹿で、雄には長い牙と短い角がある。跳躍を得意とし、皮が非常に柔らかい為に革製品にすることも多い。黄色と黒色と赤色の三種が良く見られる。

（2）魚麗は、陣形の一つ。魚が群れをなして進むような陣形のこと。『春秋左氏傳』桓公五年秋の条に「爲魚麗之陳」とある。

（3）丘は、土地区画の単位。一丘は、四邑で、十六井（一井は九百畝）。

（4）朱晞顔（一一三三—一二〇〇）は、字は子淵。諱は希顔にも作る。休寧県の人。隆興元年（一一六三）の進士。官は工部侍郎に到る。『夷堅丙志』巻一三「蟹治膝」にも名が見え、洪邁の妹婿であった。また『夷堅丙志』巻四「查氏餅異」、『夷堅支景』巻二「潘仙人丹」にも話の提供者として名が見える。

〔収録〕舊小說本『夷堅志』。

〔分類〕畜獣（麞・猿）

魏陳二夢

史丞相直翁[1]代魏丞相南夫[2]爲餘姚尉、方受代、魏夢與史同至一處、皆稱宰相、而己所服乃緋衣[3]。覺以告史、殊不曉服章[4]之說。後十五年、史公爲右相[5]、魏公以工部郎中[6]輪對[7]。宰相奏事退、卽繼上殿、正著緋袍、恍憶所睹殆與夢中無異、謂已應之矣。史去位三年、而魏拜右僕射、正踐其處。陳阜卿[8]爲吏部侍郎[9]、夢與王德言[10]爲交代。德言仕至知樞密院[11]、阜卿其所薦也、亦甚喜、謂且登政路。未幾除建康留守[12]、思德言所終之地、大惡之。既至凡居室燕寢、皆避不敢往、纔踰月而卒。二夢吉凶榮悴、相反如此。

「魏と陳のそれぞれの夢」

丞相の史直翁が丞相の魏南夫に代わって餘姚県（浙江省余姚市）の県尉となり、ちょうど交代の時に、魏は夢の中で史とともにあるところへ行き、そこでは二人とも宰相と呼ばれたが、自分の着ている服はなんと緋色だった。目が覚めてからこのことを史に話したが、身分を示す服装のことについてはまったくわからなかった。十五年後、史は右僕射となり、魏は工部郎中の身分で輪対した。宰相が上奏して退廷すると、すぐに続いて殿上に上ったが、ちょうど緋色の官服を着ており、見ている光景が夢の中とほとんど違わないことを思い出して、これで夢が正夢になったと思った。史が右僕射の職を退いてから三年後、魏も右僕射を拝命し、まさに同じ地位に就いたのである。

陳阜卿が吏部侍郎であった時、王徳言と交代する夢を見た。徳言は知樞密院の官に到り、阜卿はその推薦を受けていたので、（吉兆だと思って）やはり非常に喜び、執政への道を登ることになると思った。しばらくして建康留守に任命されたが、徳言がここで亡くなったことを思って、とても嫌な気分がした。任地に着くと執務室や休憩室にも、避けて行こうとはしなかったが、わずか一カ月後に亡くなった。

両方の夢は吉凶と盛衰が、このように相反している。

（1）史直翁は、史浩のこと。『夷堅甲志』巻六「史丞相夢賜器」注1参照（甲志上冊一五九頁）。隆興元年（一一六三）に右僕射を拝命した。

（2）魏南夫は、魏杞（一一二一—一一八四）、南夫は字。壽春府（安徽省六安市寿県）の人。紹興十二年（一一四二年）の進士。乾道二年（一一六六）に右僕射を拝命した。『宋史』巻三八五に伝がある。『夷堅丁志』巻一四「明州老翁」、『夷堅支戊』巻四「呉雲郎」、『夷堅三志己』巻七「范元卿題扇」にも名が見える。

（3）緋衣は、南宋では五品と六品の高官が着る赤色の官服。『宋史』巻一五三・輿服志・諸臣服下・士庶人服に「中興、仍元豐之制、四品以上紫、六品以上緋、九品以上綠」とある。
（4）服章は、身分を表す服装のこと。『春秋左氏傳』宣公十二年の条に「君子小人、物有服章」とあり、杜預の注は「尊卑別也」と説明する。
（5）右相は、ここでは宰相職である尙書右僕射を指す。
（6）工部郎中は、工部司郎中の略称。諸々の建造修理などを司る。從六品。
（7）輪對は、順に皇帝の質問に直接答えること。南宋、趙升『朝野類要』巻一・班朝・輪對の条に「自侍從以下、五日輪一員上殿、謂之輪當面對」とある。
（8）陳皐卿は、陳之茂（?—一一六六）のこと。『夷堅乙志』巻三「混沌燈」注5参照（乙志上冊九七頁）。『宋會要輯稿』選擧三四之一八・乾道二年（一一六六）七月一日の条に「詔試吏部侍郎陳之茂除徽猷閣直學士、知建康府」とある。
（9）吏部侍郎は、人事を司る吏部の副長官。『夷堅甲志』巻一二「林積陰德」注8参照（甲志下冊三七頁）。
（10）王德言は、王綸（?—一一六一）、德言は字。建康府（江蘇省南京市）の人。紹興五年（一一三五）の進士。紹興三十一年（一一六一）八月に知建康府兼行宮留守で致仕した。『宋史』巻三七二に伝がある。『夷堅支庚』巻八「王上舍」にも名が見える。
（11）知樞密院は、樞密使のこと。『夷堅甲志』巻一「韓郡王薦士」注2参照（甲志上冊三八頁）。
（12）建康留守は、建康府行宮留守の略称。貼職の一つで、知建康府が兼職した。留守は、天子の留守を守る意。『宋史』巻一六七・職官志七・留守の条に「南渡初、其東京、北京竝置留守、以開封、大名知府兼、又以掌兵官爲副留守。其後、河南復、南京、西京置留守。紹興四年、帝將親征、以參知政事孟庾爲行宮留守、奏差主管書寫機宜文字官一員、幹辦官二員、準備差遣、差使各三員、使臣五十員、又置留司臺官一員。五年、罷局。其後、秦檜爲行宮留守、援例置官」とある。

〔分類〕夢（休徵・咎徵）

張山人詩（1）

張山人自山東入京師、以十七字作詩（2）、著名於元祐、紹聖閒、至今人能道之。其詞雖俚、然多穎脫（3）、含譏諷、所至皆畏其口[1]、爭以酒食錢帛遺之。年益老、頗厭[2]倦、乃還鄉里、未至而死於道。道旁人亦舊識、憐其無子、爲買葦席、束而葬諸原、楬[3]木書其上。久之一輕薄子至店側、聞[4]有語及此者、奮然曰、張翁平生豪於詩。今死矣、不可無紀述。卽命筆題于[5]楬[6]曰、此是山人墳、過者應惆悵。兩片蘆席包、敇葬（4）。人以爲口業（5）報云。〔吳傳朋說（6）。〕

1　黃校本は「口」を「以」に作る。
2　別藏本、黃校本、陸本は「厭」を「猒」に作る。
3　黃校本は「楬」を「柤」に作る。陸本は「揭」に作る。
4　黃校本は「聞」を「閔」に作る。
5　黃校本は「于」を欠く。
6　黃校本、陸本は「楬」を「揭」に作る。

「張山人の詩」

張山人は山東から都（汴京）に来て、十七文字で巧みに詩を作り、元祐年間（一〇八六―一〇九四）から紹聖年間（一〇九四―一〇九八）にかけて広く名を知られ、今でもよく人の口に上っている。その言葉は卑俗であったが、才気に溢れ、風刺に富んでいたので、彼が来るとみなその口を畏れ、争って彼に酒食や金品を贈った。年老いるにつれて、（そうした旅が）すっかり面倒になり、郷里に帰ろうとしたが、着かないうちに道中で死んでしまった。その道の側に住んでいた人も顔見知りで、彼に子供がいないことを憐れんで、葦で編んだ席を買ってやり、包んでこれを野原に葬り、立て札を立ててそれとわかるように記した。しばらくして一人の軽はずみな者が宿場にやってきて、張山人の話を聞き及ぶと、憤って「張じいさんは生前詩に優れていた。今は死んでしまったから、（十七字の詩でそのことを）記さない訳にはいかない」と言った。すぐに筆を取って立て札に「此こは是れ山人の墳なり、過ぐる者は応に惆悵たるべし。両片の蘆席もて包まるるは、勅葬なり。」（ここは山人の墓、訪れる者は悲しむがよい。二枚の蓆に包まれて葬られたのは、これぞ勅葬である）と書いた。人々は口業《くごう》の報いだと思ったという。〔呉傳朋が話した。〕

（1）　張山人は、張壽のこと。兗州（山東省兗州市）の人。南宋、王灼『碧鷄漫志』巻二に「長短句中作滑稽無賴語、起於至和、嘉祐之前、猶未盛也。熙、豐、元祐閒、兗州張山人以詼諧獨步京師、時出一兩解」とある。また北宋、王闢之『澠水燕談錄』巻一〇・談諧や、北宋、何薳『春渚紀聞』巻五・雑記・張山人謔、南宋、孟元老『東京夢華錄』巻五・京瓦伎藝にも名が見える。山人は、隠者、仙人などを指す。『夷堅甲志』巻八「黄山人」注1参照（甲志上冊二三九頁）。

（2）「以十七字作詩」とは、五・五・五・二の構成で十七文字から成る韻文を作ること（後出の作は「悵」「葬」で韻を踏む）。後半に風刺を入れるのを特徴とする。誹諧の一つで、張山人が先蹤とされる。

（3）穎脫は、錐の先が袋から外に突き出るように、才気が優れて十分に現れ出ることをいう。『史記』巻七六・平原君伝に「毛遂曰、臣乃今日請處嚢中耳。使遂蚤得處嚢中、乃穎脫而出、非特其末見而已」とある。

（4）勑葬は、皇帝の命による臣下の葬式のこと。宋代では宦官を派遣して葬式の一切を取り仕切らせたため、多額の費用がかかり、破産する家が多かった。陸游『老學庵筆記』巻九に「貴臣有疾宣醫、及物故勑葬、本以爲恩。然中使挾御醫至、凡藥必服、其家不敢問、蓋有爲醫所誤者。勑葬則喪家、所費至傾竭貲貨、其地又未必善也。故都下諺曰、宣醫納命、勑葬破家」とある。蓆に包まれて葬られるのは貧者の死に方であり、それを「勑葬」だと言って、張山人を皮肉ったのだろう。

（5）口業は、言語による悪業をいう。『夷堅乙志』巻一四「洪粋中」注5参照（一一四頁）。

（6）呉傅朋は、呉說のこと。『夷堅甲志』巻一四「舒民殺四虎」注2参照（甲志下冊一一三頁）。

〔分類〕報応（冤報）・文章（詩）

青童神君（1）

龍大淵深父（2）、始事潛邸（3）時、得傷寒（4）疾。越五日而汗不出、膝下冷氣徹骨、舌端生白膏、醫者束手、以爲惡證。是夕、灼艾（5）罷、昏寢、夢若至諸天閤下。四顧無人、獨仲子乳母在傍。方竚立、有騶導（6）從東來、相續數百輩、身皆長大、著淡素寬袍（7）。中[1]車垂簾、色盡白、杳杳（8）望西北方去。行聲稍絕、又有繼其後者、侍衞皆青衣女童、各執芙蓉花、麾纛旃幢（9）、夾[2]列左右。一人乘輅（10）如王者、戴捲雲玉[3]冠（11）、被青衣、兩綬自頂垂至腰。縹縹然（12）、容貌淸整、微有鬚、似十三四歲男子。深父望之、以手加額（13）。輅既過、一女童招深父使前、顧曰、識車中尊神乎。曾施敬否。曰、車過速、僅得擧首[4]瞻仰耳。曰、甚善甚善。此青童神君也。使子遇白輿中人、已成虀粉（14）。然當再回、不可不避。以手中花予深父。顧其後武士、令導往對街雙闔門、曰、宜亟入、徐則及禍。趨至門、門内人問曰、用何物爲驗。示以花、卽引使入。乳嫗繼進、戸者止之、武士取花房下小藹[(15)][5]寘其手、亦得入、遂登高樓。樓施楯[6]檻[(16)]、檻外飛閣[7][(17)]繚繞、躡虚而成、四望極目。少選、白[8]輿從西北轔轔[(18)]復來。前後素衣紛紜、漸化爲白氣一道、長數百丈。霹靂從中起、聲震太[9]空、望東北而去。凡所經[(19)]亙室屋垣牆、山阜林木、不以巨細高卑、在坑在谷、皆爲微塵。獨門内樓檻、屹立不動。深父悸不自定、俯瞰閣下、澄潭瑩澈如大圓鏡。正窺水小立、有人擠之、墜潭中、蹶然而寤。汗流浹[10]膚、鐘既鳴矣。急呼其子、記神名、設香火位。詰[(20)]朝益愈、方能言其事。道士云、此東海青童君也。白車者、疑爲蓐收[(21)]、曰[11]白虎之屬。吁[12]、可畏哉。

1　陸本は「中」を「巾」に作る。
2　別藏本、黄校本は「夾」を「俠」に作る。
3　黄校本は「玉」を「王」に作る。
4　別藏本は「首」を「手」に作る。黄校本は「擧首」を「與手」に作る。
5　何校本は「寘」を「置」に作る。
6　黄校本は「楯」を「楮」に作る。

7　別藏本、黄校本は「閣」を「閤」に作る。
8　黄校本、陸本は「白」を「曰」に作る。
9　別藏本、黄校本は「太」を「大」に作る。
10　別藏本、黄校本は「浹」を「峽」に作る。
11　別藏本、黄校本、張校本、何校本は「曰」を欠く。
12　黄校本は「蓐收曰白虎之屬吁」を「之」に作る。

「青童神君」

龍大淵（字は）深父は、即位前の孝宗に仕えていた時、傷寒にかかったことがあった。五日経っても汗が出ず、膝下は冷気が骨まで貫くようで、舌の端には白い脂の塊が出来て、医者も手の施しようが無く、悪性の症状と見なした。この日の夕方、灸を据えてから、意識がなくなり、夢で天界の高殿のようなところへ着いた。周りを見渡しても人はおらず、ただ次男の乳母だけが側に居た。立ち止まっていると、先導の騎兵が東からやって来て、その後ろには数百人が続き、みな身長が大きく、質素で袖の寛い上着を着ていた。中央の車には御簾が下りていたが、色は真っ白で、はるか北西の方向に向かって去った。行列の声がいよいよ聞こえなくなった頃に、またその後ろに続く者があり、護衛の者はみな青い服を着た童女で、それぞれが手に芙蓉の花を持ち、将帥の旗が、夾むように左右に並んでいた。天子が（乗るような）大きな車にいる人は王者のようで、背の高い玉の冠を被り、青い服を着て、左右のくみひもは頭頂から腰まで垂れていた。身軽く飛ぶかのようで、顔立ちはすっきりと整い、少し鬚があって、まるで十三、四歳の男子のようであった。深父はこれを遠くから見て、額に手をやった。大きな車が過ぎた後、一人の童女が深父を招いて進み出させ、見つめながら、「車におられた神様を御存知ですか。拝礼しましたか」と聞くので、「車が過ぎるのが速く、ただ頭を挙げて仰ぎ見ることしかできませんでした」と答えると、（童女は）「結構、結構。こちらは青童神君ですよ。もしもあなたが白い車の中の人に出会っていたら、今頃は粉々になっていたでしょう。しかし必ず戻ってきますので、避けることはできません」と言って、手にしていた花を深父に渡した。後ろの兵士を振り返ると、向かいの街にある二つ扉の門に連れて行くよう命じて、「早く（門の中に）入りなさい、ぐずぐずしていたら禍が及びます」と言った。走って門まで行くと、門番が「何で証明するのか」と尋ねるので、（深父が）花を見せると、すぐさま中に招き入れてくれた。乳母も後に続いて入ろうとしたが、門番がこれを止めるので、兵士が花の房から下の小さな花を取ってその手に乗せると、また入ることができ、そのまま高殿に登った。楼閣には欄干が施され、欄干の外には飛閣が廻り、空高くそびえ立ち、四方をすべて見渡せた。しばらくすると、白い車が西北からギシギシと音を立てて戻ってきた。前後に白衣の者が入り乱れ、次第に一本の白い気に変わり、長さは数百丈になった。雷が気の中から起こると、音は天に鳴り響き、東北へ向かって去って行った。延々と続く家屋や垣根、山の木々は、大きさ高さ、穴にあるか谷にあるかに関わらず、すべて微塵と化した。ただ門の中の楼閣と欄干だけが、高くそびえ立ったまま揺るがなかった。深父は動悸が収まらず、俯いて高殿の下を見ると、澄んだ淵がまるで大きな丸い鏡のように透き通っていた。水をのぞき込んで佇んでいる時に、誰かに押され、淵の中に落ちて、突然目が覚めた。体中から汗が出て、（夜明けを告げる）鐘はすでに鳴っていた。急いで息子を呼び、神の名を書き留めて、香と灯りと位牌を設けさせた。明け方になるとさらに良くなり、ようやくこの話ができるようになった。道士は「これは東海の青童君です。白い車に乗っていたのは、恐らく蓐収ではないでしょうか、白虎の仲間と言われています」と言った。ああ、恐ろしいことだ。

（1）　青童神君は、神仙を護衛し、道教の経典を護持する、青い服を着た童子。六朝時代以降の上清派道教において重視され、東海の仙島である方諸で地仙を統括するとされる。

（2）　龍大淵（一一一一―一一六八）、字は深父は、孝宗の寵愛を受け、樞密副都承旨、知閤門事、宣州觀察使兼皇城司などを歴任した。『宋史』巻四七〇・曾覿伝に「紹興三十年、以寄班祗候與龍大淵同爲建王内知客」とある。『夷堅乙志』巻二〇「夢得二兔」（二六九頁）にも名が見える。

（3）　潛邸は、皇帝が即位する前の邸宅を指す。『宋史』巻六三・五行志二上・火・紹興元年（一一三一）七月乙未の条に「高宗曰、朕在潛邸、梁閒生芝草。官僚皆欲上聞、朕手碎之、不欲寶此奇怪」とある。ここでは、南宋第二代皇帝孝宗（在位一一六二―一一八九）の邸宅をいう。

（4）　傷寒は、腸チフスなどの高熱を伴う急性疾患を指す。『夷堅甲志』巻一七「張德昭」注3参照（甲志下冊二二三頁）。

（5）灼艾は、中国医術療法の一つ。お灸、やいとのこと。
（6）騶導は、高官が外出する際に、先触れとして道を開けさせる騎兵。『新唐書』巻一二七・張嘉祐伝に「嘉祐、嘉貞弟、有幹略。方嘉貞爲相時、任右金吾衞將軍、昆弟毎上朝、軒蓋騶導盈閭巷、時號所居坊曰鳴珂里」とある。
（7）寛袍は、袖口がゆったりとした上着。『宋史』巻一四二・樂志一七・敎坊に「隊舞之制、其名各十。小兒隊凡七十二人。一曰柘枝隊、衣五色繡羅寛袍、戴胡帽、繫銀帶」とある。
（8）杳杳は、遠い様子。『楚辭』九章・哀郢に「堯舜之抗行兮、瞭杳杳而薄天」とある。
（9）麾纛旂幢は、いずれも将帥の旗。
（10）輅は、天子の乗車。晉、張衡「東京賦」（『文選』巻三）に「龍輅充庭、雲旗拂霓」とあり、薛綜の注は「輅、天子之車也」と説明する。ここはそのような立派な車をいう。
（11）捲雲玉冠については、捲雲は、巻雲に同じ。背の高い冠の形容。『宋史』巻一四二・樂志一七・敎坊に「女弟子隊凡一百五十三人。一曰菩薩蠻隊、衣緋生色窄砌衣、冠卷雲冠」とある。
（12）縹縹然は、飄飄然に同じ。軽く舞い上がるさま。『漢書』巻四八・賈誼伝に「鳳縹縹其高逝兮、夫固自引而遠去」とあり、顔師古の注は「縹縹、輕擧貌」と説明する。
（13）「以手加額」は、敬礼の一つ。『宋史』巻三三六・司馬光伝に「帝崩、赴闕臨、衞士望見、皆以手加額曰、此司馬相公也」とある。
（14）鼇粉は、粉々になること。『夷堅乙志』巻一二「武夷道人」注8参照（五八頁）。
（15）蘤は、花のこと。『廣雅』釋草に「蘤、（中略）華也」とある。
（16）楯檻は、欄干をいう。
（17）飛閣は、空中に懸かる廊下のこと。後漢、班固「西都賦」（『文選』巻一）に「輦路經營、脩除飛閣。自未央而連桂宮、北彌明光而亘長樂」とある。
（18）轔轔は、車の音の形容。『楚辭』九歌・大司命に「乘龍兮轔轔、高駝兮沖天」とある。
（19）經亙は、延々と連なること。『後漢書』巻三四・梁冀伝に「又起菟苑於河南城西、經亙數十里、發屬縣卒徒、繕修樓觀、數年乃成」とある。
（20）詰朝は、詰旦に同じ。明け方または明朝のこと。『春秋左氏傳』僖公二十八年四月戊辰の条に「戒爾車乘、敬爾君事、詰朝將見」とあり、杜預の注は「詰朝、平旦」と説明する。

（21）　蓐收は、古代の伝説上の西方神の名前。司秋に同じ。『國語』晉語二に「虢公夢在廟。有神、人面白毛虎爪、執鉞立於西阿。（中略）召史嚚占之、對曰、如君之言、則蓐收也、天之刑神也」とあり、韋昭の注は「蓐收、西方白虎、金正之官也」と説明する。

〔分類〕神・夢

乙志巻一九

賈成[1]之(1)

賈成之者、寶文閣學士讜(2)(3)之子、通判横州、有吏材、負氣不肯處人下。太守鄱陽王翰(4)不與校、以郡事付之、得其歡心、凡同寮四年。而後守趙持(5)來、始至、卽與賈立敵、盡捕通判群吏械于獄、必令列其官不法事。吏不勝笞掠、强誣服云、通判每納經制銀(6)、率取耗什三以入己。持以告轉運判官朱玘(7)(8)、玘知其不然、移檄罷其獄、且召賈入莫[2]府。持慮爲己害、與所善鄧敎授謀、遣軍校黄賜(9)(10)采毒草于外、合爲藥、而具酒延賈。中席更衣、呼其子以藥授官奴阮玉(11)、投酒中、捧以爲壽。寧浦令劉儼(12)時在坐。酒入賈口、便覺腸胃掣痛、眼鼻血流。急命駕歸、及家已冥冥。妻子環坐哭、賈開目曰、勿哭。我落人先手、輸了性命。不用經有司、吾當下訴陰府、遠則五日、近以三日爲期、先取趙持、次取鄧某、然後及儼、玉輩。經夕而死、臨入棺、頭面[3]皆坼裂。郡人見通判騎從如常日儀、趨詣府、閽者入白、持涔然如斗水沃體。明日出視事、未至廳屛、有撒沙自上而下、每著身處皆成火燃。典客(13)立于傍、一沙濺之、亦遭灼、良久乃止。又明日、坐堂上、小孫八九歲方戲劇、驚曰、賈通判掣翁翁頭巾颺空去。持摸其首、則巾乃在地上、遂得[4]病。時時拊膺曰、節級(14)緩縛我、待敎授來、我卽去。越三日死、時乾道元年七月也。鄧敎授考試象州、與監試簽判(15)王粲然(16)、試官盧覺(17)參語(18)、忽起、與人揖、回顧曰、賈通判相守、勢須俱行、煩鄉人爲我治後事。鄉人者、覺也。二人曰、白晝昭昭、焉有是事。君豈以心勞致恍忽邪。鄧指廡下曰、彼[5]在此危立久矣。趨入室、仆牀[6]上、小吏喚之、已絶。黄賜、阮玉不數旬繼死。劉儼罷官如桂林、乘舟上灘水(19)、見賈來壓其舟、遂病、死。既而復蘇、如是者至于再、不知今爲如何。持之子護喪至貴州、亦暴卒復生、然昏昏如狂醉矣。〔王翰說。[7]〕

1　別藏本、黄校本、陸本、張校本は目録で「成」を「誠」に作る。
2　舊小說本は「莫」を「幕」に作る。
3　黄校本は「面」を「而」に作る。
4　黄校本は「得」を欠く。
5　陸本は「彼」を「被」に作る。
6　別藏本、黄校本は「牀」を「床」に作る。
7　舊小說本は「王翰說」の三字を欠く。

「賈成之」

賈成之は、寶文閣學士の讜の息子で、横州（広西チワン族自治区南寧市横県）の通判を務めていたが、官吏としての能力があったので、自らを恃んで人の風下に立とうとしなかった。知州の鄱陽県（江西省上饒市鄱陽県）出身の王翰は彼に逆らわず、州の政務を任せて、気に入るように務め、四年間同僚としてやっていた。ところが後任の知州の趙持が来ると、着任するなり、すぐに賈と敵対して、通判の下僚たちをすべて捕らえて獄に落とし、不法行為を述べ立てるようしむけた。（捕らえられた）役人たちは鞭打ちに耐えられず、無実の罪状を作り出して、「通判は經制使が税を取り立てる度に、おおむね三割の手数料を取って自分の懐に入れていました」と言った。（趙）持はこれを廣西轉運判官の朱玘に報告したが、玘はそれが事実でないことを知っていたので、書類を送ってその裁判を止めさせ、さらに賈を召して廣西轉運使の幕下に入れようとした。持は（そうなると）自分に不利になると考え、親しかった州教授の鄧と謀り、軍校の黄賜に郊外で毒草を採って来させ、調合して毒薬とし、酒席を設けて賈を招いた。宴の途中で手洗いに立った時、（持は）息子を呼んで毒薬を妓女の阮玉に渡し、酒の中に入れて、長寿を祈って（賈に）献杯させるように言った。寧浦県（広西チワン族自治区南寧市横県）の知県であった劉儼もその時宴席にいた。酒が賈の口に入ると、すぐに胃腸に急な痛みが走り、目鼻から血が流れ出たので、急いで乗り物を用意させて帰ったが、家に着いた時はもう意識が朦朧としていた。妻子が彼を取り囲んで泣くと、賈は目を開いて「泣くのではない。私は人に謀られて、命を亡くすことになったのだ。（しかし）役所の審理を経るには及ばない、私はすぐに冥府に訴え出て、長くても五日、早ければ三日のうちに、まず趙持の、次に鄧某の命を取り、その後で儼や玉らも手にかける」と言った。一晩を経て死に、納棺する時には、頭や顔（の皮膚）がズタズタに裂けていた。街の人々は通判が従者をいつも通りに従えて、進んで役所に着くのを見、門番が入って取り次ぐと、持は柄杓の水を全身に浴びたように（冷や汗で）びっしょりとなった。翌日（持が）政務を執りに出てくると、広間の衝立まで行かないうちに、砂が上から下へと撒かれ、それが身に付くたびに火となって燃え上がった。典客が側に立っていて、砂が一粒かかったので、やはり焼かれる目に遭ったが、しばらくして止んだ。さらに翌日、（持が）母屋に座り、八、九歳の幼い孫が（側で）遊んでいた時、（孫が）驚いて「賈通判がお祖父様の頭巾を取って空へと揚がっていく」と言った。持が頭を触ると、頭巾は下に落ちており、それから病気になった。（持は）時々胸を叩いて「獄吏よ私の縄を緩めてくれ、教授が来るのを待って、私はすぐに行くから」と言った。そして三日経って死んだが、それは乾道元年（一一六五）七月であった。鄧教授は象州（広西チワン族自治区来賓市象州県）で試験をし、監試簽判の王粲然、試験官の盧覺と三人で語らっていたが、突然立ち上がり、人と挨拶をすると、振り返って「賈通判が待っていて、一緒に行かなければならない情況ですので、同郷の人に私の後始末をお願いします」と言った。同郷の人とは、覺のことである。二人は「昼日中で、どうしてそんなことがありましょう。あなたは心労からぼうっとしてしまったのではないですか」と言ったが、鄧は軒下を指差し、「彼はここで長いことをきちんと立っています」と答え、小走りに部屋に入ると、ベッドに倒れ込み、召使いが声を掛けたが、もう息絶えていた。黄賜、阮玉も数十日の間に相継いで死んだ。劉儼は（知県の）官を終えて桂林（靜江府。広西チワン族自治区桂林市）に行ったが、舟で灕水を溯っている時、賈が来て舟を押さえつけるのを見て、そのまま病気になり、死んだ。その後また生き返ったが、こうしたことが再三に及び、今どうしているかわからない。持の息子は（持の）棺を護って貴州（広西チワン族自治区貴港市）まで来て、やはりにわかに死んではまた生き返ったが、意識が朦朧としてひどく酔ったような状態であった。〔王翰が話した。〕

（1）賈成之（?―一一六五）については、『夷堅志補』巻二四「賈廉訪」では、賈讜の弟で、宣和年間（一一一九―一一二五）に諸路廉訪使者となった人物（名は未詳）の子と記される。また『宋會要輯稿』職官六〇之三三・隆興二年（一一六四）八月十五日の条に「詔、横州通判賈成之今任滿日、特令再任。從廣西轉運提刑司言、成之佐郡有方、爲政不擾故也」とある。

（2）寶文閣學士は、貼職の一つ。正三品。

（3）賈讜（?―一一四七）については、『夷堅三志壬』巻六「王于寨怪物」によれば、字は從義で、紹興年間（一一三一―一一六二）に歙県（安徽省黄山市歙県）にあった王于寨の巡検になったという。また『建炎以來繫年要錄』巻一五六・紹興十七年（一一四七）八月戊午の条に「寶文閣直學士賈讜卒」とある。注1に挙げた『夷堅志補』巻二四「賈廉訪」にも名が見える。

（4）王翰については、ここに見える以外のことは不明。

（5）趙持（?―一一六五）については、ここに見える以外のことは不明。

（6）經制銀は、經制使が徴用する税賦。經制使は、北宋の神宗の時代に初めて置かれ、軍費に充てる税の徴収に当たった。後には軍事に関わりなく徴収された。

（7）轉運判官は、路の租税、軍需物資等を管轄する轉運司の次官。『夷堅甲志』巻一七「人死爲牛」注8参照（甲志下冊一九七頁）。

（8）朱玘については、『宋會要輯稿』職官七一之一九・乾道三年（一一六七）八月十五日の条に「詔廣西運判朱玘放罷」、同七二之一〇・淳熙元年（一一七四）二月十四日の条に「新提點湖北刑獄朱玘罷新任。以言者論其爲廣西運判日、獻寛剩錢二十萬緡」とある。『夷堅乙志』巻八「萬壽宮印」注6参照（乙志上冊二二一頁）。

（9）軍校は、補助的な軍務を扱う官。『夷堅甲志』巻二〇「義夫節婦」注3参照（甲志下冊三一〇頁）。
（10）黄賜については、ここに見える以外のことは不明。
（11）阮玉については、ここに見える以外のことは不明。
（12）劉儼については、ここに見える以外のことは不明。
（13）典客は、外来の賓客を接待する官。
（14）節級は、獄吏をいう。
（15）監試簽判については、監試は、試験の監督に当たる官、簽判は、幕職官でさまざまな事務を取り扱う。簽判については『夷堅甲志』巻五「蔣通判女」注2参照（甲志上冊一四六頁）。
（16）王粲然については、ここに見える以外のことは不明。
（17）盧覺については、ここに見える以外のことは不明。
（18）參語は、三人で語らうこと。『漢書』巻六六・楊敞伝に「延年從更衣還、敞、夫人與延年參語許諾」とあり、顔師古の注は「三人共言、故云參語」と説明する。
（19）灘水は、桂林を通って南に流れる川。灘江。

〔収録〕舊小説本『夷堅志』。

〔分類〕報応（冤報）・鬼・再生

馬識遠（1）

馬識遠、字彥達、東州[1]人、宣和六年武擧（2）進[2]士第一[3]。建炎三年爲壽春守、虜騎[4]南侵、過城下。識遠以靖康時嘗奉使至虜[5]、虜將[6]知之、扣城[7]呼曰、馬提刑與我相識、何不開門。壽春人籍籍言、郡守[8]與虜[9]通者[10]。識遠懼、不敢出、以印授通判（3）。通[11]判本有異志、卽自爲降書、啓城迎拜。虜[12]亦不入城、但邀識遠至軍、與俱行。通判又[13]欲以虜[14]退爲己功、乃上章言郡守降虜[15]、已獨保全一城。奏方去[16]而識遠得回、纔留北軍三日。通判窘懼、卽爲惡言動衆、亡賴少年相與取識遠殺之、家人子亦[17]多[18]死。朝廷嘉通判之功、擢爲本郡守。大喜過望、受命之日合樂享吏士、酒纔三行、於坐上得疾、如有所見、叩頭雪[19]泣、引罪自責曰、某實以城降、乃[20]冒以爲功、而使[21]公罹非命、某悔無及矣。卽仆地死。至紹興十年、復河南地、觀文殿學士⑷孟富文⑸〔庾〕爲西京留守⑹、辟掾屬十人、每日會食。承議郎⑺王尚功⑻者、忽以病不至、公遣掌客⑼邀[22]之、良[23]久不反命[24]。復遣一人焉[25]、至于四五、皆不來[26]、滿坐怪之。既而數輩同至、面[27]無人色、言[28]曰、王制幹⑽瞪坐于地、頭如栲[29]栳⑾、形容絶可怖、見之皆驚蹶[30]、氣絶移時乃蘇[31]、是以後期至[32]。孟公率莫[33]府步往視之、王猶能言、曰、乞與[34]召[35]嵩山⑿道士。時道士適在府、卽結壇召呼[36]鬼神。俄有暴風肅然起于庭、風止、一[37]人長可尺餘[38]、紫袍金帶、眉目皆可睹[39]、冉冉空際[40]。詰道士曰、吾以冤訴于[41]上帝、得請而來、非祟也。師安得以法縲我。道士不敢對。孟公親焚香問之、始[42]自言爲馬識遠、曰[43]、方守壽春時、王生爲法曹⒀、嘗夜相過、說以迎虜[44]。識遠拒不可、遂與通判謀翻城、又矯爲降文、宣言于下、以致[45]殺身破家之禍。通判既攘郡印[46]有之、王生亦用保境受賞、嗟乎冤哉。言訖泣下、歔欷曰[47]、帝許我報有罪矣。瞥然而逝。王生明日死[48]。〔前一說聞之馬氏子[49]。後[50]一說聞之陳桷[51]元承⒁。世所傳、或誤以爲一事云[52]。〕

1 葉本は「州」を「川」に作る。
2 葉本は「進」を「武」に作る。
3 葉本は「一」を欠く。
4 別藏本は「虜騎」を「北兵」に作る。
5 別藏本は「虜」を「金」に作る。
6 別藏本は「虜」を「金」に作る。
7 葉本は「扣」を「叩」に作る。
8 葉本は「郡」を欠く。
9 別藏本は「虜」を「敵」に作る。
10 葉本は「者」を欠く。
11 葉本は「通」を欠く。
12 別藏本は「虜」を「敵」に作る。
13 葉本は「又」を欠く。
14 別藏本は「虜」を「敵」に作る。
15 別藏本は「虜」を「敵」に作る。
16 葉本は「去」を「進」に作る。
17 葉本、明鈔本は「亦」を「弟」に作る。
18 葉本は「多」を「皆」に作る。
19 葉本は「雪」を「悲」に作る。
20 舊小說本は「乃」を「反」に作る。
21 葉本は「使」を「致」に作る。
22 葉本は「邀」を「速」に作る。
23 葉本は「良」を欠く。
24 葉本は「反命」を「返乃」に作る。
25 葉本は「焉」を欠く。
26 葉本は「來」を「至」に作る。
27 葉本は「面」の上に「皆」を付す。
28 葉本は「言」を欠く。
29 葉本は「栲」を「栳」に作る。
30 葉本は「蹶」を「仆」に作る。
31 葉本は「蘇」を「甦」に作る。
32 葉本は「至」を欠く。

33 葉本、舊小說本は「莫」を「幕」に作る。
34 舊小說本は「與」を欠く。
35 葉本は「召」を「招」に作る。
36 葉本は「呼」を欠く。
37 葉本は「一」の上に「見」を付す。
38 葉本は「尺餘」を「丈許」に作る。
39 葉本は「睹」を「觀」に作る。
40 葉本は「空際」を「降階」に作る。
41 葉本は「于」を欠く。
42 葉本は「始」の上に「由」を付す。
43 葉本は「曰」を「云」に作る。
44 別藏本は「虜」を「降」に作る。
45 葉本は「致」の下に「吾」を付す。
46 葉本は「印」を「章而」に作る。
47 葉本は「曰」の上に「嘆」を付す。
48 葉本は「死」の上に「乃」を付す。
49 葉本は「馬氏」を「厥」に作る。
50 藏本、黃校本、陸本、張校本、何校本は「後」を「炎」に作る。
51 葉本は「桷」を「解」に作る。
52 舊小說本は「前一說聞之馬氏子後一說聞之陳桷元承世所傳或誤以爲一事云」の二十七字を欠く。

「馬識遠」

馬識遠は、字は彥達、東州（京東路のこと。山東省）の出身で、宣和六年（一一二四）の武挙で進士第一に挙げられた。建炎三年（一一二九）に壽春府（安徽省六安市寿県）の知府となったとき、金軍の騎馬が南へと侵入して、その城下を通りかかった。識遠は靖康の年（一一二六）に金への使者となったことがあり、金軍の将軍は彼を知っていたので、城門を叩いて「馬提刑どのは私と知り合いなのに、どうして門を開けないのか」と呼びかけた。壽春府の人々は、知府は金と通じていると騒がしく噂した。識遠は恐れて、応対に出ようとせず、（知府の）印を通判に預け（て処置をまかせ）た。通判は元々二心を抱いていたので、すぐに自分で降伏の文書を記すと、城門を開き拝礼して金軍を迎えた。金軍も（呼びかけの通り）城内に入らず、識遠を軍に迎えると、一緒に出かけた。通判は今度は金軍を退けたことを自分の手柄にしようとして、知府は金に降り、自分だけが街を守り抜いたと上書した。（しかし）上奏文を出したところに識遠が戻って来て、金軍にいたのはわずか三日に過ぎなかった。通判は（事態が発覚せぬかと）慌て恐れて、すぐに（知府を）中傷して群衆を動かしたので、無頼の若者たちが識遠を捕らえて殺し、その一族の人々も多くが死ぬことになった。朝廷では通判の功績を讃え、知府に抜擢した。望外のことに大喜びして、拝命の日に楽隊を揃えて役人たちにもてなしたが、酒が三度巡ったところで、宴席でおかしくなり、何かが見えているかのように、床に頭を打ち付けて涙を拭い、罪を詫びて自らを責め、「私は実際は城ごと降ったのに、偽って手柄を立てようとして、貴公を非命に死なせましたが、私はこれを悔やんでもどうしようもありません」と言うと、すぐに地に倒れて死んだ。

紹興十年（一一四〇）になって、河南の地が回復され、觀文殿學士の孟富文〔諱は庾〕が西京留守となり、属僚十人を召して、毎日会食していた。（ある日）承議郎の王尚功という者が、突然病気になって来なかったので、接待役の者を迎えにやったところ、しばらくたっても復命に来なかった。また一人派遣し、それが四、五人となったが、みな帰って来ず、一座の人々はみなおかしなことだと思った。そうしているうちに数人が同時に戻って来たが、顔面は蒼白で、「王制幹は目を見開いて地に座り、頭は柳籠ほどもあって、様子はとても恐ろしく、それを見るとみな驚き倒れ、しばらく気絶してようやく息を吹き返し、それで遅れて戻って来たのです」と言った。（そこで）孟公が幕僚たちを引き連れて歩いて見に行ったところ、王はまだ口がきけ、「どうか嵩山の道士を呼んで下さい」と言った。その時たまたま道士が西京に居たので、すぐに（道士は）壇を設けて鬼神を召し出した。にわかに厳かで激しい風が庭におこり、それが止むと、一尺余りの背丈で、紫の上着に金の帯をつけ、眉目秀麗な人が、ゆっくりと空から降りてきた。（そして）道士を責めて「私は上帝に無実を訴え、許しを得てここに来たのであって、祟りではない。師はどうして私を道術で縛ることができようか」と言い、道士はそれに答えられなかった。孟公が自ら香を焚いて（何者か）問うと、初めて馬識遠だと名乗り、「壽春府を治めている時、この王は法曹參軍であり、ある晩やって来て、金軍を迎えるよう説いた。私がだめだと拒むと、今度は通判とともに城を挙げて寝返ろうと謀り、さらに偽って降伏の文書を作り、部下に宣言して、私に身を殺し家を破滅させる災いをもたらした。通判は知府の印鑑を盗んでその地位に就いた上に、王も領地を守ったという功績で賞与を受けた、ああなんと恨めしいことか」と言って涙を流し、すすり泣きながら「上帝が私に報復して罪を与えることを赦したのだ」と言うと、忽然と去った。王は翌日死んだ。〔前半の話は馬氏の子から聞いた。後の話は陳桷（字は）元承から聞いた。世間に伝わっているのは、あるいは誤って一つの話にしているという。〕

（1）　馬識遠については、『宋史』巻二三・欽宗本紀・靖康元年八月乙卯の条に「遣徽猷閣待制王雲、閤門宣贊舍人馬識遠使于金國」と見える。また南宋、熊克『中興小紀』巻三七に「徽宗時、如馬擴、馬識遠、竝以武擧擢用」とある。さらに『建炎以來繫年要錄』に関連の記述が見え、巻五・建炎元年（一一二七）五月癸卯の条に「閤門宣贊舍人馬識遠提點淮南西路刑獄公事」、巻二八・建炎三年（一一二九）十月戊戌の条に「是日、金人陷壽春府。（中略）初鄧紹密既死、淮西提點刑獄、閤門宣贊舍人馬識遠代知府事。識遠舊嘗使金、金將知之、南侵過城下、扣城呼曰、馬提刑與我相識、何不開門。司法參軍王尚功聞之、夜見識遠、説以迎降。識遠拒不可。府人籍籍言郡守有異志。識遠懼不敢出、以印授通判府事朝散郎王攄。攄卽自爲降書、啓城迎拜。金兵亦不入城、但邀識遠至軍中三日、已而以其將周企知府事、遂南行」、巻四〇・建炎四年（一一三〇）十二月癸未の条に「初、金將周企既去、攄執守臣閤門宣贊舍人馬識遠械繫之、且上聞勅死事于朝、故有是命。擄因已惡言動衆、亡頼少年相與取識遠殺之」とある。

（2）武擧は、射撃、槍術など武術の腕によって人材を登用する試験。『新唐書』巻四四・選擧志上に「又有武擧、蓋其起於武后之時。長安二年、始置武擧。其制、有長垜、馬射、歩射、平射、筒射、又有馬槍、翹關、負重、身材之選」とある。

（3）通判は、ここは姓名を記していないが、注1に挙げた『建炎以來繫年要錄』巻二八及び巻四〇の記事により、王攄という人物であったことがわかる。

（4）觀文殿學士は、貼職の一つ。正三品。『夷堅甲志』巻八「黃山人」注11参照（甲志上冊二四〇頁）。

（5）孟富文は、孟庾、富文は字。濮州（山東省荷沢市鄄城県）の人。紹興元年（一一三一）から五年（一一三五）にかけて參知政事、知樞密院事を歴任し、九年（一一三九）三月に金から河南、陝西等の地域が返されると、四月に西京留守に任ぜられた。十年二月には知開封府、東京留守に転じるが、同年五月に金が約定に背いて東京を攻めると、抵抗することなく降伏した。

（6）西京留守は、知河南府の雅称。西京は、河南府（河南省洛陽市）のことで、開封府を東京と呼ぶのに対応する。留守は、天子の留守を守る意。『夷堅乙志』巻一八「魏陳二夢」注12参照（二三二頁）。

（7）承議郎は、寄禄官三十階のうちの第二十三階。従七品。

（8）王尚功については、注1に挙げた『建炎以來繫年要錄』巻二八の記事中に名が見える。

（9）掌客は、賓客の接待に当たる官。

（10）制幹は、制置使司幹辦公事の略称で、制置使の秘書官。この時孟庾が制置使を兼ねていたかは不明だが、西京留守という立場は制置使に準じるとして、こう言ったものだろうか。あるいは、孟庾は參知政事となる前、紹興元年九月に江南東西路、湖南東路の宣諭制置使となっているので、王尚功がその当時からの部下であれば、この呼称も不思議ではない。

（11）栲栳は、竹や柳の枝で編んだ半球形の籠。大きく膨らんだ様子に喩えている。『夷堅支戊』巻五「任道元」に、神将に頭部を鞭打たれる夢をみた後「自此瘡益大、頭脹如栲栳」という記述が見える。

（12）嵩山は、五岳の一つ。『夷堅乙志』巻九「八段錦」注7参照（乙志上冊二五四頁）。

（13）法曹は、司法參軍事の略称。幕職官の一つ。各州に置かれ、法に則り刑罰の裁定を司った。上州では従八品で、中、下州では従九品。

（14）陳桷、字は元承については、『夷堅丁志』巻六「王文卿相」によれば、蔡京の甥にあたり、韓世忠の幕下で活躍した。『建炎以來繫年要錄』巻六三・紹興三年（一一三三）三月の条に「右承議郎、新通判溫州陳桷、直祕閣、賜五品服。桷爲韓世忠所厚、故上召對而申

命之」、同書巻一〇一・紹興六年（一一三六）五月の条に「祕閣修撰、京東淮東宣撫處置使司參謀官陳桷、充右文殿修撰」、同書巻一四〇・紹興十一年（一一四一）五月の条に「右文殿修撰陳桷、充敷文閣待制、知池州」とある。『夷堅丁志』巻六「王文卿相」、『夷堅支景』巻九「陳待制」に名が見える。

〔収録〕『新編分類夷堅志』丙集・巻二・冤對報應門・今生冤報類、舊小說本『夷堅志』。

〔分類〕方士・報応（冤報）・鬼

光禄寺(1)

臨安光祿寺在漾沙坑(2)坡下、初爲官舍、吳信叟(3)嘗居之。其妻晝寢、有沙紛紛落面上、拂去復然、驚異自語曰、屋下安得此。則有自屋上[1]應者曰、地名漾沙坑、又何怪也。吳氏懼、卽徙出。蔣安禮(4)爲光祿丞(5)、齋宿寺舍、因噴嚏鼻涕墮卓上、皆成小木人。雕刻之工極精、攬取之、則已失。頃之復爾、凡墮木人千百、蔣一病不起。杭人云、舊爲僞福國公主[2](6)宅、華屋朱門、積殺婢妾甚衆、皆埋宅中、是以多物怪。今無敢居之者。
〔王嘉叟(7)說。〕

1　別藏本、黃校本は「上」を「山」に作る。

2　陸本は「主」を「王」に作る。

「光禄寺」

臨安府（浙江省杭州市）の光禄寺は漾沙坑の坂下にあり、もとは官舎で、呉信叟が住んでいたことがあった。その妻が昼寝をしていると、砂がバラバラと顔に落ちてきて、払ってもまた繰り返されたので、驚き怪しんで「屋根の下でどうしてこんなことが起こるのだろう」と独り言を言った。すると屋根の上から答える者の声がして「地名が漾沙坑だから、何の不思議もないだろう」と言った。呉の家では恐れて、すぐに出て他へ移った。

蔣安禮が光祿寺の丞となり、物忌みでこの官舎に泊まったが、くしゃみをして鼻水が机に飛ぶと、それがみな小さな木偶となった。（それらは）とても精巧に彫られていたが、手に取ると、もう消えてしまった。しばらくすると同じことが起こり、千もの数の木偶を落とすと、蔣は病気になって回復しなかった。杭州（浙江省杭州市）の人々は「かつては僞の福國公主の屋敷で、華やかな家に朱塗りの門を構え、下女たち大勢を次々と殺して、みな屋敷内に埋めたので、それで物の怪が多いのだ」と言う。今はそこに住もうとする者はいない。〔王嘉叟が話した。〕

（1）光祿寺は、官署の名。九寺の一つで、祠祭、饗宴などを管轄する。
（2）漾沙坑は、臨安府内の地名。漾には、揺れ動かす、散らすの意味がある。坑は、山の嶺の意。
（3）吳信叟は、吳秉信のこと。『夷堅乙志』巻一〇「吳信叟」注1参照（乙志上冊二七六頁）。
（4）蔣安禮については、ここに見える以外のことは不明。
（5）光祿丞は、光祿寺の副官。正八品。
（6）僞福國公主は、李善靜。もと開封府（河南省開封市）の尼であったが、徽宗の娘の柔福帝姫（政和三年〔一一一三〕に公主を帝姫と呼ぶように改められた）に容貌が似ていると人に教えられ、金に捕らわれていたのを逃げてきたと偽って、高宗から福國長公主に封ぜられたが、皇太后の帰国によって事が露われ、紹興十二年（一一四二）九月に杖殺された。『建炎以來繫年要錄』巻一四六・紹興十二年九月甲寅の条に「初善靜賜第漾沙坑坡下、驕蹇自恣、積殺婢妾甚衆、皆埋第中」とある。
（7）王嘉叟は、王秬のこと。『夷堅甲志』巻一四「建德妖鬼」注5参照（甲志下冊一一八頁）。

〔分類〕鬼・妖怪

秦奴花精

劉綷、字穆仲(1)、予外姑之弟也。少年時從道士學法籙(2)、後隨外舅[1]守姑蘇、與家人俱游靈巖寺(3)。夜宿僧舍、遙聞山中呼劉二官人、久之聲漸近。

舎中人亦睡覺、綷問曰、聞此聲否。皆笑曰、蒙天心正法(4)力、宜如是。明日綷爲牒責土地神曰、吾至誠行法、未嘗有破戒犯禁事。山鬼(5)安得輒侮我。是夕、夢神告曰、已戒從吏搜索、乃花精所爲、非鬼也。行且治之矣。綷還家、夢其故妾秦奴者來曰、寺後呼君者、蓋我耳。君若不相忘、無令伽藍神(6)急我。綷又爲牒、如世閒繳(7)狀、遣人投于祠。數日、又夢妾來別曰、君已投狀、我不敢復留。泣而去。秦奴者京師人、死於臨安、至是時已六年矣。

1　黄校本は「男」を欠く。

「秦奴が花の精となる」

劉綷《りゅうさい》、字は穆仲は、私の岳母の弟である。若い頃に道士から鬼神を駆使する符呪を学び、その後岳父が姑蘇（平江府。江蘇省蘇州市）の知府となったのに随行し、（ある時）家族とともに靈巖寺に出かけた。夜宿坊に泊まっていると、遙か山中から「劉の二番目の旦那様」と呼ぶ声が聞こえ、しばらくするとその声はだんだんと近づいてきた。宿坊に泊まっていた人も目を覚ましたので、綷は「あの声が聞こえるか」と尋ねると、みな笑って「（あなたが学んだ）天心正法の力によって、こうなったのでしょう」と答えた。翌日綷は文書を書いて土地神を責め、「私は真心を尽くして方術を行っており、戒律を破ったり禁忌を犯したことは一度もない。（それなのに）山に住む化け物が私を侮ることがあって良いものか」と言った。その晩、夢で神が「下役に命じて捜索させたところ、花の精がしたことで、化け物ではありません。いずれ（花の精を）懲らしめておきます」と告げた。綷が家に帰ると、もと妾であった秦奴という者が夢に現れて、「寺の裏からあなたを呼んだのは、私だったのです。あなたが（私のことを）忘れていなかったら、護法の神が私を捕まえないようにして下さい」と言った。（そこで）綷はまた文書を書き、世間で使ういぐるみの形状にして、人を遣わして（土地神の）祠に投げ入れさせた。数日後に、また妾が夢で別れを告げに現れ、「あなたが文書を投じて下さったので、私はもう（この世に）留まることはしません」と言い、泣いて去った。秦奴は都（汴京）の出身で、臨安府（浙江省杭州市）で死んだが、この時にはもう六年経っていたという。

（1）劉綷、字は穆仲については、ここに見える以外のことは不明。『夷堅乙志』巻一三「劉子文」（六二頁）にも名が見えた。

（2）法籙は、道士の免許状のこと。ここでは符呪の意。『夷堅甲志』巻一一「梅先遇人」注18参照（甲志下冊七頁）。

（3）靈巖寺は、姑蘇すなわち平江府（江蘇省蘇州市）にあった寺。春秋時代の呉の館娃宮の跡地である虎丘にある。『夷堅乙志』巻一七

「滄浪亭」注6参照（一九八頁）。
（4）天心正法は、道教の呪術の一つ。『夷堅甲志』巻一三「楊大同」注4参照（甲志下冊七六頁）。
（5）山鬼は、江南嶺南地方の山中に住む物の怪。『夷堅甲志』巻一四「漳民娶山鬼」注1参照（甲志下冊一〇三頁）。
（6）伽藍神は、護法の神。唐、釋道世『法苑珠林』巻五二・伽藍篇第三六・營造部に「七佛經云、護僧伽藍神、斯有十八神。一名美音、二名梵音、（中略）十八名徧視。寺既有神護、居住之者亦宜自勵」とある。『夷堅乙志』巻七「黄蓮山伽藍」注2参照（乙志上冊二〇一頁）。
（7）繳は、いぐるみ。弋に同じ。矢に糸や網をつけて、鳥にからみつくようにしたもの。

〔収録〕『永樂大典』巻八五二七「花精」。

〔分類〕婦人・夢・鬼・草木（花卉怪）

楊戩[1]二怪

宣和中、内侍[2]楊戩方貴幸。其妻夜睡覺、見紅光自牖入、徹帳粲爛奪目、一道人長尺許、繞帳乘空而行。徐於腰間取一杯、髻中取小瓢、傾酒滿之、其香裂鼻。笑顧戩妻曰、能飲此否。妻疑懼、不敢應。道人旋繞數帀、再三問之、終不應。道人曰、然則吾當自飲。一引而盡、倏然乘紅光復出、遂不見。其家聞酒香、經數日乃歇。戩新作書室、壯麗特甚、設一榻其中、外施緘鐍、他人皆不得至。嘗上直、小童入報有女子往來室中、妻遽出視之、韶顏麗態目所未睹、回眸微笑、擧止自若。需戩歸、責之曰、買妾屛處、顧不使我知。戩自辯數、且相與至室外望之、信然。及啓鑰、女亟登榻、引被蒙首坐。戩夫婦率妾侍幷力掣之、牢不可取。良久回面向壁、身稍偃、意其已困、復揭之。但見巨蟒正白蟠屈十數重、其大如臂、僵伏不動、家人皆駭走。戩遣悍卒十輩、連榻舁出、棄諸城外草中、不敢回顧。未幾時戩死。〔呉元美仲實[3]說。前一事嘉叟[4]說。〕

「楊戩《ようせん》の二つの怪事」

　宣和年間（一一一九―一一二五）、内侍の楊戩は帝の寵愛を受けていた。その妻が夜眠りから覚めると、紅い光が窓から入ってきて、（その光が）寝台の帷を通して目映く輝き、一尺ほどの背丈の道士が、帷を巡って空中を行くのが見えた。（道士は）おもむろに腰から皿を、髷の中から小さな瓢簞を取りだし、酒をついで皿を満たしたところ、その香りは鼻を突いた。笑って戩の妻を振り返って「飲むかね」と尋ねたが、妻は（なりゆきに）戸惑い恐れていたので、返事できなかった。道士は何度も（帷のまわりを）巡りながら、再三尋ねたが、とうとう答えなかった。道士は「それなら私が自分で飲むことにしよう」と言い、ぐいっと干すと、たちまちのうちに紅い光に乗って出て行き、見えなくなった。家には酒の香りがし、数日経ってようやく消えた。

　楊戩は新しく書斎を建てたが、壮麗さはとりわけすばらしく、中に長椅子を置き、外から鍵を掛けて、他人がだれも入れないようにした。ある日（戩が）出仕している時に、召使いの童子が書斎の中を女が行き来していると報せに来たので、妻が急いで行って見てみると、顔立ちも姿も見たことがないほど美しい女がおり、眸をくるりと動かして微笑み、ゆったりと振る舞っていた。戩を帰宅させて、「妾を買って隠しておき、私に知らせなかったのでしょう」と責めた。戩は弁解しつつ、ともに書斎の外まで来て中を見ると、（妻の）言うとおりであった。鍵を開けると、女はすぐに長椅子に乗り、掛け布団を頭から被って座った。戩夫婦は側仕えの妾たちを指揮して力を合わせて（掛け布団を）引っ張ったが、どうしても取れなかった。しばらくすると（女は）壁を向き、身体は少し倒れて、かなり疲れた様子で、また掛け布団を掲げた。すると真っ白く大きなウワバミが何重にもとぐろを巻いており、太さは腕ほどもあり、じっと動かないでいるのが見えたので、家人はみな驚いて逃げた。戩は強く荒々しい兵士十名に命じて、長椅子ごと担ぎ出させ、城外の草むらの中に捨てさせたが、振り返ることもできなかった。まもなく戩は死んだ。〔呉元美（字は）仲實が話した。前半の話は（王）嘉叟が話した。〕

（1）　楊戩（?―一一二一）は、徽宗に仕えて寵愛された宦官。政和四年（一一一四）に彰化軍節度使となり、後に太傅に至った。死後は太師を贈られ、呉国公に封ぜられた。『宋史』巻四六八に伝がある。『夷堅支乙』巻五「楊戩館客」、『夷堅支丁』巻一「楊戩毀寺」に名が見える。

（2）　内侍は、宦官に与えられる官位の一つ。『夷堅乙志』巻一六「劉供奉犬」注1参照（一六一頁）。

（3）　呉元美、字は仲實は、永福県（福建省福州市永泰県）の人。宣和六年（一一二四）の進士。太常寺主簿、福建安撫司機宜文字などを歴任したが、秦檜に憎まれて容州（広西チワン族自治区容県）に流されて死んだ。後に洪遵ら八人が建言して名誉回復を求め、その子に官が与えられた。

（4）嘉叟は、王秬のこと。嘉叟はその字。『夷堅甲志』巻一四「建德妖鬼」注5参照（甲志下冊一一八頁）。

〔分類〕方士・徴応（人臣咎徴）・蛇

呉祖壽(1)

呉玕正仲娶(2)劉仲馮(3)樞密女、生一子、曰祖壽。建炎中、隨父責居韶州、夢有人著唐衣冠、如舊相識、來謁曰、吾相尋二百年、天涯地角、游訪殆遍、不謂得見於此。祖壽曰、君爲何人、有何事見尋如是其切。其人曰、君當唐末爲縣令、吾一家十口、皆以非罪死君手。歲月久矣、君忘之邪。因邀往一處、稍從容。祖壽問曰、君處地下久、當能測人未來事。吾欲知前程壽夭通塞、盍爲我言之。曰、君命只止此。官爵年壽、榮富福祿、皆如是而已、無一可言者。祖壽愀然不樂、夢中鞅鞅成氣疾、瘤生於肩。驚而寤、覺枕畔如有物捫之、眞有小瘤在肩上。明日而浸長、俄成大癭(4)、高與頭等、痛楚徹骨、不可臥。劉夫人迎醫、召巫、延道士作章醮(5)、萬方救療之、竟不起。〔正仲侍妾春鶯、後歸外舅[1]、其說如此。〕

1　黄校本は「舅」を「舊」に作る。

「呉祖壽」

呉玕《ごけん》（字は）正仲は樞密の劉仲馮の娘を娶り、一子をもうけて、祖壽と名づけた。建炎年間（一一二七―一一三〇）に、父が罪を得て韶州（広東省韶関市）に住んだのに付き従ったが、夢で唐代の衣冠を身に着けた人が現れ、古い知り合いであるかのように、来て拝謁し、「私はあなたを二百年の間探し求め、天地の果てまで、遍く尋ね歩きましたが、なんとここでお会いしようとは」と言った。祖壽が「あなたはどなたで、何の用事でそんなに一生懸命に探されたのですか」と聞くと、その人は「あなたは唐代の末に県令となり、私の家族十人は、みなあなたの手にかかって無実の罪で死にました。長い歳月のうちに、あなたはそのことを忘れたのですか」と答えた。そこである場所に連れて行って、しばらく歩き回った。祖壽が「あなたは冥土に長くいるので、きっと人の未来のことがわかるでしょう。私は将来の寿命や運命を知りたいのですが、どうして教えてくれないのですか」と言うと、「あなたの運命はこれまでです。官位爵禄も寿命も、富も栄誉も、みなこれまでで、言うべきものは一つもありません」と答えた。祖壽は愁い落胆して、夢の中で憤懣から（身体の）気の流れに異常を起こし、肩に瘤が生じた。驚いて目覚め、枕の側に何かあるのに気付いてこれをつかむと、本当に小さな瘤が肩に出来ていたのであった。翌日にはだんだん伸びて、急に大きな瘤になり、頭と同じ高さになって、痛みは骨に達し、寝られなくなった。劉夫人は医者を迎え、巫女を招き、道士を呼んで祭礼を行わせ、あらゆる手立てを尽くして治そうとしたが、結局死んだ。〔正仲に仕えた妾の春鶯が、後に岳父の妾となり、このように話した。〕

（1）呉祖壽については、ここに見える以外のことは不明。
（2）呉幵、字は正仲は、滁州《じょしゅう》（安徽省滁県）の人。靖康二年（一一二七）に翰林学士承旨として金に使いしたが、金の意向を受けて動いたため、罪せられて韶州に流された。
（3）劉仲馮は、劉奉世（一〇四一—一一一三）、仲馮は字。新喩県（江西省新余市）の人。劉敞《りゅうしょう》の子。元祐七年（一〇九二）に簽書樞密院事となる。学問にも優れ、父および叔父の劉攽《りゅうはん》とともに三劉と称せられる。『宋史』巻三一九に伝がある。
（4）癭《えい》は、首にできる瘤。『説文解字』巻七下・疒部に「癭、頸瘤也」とある。
（5）章醮《しょうしょう》は、道士が祭壇を設け、表章を読み上げて祈る祭礼。

〔分類〕報応（冤報）・医（異疾）・夢

廬山[1]僧鬼

僧聞修[2]、姓陳氏、行脚至廬山、將往東林[3]。值日暮微雪作、不能前、乃入路側一小刹求宿。知客[4]曰、略無閑房、唯僧堂頗潔、但往年有客僧以非命死其下、時出爲怪、過者多不敢入。聞修自度不可他適、又疑寺中不相容設爲此說、竟獨處焉。知客爲張燈、熾火、且告以僧名、慰勞而出。逮夜趺坐地爐[1]上、衲帔蒙頭、默誦經呪。微睡未熟、隱約見一僧相對、亦蒙頭誦經、知其鬼也、厲聲詰之曰、同是空門兄弟、生死路殊、幸且好去。不答、亦不起。聞修閉目合掌、誦大悲呪(5)、亦梵聲相應和、聞修心動、稱其名叱之曰、汝是某人耶[2]。其人遽起、含唾[3]噀聞修面、滿所披紙衾上皆鮮血、遂不見。知客聞叱咤聲知有怪、亟來視之、紙衾蓋白如故。遂邀與歸同宿。天明卽下山。〔聞修說。〕

1　黄校本は「爐」を「濾」に作る。
2　別藏本は「耶」を「邪」に作る。黄校本は「那」に作る。
3　別藏本、張校本、何校本は「唾」を欠く。黄校本は「唾」を「睡」に作る。

「廬山の僧の幽霊」

僧の聞修は、姓は陳氏であるが、修行の旅をして廬山に至り、東林寺に行こうとしていた。（しかし）日暮れになって弱い雪が降り出したので、進むことができず、そこで道の側の小さな寺に入って一夜の宿を頼んだ。接待役の僧が「空いている部屋はほとんど無く、僧堂だけが（空いていて）清潔なのですが、以前旅の僧がそこで非命の死を遂げ、時々現れて怪異をなすので、立ち寄った人はたいてい入ろうとしません」と言った。聞修は他に行くところがないのはわかっていたし、寺の側が泊めたくないために話を作ったのではないかと疑ったので、結局（広間に）一人で泊まることにした。接待役は彼のために明かりを灯し、（囲炉裏の）火を起こし、しかも（現れる）僧の名を告げて、いたわって出て行った。夜になると囲炉裏の側に足を組んで座り、掛け物を頭からかぶって、声を出さずに経や呪文を唱えていた。眠りかかってまだ熟睡しない間に、ぼんやりと一人の僧が向かい合い、やはり掛け物をかぶって読経しているのが見えたので、幽霊だと知り、声をはげまして「同じく仏門に仕える兄弟で、生死を異にしているのだから、どうかお行きなさい」ときつく言った。（しかしその幽霊は）答えず、また起とうとしなかった。聞修は目を閉じて合掌し、大悲呪を唱えると、やはり（幽霊の）読経の声が唱和するように聞こえたので、聞修は不安に襲われ、その名を唱えて「お前は何某ではないのか」と叱りつけた。その人はにわかに立ち上がり、唾を聞修の顔に吹き掛け、かぶっている紙の掛け物一杯になったのはすべて鮮血であったが、そこで姿を消した。接待役が叱咤する声を聞いて怪異が起こったことを知り、すぐに来て見てみると、紙の掛け物は元通り白くなっていた。そこで（聞修を）自分の部屋に呼んで泊めてくれた。（聞修は）夜明けにすぐに山を下りた。〔聞修が話した。〕

（1）　廬山は、江西省九江市の南にある名山。『夷堅甲志』巻二「趙表之子報」注4参照（甲志上冊六八頁）。

（２）聞修については、ここに見える以外のことは不明。

（３）東林は、廬山山中の寺。北宋、陳舜兪『廬山記』巻二に「由廣澤下山、至太平興國寺、七里。寺前之水曰清溪。溪上有清溪亭寺。晉武帝太元九年置。舊名東林。唐會昌三年廢。大中三年復。皇朝興國二年、賜今名」とある。

（４）知客は、寺で客の接待に当たる僧侶。『夷堅甲志』巻一九「玉帶夢」注６参照（甲志下冊二六一頁）。

（５）大悲呪は、代表的な観音の神呪。『夷堅甲志』巻六「宗演去猴妖」注５参照（甲志上冊一六九頁）。

〔分類〕報応（大悲呪）・鬼・僧

二相公廟(1)

京師二相公廟在城西内城脚下、擧人入京者、必往謁祈夢。率以錢寘[1]左右童子手中、云最有神靈。崇寧二年毘陵霍端友(2)、桐廬胡獻可(3)、開封柴天因(4)三人求夢、皆得詩兩句。霍詩曰、已得新消息、臚傳(5)占獨班。柴曰、一擲得花王、春風萬里香。胡曰、黄傘亭亭天仗近、紅綃隱隱鳳鞘鳴。既而霍魁多士[2]、胡與柴皆登第。鄉人余國器(6)〔應求〕崇寧五年赴省試[3]、其父石月老人(7)攜往廟中焚香、作文禱之。夜夢一童子年可十三四、走馬至所館門外、告曰、送省牓來。覺而牓出、果中選。其他靈驗甚多、不勝載。〔石月老人說。〕

1　何校本は「寘」を「置」に作る。
2　黄校本は「士」を「七」に作る。
3　黄校本は「試」を「城」に作る。

「二相公廟」

都（汴京）の二相公廟は街の西側で内城の壁のすぐ下にあり、進士の受験者として都に来た者は、必ずお参りに出かけて夢を祈った。およそ銭を左右に侍る童子の手に置くのが、もっとも霊験あらたかであるという。崇寧二年（一一〇三）に毘陵（常州。江蘇省常州市）の霍端友、桐廬県（浙江省桐廬県）の胡獻可、開封府（河南省開封市）の柴天因の三人が夢を求め、みな詩二句を得た。霍の詩は「已に新しき消息を得、臚伝《ろでん》　独班を占む（すでに新たな報せを受け、名を呼ばれるのに並ぶ者の無い位置を占めた）」、柴の詩は「一たび擲《おど》りて花王を得たり、春風　万里に香る（一度躍り上がって牡丹の花を得、春風の中でその香りは万里までとどく）」、胡の詩は「黄傘は亭亭として天仗近く、紅綃は隠隠として鳳鞘鳴る（黄色の傘が高くそびえる天子の儀仗の側、紅い薄絹が連なり鳳の模様の鞘が鳴る）」であった。

（結果が出ると）霍は大勢の進士の首席を占め、胡も柴もともに合格した。

私と同郷の余國器〔諱は應求〕は崇寧五年（一一〇六）に省試に赴いたが、その父の石月老人は彼を廟に伴って焼香させ、文章を書いて祈らせた。夜に夢で年の頃十三、四の童子が、馬を走らせて泊まっていた館の門に来ると、「合格名簿を届けに来ました」と告げた。目覚めると名簿が張り出されており、果たして合格していた。この他の霊験も多数あり、載せられないほどである。〔石月老人が話した。〕

（1）　二相公廟は、汴京にあった廟。『夷堅甲志』巻七「不葬父落第」注2参照（甲志上冊二〇二頁）。

（2）　霍端友は、字は仁仲。『夷堅乙志』巻七「何丞相」注5参照（乙志上冊二〇九頁）。

（3）　胡獻可は、政和五年（一一一五）に祠部員外郎を務めた。

（4）　柴天因は、建炎二年（一一二八）に京東路轉運判官、同副使、京東路安撫兼提刑司公事などを務めた。

（5）　臚傳は、進士が殿試を終えて、皇帝に謁見する際、上位から順に名を読み上げる儀式のこと。『夷堅甲志』巻五「許叔微」注5参照（甲志上冊一三九頁）。

（6）　余國器は、余應求、國器は字。祕書省校書郎、監察御史、江西路提點刑獄公事、福建路轉運副使、江西轉運使兼知虔州などを歴任した。紹興二十二年（一一五二）に江西で賊軍の蜂起が続き、虔州（江西省贛州市）でも叛乱が生じたが、その際に父の余安行が亡くなったため、知虔州の職を辞して、その後は仕えなかった。

（7）　石月老人は、余安行（一〇五七—一一五二）、字は勉仲、石月老人は号。弋陽県（江西省上饒市弋陽県）の人。一生仕えず、経書の学問によって名を知られる。

〔分類〕貢挙・文章（詩）・夢（休徴）

望仙巖

廣西某州、隔江崖[1]壁峭絶、有望仙巖、自來無[2]人能至[3]。對巖曰望仙舖、舖兵饒俊(1)老矣、唯嗜[4]酒不檢[5]。宣和末有道人過之、已醉、從俊寓宿。至晩吐穢淋灕、呼俊曰、爾且起。以所寢牀借我。如其言。夜過半[6]又呼曰、飢[7]甚、思一鷄食。幸惠我。俊唯有所養長鳴鷄(2)、殺而與之食。至曉辭去、書一詩授俊曰、饒俊饒俊聽我語、仙鄕咫尺沒寒暑。與君說盡止如斯、莫戀浮生不肯去。轉眄閒道人騰至巖上、端坐含笑。俊望之如在雲霄、大叫曰、先生何不帶我去。久之不應、卽踊身投江。同輩驚號曰、饒上名(3)落水。相率救之。俊乍見乍沒、入波愈深、且溺矣。道人忽如飛翔、徑到波面、攜俊髻以行。傍人見祥雲涌起、卽時達巖畔。後還家、與妻子別、告人云、此呂翁(4)也。〔黃道人(5)說。州名不眞。〕

1　黄校本は「崖」を「岸」に作る。
2　黄校本は「無」を「殺」に作る。
3　黄校本は「至」を「亟」に作る。
4　黄校本は「嗜」を「耆」に作る。
5　黄校本は「檢」を「撿」に作る。
6　黄校本は「半」を「年」に作る。
7　黄校本は「飢」を「凱」に作る。

「望仙巖」

廣西路のある州では、川を隔てて崖が切り立っており、望仙巖という大岩があって、これまで誰も行くことができなかった。巖の向かいは望仙舖と言い、宿場の兵卒である饒俊は年老いており、酒好きで慎みがなかった。宣和年間（一一一九―一一二五）の末に一人の道士が立ち寄ったが、もう酔っていて、俊のところに泊まり込んだ。夜になると汚い物をたくさん吐き、俊を呼んで「お前は起きろ。使っていた寝台を私に貸してくれ」と言ったので、その通りにした。夜半過ぎにまた呼び、「ひどく腹が空いたので、鶏を一羽食べたい。どうか恵んでくれ」と言った。俊には飼っていた長鳴鶏しか無かったが、それを殺して彼に食べさせた。明け方に（道士は）別れを告げて去ったが、次のような詩一首を書いて俊に与えた。

饒　俊　饒　俊　聽　我　語　　饒俊　饒俊　我が語を聴け
仙　鄕　咫　尺　沒　寒　暑　　仙郷は咫尺にして寒暑没《な》し
與　君　說　盡　止　如　斯　　君が与《ため》に説き尽くすは止《た》だ斯《か》くの如し
莫　戀　浮　生　不　肯　去　　浮生を恋いて去るを肯ぜざること莫かれ

饒俊よ饒俊よ私の言葉に耳を傾けよ。仙郷はすぐ側にあって寒暑の苦しみも無い。君のためにひたすら説くのはただこれだけ、浮き世に未練を持って去るのを拒んではならないということだ。

すると瞬く間に道士は飛び上がって巖の上に至り、端座して微笑んでいた。俊が望みやると（道士は）空高くにいるようであったので、大声で「先生はどうして私を連れて行ってくれないのですか」と呼びかけたが、しばらく待っても返事がないので、（俊は）身を躍らせて川に飛び込んだ。同僚たちが驚いて「饒上名が川に落ちた」と叫び、そろって彼を助けようとした。俊の姿は見えたり没したりして、波の間にどんどん深く入っていき、溺れかかっていた。すると道士が突然飛び上がり、まっすぐ波間に到ると、俊の髷をつかんで連れて行った。側にいた人には目出度い雲がわき起こり、すぐに巖のほとりに達したように見えた。（俊は）のちに家に帰り、妻子と別れを告げたが、人に言うには「あれは呂翁である」ということだった。〔黄道人が話した。州の名前ははっきりしない。〕

（1）饒俊については、ここに見える以外のことは不明。

（2）長鳴鷄は、長く鳴く鶏。南宋、范成大『桂海虞衡志』志禽に「長鳴鷄、高大過常鷄、鳴聲甚長、終日啼號不絶」とある。

（3）上名は、巡邏の兵士を指していう。ここでは宿場の警備兵の意。南宋、呉自牧『夢粱錄』巻一三・天曉諸人出市に「蓋報令諸百官聽公上番虞侯、上名衙兵等人及諸司上番人知之、趕趁往諸處服役耳」とある。

（4）呂翁は、唐の伝説的な道士、呂洞賓のこと。『夷堅甲志』巻一「石氏女」注1参照（甲志上冊三一頁）。

（5）黄道人については未詳。あるいは黄元道を指すか。『夷堅乙志』巻一二「王晌惡籤」注4参照（四七頁）。

〔分類〕神仙・文章（詩）

馬望兒母子[1]

唐州倡馬望兒者、以能歌柳耆卿（1）詞著名籍中。方城人張二郎遊狎其家累年、既而挈以歸。後虜騎犯[2]京西（2）、張氏避地入巴峽、望兒死於峽州宜都縣。時夜過半、未及斂[3]、輿置空室中。明日、買棺至其處、獨衣服委地如蛻、不見尸矣。求之、乃在門掩閒倚壁立、自頂至踵、無寸縷著體。

人謂、其爲娼[4]時、少年來遊、或謝錢不如意、并衣冠皆剝取之、是以及此報。生一子曰運、居宜都田間。紹興二十七年六月、與其僕過江視胡麻。農人在田[5]者數輩、天正熱、日光赫然。忽片雲從中起、正罩運身、頃之陰翳如墨、對面不相識。傍人但聞運連呼曰、告菩薩。如一食頃、天氣復淸、運已仆於地。親身之衣皆焚灼、而汗衫碧裙無傷、氣殜殜未盡。衆共扶掖行數十步、入一民家、猶呻吟稱苦苦數聲、遂死。時年三十四。

1　別藏本、黄校本、陸本、張校本、何校本は目録で「母子」の二字を欠く。
2　別藏本は「虜騎犯」を「北兵犯」に作る。
3　何校本は「斂」を「殮」に作る。
4　別藏本、黄校本は「娼」を「倡」に作る。
5　黄校本は「田」を「曰」に作る。

「馬望兒親子」

唐州（河南省唐河県）の娼妓である馬望兒は、柳耆卿の詞を歌えることで仲間内でも評判を取っていた。方城県（河南省南陽市方城県）の人である張二郎は彼女のいる妓館に何年も通い続け、やがて（請け出して）家に連れ帰った。その後金の騎兵が京西路に侵入すると、張さんは避難しようとして三峡の地へ入ったが、望兒は峡州宜都県（湖北省宜都市）で死んでしまった。その時は夜半過ぎだったので、まだ棺に納めず、（棺を運ぶ）車に遺体を載せて空いた部屋に置いた。翌日、棺を買ってその部屋へ行ってみると、衣服だけが抜け殻のように地に落ちていて、遺体は見えなかった。探してみると、なんと閉ざされた門の内側で壁に寄り掛かって立っており、頭のてっぺんから足の先まで、一糸も纏わぬ姿であった。ある人の話では、娼妓だった時、若者が遊びに来たが、花代が思ったより少なかったため、衣冠をすべて剝ぎ取ったことがあり、それでこの報いを受けたのだという。

（望兒は）運という子を生んでおり、（彼は）宜都県の農村に住んでいた。紹興二十七年（一一五七）六月、（運は）下僕を連れて長江を渡り胡麻の出来を見回った。畑に出ている農民は数人で、天候は暑く、日差しはとても強かった。にわかに一片の雲が（畑の）中から起こって、運の身体を包み込み、しばらくすると辺りは墨のように暗く陰り、向かい合っていてもわからないほどであった。傍らの人は運が続けざまに「菩薩に申します」と叫ぶ声を聞いた。食事をするほどの時間が経つと、天候はまた晴れたが、その時には運は地に倒れていた。身に着けていた衣はみな焼け、ただ肌着と緑色のズボンだけが無傷で、気息奄々としていたが息絶えてはいなかった。みなで抱きかかえて数十歩行き、一軒の民家に入ったが、なおも苦しい苦しいと何度も呻き、そして死んだ。時に三十四歳であった。

（1）柳耆卿は、柳永（九八七？—一〇五八？）、耆卿は字。北宋の代表的な詞人。艶麗で哀調を帯びた作風は広く好まれ、「井水有る処、即ち能く柳詞を歌う」と言われるほどであったという。

（2）京西は、京西路。汴京の西側、現在の河南省から湖北省にかけての地域に置かれた行政区。京西北路と京西南路に分かれ、唐州は京西南路に属していた。

〔分類〕報応・婦人（妓女）

沈傳（1）見冥吏

鄱陽士人沈傳、早游學校、郷里稱善人（2）、家居北關外五里堠（3）之側。年四十餘歲得傷寒（4）疾、八九日未愈、方困頓伏枕。正黄昏時、一黄衣持藤棒徑從外入、直至牀前、全類郡府承局（5）、端立不語、時時回顧寢門外。又一人黑幘而綠袍、捧文書在手、欲入未入。黄衣搖手謂曰、善善。綠袍於袖中取筆展簿、勾去一行、兩人遂繼踵而去。傳驚慴良久、問妻子、皆無所睹、怖愈甚。卽時汗出如洗、越一日[1]乃瘳。後以壽終。

1　黄校本は「日」を「目」に作る。

「沈傳が冥府の役人に逢う」

鄱陽県（江西省上饒市鄱陽県）の士人である沈傳は、若い時から学校に学び、郷里では有徳の人と称されていたが、その家は北門の外五里の堠《こう》の側にあった。四十数歳の時に傷寒の病にかかり、八、九日経っても癒えず、ぐったりと枕に臥していた。ちょうど黄昏どき、黄色い衣を着て藤の棒を持った人が外から入ってきて、まっすぐにベッドの側に来たが、（その姿は）州から派遣される承局にそっくりで、きちんと立ったまま語らず、時折内門の外を振り返っていた。（すると）もう一人黒い頭巾を被って緑の上着を着、書類を手で捧げ持つ人が、入ろうとして入らずにいるのだった。黄衣の人は手を振って「善だ善だ」と言い、緑の上着の人が袖から筆を取り出して書類を広げ、一行を抹消すると、二人は踵を接するように去っていった。傳はしばらく驚き恐れていたが、妻子に聞いても、みな何も見なかったと答えたので、ますます怖くなった。（しかし）すぐに身体を洗ったようにびっしょりと汗をかき、一日経つとそれで治った。その後は寿命を全うした。

（1）沈傳については、ここに見える以外のことは不明。
（2）善人とは、徳を備えた人のこと。『論語』述而に「子曰、聖人吾不得而見之矣、得見君子者斯可矣。子曰、善人吾不得而見之矣。得見有恆者、斯可矣」とあり、邢昺の疏は「善人、卽君子也」と説明する。
（3）堠は、一里塚。街道沿いに一里ごとに立てた土の標柱。雨で崩れることが多かったので、植樹して代用したものも多かった。
（4）傷寒は、腸チフスなどの高熱を伴う急性疾患を指す。『夷堅甲志』巻一七「張德昭」注3参照（甲志下冊二二三頁）。
（5）承局は、軍の役人の職の一つ。

〔分類〕報応（陰徳）・鬼

療蛇毒藥

臨川[1]有人以弄蛇貨藥爲業。一日、方作場爲蝮所齧、卽時殞絕。一臂之大如股、少選遍身皮脹作黃黑色、遂死。一道人方傍觀、出言曰、此人死矣、我有藥能療。但恐毒氣益深、或不可活、諸君能相與證明、方敢爲出力。衆咸竦踊勸之、乃求錢二[2]十文以往。纔食頃奔而至、命汲新水、解裹[3]中藥、調一升、以杖抉傷者口、灌入之。藥盡、覺腹中搰搰然、黃水自其口出、腥穢逆人。四體應手消縮、良久復故、已能起、與未傷時無異。遍拜觀者、且鄭重謝道人。道人曰、此藥不難得、亦甚易辨。吾不惜[4]傳諸人。乃香白芷（1）一物也。法當以麥[5]門冬（2）湯調服、適事急不暇、姑以水代之。吾今活一人、可行矣。拂袖而去。郭邵州傳[6]得其方、鄱陽徼卒夜直更舍爲蛇齧腹、明旦赤腫欲裂、以此飲之、卽愈。〔郭[7]絜[8]己（3）說[9]。〕

1　陸本、張校本、何校本は「川」を「州」に作る。
2　黄校本は「二」を「一」に作る。
3　黄校本は「裏」を欠く。
4　別藏本は「惜」を「借」に作る。
5　黄校本は「麥」を欠く。
6　黄校本は「傳」を欠く。陸本は「傳」を「雲」に作る。
7　陸本は「郭」を欠く。
8　別藏本は「絜」を「潔」に作る。
9　黄校本は「郭絜己說」の四字を欠く。

「蛇の毒を癒す薬」

臨川県（江西省撫州市臨川区）に蛇を見せ物に使って薬を売る家業の人がいた。ある日、演じている最中にマムシに嚙まれ、即座に昏倒した。片方の腕は股ほどの太さに膨れ、しばらくすると体中の皮膚が腫れて暗い黄色になり、そのまま死んでしまった。一人の道士がちょうど側でこれを見ていたが、出てきて「この人は死んだが、私に治せる薬がある。ただ毒が強くて、ことによると生き返らせないかもしれないが、諸君が証人となってくれるなら、ひとつ尽力してみよう」と言った。みながそうするよう勧めると、そこで銭二十文を出させて（その場を）去った。食事するほどの時間で走って戻ってくると、新しく水を汲むように命じ、袋を開けて薬を取り出し、一升の水に溶かすと、杖で傷ついた者の口をこじ開け、（薬水を）注ぎ込んだ。薬が無くなると、腹の中でゴロゴロいっているのがわかり、黄色い水が口から出てきて、その生臭さは（見守る）人たちの鼻を突いた。（しかし）四体は介抱に応じて腫れが消えて縮み、しばらくすると元通りになり、もう起きられるようになって、傷を受ける前と変わらなくなった。（彼は）見ていた人々すべてに拝礼し、かつ道士に鄭重にお礼を言った。道士は「この薬は手に入れにくいものではなく、また扱うのも簡単だ。私はみんなに（その処方を）伝えることを惜しまない。つまり香草で香白芷《こうびゃくし》と同じものだ。処方では麦門冬《ばくもんどう》を煎じた湯に溶かして飲むのだが、今は急場であり時間も無いので、取りあえず水で代用した。私は今一人を生き返らせたのだから、（この処方を）用いるべきだ」と言い、袖を払って（決然と）去っていった。知邵州《しょうしゅう》（湖南省邵陽市）の郭はこの処方を伝承しており、鄱陽県（江西省上饒市鄱陽県）の巡邏の兵卒が時刻を知らせる部署に宿直していて蛇に腹を嚙まれ、翌朝傷口が赤く腫れて裂けそうになったとき、この薬を飲ませたところ、すぐに治った。〔郭絜己《かくけつき》が話した。〕

（1）白芷は、和名はヨロイグサ（学名 *Heracleum lanatum*）。根を乾燥させて鎮痛、消炎に用いる。

（2）麦門冬湯は、麦門冬、半夏、人参などを調合して服用する漢方の薬湯。麦門冬は、ジャノヒゲ（学名 *Liliope graminifolia*）。根を乾燥させて強壮剤、利尿剤として用いる。

（3）　郭絜己は、郭浯のこと。『夷堅乙志』巻五「樹中盗物」注3参照（乙志上冊一四九頁）。

〔収録〕南宋、張杲《ちょうこう》『醫說』巻七・蛇蟲獸咬犬傷「白芷治蛇齧」。明、江瓘『名醫類案』巻七・蛇蟲獸咬。明、李時珍『本草綱目』巻一四・草部三・白芷・根・附方。

〔分類〕医・草木（香薬）・蛇

韓氏放鬼

江浙之俗信巫鬼、相傳人死則其魄復還、以其日測之、某日當至則盡室出避于外、名爲避放[1](1)。命壯僕或僧守其廬、布灰于地、明日視其跡、云受生爲人爲異物矣。鄱陽民韓氏嫗死、倩族人永寧寺(2)僧宗達(3)宿焉。達瞑目誦經、中夕聞嫗房中有聲嗚嗚然、久之漸厲、若在甕盎間蹴踏四壁、略不少止。達心亦懼、但益誦首楞嚴呪(4)、至數十[2]過。天將曉、韓氏子亦來、猶聞物觸戶聲不已、達告之故、偕執杖而入。見一物四尺[3]、首戴一甕、直來觸人。達擊之、甕即破、乃一犬呦然而出。蓋初閉門時犬先在房中矣、甕有糠、伸首舐之不能出、故戴而號呼耳。諺謂疑心生暗鬼(5)、殆此類乎。〔宗達說。〕

1　陸本は「放」を「煞」に作る。
2　陸本は以降の記述を欠く。
3　別藏本、黄校本は「尺」を「足」に作る。

「韓家が幽霊を避ける」

江蘇、浙江の習俗では巫女による降霊を信じ、人が死んだらその魂が帰ってくると言い伝え、その日を測って、当日になると一族がそろって家の外に避難したが、これを避放と言った。壮年の下僕か僧侶に命じて家を守らせ、地面に灰を撒いて、翌日その足跡を見、（それによって死者が）新たな生を受けて人となったのか人間以外の物となったのかを（判断して）言った。鄱陽県（江西省上饒市鄱陽県）の農民である韓家の老女が死に、一族である永寧寺の僧の宗達に頼んで（家に）泊まらせた。達は瞑目して経を唱えていたが、夜中に老女の部屋の中でアアーという泣くような声を聞き、しばらくするとだんだん激しくなって、甕の間にいて周りの壁を蹴っているかのような音がし、ほとんど止むことがなかった。達は心中恐れ、首楞嚴呪をひたすら唱えて、数十回に及んだ。明け方近く、韓家の息子もやって来たが、まだ物が戸口に当たる音が止まなかったので、達は息子にわけを告げ、一緒に杖を持って（部屋に）入っていった。すると四尺ほどの大きさで、首に甕を被った物が、まっすぐにぶつかって来るのが見えた。達がこれを撃つと、甕がすぐに破れ、なんと一匹の犬がクークー啼いて出てきた。恐らく門を閉めた時に犬が先に部屋に入っており、甕に糠があったので、首を伸ばして嘗めているうちに抜けなくなって、それで被ったまま吠えていたのであろう。諺に「疑心　暗鬼を生ず」と言うのは、この類ではなかろうか。〔宗達が話した。〕

（1）避放は、避煞ともいい、死者の霊が帰ってきて祟りをなすのを避ける習俗。南宋、兪文豹『吹劍錄外集』（知不足齋叢書本）に「避煞之說、不知出於何時。按唐太常博士呂才百忌曆、載喪煞損害法。如巳日死者雄煞。四十七日回煞。十三四歳女雌煞。出南方第三家、殺白色男子、或姓鄭潘孫陳至二十日及二十九日、兩次回喪家。故世俗相承、至期必避之。然旅邸死者、卽日出殯、煞回何處。京城乃傾家出避」とある。

（2）永寧寺は、江西省上饒市鄱陽県にある永福寺の旧名。『夷堅乙志』巻一四「笴毒」注4参照（一〇〇頁）。

（3）宗達については、ここに見える以外のことは不明。

（4）首楞嚴呪は、魔障を調伏するとされる真言。『夷堅乙志』巻一四「南禪鐘神」注2参照（一一一頁）。

（5）疑心生暗鬼は、疑いを持つと何でもないことまでが恐ろしく感じられるという諺。

〔分類〕鬼・畜獣（犬）

乙志巻二〇

童銀匠

樂平桐林市[1]童銀匠者、爲德興張舍人[2]宅打銀。每夕工作、有婦人年二十餘歲、容貌可觀、攜酒殽出共飲、飲罷則共寢、天將曉乃去。凡所持器皿、皆出主人翁家、疑爲侍婢也、不敢却、亦不敢言。往來月餘、他人知之者、謂曰、吾聞昔日王氏少婢自縊於此、常爲惑怪。爾所見、得非此鬼乎。幸爲性命計。童甚恐。是夜、復以酒至、即迎告之曰、人言汝是自縊鬼。果否。婦人驚對曰、誰道那。遽升梁閒、吐舌長二尺、而滅。童不敢復留、明日辭去。

「銀細工師の童さん」

樂平県（江西省楽平県）の桐林市場に住む銀細工師の童さんは、（ある時）德興県（江西省徳興市）の張旦那の家で銀器を作っていた。毎晩仕事をしていると、二十歳余りの、容貌も美しい婦人が、酒肴を携えて来てともに飲み、飲み終わると共寝をして、明け方近くなると立ち去るのだった。持ってくる器や皿は、みな主人の家の物なので、腰元であろうかと思い、拒否もせず、また人に言うこともしなかった。そうして一月余り交際しているうちに、他の人がこれを知り、「聞くところでは以前に王という若い下女がここで首をくくり、しばしば人を惑わしているという。あなたが逢ったのは、この幽霊に違いない。どうか命を取られないように」と言ったので、童さんはひどく恐れた。この晩、また酒を持ってやって来たので、迎えるなり「人がお前を自ら首をくくった幽霊だと言う。やはりそうなのか」と聞いた。婦人は驚いて「誰が言ったのか」と答え、にわかに梁にのぼり、舌を二尺もの長さに出して、消えた。童さんはもう留まらず、翌日辞去した。

（1）桐林市については、『同治樂平縣志』巻二・建置志・闤市に「桐林市」の名が見える。
（2）舍人は、本来は官名だが、貴顕の家の子弟を指す称としても使われた。ここはその意味。

〔分類〕鬼

天寶石移

福州福清縣大[1]平鄉修仁里石竹山(1)、俗曰蝦螟山、去邑十五里。乾道二年三月三日夜半後、居民鄭周延(2)等咸聞山上有聲如震雷。移時方止、或見門外天星光明。跡其聲勢、在瑞雲院(3)後石竹山上。明旦相與視之、山頂之東南有大石。方可九丈、飛落半腰間、所過成蹊、闊皆四尺、而山之木石略無所損。縣士李槐(4)云、山下舊有碑、刊[2]囊山(5)妙應(6)師讖語。頃因大水、碑失、今復在縣橋下。其語曰、天寶石移、狀元來期。龍爪花紅(7)、狀元西東。邑境有石坡、唐天寶中[3]所築、目曰天寶坡、距石竹山財十里。是月、集英廷[4]試多士、永福[5]人蕭國梁(8)魁天下。永福在福清西[6]、閩人以爲應讖[7]矣。又三年、興化鄭僑[8](9)繼[9]之、正在福清之東。狀元西東之語、無一不驗云。

1　別藏本、黄校本は「大」を「太」に作る。
2　黄校本は「刊」を欠く。
3　黄校本は「中」を欠く。
4　黄校本は「廷」を欠く。
5　黄校本は「福」を欠く。
6　黄校本は「在福清」の三字を欠く。
7　黄校本は「讖」を欠く。
8　黄校本、陸本、張校本、何校本は「僑」を欠く。
9　黄校本は「繼」を欠く。

「天寶の石が動く」

福州福清県（福建省福清市）太平郷の修仁里にある石竹山は、俗に蝦蟇山と言われており、県から十五里のところにあった。乾道二年（一一六六）三月三日の夜半過ぎに、住民の鄭周延たちはみな（石竹山の）山上で雷が落ちるような音がしたのを聞いた。しばらくして音が止んだ時、ある人は門の外に星が光り輝くのを見た。音が聞こえた方角をたどると、それは瑞雲院の後ろの石竹山の頂上にあたっていた。翌朝連れ立って見に行くと、山頂の東南に大きな石があった。（石の）周囲は九丈ほどで、山の中腹に落ちかかり、石が通ったところは小径のようで、その幅はどこも四尺ほどであったが、山の木や石にはほぼ損傷は無かった。県の士人である李槐は「山の下にもとは碑があり、囊山の妙應師の予言が刻まれていた。近ごろ大水が出たため、その碑は失われたが、今は見つかって県の橋の下に置かれている。その言葉は『天寶の石が動くと、状元がやって来る時だ。ヒガンバナが紅くなれば、状元は西と東に現れる』というものだ」と言った。県の境に石の堤防があり、唐の天寶年間（七四二―七五六）に築かれたもので、天寶坡と呼ばれ、石竹山からはわずか十里ほどの距離であった。この月、集英殿で多くの士人に対して試験が行われ、永福県（福建省福州市永泰県）の人である蕭國梁が天下第一となった。永福県は福清県の西なので、閩（福建省）の人々は予言が当たったと思った。それから三年して、興化軍（福建省莆田市）の鄭僑がこれに続いたが、まさしく（興化軍は）福清県の東にあった。状元が西と東に現れるという言葉は、すべて当たったのである。

（1）石竹山については、南宋、祝穆『方輿勝覧』巻一〇・福建路・福州・石竹山の条に「在福清縣南一里」とある。また『宋史』巻六六・五行志四・金に「乾道二年三月丙午夜、福清縣石竹山、大石自移、聲如雷。石方可九丈、所過成蹊才四尺、而山之木石如故」と、この出来事を記す。

（2）鄭周延については未詳。

（3）瑞雲院については、『淳熙三山志』巻三六・寺観類四・僧寺・福清縣・瑞雲院の条に「修仁里、（崇寧）四年置」とある。

（4）李槐については未詳。

（5）囊山は、福建省甫田市から北西にある山。『康熙福建通志』巻五・山川二・囊山の条に「在府城外東北四十里、形如懸囊。唐異僧涅槃塔在焉」とある。

（6）妙應（？―八九八）は、俗名は黄文矩。唐末の人。『乾隆興化府甫田縣志』巻三二・人物志・仙釋傳・沙門文矩の条に「一名涅槃、黄姓、唐末人。（中略）宋賜號妙應禪師、塔曰慧薰」とある。『夷堅支癸』巻七「九座山杉蘭」にも名が見える。

（7）龍爪花は、ヒガンバナ（学名 *Lycoris radiata*）。清、王士禛『香祖筆記』巻九に「蜀道有花、名龍爪花。色殷紅、秋日開林薄閒、甚艶」とある。

（8）蕭國梁（一一二六―？）は、字は挺之。乾道二年の状元。祕書省祕書郎、著作郎、禮部郎中などを歴任した。

（9）鄭僑（一一三三―？）は、字は惠叔。乾道五年（一一六九）の状元。中書舎人、給事中、吏部尚書を歴任して、紹熙五年（一一九四）十二月に同知樞密院事、慶元元年（一一九五）四月に參知政事となった。『夷堅丁志』巻一一「鄭僑登雲梯」、『夷堅支丁』巻六「施德遠夢」、『夷堅支癸』巻一〇「相太學道人」に名が見える。

祖寺丞(1)

趙公時(2)〔霈〕[1]侍郎、政和八年冬爲無爲軍教授。通判祖翺(3)者濟南人、本法家、嘗歷[2]大理丞。處身廉謹、以法律爲己任。趙嘗夢游[3]一小寺、寺旁有池、方不踰尋丈、四周[4]朱欄三重、内一重可高二尺、中高三尺、其外四尺許。趙身在重欄内、去水止三四步、視池中有一浮屍、惡之。方欲越欄出、擧足極艱、屍忽起逐人、趙蹴之於水。再欲出、又起如初、復蹴之。至于三、其行稍緩、其容戚戚然若有所訴。詢之、云、昔日罪不至死、爲通判祖寺丞枉殺、抱冤數年矣。趙曰、祖丞明習法律、於刑獄事尤詳敬。決不妄殺人。答曰、此事固非祖公意。然因其疑遂送他所、竟以死罪定斷。故冤有所歸、渠壽命不得久、將死矣。聊欲君知之。言訖、卽躍入水。趙睨重欄[5]愈高、唯四角差低、甚易之、然卒不可踰越。屍自水[6]中指云、從高處過[7]甚易。遂如其言、踉[8]蹡一擧已出平地。復賀曰、既過此欄、前程無留碍矣。覺而驚異之。時翺適出外邑、迨其歸、纔五日得内障目疾、日以益甚、至不能瞻視、乃丐宮祠(4)。又月餘、目[9]頓愈、忽中風淫、手足遂廢。及得請而歸、過梁山濼(5)口、舟壞水入、篙師急救拯、僅能登岸。翺驚懼暴亡、距趙夢不數月。噫、囹圄之事、深可畏哉。趙夢中不能問其姓名及所坐何事、爲可惜也。〔趙公自記此事。[10]〕

1 黄校本は「霈」を欠く。
2 黄校本は「歷」を「任」に作る。
3 『大典』は「游」を「遊」に作る。
4 黄校本は「周」を欠く。
5 黄校本は「欄」を欠く。
6 黄校本は「水」を欠く。
7 舊小說本は「過」を欠く。
8 『大典』は「踉」を「跟」に作る。
9 別藏本、黄校本、『大典』は「目」を「日」に作る。
10 舊小說本、『大典』は「趙公自記此事」の六字を欠く。

「祖寺丞」

工部侍郎の趙公時〔諱は霈〕は、政和八年（一一一八）の冬に無爲軍（安徽省巣湖市無為県）の州學教授となった。通判の祖翺は濟南府（山東省済南市）の人で、元々法治を旨とし、以前大理寺の丞を務めたことがあった。身を処すこと清廉かつ勤勉で、法律の運用を自らの任務と考えていた。趙はある時夢で小さな寺に出かけたが、寺の傍らに池があり、周囲は八尺から十尺以内で、赤い欄干がぐるりと三重に囲んでおり、内側の欄干は高さ二尺ほど、中（の欄干）は高さ三尺、外側（の欄干）は高さ四尺ほどであった。趙の身体は重なった欄干の内側にあり、水からたった三、四歩のところで、池の中を見ると一体の屍が浮いていたので、気味悪く思った。欄干を越えて出ようと思うと、足を挙げるのがとても難しく、（そこへ）屍が突然立ち上がって追ってきたので、趙はこれを水中に蹴りやった。もう一度出ようとすると、また同じように立って来たので、やはり蹴った。三度目には、（屍の）動作が少し緩慢になって、容貌は悲しげで訴えたいことがあるようすだった。（そこで）尋ねると、「むかし死刑には当たらない罪を得たのですが、通判の祖寺丞に無理矢理死刑にされたので、冤罪の恨みを抱いて数年になるのです」と答えた。趙が「祖寺丞は法律をしっかり学んでいて、刑法犯罪については最も詳しい人だ。決してみだりに人を殺したりしない」と言うと、「この案件はもとより祖さんの意志ではありません。しかし彼が疑ったことで余所へ送られることになり、結局死罪の判決を受けたのです。それゆえ冤罪が起因するので、彼の寿命は長くなく、まもなく死にます。そのことをあなたにお知らせしたかったのです」と答えた。（屍は）言い終わると、すぐに水中に飛び込んだ。趙は重なる欄干がますます高くなったのをじっと見つめ、四隅だけは少し低く、容易そうだった（のでそこから越えようとした）が、しかし遂に越えることはできなかった。屍は水中から指差して「高いところから越えればとても簡単です」と言い、そのようにしたところ、一回の跳躍でもう平地に出ていた。（屍は）また祝って「この欄干を越えたからには、前途に遮るものはありません」と言い、そこで目覚めたが、とても不思議なことだと思った。その時（祖）翶はたまたま郊外の村に出かけていたが、帰ってきてから、わずか五日で目の内側に病を得、日を追ってひどくなって、見ることが出来なくなったため、そこで宮祠を請う（て離任し）た。それから一月余りして、目は突然治ったが、（今度は）たちまち中風にかかり、手足が動かなくなった。宮祠を得て（故郷の済南に）帰ったが、梁山泊の入り口を通りかかったとき、舟が壊れて水が入り、船頭が急ぎ助けて、やっと岸にたどり着いた。（しかし祖）翶は驚きと恐れから急死し、（それは）趙の夢から何カ月も経っていなかった。ああ、牢獄での扱いは、（誤りのないよう）十分に気を配らなければいけない。趙が夢の中で（屍に）姓名と罪せられた事柄について尋ねられなかったことは、なんとも残念である。〔趙さんが自らこの事を書き記した。〕

（1）　寺丞は、刑獄を取り扱う大理丞の略称。『夷堅乙志』巻九「王敦仁」注8参照（乙志上冊二六三頁）。

（2）　趙公時は、趙霈（?―一一四五）、公時は字。衢州（浙江省衢州市）の人。紹興年間（一一三一―一一六二）に工部侍郎、知袁州、知秀州などの職を歴任した。『建炎以來繫年要錄』巻一〇〇・紹興六年（一一三六）四月癸亥の条に「左諫議大夫趙霈、試尚書工部侍郎兼侍講」とある。

（3）　祖翺については、ここに見える以外のことは不明。
（4）　宮祠は、祠禄官の異称。
（5）　梁山濼《りょうざんはく》は、梁山泊に同じ。『夷堅乙志』巻六「蔡侍郎」注7参照（乙志上冊一六九頁）。

〔収録〕舊小說本『夷堅志』。『永樂大典』巻一三一四〇「夢浮屍」。

〔分類〕報応・夢・鬼

夢得二兔

龍深父(1)生於辛卯。年二十五歲時、夢入大宮殿[1]、及門、武士門焉、旁列四兔。顧深父曰、以一與爾。俯而取之、得第一枚。褐身而紫脊、抱置于手。武士又呼其後一人、授以次兔。俄又呼深父、復與其一、腹白而毫紫者。負于肩以歸、乃寤。時妻方娠、即語之曰、我夢如此、當得子不疑。然必當孿[2](2)生、汝勿恐。妻聞之懼泣、以告其姑。姑責深父曰、婦人未產子、而以此言恐之、奈何。後三月、兔身[3]、但生一男子、時乙卯年也。已悟首兔之兆。其子名雱(3)、亦以二十五歲得男子、又已卯年也。然則[4]、再得兔、蓋有孫之祥。三世皆生於卯、亦異矣。

1　黄校本は「殿」を欠く。
2　別藏本は「孿」を「攣」に作る。黄校本は「孿」を欠く。
3　黄校本は「身」を欠く。
4　黄校本は「則」を欠く。

「夢で二羽の兔を得る」

龍深父は辛卯（政和元年、一一一一）の生まれである。二十五歳の時に、夢で大きな宮殿に入り、門に着くと、武士が守っており、傍らに四羽の兔がいた。（武士は）深父を見て、「一羽をお前にやろう」と言ったので、俯いて手に取り、一羽目を手に入れた。褐色で背筋は赤銅色であり、手に抱いていた。武士は後ろの一人を呼んで、次にいた兔を授けた。突然また深父を呼び、かさねて一羽をくれたが、それは腹が白く長い毛は赤銅色の兎だった。肩に負って帰ってきたところで、目が覚めた。その時妻は妊娠していたので、「私はこのような夢をみたから、（子供は）息子に違いない。しかしきっと双子だから、お前は怖がらないように」と語った。妻はこれを聞いて怖がって泣き、姑に告げた。姑は深父を責めて「婦人は子供を産んだことがないのに、そんなことを言って怖がらせるとは、どういうつもりか」と言った。三カ月後、出産すると、生まれたのは男の子一人だけで、その時は乙卯（紹興五年、一一三五）の年であった。そこで最初の兎が予兆であったと悟ったのだった。その子は雱《ほう》と名づけたが、やはり二十五歳の時に男の子を得、また己卯（紹興二十九年、一一五九）の年であった。したがって、二度目に兎を得たのは、思うに孫を得る吉兆だったのである。三世代ともに卯年の生まれとは、なんとも珍しいことだ。

（1）龍深父は、龍大淵のこと。『夷堅乙志』巻一八「青童神君」注2参照（二三五頁）。
（2）孿生《れんせい》は、双子。『夷堅甲志』巻八「黄山人」注7参照（甲志上冊二四〇頁）。
（3）龍雱については、『宋會要輯稿』兵二九之四一・淳熙三年（一一七六）七月二十二日の条に「利州路提刑龍雱言事」とある。

〔分類〕夢（休徴）・畜獣（兔）

龍世清夢（1）

龍世清建炎中爲處州鈐轄（2）、暫攝州事。其後郡守梁頤[1]吉（3）至、以交承之故、凡倉帑事務悉委之主領、又提擧公使庫（4）。有過客至郡、梁餉以錢三十萬、吏白以謂故事未嘗有、龍爲作[2]道地、分爲三番以與客。梁視事三月、坐寇至失守、罷去。繼之者有宿怨、劾其請供給錢過數[3]、卽州獄窮治、一郡官稍涉纖芥[4]者皆坐獄。龍亦收繫、懼不得脫。夜夢入[5]荒野閒、登古冢、視其中、杳然以深[6]、暗黑可畏。手攀墓上草、欲墜未墜。一人不知從何來、持其髻擲于平地、顧而言曰、我高進也。遂驚覺。後兩日、溫州判官高敏信（5）來、置院鞫劾。一見龍獄辭曰、太守自以庫金與客。何預他人事。釋出之。乃知所謂高進者此也。及獄具、梁失官、同坐者皆以謫去、獨龍獲免。

1　黄校本は「頤」を欠く。
2　黄校本は「作」を欠く。

3　『大典』は「數」を「類」に作る。
4　『大典』は「芥」を「芬」に作る。
5　『大典』は「入」を「人」に作る。
6　黄校本は「暗」を欠く。

「龍世清の夢」

龍世清は建炎年間（一一二七―一一三〇）に處州（浙江省麗水市）の鈐轄《けんかつ》となり、暫定的に知州の仕事を代行した。その後知州の梁頤吉が着任して、事務引き継ぎをしたことから、財務に関わる仕事はすべて主管するよう任され、また倉庫も管理することになった。州に客が立ち寄ったとき、梁は（倉庫から）三十万銭を贈ったが、部下が前例の無いことだと申し出たので、龍はあとで言い訳できるように、三回に分けて客に与えた。梁は三カ月政務を見たが、賊軍の襲来から守れなかった罪で、解任されて去った。後を承けた者は（梁に対して）恨みを持っていたので、（梁が公金から）支給を求めた金額が多すぎることを弾劾して、州の検察に審理させ、ために僅かでも嫌疑のかかった州の官吏はすべて連座させられた。龍もまた収監され、免れられないことを恐れた。ある晩夢で荒野に入って、古い塚に登り、その中を見ると、はっきり見えないほど深く、真っ暗で恐ろしかった。手で塚の上の草をつかみ、落ちそうになってまだ落ちずにいた。するとどこからともなく人がやって来て、彼の髷をつかんで平地に投げ、振り返って「私は高進だ」と言った。そこでハッと目が覚めた。二日後、温州（浙江省温州市）の判官である高敏信が来て、（この件に関する）部署を設けて審理に当たった。（高は）龍の供述書を見るなり、「知州本人が庫の金を客に与えたのだ。他の者に関わることではない」と言って、釈放して獄から出した。そこで夢の高進とはこの人だったと知ったのである。結審すると、梁は失職し、連座した者はみな左遷されたが、龍だけは免れることができた。

（1）　龍世清については、ここに見える以外のことは不明。
（2）　鈐轄は、兵馬鈐轄の略称。軍隊の指揮に当たる。『夷堅甲志』巻一「柳將軍」注9参照（甲志上冊一〇頁）。
（3）　梁頤吉は、元祐年間（一〇八六―一〇九四）に翰林學士、尚書左丞などを務めた梁燾（『宋史』巻三四二に伝がある）の子。『建炎以來繫年要錄』巻三三・建炎四年（一一三〇）五月丁巳の条に「楊勍引兵犯松溪縣界、爲民兵所拒不得入、還犯婺州、迫處州。守臣右朝請大夫兼管内安撫使梁頤吉募能說賊者、布衣章雲就應命。遇於荊坑、賊許諾。既至城下、官軍掩至。賊以爲賣己、遂殺雲就、入其郛、頤吉遁去。頤吉、燾子」とあり、また同書巻三四・建炎四年六月癸酉の条には「朝請大夫知處州梁頤吉罷、坐寇至棄城也。既而兩浙轉運副使徐康國按頤吉多取帥臣供給、頤吉坐、除名」とある。

（４）公使庫は、公用の銭や酒、醋などを蓄える庫。公使銭は、その地に来た官僚をもてなし、あるいは贈呈するための金銭。『夷堅乙志』巻一二「韓信首級」注６参照（四四頁）。

（５）高敏信については、『寶慶會稽續志』巻二・提擧題名（浙東路提擧常平茶鹽公事）の条に「乾道元年二月二十六日以左朝散大夫到任。乾道元年八月十二日罷」と見えるが、同一人物か否かは不明。なお溫州には浙東路の提點刑獄司が置かれていた。したがって高は溫州から派遣されてきたのである。

〔収録〕『永樂大典』巻一三一四〇「夢持髻擲地」。

〔分類〕夢（休徴）

徐三爲冥卒

湖州烏程縣潯溪村民徐三者、紹興十五年七月中暴死、四日而蘇言、追至冥府、主者据[1]案、皁吏滿前。引問平生、既畢、授以鐵筆[2]、使爲獄卒立殿下。凡呼他囚姓名、卽與同列驅而進。吏前數其過惡、令持筆笞擊、應手爲血、以水噀之、乃復爲人。如是者非一。良久、事稍閒、縱步廡下、過一室、牓曰判官院、陳列幃帳幾几格、細視其人、蓋故主翁王蘊（１）監稅（２）也。詢所以來、備言始末、且力丐歸、蘊許諾、與俱過他府、令坐門外。須臾出呼曰、汝未當來此、今可復生。手書牒見付、使亟還、且云、我在此極不惡、但乏錢及紙筆爲用。汝歸語吾家速焚錢百萬、紙二百張、筆二十枝寄我。陽間焚錢不謹、多碎亂、此中無人能串治、當用時殊費力。宜以帕子包而焚之、勿忘也。又取首掠繫左臂曰、恐吾家人不汝信。此吾終時物、可持以爲驗。卽泣謝、踊躍而出。中路頻有鬼神呵阻、示以牒、乃免。益疾走、登高山、跌而寤。未暇詣王氏、既而復死。明日、王氏遣信來責曰、昨夜夢監稅言向來事、何不早告我。自是三日、始再蘇、言某神遮留、令作競渡戲。視左臂所繫首掠猶存、封識宛然。徐後七年至秀州魏塘（３）、爲方氏傭耕。又七年、以負租穀不能償、泛舟遁歸其鄉、過太湖（４）、全家溺死。〔予弟景裴（５）說。方氏壻也。〕

1　何校本は「据」を「據」に作る。

2　黄校本は「筆」を欠く。

「徐三が冥土の獄卒となる」

湖州烏程県（浙江省湖州市）潯溪村の農民である徐三は、紹興十五年（一一四五）七月に急死し、四日経って生き返り、次のように話した。

引っ立てられて冥土の役所に行くと、長官が机を前に座り、手前に下役が大勢いました。引き出されて生前のことを問われ、それが終わると、鉄の鞭を渡され、獄卒となって御殿の下に立つことになりました。（役目と言えば）他の囚人が姓名を呼ばれると、すぐに同輩とともに（囚人を）駆り立てて進ませます。お役人の前ではその罪悪を責め、鞭を持って撃つよう命じられると、（囚人は）撃つ手に応じて血溜まりとなり、水を吹き掛けると、なんとまた人に戻るのです。こんなことが一度や二度ではありませんでした。しばらくして、仕事が少し閑になったので、渡殿をぶらぶら歩いて、ある部屋を通りかかると、額に判官院とあり、帷や書棚が並んでいましたが、そこに居る人をよく見ると、以前のご主人である監税の王蘊さまでした。来たわけを問われ、詳しく次第を話して、帰してくれるよう強く頼みますと、蘊は承知して、一緒に他の役所に行くと、その門の外で座っているよう言われました。すぐに出てきて私を呼び、「お前はまだ来るべきではなかったので、今から生き返らせる」と言い、手ずから書かれた札を渡して、すぐに帰してくれ、かつ「私はここに居て特に悪い思いはしていないが、ただ銭と紙筆が足らないのだ。お前は戻ったら私の家族にすぐに銭百万、紙二百枚、筆二十本を焼いて私に送るよう言ってくれ。現世の紙銭の焼き方は不注意で、ばらばらに乱れることが多く、こちらではそれを揃えられる者がいないので、使う時には大変苦労する。だからハンカチに包んで焼くのだと、忘れずにな」と言われました。またスカーフを取って私の左腕に結び、「私の家族はお前の言うことを信じないかもしれない。これは私が死んだ時に身に着けていた物だから、持っていって証しとせよ」とも言われたのです。泣いてお礼を言うと、すぐに躍り上がって（役所を）出てきました。途中の道では何度も鬼神に呼び止められましたが、札を見せることで、免れました。ひた走って、高い山に登り、躓いて意識を取り戻したのです、と。

王の家にまだ行かないでいるうちに、（徐三は）また死んだ。その翌日、王の家から咎める手紙が届き、「昨夜夢で監税がその出来事を話したのに、なぜ早く言いにこないのだ」と書いてあった。そこから三日後に、ようやくまた生き返り、言うことにはある神が途中で遮って留め置き、ボートレースをさせたとのことだった。左腕を見ると結んだスカーフはまだ残っていて、（王蘊と逢った）証しははっきりとしていた。徐はその後七年して秀州（浙江省嘉興市）の魏塘鎮に行って、方の家の小作をした。それからまた七年後に、小作代の穀物が納められないので、舟に乗って郷里に逃げ帰ろうとし、太湖を渡っていて、一家みな溺れ死んだ。「私の弟である（洪）景裴が話した。彼は

方家の婿である。〕

（1）王蘊については、ここに見える以外のことは不明。

（2）監税は、商売に関わる税金を取り扱う職の総称。『夷堅甲志』巻一三「謝希旦」注3参照（甲志下冊八五頁）。

（3）魏塘は、魏塘鎮のこと。『夷堅甲志』巻一〇「李八得薬」注1参照（甲志上冊三〇四頁）。

（4）太湖は、江蘇省、浙江省に跨がる湖。秀州は太湖より南東に位置し、湖州は太湖の南西に位置する。

（5）景裵は、洪邁の弟である洪邃《こうすい》のこと。『夷堅乙志』巻一七「銭瑞反魂」注7参照（二〇八頁）。

〔分類〕再生

神霄宮商人(1)

古象戴確(2)者、京師人。年十二歳時従父兄游常州、入神霄宮訪道士不遇。出至門、有商人語閽[1]者、吾欲見知宮。時道教尊重、出入門皆有厲禁[2]、閽者索姓名及刺謁、此人不與、紛争良久、捽閽[3]于地、歐[4]之、徑入戸。諸戴恐其累己、皆捨去。此人既入卽不見、而於廚屋內遍壁上下皆書呂洞賓(3)至四字。知宮[5]者聞之、拊膺太息曰、神仙過我而不得見、命也。明日讙傳一州。後三日、戴氏諸人飯于僧寺、確[6]起如廁、還就石槽盥手。傍一人俛首滌籌、一客相對與共語、確望客容貎、蓋神霄所見者、趨前再拜。其人驚問何故、曰、公乃呂先生也。具以前事告。其人笑命就甕取水一杯、自飲其半、以其半與確。確飲之、出白其父、奔至廁所訪之、無及矣。確既長能爲費孝先(4)軌革(5)卦影(6)、名曰古象、後居臨安三橋(7)爲卜肆。有丐者、結束爲道人、藍縷憔悴、以淘渠取給。嘗爲倡女舍後除穢[7]、確心竊憐之。明日、延之坐具食謂曰、君名爲道人、須有所奉事高眞(8)像貎。今日日從役汚[8]渠中、所得幾何。況於入倡家、衣服手足皆不潔淸、得無反招罪咎。道人謝、實有之。特牽於糊[9]口、不暇恤。確贈以錢二百、忽笑曰、頗相憶乎。確[10]愕然不省、曰、方見君於此、不憶也。道人曰、五十年前、君遇呂翁於常州僧寺、時有據石滌籌者[11]識之乎。我是也。確驚[12]謝、方欲詢姓名、長揖(9)而去、自是不復見。確自飲殘水後、至七十餘歳、無一日病苦。〔趙綱[13](10)立說。〕

1　黄校本は「閹」を欠く。
2　黄校本は「禁」を欠く。
3　黄校本は「閽」を欠く。
4　何校本は「歐」を「毆」に作る。
5　黄校本は「宮」を欠く。
6　黄校本は「確」を欠く。
7　黄校本は「穢」を欠く。

8　黄校本は「役汚」を「投」に作る。
9　黄校本は「糊」を欠く。
10　黄校本は「確」を欠く。
11　黄校本は「籌者」の二字を欠く。
12　黄校本は「確驚」の二字を欠く。
13　黄校本、陸本は「綱」を欠く。

「神霄宮の商人」

古象の戴確は、都（汴京）の人である。十二歳の時に父兄について常州（江蘇省常州市）に出かけ、神霄宮へ入って道士を訪ねたが逢えなかった。出てきて門まで来ると、商人が門番に「私はこの宮の宮司に会いたい」と話しかけていた。当時道教が尊ばれていたので、門の出入りはどこも厳しく、門番は（入る人の）姓名を聞き名刺を求めたが、この人は（名刺を）差し出さず、長いこと言い争ったあと、門番を突き倒し、殴って、そのまま戸口から入った。戴家の人々は巻き込まれることを恐れ、みな後も見ずに去った。この人は入るとすぐに姿が見えなくなったが、廚の屋内の壁に上下遍く「呂洞賓至（呂洞賓が来た）」という四字が書かれていた。宮司はこのことを聞き、胸を叩き溜息をついて「神仙が立ち寄ってくれたのに逢えないとは、運命だ」と嘆いた。翌日この一件は州全体に喧伝された。その三日後、戴家の人たちは寺で御斎を食べたが、確は立って厠に行き、帰りに石の水槽で手を洗った。傍らで一人が顔を伏せて数取りを洗い、一人の客が向かい合って話していたが、確がその客の容貌を見やると、神霄宮で見た人だったので、小走りに前へ出て再拝した。この人は驚いてどういう訳か尋ね、（確は）「あなたこそは呂先生です」と言って、以前の事を詳しく告げた。この人は笑って甕から水を一杯汲むように言い、自分で半分飲んで、残りを確に与えた。確はこれを飲み、（元のところへ）行って父に話すと、（みなは）厠に走っていって探したが、間に合わなかった。確は成長すると費孝先の軌革、卦影の術を会得して、（これを）「古象」と名付け、後に臨安府（浙江省杭州市）の三橋に住んで占いの店を出した。（近くに）乞食がいて、装束は道士のものであったが、ボロボロで（容貌は）窶れきっており、どぶ浚いをして生活の糧を得ていた。ある時は妓女の家の裏で汚物を片づけており、確は心中気の毒に思った。（それで）その翌日、彼を家に招いて食事を出し「君は道士と名乗るのだから、道教の教義を奉ずる者らしい容貌をしていなければいけない。今日一日汚れた溝の中での役目に従事して、どれほど得られるのか。まして妓女の家に出入りして、衣服も手足も不潔となっては、咎を招くことにならないだろうか」と言った。（すると）道士は詫びて「おっしゃる通りです。ただ糊口をしのぐことに精一杯で、身を憐れむゆとりはありません」と答えた。確が銭二百文を贈ろうとすると、（道士は）突然笑い出して「私を覚えているか」と尋ねた。確はびっくりして（誰か）わからず、「初めてあなたとこの地で逢ったので、覚えていません」と答えると、道士は「五十年前、君は呂翁と常州の寺で逢ったが、その時に石に座って数取りを洗っていた者を覚えているか。それが私だ」と言った。確が驚いて詫び、姓名を尋ねようとすると、手を高く挙げて長揖の礼をして去り、その後はもう姿を見かけなかった。確は（呂翁の）残りの水を飲んでから、七十数歳に至るまで、一日たりとも病気で苦しむことは無かった。〔趙綱立が話した。〕

（1）神霄宮は、正式には神霄玉清萬壽宮という。政和五年（一一一五）に、道士の林靈素の言に従い、各地にあった天寧観を神霄玉清萬壽宮と改称し、天寧観が置かれていなかった地域では寺をこれに充てた。

（2）戴確については、ここに見える以外のことは不明。

（3）呂洞賓は、唐代末期の伝説的道士。名は巖。『夷堅甲志』巻一「石氏女」注1参照（甲志上冊三一頁）。

（4）費孝先は、軌革、卦影の術の始祖。『夷堅甲志』巻一三「狄偁卦影」注4参照（甲志下冊六七頁）。

（5）軌革は、文字や絵を描いて吉凶を判断する占い。『夷堅甲志』巻一九「沈持要登科」注9参照（甲志下冊二八〇頁）、

（6）卦影は、軌革と同様の占い。『夷堅甲志』巻一〇「紅象卦影」注2参照（甲志上冊二八四頁）。

（7）臨安三橋は、臨安府の街の西側にあった街区。南宋、呉自牧『夢粱錄』巻七・杭州・禁城九廂坊巷の条に「市西坊、俗呼壩頭、又名三橋街、在御街西首一帶」とある。

（8）高眞は、道教の教義をいう。

（9）長揖は、両手を前で組んで高く挙げ、上から下へおろす礼。丁寧な礼になる。

（10）趙綱立については、『夷堅乙志』巻一三「食牛詩」注5参照（八八頁）。

〔分類〕神仙

城隍門客

建康士人陳堯道、字德廣(1)、死之三年、同舍郭九德(2)夢之如平生。郭曰、公已死、那得復來。陳云、吾爲城隍作門客、掌箋記、甚勞苦。今日主人赴陰山宴集〔陰山廟在南門外十里〕(3)、始得暇、故來見君。因問其家父母兄弟、泣下久之。郭曰、公既爲城隍客、當知吾鄉今歲秋擧與來春登科人姓名。曰、此非我所職、別有掌桂[1]籍者(4)、歸當扣之。居數日、又夢曰、君來春必及第。我與君雅素故告君。他雖知之、不敢泄也。郭果以明年第進士。又有劉子固者(5)、與堯道同里巷。其妹壻黄森(6)賢而有文、父爲吏、負官錢、身死家破、森亦不得志以死。死數月、其妻在兄家、忽着[2]森在時衣、與兄長揖、容止音[3]聲如眞。子固驚愴、呼其字曰、元功、君今安在。曰、森平生苦學望一青衫不可得。比蒙陳德廣力、見薦於城隍爲判官、有典掌、綠袍槐簡(7)、絶勝在生時。恐吾妻相念、故來告之。子固問、來春、鄕人誰及第。曰、但有郭九德一人耳。有頃乃去、其言與前夢合。〔方務[4]德(8)說。〕

1　黄校本は「桂」を欠く。
2　張校本、何校本は「着」を「著」に作る。
3　黄校本は「音」を欠く。
4　別藏本、黄校本、陸本は「務」を欠く。

「城隍神の客分」

建康府（江蘇省南京市）の士人である陳堯道、字は德廣は、死んで三年になるが、同窓の郭九德が生前と同じ姿を夢に見た。郭が「あなたはすでに死んだのに、どうしてまたやって来たのか」と問うと、陳は「私は（街を守る）城隍神の客分となって、上官に提出する書類を扱っており、甚だ苦労している。今日は主人が陰山〔陰山廟は南門の外十里にある〕の宴会に出かけているので、やっと閑を得て、君に会いに来たのだ」と答えた。そこで（陳は）父母や兄弟の消息を問い、しばらく涙を流した。郭が「あなたは城隍神の客となったのだから、きっと我が郷里で今秋に（進士に）推挙される者と来春合格する者の姓名を知っていることだろう」と言うと、「それは私の職務ではないが、合格者名簿を扱っている者がいるので、戻ったら聞いてみよう」と答えた。数日して、また夢に現れて「君は来春必ず及第する。私は君と生前交遊があったので告げるのだ。他のことは知っていても、洩らしはしない」と言った。郭は果たして翌年進士に及第した。

また劉子固という者がおり、陳堯道と同じ区域に住んでいた。その妹の婿の黄森は賢くて文章力があったが、父が下役となって、役所に債務を負い、その身は死んで家はバラバラになり、森も志を得ないまま死んだのだった。死後数カ月経って、彼の妻が兄の家にいると、突然在世時の衣を身に着け（て現れ）、兄に丁寧にお辞儀をしたが、立ち居振る舞いや声は当人のものであった。子固は驚き悲しんで、彼の字を呼び、「元功よ、君は今どこにいるのか」と聞いた。（すると）「私は生前は苦学しても（最下級の官服である）青い上着を着ることも望めませんでした。近ごろは陳德廣のお蔭で、城隍神の判官に推薦され、所管する仕事を持ち、緑の上着で槐の札を手に取り、生前とははるかに勝った生活をしています。妻が私を思い慕うのではないかと案じて、それで告げに来たのです」と答えた。子固が「来春、郷里の者では誰が合格するのか」と聞くと、「郭九德一人だけです」と答え、しばらくして去ったが、その言葉は前の（郭九德の）夢と合っていた。

〔方務德が話した。〕

（1）陳堯道、字は德廣については、ここに見える以外のことは不明。
（2）郭九德については、ここに見える以外のことは不明。
（3）陰山廟は、東晉の建武元年（三一七）に、宰相の王導が夢で陰山神を見、その依頼に従って建てた廟。『景定建康志』巻四四・祠祀志一・諸廟の条に「晉陰山廟、在城西南一十二里」とある。
（4）桂籍は、科挙の合格者の名簿。晉の郤詵《げきしん》の故事から、合格を「折桂」と呼ぶのに基づく。
（5）劉子固については、ここに見える以外のことは不明。
（6）黄森、字は元功については、ここに見える以外のことは不明。
（7）緑袍槐簡は、道教の祭礼の際に用いる服装。陸游「賽神曲」（『劍南詩稿』巻二九）の第三、四句に「緑袍槐簡立老巫、紅衫繡裙舞小姑」とある。
（8）方務德は、方滋のこと。『夷堅乙志』巻一三「牛觸倡」注1参照（八五頁）。

〔分類〕貢挙・夢（休徴）

潞府鬼

潞州簽[1]判廳(1)在府治西、相傳彊鬼宅(2)[2]其中、無敢居者、但以[3]爲防城油藥[4]庫。安陽王審言(3)爲司法參軍(4)、當春時與同寮來之邵(5)、綦亢(6)數人攜[5]妓、載酒往游焉。且詣後園習射、射畢酣飲于堂[6]。忽聞屛後笑聲如偉丈夫、一坐盡驚。客中有膽氣者呼問曰、所笑何事。答曰、身居此久、壹鬱不自聊。知諸君春游、羨人生之樂、不覺失聲耳。能飲乎。曰、甚善。客起酌巨杯、翻手置屛內、卽有接者、又聞引滿稱快聲、俄擲空杯出。客又問曰、君爲烈士、當精於弓矢、能一發乎。曰、敢不爲君歡。然當小相避也。既以弓矢入、衆各負壁坐。少焉一矢破屛紙而出、捷疾中的不少偏。始敬異之、皆起曰、敢問君爲何代人。姓名爲何。何以終此地。曰、吾姓賀蘭、名遜(7)。語未竟、或哂其名不雅馴。怒曰、君何不學。豈不見詩小戎篇陰靷鋈續(8)者乎。遂言曰、遜生於唐大曆[7]閒、因至昭義(9)、謁節度使李抱眞(10)、干以平山東之策、爲讒口所譖、見殺於此地身首異處、骸骨棄不收。經數百年、逢人必申訴、往往以鬼物見待、怖而出、故沈淪至今。諸君俊人也、頗相哀否。坐客皆愀然。有問以休咎者、一一詢官氏、而語曰、來司戶(11)位至侍從、然享壽之永則不若王司法。時諸曹吏士及官奴見如是、皆奔歸、讙傳一州。太守馬玿中玉(12)獨不信、以爲僚吏湎于酒、興妄言、盡械繫其從卒、且將論劾之。衆懼、各散去。明日中玉自至其處察視之、屛上穴紙固在。命發堂門鐍、鐍已開、門閉如初。呼健卒併力推屛、牢不可啓。已而大聲起於梁閒、叱曰、汝何敢爾。獨不記作星子尉時某事耶。中玉趨而出、自是無人復敢往。司戶乃來之邵、果爲工部侍郎、審言以列大夫知萊州、壽七十五而卒。〔王公明說(13)。萊州乃其伯祖也。余中牓(14)[8]及第。括異志(15)亦載此事、甚略、誤以審言[9]爲王丕、它[10]皆不同[11]。〕

1　黄校本は「簽」を欠く。
2　黄校本は「宅」を欠く。
3　黄校本は「但」を欠く。
4　黄校本は「藥」を欠く。
5　黄校本は「攜」を欠く。
6　黄校本は「于堂」の二字を欠く。
7　別藏本、陸本、張校本、何校本は「曆」を「歷」に作る。
8　別藏本、黄校本、陸本は「牓」を欠く。
9　黄校本は「審言」の二字を欠く。陸本は「審言」を「言」に作る。
10　黄校本は「它」を欠く。
11　舊小說本は「王公明說萊州乃其伯祖也余中牓及第括異志亦載此事甚略誤以審言爲王丕它皆不同」の三十六字を欠く。

「潞州《ろしゅう》の幽霊」

潞州（山西省長治市）の簽判の庁舎は州の役所の西にあり、屈強な幽霊が居着いていると言い伝えられて、誰も住もうとせず、街を防御する油や火薬の庫となっていた。安陽県（河南省安陽市）出身の王審言は（潞州の）司法參軍であったが、春に同僚の來之邵《らいししょう》、綦亢《きこう》ら数人と妓女を連れ、酒を運ばせてここに遊びに来た。そして（庁舎の）裏の庭園で弓の腕を競い、それが終わると広間で酒を飲んだ。（すると）突然衝立の後ろから偉丈夫のような笑い声が聞こえ、一同みな吃驚した。座にいた肝の据わった者が、「何を笑ったのか」と問いかけると、「自分は長くここに居り、気が塞いで仕方なかった。諸君が春の遊びに来たのを知り、人の世の楽しみを羨ましく思って、つい声が出たのだ」と答えた。「酒を飲むかね」と聞くと「それは良い」と答えたので、その人が立ち上がって大きな杯に酒を注ぎ、手に持ち替えて衝立の内側に置くと、これを受け取る者がおり、さらに一気に空けて「痛快だ」という声が聞こえ、急に空の杯が投げ出されてきた。その人がさらに「君は烈士だから、弓矢には精通しているはずだ、一度射てみるかね」と聞くと、「君に一興を添えないわけにはいかない。それでは少し後ろに下がっていてくれ」と言った。弓矢を（衝立の内側に）入れると、座に居た者はそれぞれ壁のすぐ側に座った。しばらくすると一本の矢が衝立の紙を破って飛び出し、速やかに飛んで少しも外れずに的に命中した。そこでみなは初めて畏敬の念を抱き、立ち上がって「お尋ねするが君はいつの時代の人か。姓名は何と言われるのか。どういうわけでこの地で死んだのか」と問うた。「私は姓は賀蘭、名は鋈《よく》だ」と（答えたが、そ）の言葉が終わらないうちに、名が文雅でないのを笑う者がいた。（すると）怒って「君はなんと無学なのか。『詩經』の（秦風）小戎《しょうじゅう》篇に『陰靷《いんいん》は鋈《しろがね》もて続《つな》ぐ（車の前板の引き綱は白金の輪で繋いである）』とあるのを見たことがないのか」と言い、それから「鋈は唐の大暦年間（七六六―七七九）に昭義軍にやって来たので、節度使の李抱眞に謁見して、山東地方を平定する方策を献じたが、讒言に遭って陥れられ、この地で殺されて体と首が離ればなれになり、遺骸も棄てられて埋葬されなかった。それから数百年を経て、人に逢う度に（冤罪を）訴えたが、とかく化け物として扱われ、恐れて逃げ出すので、それでこの地に滞って今に至っているのだ。諸君は優れた人たちだ、私を憐れんでくれるだろう」と話した。一座の者たちはみな（気の毒に思って）顔をしかめた。ある者が将来の運命を尋ねると、一人一人の官位や姓氏を聞き、おもむろに「司戸の來さんは侍従の位に至るが、与えられた寿命の永さでは司法の王さんに及ばない」と語った。この時、それぞれの役所の下役や奴隷たちがこの有様を見ており、みな逃げ帰って、街中に喧伝した。知州の馬玿《ばしょう》（字は）中玉だけは信じず、官僚たちが酒に酔い乱れて、妄言を振りまいたのだと思い、彼らの従卒たちをすべて拘束して、その上で（官僚たちを）弾劾しようとした。（それで噂をしていた）人々は恐れ、散り散りに去った。翌日中玉は自らその場所に行って詳しく見ると、衝立には穴のあいた紙がそのまま残っていた。広間の戸口の鍵を開けさせたが、鍵は開いているのに、扉は元通り閉じたままだった。丈夫な兵卒を呼んで力を合わせて押させたが、堅くて開けることができなかった。すると梁のあたりに大声がおこり、「お前はなんでそんな真似をするのか。星子県（江西省九江市星子県）の尉となった時のあのことを覚えていないのか」と叱りつけたので、中玉は小走りに逃げ出し、それからはもう行こうとする者はいなくなった。司戸とはつまり來之邵のことで、果たして（後に）工部侍郎となり、審言は大夫の位に列せられて知萊州（山東省煙台市）となり、齢七十五で死んだ。［王公明が話した。知萊州はつまり彼の大伯父である。余中が状元となった時に進士に及第した。『括異志』にもこの話が載っているが、甚だ簡略で、審言を王丕と誤っており、他のところも異なっている。」

（1）簽判廳は、簽書判官の勤務する庁舎。簽書判官については『夷堅甲志』巻五「蔣通判女」注2参照（甲志上冊一四六頁）。

（2）彊鬼は、屈強な幽霊。強鬼に同じ。『禮記』郊特牲に「鄕人禓」とあり、鄭玄の注は「禓、强鬼也。謂時儺、索室敺疫、逐强鬼也」と説明する。

（3）王審言については、北宋、馮山に「送王審言祕校潞州法曹」詩（『安岳集』巻四）がある。知萊州となったことは確認できない。

（4）司法參軍は、州に置かれる属官で、刑法を取り扱った。『夷堅乙志』巻四「張文規」注43参照（乙志上冊一一一頁）。

（5）來之邵は、字は祖德、開封府（河南省開封市）の人。『宋史』巻三五五の伝によれば、潞州での任は司理參軍であり、その後監察御史、殿中侍御史などを歴任して、紹聖年間（一〇九四―一〇九八）に刑部侍郎となっている。

（6）綦亢については、『嘉定赤城縣志』巻一一・秩官門四・縣令によれば、嘉祐三年（一〇五八）の黃巖県（浙江省台州市黄岩区）の知県として名が見える。

（7）賀蘭遜については、ここに見える以外のことは不明。

（8）陰靭遜續は、『詩經』秦風「小戎」の一節。その毛伝は「遜、白金也」と説明する。

（9）昭義は、唐代に潞州を中心に置かれた節度使の名。

（10）李抱眞（七三三―七九四）は、字は太玄。従兄の李抱玉の後を承けて大曆十二年（七七七）に昭義軍節度使となり、当時頻発した節度使の叛乱に際して、一貫して唐王室の側に立って討伐に当たった。

（11）司戶は、司戶參軍の略称。州の属官で、戶籍等を取り扱った。『夷堅甲志』巻一二「僧爲人女」注5参照（甲志下冊六〇頁）。

（12）馬玿、字は中玉については、『宋詩紀事』巻三二の小伝によれば合肥県（安徽省合肥市）の人。『宋會要輯稿』職官四三之六に、紹聖元年（一〇九四）に提擧京東西路常平等使となったことが記され、また『寶慶會稽續志』巻二・提刑題名の条には「崇寧五年正月十九日以朝請大夫到任、大觀元年正月八日罷」とある。

（13）王公明は、王炎（一一一五―一一七八）、公明は字。安陽県（河南省安陽市）の人。簽書樞密院事、參知政事、四川宣撫使、樞密使などを歴任した。『夷堅支癸』巻二「武當眞武祠」にも名が見える。

（14）余中は、字は正道、または行老。宜興県（江蘇省宜興市）の人。熙寧六年（一〇七三）の状元。『咸淳毘陵志』巻一七・人物・宜興に伝がある。

（15）括異志は、北宋の張師正の撰。南宋、晁公武『郡齋讀書志』巻一三・小說類に「括異志十巻。右皇朝張師正撰。師正擢甲科、得太常博士、後遊宦四十年不得志。於是推變怪之理、參見聞之異、得二百五十篇。魏泰爲之序」と記し、『直齋書錄解題』巻一一・小說家類には「括異志十巻、後志十巻。襄國張師正撰」と記す。『四部叢刊續編』子部に明、兪洪重の録本（正德十年録。十巻本）を収めるが、そこにはこの話は見えない。

〔収録〕舊小說本『夷堅志』。

〔分類〕鬼

王[1]祖德(1)

成都人承信郎(2)王祖德、紹興三十一年來臨安、得監邛州作院(3)。旣之官矣、聞虞幷甫(4)以兵部尚書宣諭(5)陝西、卽求四川制置司檄(6)、以稟議爲名往秦州上謁。未及用、以歲六月客死于秦。虞公遣卒護其柩、且先以訊報其家。王氏卽日發喪哭、設位於堂、旣而柩至。蜀人風俗重中元節(7)、率以前兩日祀先列葷饌以供、及節日則詣佛寺爲盂蘭盆(8)齋。唯王氏以有服、但用望日就几[2]筵辦祭、正行禮未竟、一卒抱胡牀[3](9)從外入、汗流徹體曰、作院受性太急、自秦州兼程歸、凡四晝夜[4]抵此。將至矣。俄而六人荷一轎至、亦皆有悴色。轎中人徑升于堂、據東榻坐、乃祖德也。呼其妻語曰、欲歸甚久、爲虞尚書苦留、近方得脫、行役不勝倦。傳聞人以我爲死、欲壞我生計、爾當已信之。妻曰、向接虞公書、報君沒於秦、靈轜前日已至。何爲爾。始笑曰、汝勿怖。吾實死矣。吾聞家[5]中議賣宅、宅乃祖業也、安得貨。吾所寶黃筌[6](10)、郭熙(11)山水、李成(12)寒林凡十軸、聞已持出議價、吾下世幾何時、未至窮乏、何忍遽如是。吾思家甚切、無由可歸、今日以中元節冥府給假、故得暫來。然亦不能久。又呼所愛婢子、恩意周盡。是時、一家如癡、不能辨生死。忽靑煙從地起、跬步不相識、煙止、寂無所見。關壽卿(13)〔耆孫〕館于夾街之居、見戶[7]外擾擾亟往視之、已滅矣。

1　陸本は目録で「王」を「汪」に作る。
2　陸本は「几」を「凡」に作る。
3　別藏本、黄校本は「牀」を「床」に作る。
4　黄校本は「夜」を欠く。
5　黄校本は「聞家」の二字を欠く。
6　黄校本は「筌」を欠く。
7　黄校本は「戶」を「尸」に作る。

「王祖德」

成都府（四川省成都市）の人である承信郎の王祖徳は、紹興三十一年（一一六一）に臨安府（浙江省杭州市）に来て、邛州《きょうしゅう》（四川省邛崍市《きょうらい》）の監作院の職を得た。赴任してから、虞幷甫が兵部尚書として陝西の地に宣諭に来ると聞き、すぐに四川制置司への派遣を求め、建議の名目で秦州（甘粛省天水市）へ謁見しに行った。（しかし建議が）まだ用いられないうちに、その年の六月（王は）秦州で客死した。虞公は兵卒にその棺を護って送らせ、さらに手紙で先に彼の家に知らせた。王の家では（知らせを受けた）その日に葬儀の通知を行い、広間に祭壇を設けていると、やがて棺が着いた。蜀の地の風俗では中元節を重んじ、一般にはその前の二日間に先祖を祭って肉料理を供え、中元節になると仏寺に詣でて盂蘭盆の法要をした。ただ王家の者だけは服喪中であるので、十五日に祭壇を前に祭礼を行ったが、その儀礼が終わらないうちに、兵卒が一人胡牀を持って外から来て、身体中汗まみれで「作院どのは生まれつきせっかちなので、秦州から毎日二倍の行程で帰り、四昼夜でここに着きました。まもなく来られます」と言った。突然六人で一つの輿を担いでやって来たが、やはりみな疲れた様子であった。輿に乗っていた人はまっすぐ広間に上がり、東の長椅子に座ったが、なんとそれは祖徳であった。（彼は）妻に呼びかけて「長いこと帰りたいと思っていたが、虞尚書どのが懇ろに引き留めるので、最近ようやく抜け出せたが、旅は退屈でかなわん。人が私が死んだと言って、私の生活を壊そうとしていると聞いたが、お前はきっとそれを信じたのだろう」と言った。妻が「先に虞公から手紙を戴き、あなたが秦州で亡くなったと知らされ、棺を載せた車も先日もう着いたのです。なんでそんなことを言うのですか」と言うと、そこで初めて笑って、「お前は怖がってはいけない。私は実際死んだのだ。家族の中で邸宅を売る話が出ていると聞いたが、邸宅は先祖からの財産だから、どうして売ってよかろう。また私が大事にしていた黄筌、郭熙の山水画、李成の寒林図などおよそ十軸の絵画を、すでに持ち出して値段の交渉をしていると聞いたが、私が死んでまだ間が無く、窮乏しているわけでもないのに、どうして急にこんな事をして良かろうか。私は家族を思う気持ちがとても強いが、帰ってくる術がなく、今日は中元節なので冥府が暇をくれて、暫時戻ることができたのだ。しかし長くはいられない」と話した。それから寵愛していた小間使いを呼び、懇ろに恩情をほどこした。この時、一家の者たちはみな呆けたようになって、（祖徳が）生きているのか死んでいるのかわからなかった。（すると）突然青い煙が地中から生じて、半歩の距離も見えなくなり、煙が止んだ時には、（祖徳の姿は）消えてしまっていた。闞壽卿〔諱は耆孫〕は通りを挟んだ向かいに泊まっており、戸外が騒がしいのですぐに行って見てみたが、もう消えていたという。

（1）王祖徳については、ここに見える以外のことは不明。
（2）承信郎は、武階五十二階のうちの第五十二階。従九品。『夷堅甲志』巻五「葉若谷」注2参照（甲志上冊一四八頁）。
（3）監邛州作院は、邛州の監作院の職。作院は、州、府などに置かれた兵器を製造する役所で、監作院は、これを管轄する職務。
（4）虞幷甫は、虞允文のこと。『夷堅甲志』巻一七「倪輝方技」注15参照（甲志下冊二〇〇頁）。
（5）宣諭は、皇帝の詔を発布し、民情や官吏の視察を行うこと。宣諭使がこの職務に当たった。『建炎以來繫年要錄』巻一九七・紹興三十二年（一一六二）二月戊戌の条に「中書舍人權直學士院兼侍講虞允文試兵部尙書、充川陝宣諭使、措置招軍買馬」とある。
（6）四川制置司は、四川の軍事、防御を統括する四川制置使の治める役所。
（7）中元節は、道教の節日で七月十五日。仏教では盂蘭盆会に当たる。死者が冥土から家に帰ってくる日とされた。
（8）盂蘭盆（梵語 *Ullambana*）は、逆さまにぶら下げられて大いに苦しむこと。盂蘭盆齋は、七月十五日に七世の父母を供養するため僧らに食事を施すこと。
（9）胡牀は、折りたたむことができる腰掛け椅子。『夷堅甲志』巻五「閻丞廳柱」注2参照（甲志上冊一四三頁）。
（10）黃筌は、字は要叔。成都府の人。前蜀の王衍、後蜀の孟知祥に仕えた。花鳥画に優れ、その画法は子の居寶、居寀に受け継がれた。
（11）郭熙は、字は淳夫。河陽（宋代では孟州）溫県（河南省焦作市温県）の人。李成の画法を学び、山水画に優れた。
（12）李成は、字は咸熙。唐王室の末裔といい、元は長安県（陝西省西安市）の人。山水画に優れ、古今第一と称される。『宋史』巻四三一に子の覺の伝があり、そこに附載される。
（13）闞壽卿は、闞耆孫のこと。『夷堅甲志』巻一七「解三娘」注15参照（甲志下冊二〇五頁）。

〔分類〕鬼

蜀州女子

彭州人蘇彦質(1)爲蜀州録事參軍(2)。有女年八九歳、因戲于牀隅、視地上小穴通明。探之以管、陷[1]焉。走報其父、持長竿測之、其深至竿杪[2]、不能極。及取出、有敗緋帛挂于上、大異之、呼役夫斸其地。踰丈許、得枯骸一軀、首足皆備、即斂[3]而葬諸原。明日忽有好女子游于室中、家人逼而問之、輒避入壁罅、終莫得致詰。是時郡有陳愈(3)秀才者、從閬中來、善相人、且能以道術却鬼魅、召使視之。俄一婦人至曰、妾本漢州段家女、許適同郡唐氏、將嫁矣、而唐氏以吾家倏貧竟負元約。既不得復嫁、遂賣身爲此州費録曹妾。不幸以顏色見寵於主人、爲主母生瘞于地下。閲數年矣、非蘇公改葬、當爲滯魄。但初出土[4]時、役者不細謹、鋤妾脛骨欲斷。今不能行、不得已留此、非有他也。陳曰、欲去何難。吾爲汝計。取紙翦成人形曰、用以馱汝。乃笑謝而退。是夜、彦質嫂夢一僕夫背負此女來、再拜辭去。〔二事皆黄仲秉説(4)。〕

1　黄校本は「陷」を欠く。
2　黄校本、陸本は「杪」を「抄」に作る。
3　何校本は「斂」を「殮」に作る。
4　黄校本は「土」を「上」に作る。

「蜀州の女」

彭州（四川省彭州市）の人である蘇彦質は蜀州（四川省崇州市）の録事參軍となった。八、九歳の娘がいたが、ベッドの隅で遊んでいて、地面に下に通じた小さな穴があるのを見た。管を入れて探ってみると、（管が穴の中へ）落ち込んだ。父のところへ知らせに来たので、（今度は）長い竿で測ってみようとしたが、その深さは竿の先を越えていて、窮められなかった。（竿を）取り出してみると、破れた赤い絹が先に引っかかっていたので、不思議なことだと思い、人夫を呼んでそこを掘らせた。一丈を越えたくらいのところで、骸骨一体を見付け、首も足も揃っていたので、すぐに棺に入れて墓地に葬った。翌日になって突然見目好い女が部屋の中を動き回るようになり、家人が近づいて（誰かと）問いかけると、すぐに壁の隙間に逃げ込むので、とうとう問い詰めることができなかった。この時州に陳愈という書生がおり、閬中県（四川省閬中市）から来ていたが、人相を見るのに優れ、しかも道術を使って化け物を退治することができたので、呼んで調べさせた。（すると）急に一人の婦人がやって来て、「私は元は漢州（四川省広漢市）の段家の娘で、同じ州の唐家の許嫁でしたが、嫁ぐ時になって、唐家が我が家が急に貧しくなったのを理由に結局破談にしてしまったのです。もう他に嫁ぐことはできないので、身を売ってこの州の費という錄曹の妾となりました。不幸にも容姿によって主人に寵愛されたため、正妻に生きたまま地中に埋められてしまったのです。それから数年経ち、蘇さまに改葬してもらえなければ、魂魄がこの地に滞留するところでした。ただ初め地中から出る時に、人夫が不注意で、私のすねの骨を傷つけて切れそうにしてしまったのです。今は行くことができず、やむを得ずここに留まっているので、他意はありません」と話した。陳は「行くのに何の困難があろうか、私が一計を案じてやろう」と言って、紙を取り出して人の形に切り抜き、「これでお前を運ばせよう」と言うと、（女は）笑って礼を言って退いた。この夜、彥質の兄嫁は下僕に背負われたこの女がやって来て、再拝して辞去する夢を見た。〔二話はともに黄仲秉が話した。〕

（1）　蘇彥質については、ここに見える以外のことは不明。

（2）　錄事參軍は、州の属官で監獄や検察に関わる事務を取り扱った。『夷堅甲志』巻一一「陳大錄爲犬」注1参照（甲志下冊一一頁）。後に見える「錄曹」は略称。

（3）　陳愈については、ここに見える以外のことは不明。

（4）　黄仲秉は、黄鈞のこと。『夷堅乙志』巻一二「大散關老人」注5参照（四一頁）。

〔分類〕婦人（妬婦）・鬼

飲食忌

食黄顙魚(1)不可服荊芥(2)。食蜜不可食鮓(3)。食河豚不可服風藥(4)。皆信、而有證。吳人魏幾道(5)〔志〕在妻家啖黄魚羹罷、采荊芥和茶而飲。少焉足底奇痒、上徹心肺。跣[1]走行沙中、馳宕如狂、足皮皆破欲裂。急求解毒藥餌之、幾兩日乃止。韶州月華寺(6)側民家設僧供、新蜜方熟、群僧飽食之。別院長老兩人還至半道、遇村虛賣鮓、不能忍饞、買食盡半斤、是夕皆死。李悊(7)郎中過常州、王子雲(8)〔縉[2]〕爲郡、招之晨餐、辦河豚爲饌。李以素不食、遣歸[3]餉其妻。妻方平明服藥、不以爲慮、啜之甚美[4]、即時口鼻[5]流血而絕。李未終席、訃音至矣。〔前一[6]事魏幾道[7]、中一事月華長老[8]悟宗(9)、後一事王日嚴(10)說。〕

1　別藏本、黄校本は「跣」を「趺」に作る。
2　黄校本は「縉」を欠く。
3　別藏本は「遣歸」を「還歸」に作る。黄校本は「遣歸」の二字を欠く。
4　黄校本は「美」を欠く。

5　黄校本は「鼻」を「皐」に作る。
6　黄校本は「一」を欠く。
7　黄校本は「魏幾道」の三字を欠く。
8　黄校本は「華長老」の三字を欠く。

「飲食の禁忌」

黄顙魚《こうそうぎょ》を食べたら荊芥《けいがい》を服用してはならない。蜂蜜を食べたら鮨を食べてはならない。河豚を食べたら風薬を服用してはならない。これらはすべて本当で、証しがある。

呉県（江蘇省蘇州市）の人である魏幾道〔諱は志〕は妻の家で黄顙魚の羹を食べたあと、荊芥を取って茶にまぜて飲んだ。少し経つと足の裏に経験したことのない痒みがおこり、（その痒さは）心臓や肺臓まで達した。裸足になって砂の中を走り、狂ったように駆け回って、足の皮はどこも破けて裂けそうになった。急いで解毒剤を求めて服用し、丸二日ほど経ってようやく（痒みは）止んだ。

韶州（広東省韶関市）月華寺の側の民家で僧の供養をしたが、新しい蜂蜜がちょうど食べ頃であったので、僧たちはこれをたっぷりと食べた。別院の長老二人は帰り道の途中、村で鮨を売っているのに出逢い、飢えを我慢できず、買って半斤を食べ尽くしたところ、その晩にともに死んだ。

郎中の李悊《りふつ》が常州（江蘇省常州市）に立ち寄り、王子雲〔諱は縉〕は知州であったので、朝食に招き、河豚を調理してご馳走した。李は元々（河豚を）食べないので、持ち帰らせて妻に食べさせた。妻は夜明けに薬を服用したところだったが、そのことを考えず、美味だと食べたところ、即座に口と鼻から血を流して息絶えた。李がまだ朝食の席を起たないうちに、訃報が届いた。〔最初の話は魏幾道が、中の話は月華寺の長老である悟宗が、最後の話は王日嚴が話した。〕

（1）黄顙魚（学名 *Pseudobagrus fulvidraco*）は、ナマズ目ギギ科。黄鱨に同じ。鮎に似て鱗が無く、腹は黄色で、背は青みがかった黄色の魚。和名はギギ、ギハチ。『事林廣記』戊集・醫學類・藥性反忌・飲食害人の条に「食黄鱨後食荊芥殺人」とある。

（2）荊芥（学名 *Schizonepeta tenuifolia*）は、シソ科の一年生の植物。茎の高さは二尺前後、茎や葉を薬用とする。

（3）「食蜜不可食鮓」については、『事林廣記』戊集・醫學類・藥性反忌・飲食害人の条に「盛蜜瓶作鮓食之殺人」とある。

（4）「食河豚不可服風藥」については、風藥は、リュウマチの治療薬。明、李時珍『本草綱目』巻四四・鱗部四・河豚・気味に「甘、溫、有毒」とあり、李時珍は「凡食河豚、一日內不可服湯藥」と説明する。
（5）魏幾道は、魏志のこと。『夷堅甲志』巻一九「僧寺畫像」注2参照（甲志下冊二五七頁）。
（6）月華寺は、韶州曲江県（広東省韶関市曲江区）の城南百里にあった寺。天竺の僧智藥が開祖で、北宋の紹聖年間（一〇九四―一〇九八）初めに重建された。蘇軾に「月華寺」詩（『東坡全集』巻二二）がある。
（7）李恚については、ここに見える以外のことは不明。
（8）王子雲は、王縉（一〇七三―一一五九）、子雲は字。嚴州分水県（浙江省杭州市桐廬県）の人。崇寧五年（一一〇六）の進士。『咸淳毘陵志』巻八・秩官・國朝郡中・王縉の条によれば、知常州であったのは紹興九年（一一三九）正月から十一年（一一四一）正月までの間である。
（9）悟宗については未詳。
（10）王日嚴は、王曮のこと。『夷堅乙志』巻七「西內骨灰獄」注30参照（乙志上冊一九七頁）。

〔収録〕南宋、張杲『醫說』巻七・食忌「飲食禁」、「食蜜不可食鮓」、「食河豚不可服風藥」。明、江瓘『名醫類案』巻一二・食忌。明、李時珍『本草綱目』巻一四・草部三・假蘇・莖穗・發明。

〔分類〕医・草木（服餌）・水族・薬

『夷堅志』と『建炎以來繫年要録』

田渕欣也

はじめに

『夷堅志』は、南宋の陳振孫『直齋書錄解題』を始めとして書誌では小説類に分類されており、一般にも志怪小説集と受け止められている。しかし、すでに指摘されているように編纂者の洪邁（一一二三―一二〇二）は、その生涯にわたり史官を自任した人物であった（佐々木美智子「『夷堅志』執筆動機をめぐって」、『中国文学研究』第二十七期、二〇〇一年、九六―一〇一頁参照）。実際に、彼は國史院編修官、實錄院同修撰、同修國史などを歴任し、その任を離れた期間を挟みながらも、史書編纂に長く携わっている。そうした史官としての意識は、『夷堅志』を編み続けていく上でも大きく働いていたに違いない。

そもそも、史官と志怪は古くから密接に関係していた。不思議な出来事であろうとも、見るべきところがあると判断されれば記録され、史実の断片となったし、西晉の史官であった干寶は、志怪小説集の『搜神記』を編纂してもいる（甲志上冊、前言 i 頁参照）。そして洪邁も、伝聞を記録する上で事実性や信憑性を重視していた。それは乾道二年（一一六六）十二月十八日に書かれた『夷堅乙志』自序（乙志上冊三頁）において、「若予是書、遠不過一甲子、耳目相接、皆表表有据依者（私のこの書は、遡っても六十年を超えることはなく、直接見聞きしたことであり、すべて顕著で裏付けのある話である）」と述べていることからも明らかである。志怪小説は、史官の手による伝聞の記録という側面のみならず、同時代に余所の地域で起こった出来事を伝えるメディアでもあった。南宋の趙與峕『賓退錄』巻八に引用される『夷堅庚志』自序は、『夷堅志』が南宋領内のみならず、北方の金の地でも読まれていたことを語る。記載される出来事が信頼性を持つためには、その伝達の確かさが保たれなければならない。だからこそ洪邁は、各話の末尾に誰々から聞いたという情報を明記するよう努め、決して自分の作り話ではなく、確たる情報源を持つものだと証明しようとしたのである。

ではここで改めて史書の側に立ち戻ったならば、志怪小説集『夷堅志』は、一体どのように見えるのだろう。換言すると、史書にとって『夷堅志』とは、どのような利用価値を持つものだったのか。その一端を示す例として取り上げたいのが、南宋の李心傳（一一六七—一二四四）が編纂した『建炎以來繫年要錄』（以下『要錄』と略称）である。『要錄』はしばしば『夷堅志』の名を挙げ、引用したり考察の材料にしたりと、かなり積極的に活用している。そこには自ずと、李心傳の『夷堅志』に対する考え方が反映されているはずであろう。本稿は、そうした『夷堅志』と『要錄』の関係について論ずるものである。

李心傳と『建炎以來繫年要錄』

李心傳は、字は微之。隆州井研県（四川省楽山市井研県）の人。宗正寺主簿を務めた李舜臣の長男として生まれる。舜臣には、幼少時から書物に親しみ文章を書いたというエピソードがあるが、そうした気質は息子にも色濃く受け継がれていた。次男の道傳（字は貫之）、三男の性傳（字は成之）はともに進士となって官に就き、特に性傳は同知樞密院事（副宰相）にまで昇っている。ただし心傳は慶元元年（一一九五）の解試で推薦を受けるも、進士及第はならなかった。以後は門戸を閉ざして著作に耽ったが、寶慶二年（一二二六）に、魏了翁らの推挙により入朝。その官途において、國史院編修官、實錄院検討官、史館修撰といった史官を歴任していることは、とりわけ注目すべきであろう。その後、祠禄官を賜って湖州（浙江省湖州市）に住んだ。淳祐三年（一二四三）に致仕し、翌年に七十八歳で没。『宋史』巻四三八に伝がある。その著書は『要錄』の他、『建炎以來朝野雜記』など多数が残されている。

以上、李心傳の生涯についてごく簡単に述べたが、その中でも父や兄弟とともに官に就いたという境遇、そして史官を歴任したキャリアは、洪邁と共通するものがあろう。最も大きな相違は、洪邁が二十三歳で紹興十五年（一一四五）の博学宏詞科に及第したのに対し、李心傳は晩年に至ってようやく起用されたという点である。李心傳が同進士出身を賜ったのは、紹定四年（一二三一）のことだった。洪邁と李心傳の年齢差は四十四歳。仮に李心傳が若年で及第を果たしていたならば、あるいは二人が何らかの形で出会い、互いに親近感を抱いて交流することもあったかもしれないが、実際には李心傳が入朝した時点で洪邁はすでに世を去っており、望むべくもない。

その李心傳の手になる『要錄』は、建炎元年（一一二七）から紹興三十二年（一一六二）にかけて、南宋の高宗朝の出来事を編年体で記した歴史書である。全二百巻。成書年代については諸説あるが、およそ開禧年間（一二〇五―一二〇七）から嘉定年間（一二〇八―一二二四）の初めと見られている。原本は散佚しており、現行のテキストは、清代に『四庫全書』が編纂される際に『永樂大典』から輯録されたものである。本稿では、中華書局二〇一三年版の点校整理本を適宜参照した。

李心傳は『要錄』を編纂するに当たり、多種多様な典籍を材料として用いており、『夷堅志』もその中に含まれている。それでは、『要錄』において『夷堅志』の話がどのように活用されているか、以下で特徴を整理しながら具体的に見ていきたい。なお本稿で扱うのは、『要錄』が注の中で『夷堅志』の名を典拠として明示している箇所のみとする。従って、例えば『要錄』巻一五八・紹興十八年（一一四八）十二月庚申の条と『夷堅乙志』巻一六「何村公案」（一七二頁）、『要錄』巻一七六・紹興二十七年（一一五七）正月丙子の条と『夷堅乙志』巻一二「王晌惡讖」（四六頁）、『要錄』巻一八二・紹興二十九年（一一五九）閏六月戊寅の条と『夷堅丙志』巻一七「劉夷叔」などは、記述の相似から何らかの影響関係が推測されるものの、李心傳は注を付しておらず、その意図を窺うことができないため、除外しておく。

引用して本文に組み入れるもの

まずは、『要錄』が『夷堅志』の記述を引用し、そのまま本文に組み入れている箇所を見ていこう。『要錄』巻一五五・紹興十六年（一一四六）七月己巳の条において、皇帝がこの日の朝に雨が降ったのを喜んだことを記すのに続けて、次のようにある。

時嶺南州縣多不雨、而廣之淸遠、韶之翁源、英之眞陽三邑尤苦鼠害。雖魚鳥蛇皆化爲鼠、數十成群、禾稼爲之一空焉。〔嶺南不雨事、以洪邁夷堅甲志修入。志稱紹興丙寅夏秋之閒、故因行在得雨附見。〕

当時嶺南（広東省、広西チワン族自治区）の州や県ではほとんど雨が降らず、廣州の清遠県（広東省清遠市）、韶州の翁源県（広東省韶関市翁源県）、英州の眞陽県（広東省英徳市）の三県は鼠の害にひどく苦しんだ。魚、鳥、蛇までも鼠に変身し、数十匹が一つの群れを作り、作物はそのために全滅してしまった。〔嶺南で雨が降らなかったことは、洪邁の『夷堅甲志』により書き加えた。『夷堅甲志』は紹興丙寅（十六年）の夏から秋にかけてのこととするので、行在（臨安府。浙江省杭州市）で雨が降ったことに続けて附記した。〕

これは『夷堅甲志』巻四「鼠災」（甲志上冊一一〇頁）からの引用である。鼠の害について述べる中で、魚や鳥や蛇が鼠に変身したというのは、鼠の大量発生によりそれらが淘汰されたことを喩えるものだろう。現在の目から見ると不思議な文章だが、李心傳は、鼠による被害の凄まじさを生々しく伝える資料として敢えて採用している。

また『要錄』巻五五・紹興二年（一一三二）六月戊午の条に、次のようにある。

是月、僞齊大雨、劉豫以爲德政所感、使其子尙書左丞相、梁國公麟、代謝於相國寺上淸太一宮。有孫肇者、濟南人、嘗爲麟府屬、累遷尙書吏部侍郎、出知棣州。會大旱、僞庭以蕃法祈雨、執肇坐於烈日中、汲水數桶、更互沃其體、遂得疾死。〔此事據夷堅志、不得其年、因謝雨附見。〕

この月、僞齊で大雨が降り、劉豫は徳政に感応したものだと思い、息子である尚書左丞相、梁國公の劉麟に命じ、代わって相國寺の上清太一宮へ感謝しに行かせた。孫肇という者は、濟南府（山東省済南市）の人で、劉麟の屋敷に仕えたことがあり、尚書吏部侍郎に昇進し、棣州（山東省浜州市恵民県）の知州に出た。大日照りが起こり、僞齊では蛮族の方法で雨乞いをしていたので、（州では知州の）孫肇に厳しい日差しの中で座らせ、水を数十の桶に汲んでは、代わる代わるその身体に注いだため、そのまま病気になって死んだ。〔これは『夷堅志』によるが、何年のことかわからないので、雨に感謝したことに続けて附記した。〕

僞齊、すなわち劉豫を皇帝として建てられた金国の傀儡国家である大齊にまつわる話のうち、孫肇についての部分は、『夷堅乙志』巻一六「酈平驛鬼」（一六二頁）からの引用である。実は現存する「酈平驛鬼」は前半を欠いており、不明な部分もあるのだが、おおむねは孫肇が幽鬼と出遭ったことを語る。ただし『要録』はそのことには触れず、孫肇の死に関する「酈平驛鬼」の結末部分のみをほぼそのまま引いている。李心傳は『夷堅志』の話の内容を吟味し、取捨選択した上で引用を行っているのである。

その他、『要録』巻二八・建炎三年（一一二九）十月戊戌の条及び巻四〇・建炎四年（一一三〇）十二月癸未の条は『夷堅乙志』巻一九「馬識遠」（二四一頁）を、『要録』巻一六三・紹興二十二年（一一五二）七月辛亥の条は『夷堅甲志』巻二〇「鄧安民獄」（甲志下冊二九七頁）を引用するものである。どちらにおいても、『夷堅志』では不明もしくは伏せられていたと思しき一部の人物名が、『要録』では正しく補われている。『要録』と併せて読むことにより『夷堅志』の話の細部が判明するというケースはしばしばあるが、ここでも李心傳は、『夷堅志』をただそのまま引用するのではなく、不確かな部分は同定作業を行い、より正確な記録を作り上げようとしていた。

もう一つ、『要録』巻一六一・紹興二十年（一一五〇）七月癸未の条を見ておきたい。

保寧軍承宣使、提擧佑神観藍公佐卒。公佐奉祠居平江、其妻碩人王氏忽生須數莖、長寸許。未幾、公佐與王氏繼亡、相去纔七十日。〔此據洪邁夷堅甲志。〕

保寧軍承宣使、提擧佑神観の藍公佐が亡くなった。藍公佐は祠禄官を賜って平江府（江蘇省蘇州市）に住んでいたが、その妻で碩人の王氏に突然数本のひげが生え、長さは一寸ほどになった。間もなく、藍公佐と王氏は相次いで亡くなり、わずか七十日違いであった。〔これは洪邁の『夷堅甲志』による。〕

ここでは、民國の張元濟校本及び何卓点校本『夷堅志』では『夷堅志補』巻二一に収められる「藍氏雙梅」（瑞祥があったのに夫婦ともすぐに死んでしまったことを伝える話）が引かれている。『夷堅志補』とは、張元濟が南宋の葉祖榮編『新編分類夷堅志』五十巻（葉本）所収の話から、宋刊元修本と重複しないものを集めて全二十五巻に整理したものである。李心傳は、藍公佐の死去にまつわるエピソードとして「藍氏雙梅」を引用したのだが、ただしその出典を『夷堅甲志』としている。ところで『夷堅志』のテキストの一つとして、上海図書館に所蔵される明の祝允明抄本『夷堅丁志』三巻（祝本）というものが存在する。この祝本は、名称と異なり実際には『夷堅乙志』の話を主に収録したテキストなのだが、巻三に「婦人生鬚」という題で「藍氏雙梅」が収められている。そのため宋刊元修本からいつしか脱落した「藍氏雙梅」は本来『夷堅乙志』に収録されていた、と考えがちである。また葉本から集められた『夷堅志補』二十五巻分の話について、宋刊元修本には残っていない『夷堅戊志』以下に元々収録されていたもの、と見る向きもあった。しかし「藍氏雙梅」に関しては、『要錄』に付された李心傳の注から、実際には『夷堅甲志』に収録されていたものだったことがわかるのである。ただし祝本が成立する以前の段階では、「藍氏雙梅」を『夷堅乙志』に収めるテキストもあるいは存在したのかもしれない。いずれにせよ『要錄』のこの条は、『夷堅志』テキストの複雑な継承関係を考察する上で無視できない情報を伝えてくれている。

断片的に利用するもの

続いては、『要錄』がより断片的に『夷堅志』の記述を利用している箇所を見ていきたい。『要錄』巻一三・建炎二年（一一二八）二月乙卯の条に次のようにある。

直祕閣、京東轉運判官柴天因爲本路轉運副使、兼知青州、主管京東東路安撫、兼提刑司公事。天因、開封人。〔天因、見洪邁夷堅乙志。〕

直祕閣、京東轉運判官の柴天因が本路轉運副使、兼知青州、主管京東東路安撫、兼提刑司公事となった。柴天因は、開封府（河南省開封市）の人である。〔柴天因は、洪邁の『夷堅乙志』に見える。〕

この部分は柴天因という人物について記しており、注で言及されているのは、『夷堅乙志』巻一九「二相公廟」（二五四頁）のことである。二相公廟とは汴京にあった廟で、受験生が合格を祈り、夢を乞うところだった。「二相公廟」の話でも、柴天因ら三人が廟に詣で、夢の中で合格を示す詩を得ている。しかし『要錄』は、ただ『夷堅乙志』にも柴天因のことが見えるというのみである。

また『要錄』巻二一・建炎三年（一一二九）三月辛巳の条に、次のようにある。

時朝士張虞卿等十九人上疏、亦以藩鎮爲言。（中略）虞卿、齊賢遠孫也。〔齊賢、冤句人、淳化中宰相。熊克小曆以虞卿爲建安人。而洪邁夷堅甲志云、虞卿、齊賢裔孫、居伊陽。今從之。〕

当時朝廷に仕えていた張虞卿ら十九人が上奏し、やはり節度使を置くことを申し上げた。（中略）張虞卿は、張齊賢の遠い子孫である。〔張齊賢は、冤句県（山東省荷澤市）の人で、淳化年間（九九〇―九九四）の宰相である。熊克の『中興小曆』は張虞卿を建安県（福建省建甌市）の人とする。しかし洪邁の『夷堅甲志』は、張虞卿は張齊賢の子孫で、伊陽県（河南省洛陽市嵩県）に住んでいたという。今これに従う。〕

当時、長江以北の地を守るために節度使を置くことが議論されており、それを受けて張虞卿らも上奏を行った。その張虞卿に関する情報が、『夷堅甲志』巻一五「伊陽古瓶」（甲志下冊一三八頁）を典拠として補足されている。「伊陽古瓶」は、張虞卿が所有していた、魔法瓶のような保温性を持つ素焼きの瓶にまつわる話なのだが、『要錄』はやはりそのことには触れず、張虞卿に直接関わることしか記さない。

李心傳は基本的に史実と見なし得る事柄を取り上げ、志怪の持つ不思議な内容には触れていない。例えば、『要録』巻一八〇・紹興二十八年（一一五八）十二月甲寅の条である。

賜道人黃元道號達眞先生。元道、成都民家子、生得中風疾、遇異人而愈。自是言人休咎或中、能啖生肉。上召見、御制贊賜之。〔此據洪邁夷堅丙志。〕

道士の黃元道に達眞先生という号を下賜した。黃元道は、成都府（四川省成都市）の民家の息子で、生まれてすぐ中風にかかったが、異人に会うと治った。それからは他人の禍福について話せば当たることもあり、また生肉を食べられるようになった。帝は黃元道をお召しになり、自ら作られた贊をお与えになった。〔これは洪邁の『夷堅丙志』による。〕

この部分は、『夷堅丙志』巻一五「魚肉道人」に基づいている。道士の黃元道は、『夷堅志』のいくつかの話に登場するが、特に「魚肉道人」は黃元道の伝であり、その生い立ちから始まり、他人の秘密を言い当てたこと、羅浮山の黃野人に仕えたこと、そして高宗から名と号を賜ったことなどを詳細な長文で記す。『要錄』の文章は、志怪で重要な意味を持つ不思議な逸話の部分を削って、大幅に簡略化したものとなっている。

さらに『要錄』巻一三五・紹興十年（一一四〇）五月己卯の条には、次のようにある。

故左宣教郎董國度特贈左朝奉郎。國度、德興人、宣和末中進士第、調膠水簿。會北邊兵動、乃留其家於鄉。敵陷中原、國度棄官走村落、居數年、有俠士以海舟載之南歸。國度至行在、上書言利害、調宜興尉。秦檜與之有北方之舊、自改京官、幹辦行在諸軍糧料院。至是卒、特贈四官、錄其子仲堪。〔夷堅乙志載俠客事甚詳、今不盡取。〕

亡き左宣教郎の董國度に特別に左朝奉郎を贈った。董國度は、德興県（江西省徳興市）の人で、宣和年間（一一一九―一一二五）の末に進士となり、膠水県（山東省平度市）の主簿に任ぜられた。ちょうど北の辺境で戦争が始まった時だったので、家の者を故郷に残していた。金が都（汴京）を陥落させると、董國度は官職を捨てて村へ逃げ、数年間暮らしたが、ある俠客が海上を航行する船に乗せて南へ帰らせた。董國度が行在（臨安府。浙江省杭州市）に到着し、上書して（金に対する）政策の利害を言上すると、宜興県（江蘇省宜興市）の尉を授かった。秦檜は董國度と同様に金に囚われた誼みがあるので、京官に昇進させて、幹辦行在諸軍糧料院とした。その後（董國度が）亡くなると、特別に四等昇格させ、息子の董仲堪を登用した。〔『夷堅乙志』は俠客のことを非常に詳しく載せるが、今はすべて採用しない。〕

こちらも、『夷堅乙志』巻一「俠婦人」（乙志上冊二一頁）の内容を要約したものである。「俠婦人」の中では、金国に取り残された董國度が現地で娶った妾と、その兄とされる虬髯の交易商人の存在が際立っており、彼らの尽力によって董國度は帰国を果たすことができた。兄妹と呼び合いながらも互いに裏をかこうとする、妾と交易商人の緊張感が漂う関係には俠客小説的な面白さが認められ、また金国での生活を支えた妾の献身的な振る舞いが、董國度が帰国した一年後に妾と再会するという大団円への布石となっている。その意味では、この妾は『兒女英雄傳』における十三妹のような、女俠と佳人の二面性を持つキャラクターの祖型とも言え、武俠小説に発展する要素も窺われるのである。しかし『要錄』においては董國度の足跡のみが取り上げられ、注で断っているように俠客に関する事柄は採用しなかったのである。

より明瞭なのは『要錄』巻一四七・紹興十二年（一一四二）十二月丁亥の条である。

河決濟州、惟金鄉縣獨存、金人移州治之。〔此據洪邁夷堅乙志附見。乙志又載風卷金鄉縣、事甚怪、今不盡載之。〕

黄河が濟州（山東省済寧市）で氾濫したが、金鄉県（山東省済寧市金郷県）だけは無事だったので、金人は州治をそこへ移した。〔これは洪邁の『夷堅乙志』により附記した。『夷堅乙志』には風が金鄉県を巻き上げたことも

載せるが、非常に不思議なことなので、今はすべて載せることはしない。〕

水害の影響により濟州の州治が金鄕県へと移されたという短い本文は、『夷堅乙志』巻一六「金鄕大風」（一六三頁）の結末部分に基づいている。しかし「金鄕大風」の主たる内容は、真夜中に城門を入ろうとする者が門番に止められ、その者が怒ると大風が吹いて城門を壊し、人々を城郭の外まで吹き飛ばしたというものなのである。李心傳は水害の部分のみを取り上げて他は削除した。そして注の中で、甚だしく不思議なものは採用しないと明言しているのである。ここに李心傳が『要錄』を編纂した立場が示されている。すなわち客観的事実と判断される記述のみを用いて『要錄』を構成したのである。

誤りを指摘するもの

さらに『要錄』には、『夷堅志』の誤りを指摘する箇所が少なからず存在する。『要錄』巻二八・建炎三年（一一二九）九月乙亥の条に、次のようにある。

是秋、金國元帥府復試遼國及兩河擧人於蔚州。（中略）雲中路察判張孝純主文、得趙洞、孫九鼎諸人。九鼎、忻州人也。宣和閒、嘗游太學、陷金五年始登第。〔熊克小曆稱、九鼎陷金十年始登第、蓋承洪邁夷堅志所書也、非實。金人以靖康元年陷河東、至此始五年、蓋誤記耳。〕

この年の秋、金国の元帥府は再び遼国及び河東、河北の挙人を蔚州（河北省張家口市蔚県）で受験させた。（中略）雲中路察判の張孝純が主任試験官となり、趙洞、孫九鼎らの人物を得た。孫九鼎は、忻州（山西省忻州市）の人である。宣和年間（一一一九―一一二五）に、太學にいたことがあり、金国にいること五年にしてようやく及第した。〔熊克の『中興小曆』は、孫九鼎が金国にいること十年にしてようやく及第したというが、恐らく洪邁の『夷堅志』に書かれていることを受け継いだものであり、正しくない。金人が靖康元年（一一二六）に河東を陥落させてから、この時まではやっと五年であり、誤記であろう。」

ここの注で言及されているのは、『夷堅甲志』巻頭を飾る「孫九鼎」（甲志上冊三頁）である。この話は、孫九鼎が死んだはずの人物と出会ったことを、汴京に実在した地名も交えながら詳しく物語るが、例によって李心傳は、そういった不思議な内容には触れない。問題となったのは、「孫九鼎」の中で孫九鼎が「在金國十餘年始狀元及第（金国になって十数年後にようやく状元で及第した）」とされていることである。李心傳は、当時の状況や歴史的事実を鑑みた上で、年数を訂正した。なお「孫九鼎」では、孫九鼎が太學にいた時期を政和三年（一一一三）としており、ここでも違いが生じている。

また『要錄』巻九九・紹興六年（一一三六）三月乙酉の条に、次のようにある。

右朝奉郎、四川都轉運司幹辦公事王咨爲陜府西路轉運判官。殿中侍御史石公揆言、咨爲總領司屬官、專務掊克、以苟進身、豈可居外臺耳目之寄。乃降二秩罷之。咨尋卒。〔咨五月己丑降罷。洪邁夷堅甲志云、永康軍導江縣人王咨者、以刻核彊鷙處官。紹興五年、爲四川都轉運司幹辦公事、被檄榷鹽於潼川路。王躬詣井所、召民强與約、率令倍差認課、當得五千斤者、輒取萬斤。又約來歲所輸不滿額者、籍其貲。王心知其不能如約、規欲沒入之、使官自監煎。既復命、計使以鹽額倍增、薦諸宣撫使、擢爲利州路轉運判官、未幾死。按史、咨今年方除陜西運判、與邁所記差不同。〕

右朝奉郎、四川都轉運司幹辦公事の王咨が陜府西路轉運判官となった。殿中侍御史の石公揆が「王咨は總領司の屬官となり、ひたすら厳しく税を取り立てることに務めて、それで出世しており、どうして轉運判官として帝の耳目となることを任せられようか」と言ったので、王咨を二階級降格させた。王咨は間もなく亡くなった。〔王咨は五月己丑に降格された。洪邁の『夷堅甲志』に次のようにある。永康軍導江県（四川省都江堰市）の人である王咨は、苛酷で凶暴な役人だった。紹興五年（一一三五）、四川都轉運司幹辦公事となり、命を受けて潼川路（治所は四川省綿陽市三台県）で塩を徴収した。王咨は自ら塩井に出向き、住民を呼び出して無理に（納入を）約束させたが、大抵は割当額の倍増を承認させられ、五千斤を納めるはずの者は、一万斤納めなければならなくなった。また翌年に納めた塩が約束した額に足りなかった者は、その財産を没収した。王咨は約束通り（納入）できないと察知すると、財産を没収しようと企て、役人に（塩を）煮詰めるのを直接監督させた。（王咨が）復命すると、轉運使は塩の納入が倍増したことで、王咨を宣撫使に推薦し、利州路轉運判官に抜擢したが、間もなく死んだ、と。史書を調べると、王咨はこの年陝西運判に任命されたところであり、洪邁の記述とはやや異なる。」

王咨という人物に関連することとして、注で『夷堅甲志』巻一七「人死爲牛」（甲志下冊一九四頁）が引用されている。しかし現在伝わる「人死爲牛」では、冒頭部分を「永康軍導江縣人王某者」として名を伏せており、これも『要錄』と併せ読むことで細部が判明するケースに当たる。ただ、この引用文における王咨の名は李心傳が補ったものなのか、あるいは元々の『夷堅甲志』では伏せられていなかったのかはわからない。洪邁が乾道七年（一一七一）五月十八日に書いた『夷堅丙志』自序では、前二志の数話に問題があり削除したとして、反省の弁が綴られている（福田知可志「『夷堅志』自序をめぐる問題点」、『中国学志』謙号、二〇〇〇年、一一七―一二〇頁参照）。「人死爲牛」には、王が亡くなった後、ある者の夢に王が現れると服の後ろから牛の尾が出ており、翌日に生まれた子牛に転生したことを示唆するエピソードを載せる。これを王咨と書いて出版していたのならば、関係者などは不愉快に思うはずで、実際にクレームもあったのかもしれない。そうであれば「人死爲牛」の話自体は削除されずに、名を伏せるという処理が加えられていたかもしれない。

話を戻すと、この条で問題とされているのは、王咨が任官した時期である。李心傳の調査と比較して、「人死爲牛」ではそれが一年早まっていることを指摘している。史書の編纂において年代が重要となることはいうまでもなく、恐らく李心傳は、資料を整理していくうちに、この年代のずれに気付いたのだろう。

そして『要錄』巻六一・紹興二年（一一三二）十二月丙辰の条に、次のようにある。

是冬、虔賊謝達犯惠州、圍其城。守臣左朝奉郎范漴聞賊且至、募鄉豪入保子城、城外居民悉委以啗賊。達縱其徒焚掠、獨葺蘇軾白鶴故居、奠之而去。漴遂盡取賊所殺居民首以效級、州人怨之。〔此以洪邁夷堅志及明槖劾范漴章修入。但邁以爲達陷州城、與槖所奏不同、恐誤。蘇軾白鶴故居亦在城外、邁不細考耳。〕

この年の冬、虔州（江西省贛州市）の賊である謝達が惠州（広東省恵州市）に攻め入り、その城を包囲した。知州である左朝奉郎の范漴は賊が到着しそうだと聞くと、地元の有力者を集めて小城の中に保護したが、城外の住民はみな見捨てられて賊の手にかかった。謝達は徒党に放火や略奪をさせたが、蘇軾の白鶴故居だけは修理し、祀ってから立ち去った。すると范漴は賊が殺した住民の首をすべて取り（偽って賊の）首級として献上したので、州の人々はこれを恨んだ。〔これは洪邁の『夷堅志』及び明槖の范漴を弾劾する上奏文により書き加えた。ただし洪邁は謝達が州城を陥落させたとしているが、明槖が上奏した内容と異なり、恐らく誤っている。蘇軾の白鶴故居も城外に位置しており、洪邁は詳しく考察しなかったのだろう。〕

ここでは、賊の謝達が惠州を陥落させたとする『夷堅甲志』巻一〇「盜敬東坡」（甲志上冊二九七頁）に対し、明槖の上奏文を反証に挙げて否定する。そして、蘇軾が惠州の白鶴峰に建てた住まいである白鶴故居に関して、その位置関係を考慮していないとして洪邁を批判している。実は「盜敬東坡」において賊が修理して祀ったのは、蘇軾が妾の朝雲の墓の側に建てた六如亭とされており、この点でも『要錄』の記述とは異なっている。

明槖は、紹興二年から紹興四年（一一三四）にかけて廣南東西路の宣諭使を務めた人物であり、惠州の事件についても当然把握していたはずである。この事件と関連して『要錄』巻七三・紹興四年二月壬辰の条に、明槖が范漴は惠州で自らの功績を偽ったと上奏したことを記すが、上奏文そのものは現在伝わらず、どのような内容だったかは確認できない。

李心傳にとって、『夷堅志』の誤りは看過し難いものだった。そのことがより顕著に表れているのが、『要録』巻六三・紹興三年（一一三三）二月甲寅の条である。

右中散大夫、兩浙轉運副使徐康國罷、仍貶秩二等。先是、康國獻羨錢十萬緡、上不受。宣諭官朱異、左司諫唐煇論康國抛糴民戶米麥、踰年不償、故有是命。（中略）〔洪邁夷堅丙志、紹興初、韓叔夏璜以監察御史、宣諭湖南歸、有旨令詣都堂、以職事白宰相。時朝廷草創、官府儀範尙疏略。兩浙副漕徐大夫者、素以簡倨稱、先在客次、視韓綠袍居下坐、殊不顧省、久之、乃問曰、君從甚處至此。韓答曰、自湖外來。徐曰、今日差遣不易得、雖見廟堂、於事亦何所濟。少焉朝退、有省吏過廡下、徐見之、拱而揖曰、前日指揮某事、已卽時奉所戒。吏方愧謝、望見韓、驚而去。徐固不悟、繼復一人至、其語如前、俄有趨避。而丞相下馬、直省官抗聲言請察院、徐大駭、急起欲謝過。方冬月、燎爐在前、袖拂湯瓶仆、衝灰蔽室、因不暇致一語。韓旣退、除右司諫、卽具以所見劾之、以爲身任使者、媚事胥徒、遂放罷。按、韓璜以建炎四年九月除監察御史、是年出使湖南、治鍾相獄事。紹興元年四月、除右司諫、十一月、送吏部。當康國罷浙漕時、璜去言路久矣。又按、康國紹興二年五月、因進銷金屛風事降二官、乃中丞沈與求所劾、與璜殊不相關。邁累年爲史官、不知何以差誤如此。〕

右中散大夫、兩浙轉運副使の徐康國が辞職し、官位を二等落とされた。これより前、徐康國は十万緡の銭を献上したが、帝はお受け取りにならなかった。宣諭官の朱異と左司諫の唐煇によって、徐康國が民の家の米や麦を売り払い、翌年になっても返さなかったことが論じられたので、この命が下った。（中略）〔洪邁の『夷堅丙志』に次のようにある。紹興年間（一一三一―一一六二）の初め、韓叔夏、諱は璜が監察御史として、湖南を宣諭して戻ると、中書省へ行って、宰相に復命するようお達しがあった。当時（南宋の）朝廷は草創期で、役所の儀礼もまだ整っていなかった。兩浙轉運副使の徐大夫なる者は、日頃から驕慢であると言われており、先に待合室にいたが、韓が緑色の上着を着て下座にいるのを見ても、一向に気にかけず、しばらくしてから、「君はどこから来たのかね」と尋ねた。韓が「湖南から来ました」と答えると、徐は「今は職事官も得難く、宰相にまみえても何の役にも立たない」と言った。間もなく宰相が朝廷から戻り、省の役人が廊下を通りがかると、徐はその人に拱手して会釈し、「先日私に指示されたことは、すぐにお言いつけ通りに致しました」と言った。役人が礼を言おうとした時、韓の姿が目に入ると、驚いて立ち去った。徐はまったく気付かず、続いてもう一人来たので、先ほどのように話しかけたが、（相手は）すぐに小走りに去った。宰相が馬を下りると、省の役人が声高に「監察御史がお目通りです」と（取り次いで）言ったので、徐は非常に驚き、急いで謝罪しようとした。ちょうど冬のことで、暖炉が前にあり、袖が茶瓶に当たってこれを倒してしまい、衝撃で灰が室内を覆ったので、（韓に）声をかける暇もなかった。韓が退出し、右司諫に任ぜられると、すぐに見たことを上奏文にしたためて徐を訴えたので、（徐は）部使者に任ぜられていながら胥吏に媚び仕える真似をしたという理由で、そのまま罷免された、と。調べてみると、韓璜は建炎四年（一一三〇）九月に監察御史に任ぜられ、この年に湖南へ遣わされて鍾相の裁判を行った。紹興元年（一一三一）四月に、右司諫に任ぜられ、十一月に、吏部へ送られた。徐康國が兩浙轉運副使を辞職した時、韓璜は言路の官を離れて久しかった。また、徐康國は紹興二年（一一三二）五月に金箔を散らした屛風を奉ったことで官位を二等落とされたが、それは中丞の沈與求が訴えたのであり、韓璜とはまったく関係がない。洪邁は長年にわたり史官を務めたのに、どうしてこのような誤りをしたのかわからない。」

徐康國の降格処分について述べる記事に関連して、注の中で『夷堅丙志』巻一八「徐大夫」が挙げられており、若干の異同はあるものの、その八割ほどの文章が引用されている。洪邁は徐大夫として名を明かしていないが、李心傳が同定しているように徐康國のことであろう。大夫は右中散大夫のことに違いない。朝廷の人事が行われる際、外任から戻った地方官が宰相に挨拶をしていたことや、中書省での謁見の様子など、「徐大夫」は当時の慣習と儀礼を伝える興味深い資料となっている。ただしその一方で、事実関係にはやや問題があったようだ。李心傳は、韓璜の官職を辿ることでその矛盾を指摘する。言路とは、南宋の趙昇『朝野類要』巻二・稱謂・言路の条に「臺諫給舍也」とあるように、文書を扱い官の監督を担当した御史臺官、諫官、給事中、中書舍人をいう。紹興三年の時点で、韓璜はこれらの官職に就いていなかった。また徐康國を弾劾したのは別人であって、韓璜とはそもそも関わりのないことだった。『夷堅丙志』の記述に粗漏な面があるのは否めないが、「邁累年爲史官、不知何以差誤如此」という言葉はかなり手厳しい。

この他、『要錄』巻八・建炎元年（一一二七）八月戊午の条は、『夷堅甲志』巻七「禍福不可避」（甲志上冊二〇三頁）に登場する顧彦成の官職について誤りを指摘し、『要錄』巻一一・建炎二年（一一二八）正月丁亥の条は、『夷堅甲志』巻一〇「南山寺」（甲志上冊二八八頁）の一部の記述については間違いないだろうとしながらも、別の資料と異なっている点を挙げる。『要錄』巻一五三・紹興十五年（一一四五）三月辛酉の条及び巻一五三・紹興十五年五月戊午の条は、『夷堅乙志』巻一五「程師回」（一四八頁）の年代や内容について疑問を呈している。

確かに『夷堅志』の話には、別の資料と比較して見た際に矛盾を来している部分がしばしば存在する。しかし宋代においては、情報の伝達速度など現代とは到底比較にならないし、また情報が錯綜し、内容が歪められて伝わることもあったに違いない。『要錄』のケースにしても、恐らく洪邁が伝え聞いた時点では正しいと思われていたものが、後に李心傳が精査するに及んで誤りが判明したという面もあったであろう。しかしそれらを誤りとし、洪邁を責める李心傳の態度には、同じ史官として彼を強く意識していたことが窺われるのである。

現在の『夷堅志』に見えないもの

李心傳は『夷堅志』から数多く引用を行っているが、その中には現在の『夷堅志』に見えないものが四箇所含まれている。まず『要錄』巻四六・紹興元年（一一三一）八月壬辰の条に、次のようにある。

直祕閣、知太平州郭偉令再任、以士人武節郎致仕儲宏等擧留也。時新守通直郎方承已視事、偉行至鎭江而返、承閉子城拒之、偉乃借用兵馬都監印湴事於班春堂。事聞、詔停承官、而偉以守城功、陞直徽猷閣。既而言者論偉貪殘、亦罷去。踰年、獄具、承坐貪祿罰金云。〔（中略）洪邁夷堅己志、當塗圭田最厚、民事淸簡、居官者樂之。紹興初、遇守郭偉滿秩、不遣吏卒迎新。新守方承不能俟迓人、挐舟徑至、郭閉子城拒之、云己申朝廷、乞補謁告月日。方君乃借用兵馬司印、涖事於班春堂。監司具奏其狀、兩人皆罷去。按、邁所記本末差誤、今不取。〕

直祕閣、知太平州（安徽省馬鞍山市当塗県）の郭偉が再任されたが、それは武節郎で致仕した儲宏ら地元の者が留めたためである。当時新たな知州である通直郎の方承がすでに執務していたが、郭偉が鎮江府（江蘇省鎮江市）まで行ってから（太平州に）戻ると、方承は子城を閉ざして郭偉を入れなかったので、郭偉は兵馬都監の印を借用して班春堂で政務を執った。このことが朝廷に伝わると、詔により方承は停職となったが、郭偉は州城を守った功により、直徽猷閣に昇進した。間もなく郭偉が欲深く残忍であると論難する者がいたため、やはり罷免された。翌年、裁判が結審し、方承は俸禄を貪った罪により罰金刑となったという。（中略）〔洪邁の『夷堅己志』に次のようにある。當塗（太平州）は祭田が最も多く、民事が簡潔なため、官に就く者は（良いポストだと）喜んでいた。紹興年間（一一三一―一一六二）の初め、当時の知州だった郭偉は任期が満了になったが、新任を迎える役人を派遣しなかった。新しい知州の方承は出迎えの者を待つことができず、船ですぐに行くと、郭偉は子城の門を閉ざして方を入れず、「すでに朝廷に申し上げ、休暇期間を補ってもらうようにお願いしてある」と言った。方さんはそこで兵馬鈐轄司の印を借り、班春堂で政務を執った。監司がその状況を上奏したので、二人とも罷免された、と。考えるに、洪邁が記す経緯には誤りがあり、今は取らない。〕

太平州を舞台に知州の座を巡る争いの顚末を語る記事に関連して、『夷堅己志』を出典とする文章が引用されている。現在の『夷堅志』においては『夷堅己志』そのものが失われて伝わらないため、その片鱗を示す引用文は貴重といえる。ただしその内容は異なっており、『要錄』と『夷堅己志』では方承と郭偉の関係が逆で、主客が入れ替わった形になっているし、また兵馬都監と兵馬鈐轄司のような、細かい部分での差異も見受けられる。貴重な『夷堅己志』からの引用であるが、結果としてこの条も李心傳が洪邁の誤りを指摘するものとなってしまった。なお現在の『夷堅志』に収められる話に、郭偉あるいは方承の名が見えるものは含まれていない。
また『要録』巻一三三・紹興九年（一一三九）十一月乙巳の条に、

右朝散大夫曾慥行尚書戸部員外郎、總領應辦湖北京西路宣撫使、司大軍錢糧。時戸部員外郎邵相在鄂州、以乏軍儲、爲宣撫使岳飛所劾。言者亦論相到官以來、追催積欠、侵奪榷酤、故以慥代之。（中略）〔相爲岳飛劾奏、據洪邁夷堅志所言。〕

右朝散大夫の曾慥が尚書戸部員外郎、總領應辦湖北京西路宣撫使、司大軍錢糧を兼任した。当時は戸部員外郎の邵相が鄂州（湖北省武漢市武昌区）にいたが、軍の蓄えを不足させたため、宣撫使の岳飛により弾劾された。直言する者も邵相が官に就いてから、未納の税を積み重ね、酒の専売で横領を行ったと述べたので、曾慥と交代させた。（中略）〔邵相が岳飛に弾劾されたことは、洪邁の『夷堅志』の記述による。〕

とあり、巻一四二・紹興十一年（一一四一）十一月壬戌の条にも、

右朝請大夫、知韶州邵相爲荊湖北路轉運判官、兼京西路轉運、提刑、提擧茶鹽公事。（中略）相嘗爲岳飛所劾〔此據洪邁夷堅志〕、謫嶺南、至是復起。

右朝請大夫、知韶州（広東省韶関市）の邵相が荊湖北路轉運判官、兼京西路轉運、提刑、提擧茶鹽公事となった。（中略）邵相は岳飛に弾劾されたことがあり〔これは洪邁の『夷堅志』による〕、嶺南（広東省、広西チワン族自治区）に流されていたが、この時に再び起用された。

とある。両者で注記されている『夷堅志』の話は、いずれも邵相が岳飛に弾劾されたことを述べるとされ、恐らく同一の話であろう。ただし現在の『夷堅志』には、そのような話は収録されていない。岳飛は『夷堅甲志』巻一五「辛中

丞」（甲志下冊一四七頁）、「猪精」（同書一五〇頁）など十話に名が見えるが、秦檜により謀殺されたことにまつわる話が主であり、邵相に至ってはそもそも現在の『夷堅志』中に名が見えない。

そして、『要錄』巻一四七・紹興十二年（一一四二）十二月丁亥の条には次のようにある。

初、陝西連歳不雨、至是涇、渭、灞、滻皆竭。五穀焦槁、秦民無以食、爭西入蜀。川陝宣撫副使鄭剛中以誓書所禁、不敢納、皆散去餓死。其壯者、北人多買爲奴婢、郡邑蕩然矣。〔此據洪邁夷堅乙志。〕

以前、陝西では長年雨が降らず、涇水、渭水、灞水、滻水がすべて干上がるほどだった。五穀が枯れ果て、秦（陝西省）の民は食物が無いので、争って西の蜀（四川省）へ入った。川陝宣撫副使の鄭剛中は誓紙によって（民の流入を）禁止し、受け入れようとしなかったので、みな散り散りになって餓死した。民のうち壯年の者は、金人によって多くが奴隷として買われ、州や県はがらんとしてしまった。〔これは洪邁の『夷堅乙志』による。〕

やはりこれも、現在の『夷堅乙志』に合致する話は収録されていない。鄭剛中は、『夷堅甲志』巻一三「鄭氏女震」（甲志下冊七九頁）と『夷堅支景』巻一「玉環書經」に名が見え、後者においても蜀にいたことが言及されるが、この話と関わるものではない。

なお現在の『夷堅乙志』巻一六には、「劉供奉犬」の後半から「鄒平驛鬼」の前半にかけて欠文があり、目録ではその間に位置していた「朱希眞夢」も全体が失われている。また先述の『夷堅丙志』自序によれば、重大な欠陥を持っていたために『夷堅乙志』から削除された「建昌黄氏冤」、「馮當可」、「江毛心」なる話が存在していたことがわかる。これらの話の中に、『要錄』で述べられている内容が含まれていたのかもしれないが、あるいはまた別の話が存在していた可能性もあり、もとより断言はできない。いずれにせよ、現存する『夷堅乙志』と李心傳が見ていたそれとが、同一のものでないことは確かである。『要錄』は、今や失われた『夷堅志』のかつての姿をも伝えている。

おわりに

本稿では、『要錄』の中で『夷堅志』がどのように利用されているかを見てきた。『要錄』は『夷堅志』の記述を引用しながらも、過度に不思議な内容は排除され、また『夷堅志』に誤りがあったならば、時に厳しい指摘がなされている。しかし裏を返せば、そうした選別を経てなお採用された部分については、李心傳は洪邁の記録に価値を見出していたことになろう。そこには同じ史官として李心傳から洪邁に向けられた、尊敬と対抗心とが複雑に交錯した意識を感じ取らずにはいられない。一方、故郷鄱陽（江西省上饒市鄱陽県）の地方志を作るならば『夷堅志』を資料に使ってほしいと『夷堅三志景』自序（『賓退錄』巻八）で述べた洪邁にしてみれば、こうして史書の中に『夷堅志』を利用されることは、本望だったのではないだろうか。

志怪書と史書との関係では、志怪書がどのように不思議な世界を描き、歴史記述を越えて文学として自立しているかという点も大きな論点になるが、それは今後の課題として、まずは『夷堅志』と『要錄』の関わりを整理することで第一歩としておきたい。

〔附記〕本書は、日本学術振興会による平成三十年度科学研究費補助金（基盤研究C）課題番号JP一八K〇〇三六二「語りの変遷―『夷堅志』の新しさ」の成果の一部である。

訳注者紹介（五十音順）

齋藤　茂（さいとう　しげる）　1950年生

唐宋文学専攻

『孟郊研究』（汲古書院　2008）、『詩僧皎然集注』（共編　汲古書院　2014）他

田渕　欣也（たぶち　きんや）　1980年生

大阪市立大学非常勤講師　元明戯曲小説専攻

「楊家将物語における龍退治について」（『中国学志』離号　2015）、「楊家将・楊令公の物語——その最期を中心に——」（『人文研究』第68号　2017）他

福田　知可志（ふくだ　ちかし）　1965年生

大阪市立大学非常勤講師　唐宋小説専攻

「『夷堅志』自序をめぐる問題点」（『中国学志』謙号　2000）、「「薛季宣物怪録」——『夷堅志』「九聖奇鬼」を読む——」（『アジア遊学』第181号　2015）他

安田　真穂（やすだ　まほ）　1969年生

関西外国語大学准教授　六朝唐宋小説専攻

「宋代の冥界観と『夷堅志』——冥界の川を中心に——」（『アジア遊学』第181号　2015）、「中国古小説における「冥簿」について」『富永一登先生退休記念論集　中国古典テクストとの対話』2015）他

山口　博子（やまぐち　ひろこ）　1981年生

大阪市立大学非常勤講師　明清小説専攻

「『螢窗異草』論——遊仙譚を中心として——」（『中国学志』觀号　2005）、「樂鈞と『耳食録』——その交流を中心に——」（『中国学志』復号　2009）他

『夷堅志』訳注　乙志下

平成三十年十月二十三日　発行

訳注者　齋藤　茂
田渕　欣也
福田　知可志
安田　真穂
山口　博子

発行者　三井　久人

印刷　富士リプロ㈱

発行所　汲古書院

〒102-0072 東京都千代田区飯田橋二-五-四

電話　〇三（三二六五）九七六四

FAX　〇三（三二二二）一八四五

ISBN978-4-7629-6533-3　C3397

索　　引

人　　物

【凡例】

1　本索引は収録される各話に登場する宋代の人物、ならびに話の提供者を対象とする。

2　姓名で項目を立て、名（諱）が不明で字、号、排行、官名、爵号などで表されている場合は、それで立項した。僧侶、道士の法号などもそのまま用いた。また本文中で字、号などで登場する人物について、その名が分かる場合は、検索の便を考慮して名で立項し、字、号などを（　）に入れて示した。かつ本文中の呼称からも引けるよう、空見出しを立てて参照送りとした。

3　配列は総画順、同一画数の場合は部首順とした。

4　訳文に対応する頁数を挙げ、その人物に関する注が立項されている場合はその頁数を＊を付けて示した。

十一画

十七画

十八画

十九画

二十画

二十一画

二十二画

地　名

【凡例】

1　本索引は、各話に見える行政区画、山川の他、寺院、橋梁などの建築物も併せて採録した。

2　配列は総画順、同一画数の場合は部首順とした。

3　訳文に対応する頁数を挙げ､注が立項されている場合はその頁数を＊を付けて示した。

分　類

【凡例】

1　本書では、各話の内容を簡便に把握するため、分類項目を立ててある。本索引は、収録される各話を対象として、分類項目による検索の便宜を図るものである。

2　分類項目は、『太平廣記』の部立てに応じているが、必要と思われる場合にはこれに準じて項目を追加した。

3　見出しの排列は『太平廣記』における順に倣い、下位分類は（　）に入れた。『太平廣記』にある項目はゴシック体で、追加した項目は斜体で示した。また各見出しには、便宜上通し番号を付した。

4　巻数及び題で項目を立て、各話に対応する頁数を挙げた。

（陰徳）

（冤報）

（殺生）

（大悲呪）

８、徴応

（人臣休徴）

９、定数

10、讖応

11、貢挙

12、文章

（詩）

13、卜筮

14、医

（異疾）

15、相

16、博戯

17、治生

18、酷暴

19、婦人

(賢婦)

(妬婦)

(妓女)

20、夢

(休徵)

(咎徵)

(夢遊)

21、巫

22、幻術

23、神

24、鬼